鏖战瞬间

普安脱贫攻坚一线直击

左国辉——著

孔學堂書局

图书在版编目（CIP）数据

鏖战瞬间：普安脱贫攻坚一线直击 / 左国辉著. --
贵阳：孔学堂书局，2020.8
ISBN 978-7-80770-223-8

Ⅰ.①鏖… Ⅱ.①左… Ⅲ.①新闻报道－作品集－中
国－当代 Ⅳ.①I253

中国版本图书馆CIP数据核字(2020)第141747号

鏖战瞬间——普安脱贫攻坚一线直击　　左国辉 著

AOZHAN SHUNJIAN —— PUAN TUOPINGONGJIAN YIXIANZHIJI

出 品 人：邓国超　李　筑
责任编辑：黄　艳
责任校对：胡国浚
封面设计：张　莹
排版设计：刘思妤
责任印制：张　莹

出　　品：贵州日报当代融媒体集团
出版发行：孔学堂书局
地　　址：贵阳市云岩区宝山北路372号
印　　制：贵阳精彩数字印刷有限公司
开　　本：787mm×1092mm　1/16
字　　数：341千字
印　　张：19.75
版　　次：2020年8月第1版
印　　次：2020年8月第1次
书　　号：ISBN 978-7-80770-223-8
定　　价：58.00元

序　言

　　国辉邀请我为《鏖战瞬间——普安脱贫攻坚一线直击》这本书写篇序言，并把初稿交于我先睹为快，故欣然应允。提笔之际，感慨万分。

　　国辉是我省"文军扶贫"中的一员，从 2016 年 4 月起，去黔西南州普安县挂任县委常委、副县长，担任普安县南湖街道大湾村第一书记，至今已整整四个年头。四年时间，贵州已经从全国贫困人口最多的省份，成为全国减贫人数最多的省份，创造了脱贫攻坚的贵州奇迹。

　　在普安县的这几年，国辉扎根到底促脱贫，责任上肩保出列，扑下身子抓产业，走村串户访贫苦，驻扎一线为脱贫，踏遍了普安县所有贫困村，还在繁忙的扶贫工作中挤出时间，开办微信公众号"冷禅夜报"，坚持每天推送，为普安群众提供新闻信息服务。极端负责的工作作风，让国辉同志练就了担当作为的硬脊梁、铁肩膀、真本事，成为了"文军扶贫"的文化骑兵，当地百姓的"知心人"，受人尊敬的"冷禅君"。

　　新闻人独有的眼光和感悟力，加上脱贫干部独特的扶贫工作经验，他写出了一个个脱贫攻坚的好故事。《鏖战瞬间——普安脱贫攻坚一线直击》这本书的故事都直接源于作者的扶贫日记和访谈等第一手资料。火热的现实和身临其境的生活体验，为本书提供了大量崭新的素材和灵感，也点燃了作者忠实记录扶贫工作中感人细节的热情。这本书，在充分把握时代精神的前提下，将重点放在精准扶贫上，不乏温情的故事丰富着普安县脱贫攻坚历程。

　　翻阅此书，可以看到普安县各乡镇（村）贫困户们今非昔比的生活状况、扶贫干部们艰苦细致的"绣花功夫"和社会各方力量的真情投入。从普安县的城乡变化、交通变迁，"一红一白强主业"的普安茶和长毛兔两大产业的发展，到全面打响脱贫攻坚战、易地扶贫搬迁、普安脱贫出列……作者记录了脱贫攻坚带来的从物质层面到精神层面的巨大变迁，普安人民在脱贫过程中，思想观念的转变，反映出扶贫工作既是帮扶他人的过程，也是自我成长的机遇，体现出为人民服务的内涵，写出了普安人民拧成一股绳拔掉穷根的决心，记录下了普安县这场贫困斗争史。

一个个故事昭示着普安这片古老而神奇的土地发生了翻天覆地的变化，也坚定了扶贫工作者打赢脱贫攻坚战的决心。这种润物无声的宣传，也为脱贫攻坚广泛凝聚社会共识、营造良好氛围贡献了力量。当精准扶贫被置于阔大的历史背景下，普安县也成为贵州乡村变迁的一个缩影，在宽阔的历史视野中映照出新时代的生机与力量。

本书虽以讲述脱贫攻坚温情故事为主，洞察生活，却也颇具诗情画意。书中引经据典，对"普安红"的叙述引用《夜郎风物志》记载："其茶香异于常，烹煮时香风溢野，饮之使人熏然欲醉，如梦至南柯耳。"描述普安县茶中有林，林中有茶，山峦起伏，满目苍翠，青翠欲滴的景象便跃然纸上，"松花酿酒，春水煎茶"的意境油然而生，让人不禁对普安这片神奇的大地心驰神往。再如书中对普安白沙古驿道的介绍，寥寥数笔，便勾勒出这条"茶马古道"，由青石铺就的古代"高速路"的景象。既有阳春白雪，也有下里巴人。"一只兔，油盐醋；十只兔，新衣裤；百只兔，娶媳妇；千只兔，进城住"的普安民间顺口溜，轻松幽默、欢脱俏皮，用来介绍长毛兔产业最是生动。

《浮生物语》有言：甘苦与共，是浮生茶，也是人生路。正如作者文中所说：一个人，一个品牌，一个产业；一份情，一份信守，一份缘分。脱贫之路，任重道远。当带着发现的眼光和关爱的情怀，走进火热的生活，感受时代的脉搏，你就会倾听到真实的声音，动人的故事，以及忠实记录者们用心用情谱写的脱贫攻坚时代篇章。

习近平总书记说过："一个人也好，一个政党也好，最难得的就是历经沧桑而初心不改、饱经风霜而本色依旧。"初心不改、方得始终，在我看来，国辉是一名优秀的新闻工作者，也是一名出色的扶贫工作者，他用脚、用心、用情，去探索好新闻，用一双敏锐的眼睛去捕捉每一寸图景，扎扎实实地蹲下去，写活了笔下的乡土人情，写出了砥砺奋进的茶源普安，展现了共产党人的初心与使命。

邓国超

2020 年 4 月于贵阳

（邓国超：高级编辑，贵州日报报刊社社长，贵州日报当代融媒体集团党委书记、董事长）

自　序

2016 年 4 月，接到任务，我从省城贵阳到国家级贫困县普安县驻村扶贫，这是我实在没有想到的事。

农村，在我记忆深处是充满忧伤的。我 5 岁多的那一年，父亲患上急性肝炎，因为公社无治疗条件，又没钱去城里治疗，父亲在被病痛折磨 20 多天后，年仅 28 岁就撒手人寰。

从此我的家，由年迈的爷爷奶奶和年轻的母亲勉力操持，不分白天黑夜地劳作，日子仍然过得很是艰难。记得有一年青黄不接，爷爷只得到七八公里外的一个亲戚家借粮，深夜担着 100 多斤谷子，经过一个寨子时，被一条恶狗咬中小腿。爷爷忍痛把谷子担回家，就着煤油灯一看，小腿已经皮开肉绽，顺着腿流下的鲜血，已经凝固在他那双破烂不堪的解放鞋中，惨不忍睹，吓得我和妹妹哇哇大哭。

我家所在的那个寨子比较缺水，10 多户人家共用一口水井，一到夏天，石头缝中半天才浸出一滴水，家家户户深夜起床用水桶排队取水。那时年迈且已经行动不便的奶奶，为了让白天劳作的爷爷休息好些，让我的母亲少操些心，拄着拐杖拖着水桶去排队守水。

后来，我上了高中，妹妹也读了初中，还是因为缺钱，妹妹不得不从初二开始就辍学回家帮衬干农活，16 岁后就到外面打工补贴家用了。再后来我上了大学，母亲仍然为我的学费在年复一年的奔走求借。而我为了生活，扫过厕所，干过家教，干过小工，跌跌撞撞，终于拿到毕业证书留在了省城。

渐渐的，我们村的人家开始翻修房子，我家修建于 20 世纪 60 年代的木房，还是因为无钱翻新更无钱重建，只能越来越突兀地立在寨子中。

虽然时过境迁，但每每想起这些，心中仍不免泛起阵阵酸楚。

而这一次，我再回到农村，却是以"文军"的身份，去参与一件中国历史上亘古未有的旷世伟业——决战脱贫攻坚决胜同步小康。在这一场没有硝烟的战役中，党和国家要消除绝对贫困，让所有的贫困人口过上好日子。

决战贫困，我起初是没有任何印象的。到了普安才深切地体会到，这是一段火热的岁月，为了初心为了使命，千千万万的人，抛家离子，从他乡来帮扶他乡，在故乡改变故乡，在扶贫一线，走村串寨，熬更守夜，倾情谋划，把激情燃烧成不灭的火把，勠力同心，誓拔穷根。精准识别，精准施策，易地扶贫搬迁，谋划村级发展项目，打造扶贫支柱产业，帮助群众就业增收，危房改造老旧房整治，大兴引水工程，修建通村通组路，硬化串户路，实施村庄整治，搞改厕改厨改圈和庭院硬化，让所有人吃穿不愁，让所有人读得起书看得起病，等等。扶贫扶志，扶身扶心，智志双扶，扶贫的路上，这些工作既是中心更是重点，扶贫干部们天天沉在一线干，一年接着一年干。

就这样，在扶贫一线，一转眼4年就过去了，到2020年的3月，在所有人的努力下，普安县已经正式退出了贫困县序列。作为来自新闻单位的扶贫一兵，我于扶贫，既是参与者，又是践行者，还是记录者，也是见证者。作为"文军"，这些年我在完成扶贫本职工作的同时，用脚丈量着大地，用手抚摸着热度，用心感受着温度，用笔记录下了普安扶贫一线的那些热火朝天的场面，那些沧海桑田的巨变，那些感人肺腑的故事，那些坚持坚守的艰辛，更有那些感动感怀的点滴。

扶贫皆无小事，事事皆可着笔，而我所记录的，仅仅是少数的瞬间或片段，由于时间与精力、能力和水平有限，无法全景展现。这些瞬间和片段，此前已经被各级各类新闻媒体刊载，散见于《人民日报》、人民网、新华网、《贵州日报》、天眼新闻、《黔西南日报》等媒体之上。

为了让大家从我在扶贫一线记录的这些瞬间片段的"一斑"，窥见普安脱贫攻坚火热的"全豹"，最大限度地还原普安脱贫攻坚那幅波澜壮阔的画卷，在我的派驻单位贵州日报报刊社、贵州日报当代融媒体集团及旗下的孔学堂书局的大力指导下，在普安县委、县人民政府的大力支持下，我选择了一部分普安扶贫稿件，结集出版，记录这一段前不见古人后不见来者的历史。

回过头来一看，那曾经让我满怀忧伤的农村，如今已经成为希望恣意生长的热土，这是让我最高兴的。

因此，很幸运能成为这场"决战"的参与者、亲历者、见证者、记录者，至于那些苦与累，酸与辣，得与失，早已融化消失在这样的喜悦中了。走过这段扶贫岁月的我，仅是这段岁月的千千万万个见证者之一，而普安的脱贫攻坚，也仅是贵州乃至中国的一个缩影。

　　在前面说了些我个人这几十年的经历和见闻，抚今追昔的感慨中，深深地体会到，眼下这个时代，是多么的伟大啊！

　　是以为序。

左国辉

2020 年 4 月于普安

目　录

1

第二篇　万众一心斩穷根

目 录

第三篇 白叶一号寄深情

目 录

第四篇　泥土芬芳锁春深

第五篇 茶源奇行气象新

前　言

脱贫攻坚，普安出列了！

2020年3月3日，贵州省人民政府发布公告，全省24个县（区）符合国家贫困县退出标准，同意退出贫困县序列。这其中，就有普安。

尽锐出战终迎胜利，普安各族干部群众群情振奋。

站在新的起点回眸，那一段激情燃烧的岁月难以忘怀；眼望这片欣欣向荣的土地，一幅振兴蓝图正徐徐打开。

一个党员一面旗　冲在一线为引领

2020年3月9日，辣子树村，村口响起"突突突"的摩托车声。

"陈书记，还以为你不来了呢！"

村民贺关德又看到他熟悉的陈书记，上前大声招呼。

"咋不来？帮扶工作还没有结束呢，脱贫不脱帮扶哟。"

陈书记名叫陈利，是贵州日报报刊社派驻辣子树村的第一书记。

贺关德常年在家，认识的人不多，但对这个"摩托书记"却很熟。贺关德的长子早逝，留下年仅八岁的孙子，由于户口是分开的，贺关德的孙子没有了监护人，也就没有了生活保障。陈利想方设法帮其申请了低保，但由于孩子年纪小无法办理低保发放卡，陈利骑着摩托，跑了镇上的农商银行、县里的农商银行，甚至和省里的农商银行对接，最终圆满解决了这个难题，并确定由贺关德次子作为孩子的监护人。

西陇村是普安县三个深度贫困村之一，樊阳升和村五人小组又一次走进村民家中，为了摸清减贫对象的底数和脱贫攻坚整村推进情况，这个从公安部下派的第一书记和老百姓打成一片。

陈峰和唐春是一对夫妻，2017年9月，丈夫陈峰被组织选派担任青山镇黄家坝村第一书记，妻子唐春也于 2018 年 1 月被选任白沙乡大小寨村党支部书记。夫妻俩丢下年幼的孩子，一南一北驻村，虽天各一方，干的却是一样的事，那就是带领一方百姓脱贫。

陈利、樊阳升、陈峰、唐春，只是脱贫攻坚一线千万党员的缩影，他们从中直机关、省直机关、县直机关来到最基层，为的就是扶贫。

脱贫攻坚中，普安县按照习近平总书记"尽锐出战、务求精准，确保按时打赢脱贫攻坚战"和"五级书记抓扶贫"的指示要求，全县强化"四个体系"战略布局，实行县委书记、县长双指挥长负责制，成立了 6 个工作组、21 个专班，在 12 个乡镇（街道）设一线指挥部，组建 92 个村级前沿攻坚队和 1450 个网格，7442 名干部对所有建档立卡贫困户进行结对帮扶，持续选优派强第一书记 44 人，驻村干部 1863 人，冲锋在前，向贫穷亮剑。

基层战斗堡垒必须增强，2018 年由普安县委县政府统筹，县委组织部通过党费撬动，累计投入资金 3000 多万元，对全县 90 个村（社区）村级党员活动室进行改造升级，新建 55 个，改造升级 35 个，完善小食堂、小厕所、小浴室、小图书室、小文体室"五小"功能，让基层党员真正扎根一线。

正是有了强有力的党建引领，普安县基层党组织战斗力迅速增强，一个党员一面旗，冲在一线为引领，攻克堡垒，党旗飘扬。

易地搬迁斩穷根　农民变成新市民

项鑫说他现在过得很幸福。

在茶源街道易地扶贫搬迁安置点布依茶源小镇，他开着一家汤锅店，他说："一天要找几百块钱。"

他的老家在大山深处，搬到安置点前，他一直在外地打工。住进新家，他不想折腾了，"文化低，跑外面也找不到什么钱"，他把年轻时候学的手艺——汤锅捡起来。"早就脱贫了！"他说，开心写在脸上。

梁秀芬说她现在悠闲得很。

在茶源文化主题公园遇到她，她说："我天天下午都要带孙子孙女来这里玩。"

要是在 3 年前，她可没这份闲心。

"那时候愁得很。"梁秀芬说，"儿子儿媳翻过年一出去打工，就把两个娃娃甩给我，上学路又远，他们一年到头也寄不了好多钱回来。"

"搬来这里后就好了，学校就在路对面，儿子、媳妇也不出去打工了，就在镇上一家手袋厂上班。"梁秀芬说，没想到的是，在安置点工作人员的帮助下，她也找到了工作，做清洁工，"也不是很累，一个月有1500元"。

而在普安县茶源街道的布依茶源小镇，像项鑫和梁秀芬一样的人不少。

布依茶源小镇是普安县规模最大的易地扶贫搬迁安置点，有1882户9093人搬迁入住，配套有超市、医院、场坝，还有一个小微企业创业园，贫困户搬迁后就业就在家门口。

"咨询一下，我的药费报销怎样衔接？""请问想参加就业培训在哪点报名？""请问户口迁移找哪点？"在布依茶源小镇纳茶小区新市民社区服务中心，一拨又一拨的搬迁户前来咨询，服务人员热情而耐心地解答着。

其实，每一个新市民社区服务中心的背后，都是一篇新市民计划的大文章，在普安，像布依茶源小镇这样的易地扶贫搬迁安置点，有惠民小区，还有西城区的龙溪石砚小镇，都建有新市民服务场所。

在易地扶贫搬迁中，普安县紧紧围绕"五个体系"和新市民计划实施，突出抓好搬迁群众真搬实住、公共服务需要和解决有劳动能力的搬迁群众就业等重点工作，及时研究成立茶源、九峰两个街道的机构和人员配备，新建学校5所、卫生服务中心3个、警务室3个，就业、就学、医疗等全配套。开设了工厂，人社部门、妇联、中等职业学校等联合举办了一场又一场的就业培训，如现场招聘、"绣娘计划""春风行动"等，让搬迁群众搬得出、稳得住、快融入、能致富。

多措并举促就业　拓宽渠道助增收

地瓜镇木卡村建档立卡精准贫困户沈光胜内心很激动，他搭乘的返岗直通车一抵达镇海，老东家宁波港华纸品公司就将他们夫妻接到了车间操作台。

沈光胜因身体残疾，腿脚不便，又加上两个孩子正在上学，家庭负担较重。两年前，经过县人社部门牵线搭桥，他和爱人到了宁波务工，一家人生活很快有了起色。

2020年2月28日，16辆乘载近400人前往宁波镇海的返岗直通车，从普安县汽车站缓缓驶出，又一批外出务工人员走上返工的道路。

2020年春节前后，新冠肺炎疫情突然袭来，阻断了外出务工之路。普安县委、县政府紧急采取保障措施，第一时间为外出务工人员服务，送他们上岗。

就业服务一杆子直插到村，普安县在90多个村（社区）设招聘点，让驻村工作队网格员、村组干部、村级党员、协管员、帮扶干部等，第一时间全面摸排农村劳动力就业信息，并登记台账。

同时，县劳动就业部门依托浙江帮扶的优势，大力协调企业提供就业岗位，及时把30多家企业用工信息直接贴到招聘点，组织村里劳动力点对点选岗，一批一批组织返岗直通车，免费把他们送到浙江。

自行返岗的，办理外出务工返岗健康证明不用出村，4个小时之内免费办理。自2月16日以来，通过集中组织输出、引导分散返岗等方式，普安有4万多农民工顺利返岗就业。

大力外输就业的同时，普安多措并举，发动村级劳务合作组织、转移就业"带头能人"，鼓励群众发展产业、党员带头创建农村合作社等方式实现劳动力就近就地就业。

这几天，正值春耕生产的关键时期，青山百信蔬菜种植专业合作社正抢抓时节为3000亩辣椒基地播撒辣椒种，年近六旬的吴文琼正在基地内务工。

"我们年纪大，不识字，打工没人要，来村里栽辣椒，一天80块钱。"吴文琼干活很是麻利，一个月下来也有近三千块钱的收入。

像青山百信蔬菜种植专业合作社一样的合作社，普安有342家，覆盖贫困户19568户82439人，这些合作社成为消化农村剩余劳动力的主渠道之一。

近年来，普安严格落实"八要素"，采取"龙头企业＋合作社＋农户"的组织方式，持续推进"一红一白"主导产业，全县14.3万亩茶园，覆盖带动全县7509户群众增收。

在养殖方面，2019年全县建成长毛兔养殖小区199个，兔存栏18.44万只，覆盖带动贫困户2076户7511人增收。刘荫奇2014年是建档立卡贫困户，通过养殖长毛兔，一路从养殖能手到养殖大户，不但成功脱贫，还走马上任歹苏村支部书记。

据了解，2014年以来，普安累计争取上级财政专项扶贫资金4.44亿元，实施扶贫项目653个，纵深推进农村产业革命。大力发展一批吹糠见米、快速增收的"短平快"产业，发展蔬菜种植10.57万亩、食用菌1587亩、中药材4000亩、种植烤烟6.2万亩，覆盖带动贫困户4175户增收，集中打造8个500亩以上坝区，带动贫困户613户增收。

同时，围绕稳定脱贫，抓实就业扶贫，全县开发公共服务就业岗位安置就业3216人，选聘生态护林员1666人，落实残疾人扶贫岗位183个，实现有劳动力贫困家庭1人以上就业或1个以上产业覆盖。

医教住房全保障　水电路通财路通

"我这老毛病，现在村里的卫生室就能看了，才十多分钟。"普安县鲁沟村村民李彦高对于看病有些感慨，以前 60 平方米不到的卫生室，现在扩到 150 平方米，并增添了不少现代医疗设备。

"我有硬脉下血肿，住院花了 5000 多块钱，我只付了 500 块钱，其余的全部是国家给我减免的。"普安县大坡村贫困户杨坐青说，"现在政策好得很。"

近年来，普安县新建及改扩建村卫生室共计 117 个，家庭医生签约 16690 户67705 人，建档立卡人员享受医疗保障救助政策 10365 人次，李彦高和杨坐青就是受益者。

在脱贫攻坚中，普安县严格按照"六个精准"，扎实做好"两不愁三保障"，群众得到了实惠，自然满意。

"好个哈马箐，水打石头硬，要想吃口米，除非害大病"。这是青山镇哈马箐村流传的顺口溜，该村主要症结是路不通。2018 年下半年，沥青路直接通到了哈马箐的寨子里，让当地老百姓以为是在做梦。

而哈马箐村仅仅是个缩影。普安县利用三年时间，完成农村"组组通"公路建设项目 166 个共计 317 公里，完成投资 20 亿元，在崇山峻岭中。打通了一条条通往百姓家里的连心路。

"我们从来都没想过自来水会拉到我们辣子树村来，我们祖祖辈辈做梦都想有水吃，太感谢共产党了。"辣子树村新寨组 80 多岁的村民杨兴贵拧开自家水龙头，接上满满一碗清水，一口气喝了下去，抹着嘴巴说道。

对于饮水，辣子树村又是普安的缩影。脱贫攻坚中，普安共投入 1.7 亿元解决了农村安全饮水困难问题，农村集中式供水已覆盖 28.43 万人。

青山镇博上村火石山组从破破烂烂到干净整洁，竟然不到 50 天。这里原本房屋破旧，道路狭窄泥泞，但随着人居环境的整治，一下子变化可大了。

彝族妇女李兴花眉飞色舞地说道："房子改造得那么好，路越整越宽。要感谢党和政府帮我们少数民族过上了好生活。"通过老旧危房改造和美丽乡村建设，完成"三改"和庭院硬化，村居环境焕然一新。

据了解，普安县全面完成农村危房改造、老旧住房透风漏雨整治，同步实施"三改"，解决了农村 10.3 万人住房安全问题。

地方发展，教育为本。普安的教育，正从"有学上"向"上好学"转变，对学龄前儿童、寄宿生、困难学生做到"应助尽助"。共投资 12.18 亿元，同步规划建设了 8 所易地搬迁子女入学配套校点，如今在普安农村，最好的建筑是学校，最美的环境是校园。

汇聚力量真扶贫 "友军"倾力献真情

在脱贫攻坚战中，普安不是孤军奋战。

在普安脱贫攻坚中，公安部、浙江省宁波市镇海区政府、贵州日报报刊社、贵州省工商银行、贵州省建工集团、贵州省现代物流集团、贵阳市南明区政府，以及阿里巴巴集团等各方力量汇聚，为普安脱贫注入强劲动力。

公安部投入帮扶资金 5424.3 万元，对普安县教育、医疗等进行重点帮扶。投入 2050 万元实施教育提升工程，投入 610 万元帮扶青山小学建"金盾教学楼"、录播室等。投入 2750 万元实施医疗卫生提升工程，添置设备 6 类 424 件，投入 331 万元帮扶 15 个贫困村购买医疗设备、修建卫生室。此外，还组织了 17 个党支部结对帮扶，投入资金 6316 万元，引进帮扶资金 3861.5 万元，共实施帮扶项目 142 个。

镇海与普安，帮扶见真情。2019 年浙江省宁波市镇海区投入财政援助资金 5700 万元，实施项目 22 个，引进 7 家企业投入 2 亿元到普安投资，覆盖带动贫困人口 1326 人，引导 11 家企业开展产销对接，实现购销 7604.78 万元。帮助解决就业 3513 人，统筹东西部扶贫协作帮扶资金 200 万元，积极开发残疾人公共服务岗位，带动 183 名贫困残疾人就业，覆盖贫困人口 687 人。

贵州日报报刊社充分发挥"文军"扶贫优势，与普安县签订战略合作协议，紧紧围绕普安县"一红一白"扶贫支柱产业的品牌塑造和市场推广做文章，开展新闻扶贫、文化扶贫、宣传扶贫，近 5 年来《贵州日报》共刊发了近 100 个整版的普安特别策划报道和产业公益扶贫广告，《贵州日报》及其所属媒体矩阵，发布普安各类宣传报道 1000 余篇／幅／次。同时，整合 100 多家各级各类媒体，刊发普安各类新闻宣传稿件 1500 余篇／幅／次。

（2020 年 3 月 12 日刊发于《贵州日报》，与刘光兰、谢红梅合著，原题《攻城拔寨战贫困 砥砺前行谱新篇——写在普安退出贫困县序列之际》）

第一篇　一红一白强主业

小小长毛兔，开启致富路
——普安县依托长毛兔产业实施精准扶贫见闻

黔西南自治州普安县在脱贫攻坚战役中，因地制宜精准定位，把一只小白兔打造成扶贫大产业，带动一方群众精准脱贫。

6月底至7月初，记者在普安县多个乡镇采访，一路上深切感受到该县长毛兔扶贫产业托起的致富希望，正逐渐成为现实。

把"小白兔"做成扶贫大产业

江西坡长毛兔科技扶贫产业园，万亩茶海中，11栋白墙黄瓦的标准化兔舍连成一片，颇具气势。这个园区，采取"公司＋合作社＋农户"抱团发展模式，已吸纳精准贫困户78户，兔存栏5000多只。

盘水街道红星村尾巴田大丫口，占地面积70亩的高标准、智能化的智慧长毛兔养殖基地蔚为壮观，养殖区、办公区、生活区、有机肥加工厂、污水处理池、仓库、兽医院等功能区域一应俱全，已有多户养殖户入驻。

在江西坡镇，记者碰见正在检查生态文明贵阳国际论坛2016年年会·黔西南州生态示范项目——普安长毛兔产业观摩研讨活动准备情况的普安县委常委、宣传部部长、统战部部长罗立和县委常委、副县长孙仁海。

据他们介绍，长毛兔产业资金投入小、见效快、扶贫农户面广，是"短平快"的扶贫开发新兴产业，县委、县政府把长毛兔产业作为继烤烟、茶叶、核桃、草地生态畜牧业、芭蕉芋五大扶贫产业之后的又一重要扶贫产业，制定了《加速长毛兔产业发展壮大的实施意见》和《普安县长毛兔产业扶贫规划》，把长毛兔产业作为"一县一特"扶贫产业重点打造。

2016 年，县里争取到省财政扶贫专项资金 1000 万元，扶持兔产业，投入 600 万元财政扶贫专项资金，打造 20 个养殖小区。在市场疲软的情况下，政府和兔业公司按照 80 元／斤的保底价收购兔毛，给予新养殖户种兔补助，同时扶持养殖户种优质牧草，降低养殖成本。

目前，普安县打造长毛兔养殖龙头企业 1 个，建成养殖小区 15 个，打造长毛兔养殖专业村两个，发展养殖农户 384 户，2015 年产兔毛 180 吨，产值 0.3 亿元，示范带动全县 12 个乡镇和街道精准贫困户参与养殖，精准脱贫 1800 余人。

依托长毛兔托起的脱贫致富希望，正逐渐在普安变成现实。

80 后小伙当 "兔保姆"

普安县城南山坡，是长毛兔养殖户非常熟悉的地方，县里引进的长毛兔州级龙头企业——贵州新大德信兔业公司就坐落在这里，不少人来这里参加过免费培训。

在南山坡种兔养殖场，记者见到袁宗平正在检查种兔的受孕和仔兔的生长情况，这位来自云南的 80 后帅小伙，作为技术人才到普安 3 年，几乎见证了普安长毛兔产业发展的整个历程。

袁宗平说，普安气候非常适宜长毛兔繁殖生长，荒山荒坡多适宜种草，适宜养兔的妇女、老人劳动力资源丰富。几年来，他在南山坡培训点已为上千人次提供了技术培训，南山坡可谓是普安兔产业的 "黄埔军校"。

正说话间，随着 "突突" 的轰鸣声，新店镇两个小伙子用摩托车拉了 4 袋兔毛，找到袁宗平出售。"我们是邻居，每家喂了三四百只兔，今天来卖点毛再换点饲料回去。" 不等记者问其姓名，两个小伙子数着到手的钞票，便朝饲料车间匆匆赶去。

普安县草地畜牧技术服务中心主任张仁林介绍：新大德信是集长毛兔良种繁育、技术培训、种兔供应、饲料加工销售、兔毛回收及兔毛加工于一体，产供销一条龙的创新型企业，普安按照 "建基地、强龙头、创品种、增效益" 的发展思路引进，做实 "公司＋基地＋农户" 的模式，让农民增收致富有支撑有保证，袁宗平正是全方位的 "兔保姆"。

空巢老人养兔也致富

在江西坡镇江西坡社区，记者听说几位空巢老人靠长毛兔致了富，将信将疑，决定探访。

50 岁的张勇并不算老，却自称"空巢老人"，因儿女在外工作很少回家。但老张并不因"空巢"而寂寞，因他有一群让他充实的心肝宝贝"长毛兔"。

老张和兔有缘。10 年前就开始养"肉兔"，2014 年 3 月，老张得知县里要发展长毛兔，决定弃"肉"养"毛"。

很快，老张筹集资金 50 余万元，修建了 1200 平方米的兔舍，买来种兔自己繁殖。不久存栏就超过 500 只，边繁殖边卖，存栏最多时达到 780 只。

"我家小兔子 16 天就可以吃饲料，不是兔妈妈教的，是我教的。把饲料蘸水放手心，让小兔子用嘴来'嘬'，两次它就会自己吃饲料，1 个月就可喂草。"

老张说，他喂长毛兔一喂就成功，自有诀窍：选种和繁育很关键，兔病防治很重要，看兔子粪便、皮肤、神态，就晓得是什么病。饲料中老张添加了秘方，兔子吃了毛长得好长得快，其他兔子要 73 天到 75 天剪毛，他的兔子 70 天就可以剪，并且能保证每只每次剪 7 两以上。

谈话间，老张电话响起。"是村里有人要买长毛兔。"老张说，"目前附近要买兔的有 20 多家，好多家是贫困户。"

问到年收入，老张嘿嘿一笑，从兜里掏出一张 6 月 23 日卖兔毛的收据：毛重 39 公斤，金额为 5787 元。老张显然在"避重就轻"，说他没算总账。而江西坡社区的主任说，老张家房子是当地最好的。

目前，老张还有几十亩果树，在果树下面种草喂兔，兔粪施肥果园，一高兴老张说漏了嘴："今年水果就卖了头十万！"

离张勇家不远的双江组，颜亨忠也是空巢老人，60 多岁的老两口带着两个留守的孙辈，养起了长毛兔。

2012 年下半年开始，颜亨忠先后筹集资金建成了 1400 个笼位，2013—2015 年靠长毛兔增收 20 多万元，他正打算动员外出打工的儿子儿媳回来养兔。"我们这些几乎没有劳动能力的老者老者能致富，全靠养长毛兔！"颜亨忠说。据了解，普安县 12 个乡镇街道都有长毛兔养殖户，其中有近一半是老人和妇女。

返乡大学生建起养兔场

海拔 1600 多米的地瓜镇岗坡村鸡场菁骑马山，阵雨过后云雾蒸腾，让人有些醉氧。

驱车从地瓜镇出发，经过车程 20 多分钟的盘山公路，"骑马山长毛兔养殖专业合作社"映入眼帘——这是大学生胡金琳创办的专业合作社。

胡金琳今年 22 岁。去年上半年，即将从云南工商学院毕业的她得知家乡大力发展长毛兔产业，回乡创业的想法越发强烈。

回乡创业还有些优势，胡金琳分析道：父亲此前承包的数百亩荒山可用来种草；自己学的企业管理专业正好派上用场；政府的优惠政策是颗定心丸。唯一缺的是技术，这个也不怕，有县里提供培训指导。

很快，胡金琳在父亲的支持下，筹资 100 余万元，2015 年下半年在骑马山建起了规范的养殖场，8 栋兔舍鳞次栉比，5000 个兔笼蔚为壮观，进出通道自动消毒，场内 10 多个摄像头 24 小时监控着养殖场所有长毛兔的进食安全状态。

"养殖场办起来后，地瓜镇、新店镇、楼下镇、罗汉镇等地一些合作社和养殖户都来买种兔，已卖了 300 多只。"胡金琳说，目前养殖场存栏 500 多只长毛兔。

在胡金琳的带动和帮助下，40 多岁的邻居刘艳也办起了养殖场，目前已存栏长毛兔 200 多只。胡金琳说，她和父亲正在密切观察着市场，一旦条件成熟将组织带动更多贫困户养殖长毛兔。

和胡金琳不同，龙吟镇红旗村罗家街的谭罗 20 出头，却走南闯北多年，山东、海南、广东等都待过，"相当于卖苦力！"谭罗说。

2015 年底，回老家过春节的谭罗听见镇里发展长毛兔产业，不禁怦然心动，决心回家创业养兔，投入 10 余万元资金建成 500 多个笼位，目前已经存栏 100 多只。

普安县推出了笼位补助、贷款贴息、饲料补贴、小微企业政策扶持等措施，吸引了越来越多的青年回乡创业。

留守儿童说："长毛兔把我的爸妈'喊'回来啦！"

7 月 2 日，在普安县盘水街道莲花村石岭岗长毛兔养殖点，王绍官和妻子梁丹正搬卸刚刚买来的兔笼。他们家 11 岁的女儿和 10 岁的儿子穿梭在兔舍中，一会儿给这只兔喂一把食，一会儿摸摸那只兔子的头，一脸的幸福和惬意。

"前些年，我和妻子都在外省打工，一双儿女留守在家，父母也成了空巢老人。"王绍官说，每次离别看见孩子们倚着门框目送他们远去，心里会难受好久。

去年 7 月，看见同村谢忠艳喂长毛兔收益不错，王绍官一盘算，"这些年打工有点积蓄，再贷点款，搞几栋兔舍养兔！"

决定回家，说干就干。修兔舍、学技术、引种兔，王绍官和妻子很快跟着谢忠艳喂起了长毛兔。

"是长毛兔把我爸妈'喊'回家的。"王绍官的女儿说，她很感激长毛兔，是小兔子让爸妈回到了她和弟弟的身边。

"养兔1年，我已经收回了接近1/3的投资！"王绍官说，政府出台了长毛兔产业扶持政策，新建笼位200至500个，一次性每个笼位直接补贴30元和贷款贴息150元，现在每斤饲料又补贴2毛钱，加上卖毛和种兔的收入，争取2017年全部收回投资。

能人谢忠艳："半边天"撑起"一片天"

在莲花山，谢忠艳是最早养长毛兔的村民之一。2013年，她买了60只种兔，筹集10余万元资金，修建了500多平方米的标准兔舍，由于长毛兔繁殖快，一年能繁殖4至5次，每胎平均能产6只，谢忠艳的养殖规模迅速扩大。"近两年，我卖种兔就卖了700多只，每只150元，2015年前兔毛价格处于高位，加上卖毛，收入还可以！"

在谢忠艳带领下，2015年莲花山9户农户加入养兔行业，成立长毛兔养殖专业合作社，其中4户是贫困户，还有一户是残疾人家庭，养兔的几乎都是女人。谢忠艳任理事长，不仅提供种兔，还免费提供技术服务，带领乡亲们一起发展，目前合作社存栏长毛兔5000余只。

"谢忠艳是我们心中的专家和能人哟，她带领大家撑起'一片天'！"到谢忠艳家询问兔病防治的村民李彦敏和张利异口同声道。

（2016年7月6日刊发于《贵州日报》）

倡导把乖乖小白兔做成世界大产业
——"长毛兔产业发展普安宣言"

7月8日，生态文明贵阳国际论坛2016年年会·黔西南州生态示范项目——普安长毛兔产业观摩研讨活动在普安举行，来自全国的10多名兔产业专家，在实地考察观摩普安长毛兔产业发展情况和集中进行主题研讨后，就长毛兔产业发展与生态环境保护、脱贫攻坚致富、产业结构调整等的促进和影响达成共识。国家兔产业技术体系首席科学家秦应和代表专家组发表了《长毛兔产业发展普安宣言》。

宣言认为，长毛兔产业是生态经济典型代表，产业理念是绿色生态、循环发展，主题在实践绿色生态，关键在做大生态产业，核心在助推脱贫增收，目的在区域经济发展。

长毛兔产业是山地高效农业经济。黔西南州普安县利用当地独特的气候生态资源、丰富的草山草坡资源、富集的农村劳动力资源，革新体制、创新模式，发挥优势、因地制宜发展长毛兔产业，在中国"东兔西移"战略中打造民族特色山地经济创新发展示范区。在喀斯特地区和石漠化山区，借助投资小、周期短、见效快、效益好的长毛兔产业，促进生态环境保护利用，加快脱贫攻坚增收致富，深化农业产业结构调整，取得可喜成效，可资山地高效特色农业发展之借鉴。

宣言特别强调：世界长毛兔产业看中国，中国长毛兔产业发展后劲在西部、优势数贵州、领头在黔西南。

宣言指出，聚焦当前，放眼未来，长毛兔产业发展，方向在科技支撑，基础在产业规模。一要坚持市场引导、技术引领、智力帮扶，助推产业提质升级；二要加强市场研究、把握市场趋势，舞动产业龙头带动千家万户，产业园区带动、养殖小区拉动、养殖专业合作社联动，提升抵御市场风险能力；三要扩大产业视野，产、学、研无缝对接，打造从养殖到深加工完整产业链条，把养殖优势转化为产业优势，提高产业价值；四要提升管理水平，实施精细化管理，助推精准式脱贫；五要科学产业规划，优化产业定位，着力技术攻关，加强政策扶持，做好成果转化，引领产业持续快速健康发展。

绿色地球，多彩贵州，"黔兔"光明。宣言最后倡导：政府机构、科研院校、相关企业加强合作，齐心协力，一起把乖乖小白兔做成世界大产业，为绿色生态的人类文明发展作出应有的更大的贡献。

（2016 年 7 月 9 日刊发于《贵州日报》，与黄诚克合著）

普安红：千年古茶迸发的崭新力量

现在，说起茶，在贵州、在中国乃至在全世界，有一个地方不得不说。这个地方以前默默无闻，而近年来却声名鹊起。这里不仅是世界上唯一发现了古茶籽化石的地方，还发现了世界上种群最大的千年四球古茶树群落。

这里的茶，被世界红茶标杆品牌称为"大叶种红茶代表"；这里的茶，被中国茶文化研究专家誉为令"三千粉黛无颜色"的"茶中杨贵妃"；这里的茶，因独有的气候环境，春茶比国内其他产茶区早上市 20 天以上，被称为"茶中第一春"。

这里，因为茶，越来越被外界强烈地关注着；这里，因为茶，老百姓在脱贫攻坚决战中找到了致富"金钥匙"；这里，因为茶，一个"茶旅康养"一体化的国际山地旅游航母正在扬帆起航。

这里，是黔西南州的普安县。这茶，就是延续了百万年古茶基因、保留了百万年古茶韵味的"普安红"。

"茶源祖庭"铁证在　一杯茶香百万年

莽莽万峰林，巍巍云头山。一个不经意的发现，让"世界茶源地究竟在哪里"的疑问，有了肯定的答案。

今天，如果你到贵州省茶叶科学研究所（下文简称"贵州茶科所"），就能看到世界上唯一发现的四球古茶籽化石，距今约 200 万年。

发现这颗珍贵化石的地方，在黔西南普安与晴隆交界的云头大山，这颗不起眼的"石头"经中国科学院南京地质古生物研究所和中国科学院地理化学研究所专家现场勘探，鉴定为新生代第三纪四球茶茶籽化石后，在业界引起轰动。

而令专家更加惊喜的是，在普安的青山、白沙、楼下、江西坡等多个乡镇，至今仍生长着 20000 多株野生四球古茶树，最大树龄 4800 年，数量之多、范围之广、树龄之长，世界罕见。

中国农业科学院茶叶研究所研究员虞富莲说，普安古茶树是目前已发现的最古老、最大的四球茶树，也是目前最大的四球茶野生古茶树居群，是珍稀古茶树资源，在茶树起源、演化和分类研究上具有重要的学术价值。

茶树古不古老，复杂儿茶素指标能说明问题。据中国农科院茶叶研究所主编的《中国茶树栽培学》记述，普安大树茶复杂儿茶素含量百分比率接近和少于 30%，被认定为现今保存下来的茶树"活化石"。

据贵州师范大学古茶树研究博士黎瑞源介绍，经过用计算机信息手段对古茶树分布研究后，发现世界古茶树分布的中心区域在中国四川以南、广西以北、云南以东及东南半岛一带，而经对照，这个区域的中心正好在贵州的黔西南。

普安，出土了百万年前的茶籽化石，发现了数万株四球古茶树活化石，种种铁证证明，普安不仅"中国古茶树之乡"名副其实，还是世界茶源地。

茶香在普安这片土地上延续了百万年。

山河水土随处有　此处种茶不寻常

"茶在普安延续了几百万年，说明普安这个地方一定有利于茶树繁衍的独特之处。"贵州师范大学黎瑞源博士说，茶对气候环境的要求是比较高的，好茶更是如此。

普安县海拔 1000 至 2000 米，低纬度、高海拔，全年平均气温 14℃左右，年均日照 1563 个小时，年均降水量 1438.9 毫米，无霜期 260～320 天。属立体垂直气候的喀斯特高原，地表温度低，非常利于茶树营养成分沉淀，并且县境空气优良率 100%，境内有大小河流 46 条，具有典型的"立体农业"生态条件。

普安以黄壤为主，土壤 pH 值在 4.5—6.5 之间，有机质含量≥1.5%，土层厚度≥45 厘米，无污染，重金属含量很低，土壤结构良好，土质疏松，有机质含量丰富，非常适宜茶叶生长。

优越的自然环境、地热资源和生态条件，普安春茶开采普遍比全国其他茶区早 10 至 20 天，有"茶中第一春"美誉，且茶多酚含量高、富含锌硒，茶物质比其他茶叶丰富，具有独特的品质。

早在明代，世居于此的布依族精神领袖"大福娘"就创造了制茶工艺，制作出传统工艺茶"福娘茶"，集文化、品茶、茶艺为一体，具有时、技、意、韵、香五大特点，至今已有 600 多年历史。据《贵阳府志》记载："黔中佳茗，绿茶北湄江（湄潭）、南剑江（都匀）、红茶北湘江（遵义）、西盘江（普安）。"普安县属盘江流域重点产茶区，可见所产红茶知名度由来已久。由于普安地处滇黔要道，在白沙乡还留存数十公里的茶马古道，"普安红"茶早就是西南地区优质的红茶。

脱贫富民"黄金叶"　助农增收立新功

20 世纪 80 年代，普安县就依托得天独厚的自然生态条件建起了江西坡万亩茶场，并成为贵州两大红茶出口基地之一。

在江西坡万亩茶海核心区，掩映在一片翠绿之中的宏鑫茶业公司 23800 平方米的标准化厂房里，有一条目前世界上最先进的 CTC 红碎茶生产线，这条生产线也是国内目前单条最大产能的生产线，年产量达 1500 吨，茶叶从鲜叶到成品仅需 1 小时 23 分钟，产品质量已经通过欧盟 481 项检测。

目前，宏鑫茶业公司经过 5 年发展，已经成为集茶业栽培管理、初制生产、精制加工、销售、科研、农工商一体化的龙头茶企，取得 15 项国家专利技术，产品远销越南、意大利、俄罗斯、英国等地，2016 年实现收入 8600 万元。

而在宏鑫茶业公司不远处的茶园中，46 岁的卢关吉正在进行冬季田间管理。他乐呵呵地告诉记者，他的 11 亩大叶种茶是上好的红茶制作原料，每年收入 5 万余元。旁边一小伙子说，卢关吉家虽然有 3 个娃娃，两个读大学花费大，但种了茶，成为村里第一家建起了两层小楼的，日子越过越红火。

卢关吉却说，他家算哪样，还有更好的，比如"外来户"张禹扩，20 多年前从高棉乡嘎坝村迁来江西坡刘家丫口，开始承包茶园，现在自己有 50 来亩茶，还建起加工厂，带动周边好几十户茶农，每年产值都是上百万元。和张禹扩差不多的还有陈昌云、陈昌华两弟兄，以及谭化江、杨章雄等，他们都是种茶能人。

说到能人，不少人佩服岑开文。岑开文家世代种茶制茶，其祖母是布依族"大福娘"传承人，他多年前外出打工被乡邻从浙江"请"回来后，成立"普安细寨布依人家茶叶专业合作社"，带领村民在种茶制茶卖茶的同时，潜心研究布依文化和古茶文化。短短几年，就吸纳社员 238 户，建起了 6 家加工厂，社员自有生态茶园 6000 多亩，合作社长期雇用农民工 70 余人，收购茶叶辐射面积达 6 万亩，涉及农民 1.2 万人，2016 年加工干茶 50 多万斤。

据介绍，在普安茶产业发展中，目前已经有了宏鑫、富洪、布依福娘、盘江源、贵安、朗通、白水冲等13家茶叶企业，和细寨布依人家、联宜、普纳等27家专业合作社，建成州级龙头企业7家、省级龙头企业2家。

近年来，普安县委、县政府充分利用古茶资源的比较优势，在脱贫攻坚中大力发展茶产业，把茶叶作为扶贫的"黄金叶"，扶持市场主体把产业做大做强。

据县茶业发展中心统计，2016年普安春茶产量为2850吨，全年产量预计达6500吨，比上年增加11%，全县涉茶农户的收入不断增加，不仅达到助农增收的效果，同时对推动生态建设、农业高效、产业倍增和精准扶贫等方面都起到重要作用。

强力打造"普安红"　引领世界"大叶茶"

以前，普安茶品质虽好，却没能卖出好价钱，原因是没有叫得响的品牌。

20世纪80年代，普安茶场的茶青刚一出场，就被等待于此的外省茶商大肆收购，在当地加工后，转眼就成了其他地方的"中国名茶"，身价倍增，那时茶青不愁卖。而正是"不愁卖"，品牌意识在微薄的利润满足感中也变得非常淡薄。

2015年以来，普安县委、县政府在打造茶产业过程中，基地和品牌两手抓两手硬，借船出海，借梯登高，迅速打开了"普安红"的知名度和美誉度。

普安县与"正山堂"联姻，就是最好的例子。

福建"正山堂"是中国红茶的标杆企业，也是世界红茶著名品牌，其400余年的红茶制作技艺，奠定了其红茶领袖地位。而普安出产的大叶茶，品质非常优秀，是做高端红茶的最佳原料。最好的原料，遇到最好的工艺、最好的品牌，结缘是自然而然的。

2016年初，普安县与"正山堂"签订合作协议，联手打造"普安红"红茶精品。2016年6月，"正山堂·普安红"新品正式发布，全国茶叶标准化技术委员会副主任、中国茶叶流通协会副会长张士康等8位专家现场品鉴"正山堂·普安红"，鉴定意见为"外形条索嫩略曲、显锋苗，芽毫显露；色泽光润，金黄黑相间。内质香气似蜜、果、花香、香锐悠长，呈地域香；滋味醇厚、甘润、鲜爽，独具韵味；汤色橙黄、清澈明亮、显金圈；叶底呈金针状、匀整、软亮、鲜活，呈古铜色。新品地域特色鲜明、创意新颖、原料生态、制作精湛、品质优异"。

这份鉴定意见，让贵州在"三绿二红"战略中，有了力争在5年内把"普安红"打造成贵州红茶领军品牌和国内红茶一流品牌的底气。

据茶叶专家介绍，"正山堂·金骏眉"已成为小叶种红茶代表，而"普安红"的品质足可以成为大叶种红茶代表。目前，正山堂茶业正在全国 60 座城市全力推荐"正山堂·普安红"，把"普安红"作为大叶种红茶的代表，推向全国。

在普安本土茶企中，涌现了"简能""蛮邦贡春""富洪""普江""朗通""布依福娘"等 17 个注册商标。为了引导"普安红"品牌健康有序发展，普安县委、县政府正不遗余力打造"普安红"公共品牌，抓紧制定"普安红"质量标准，制定准入门槛，对品牌进行统一管理。同时举办了"普安红"古茶文化节、"普安红"北京马连道国际茶城专场推介会、"万人共品普安红"等一系列品牌推荐活动，黔西南州政府还聘请贵州茶文化研究会副秘书长、贡茶专家组成员、著名茶艺专家、被业界称为"贵州最年轻茶博士"的施海为"普安红"茶文化形象大使，加大品牌建设和推广力度。

中国茶叶流通协会副会长刘勇在接受记者采访时说，普安千年古茶风采已开始展现，普安独一无二的自然条件孕育出的味醇鲜美、色泽莹润、香高耐泡的好茶"普安红"，正成为贵州茶走向世界的一张靓丽名片。

厚积薄发图破壁　成就产业谱新篇

近几天，盘水街道平桥村村民们也正谋划打造生态茶园的事。贵州日报报刊社派驻该村的第一书记王桥告诉记者，平桥村土地资源丰富，土壤非常适宜种茶，村民种茶积极性很高，正在规划茶园 3000 至 5000 亩，一些村民已开始育苗栽种。

在青山镇马家坪、托家地，村民们正在集中移栽二代四球古茶苗，目前已完成600 亩 10 万株的移栽，正抢抓时间以尽快完成 1500 亩的二代栽种计划。

"到 2016 年底普安县茶园面积为 12.1 万亩，通过持续的发展，茶园面积要达 30万亩。"据普安县茶业发展中心主任王忠帮介绍，普安在茶产业发展中，按照"强龙头、扩基地、创品牌、拓市场、增效益"的思路，发挥县域地理优势，使茶叶成为区域经济发展的支柱产业。经过努力，"普安红"茶、"普安四球茶"已获国家地理标志保护，建成了"贵州省出口食品农产品（茶叶）质量安全示范区""贵州省茶叶农业科技示范园区""贵州省茶叶外贸转型升级示范基地"，普安县被评为"中国重点产茶县"。

为进一步做强做大茶产业，普安县加大扶持力度，财政每年安排 1000 万元产业发展基金，用于茶叶产业基地建设、市场开拓、科技推广、品牌打造等，每亩茶园种植补助 1800 元，对新申报并获有机茶园认证的企业，茶园面积在 300—1000 亩的奖励 5 万元，1000 亩以上的奖励 10 万元。

"古茶资源是普安的独有优势"，中国茶叶专家虞富莲曾说，目前云南、四川、浙江和福建都在打造古茶树资源的品牌，而四球古茶树让普安甚至贵州在茶的历史和文化厚度上，打了一个漂亮的翻身仗。四球古茶的历史承载和文化贡献，不仅是普安和贵州的，也是中国的，更是世界的，它完全可以为黔茶历史代言。

在 2017 年，普安将利用四球古茶等资源优势，以大叶茶为主大规模育苗，打造 500 亩以上无性系良种种苗基地。在茶园建设中，实行四球古茶（乔木）与云南大叶种、黔湄 601、黔湄 419 等其他大叶茶套种，既提高土地利用率，又能形成独特的立体生态茶园。

据预计，到 2020 年，普安茶叶初、精加工生产能力将达 1.5 万吨 / 年，其中年产名优茶 1500 吨，把普安茶的资源优势转化为经济优势，用大产业助推全县脱贫攻坚同步小康。

目前，普安正依托古茶资源和数万亩茶海，紧抓贵州发展大山地旅游的历史机遇，打造世界茶源谷景区，建设 75 公里的国际山地自行车赛道、露营基地、婚纱摄影基地、茶文化体验基地、温泉康养基地等，依托即将完工的世界茶源谷广场，打造茶文化与民族文化相融的布依茶源小镇，在江西坡打造"茶农旅康养"一体化的国际山地旅游综合体，做大做足茶文章。

生息百万年的普安古茶，当下正释放着积蓄万年的力量，在云贵高原上焕发出勃勃生机。

（2017 年 1 月 1 日刊发于《贵州日报》）

发挥优势合力脱贫攻坚

——中国毛纺协携手普安做大做强长毛兔产业

2017 年 4 月 21 日，中国毛纺织行业协会组织毛纺企业、产品研发团队等前往普安县考察长毛兔产业，与普安县签署兔毛市场开拓合作框架性协议，决定充分利用普安县发展长毛兔产业的生态优势、环境优势，做大做强长毛兔产业，助推普安脱贫攻坚同步小康。

据介绍，普安气候温凉、空气优良、海拔适中、生态良好、草坡及人力资源丰富，是世界上最佳养殖长毛兔的地区之一。近年来，普安县把长毛兔养殖作为脱贫攻坚的主要产业项目在全县推广，以龙头企业带动和"公司＋基地＋合作社＋农户"的模式，加大政策扶持力度，引导精准扶贫户养殖，目前已经形成一定规模，有 15 家长毛兔养殖专业合作社，486 户养殖户，长毛兔存栏突破 17 万只。

在本次考察中，由中国毛纺织行业协会会长彭燕丽带队，成员有中国毛纺织行业协会副秘书长吴砚文、江苏阳光集团技术中心主任曹秀明、浙江中孚达纺织有限公司总经理李建明、宁波中鑫毛纺集团有限公司总经理马宝、北京毛纺科学研究所检验中心总经理赵志华等。同时浙江新大集团也组成了考察团，由总经理张汝和带队，共同考察普安的长毛兔产业发展情况。

考察中，考察团重点考察了普安长毛兔产业的发展情况，走访了普安部分长毛兔养殖小区和养兔农户，考察了普安长毛兔产业发展龙头企业贵州新大德信兔业公司，听取了普安县相关领导的情况介绍，了解了普安县脱贫攻坚产业打造及区位优势、地理环境等情况。考察团领导专家对普安发展长毛兔的生态环境和自然条件大加赞赏，对普安县委、县政府规划和布局发展长毛兔产业给予高度评价，纷纷表示将用实际行动大力支持普安发展长毛兔产业。

考察期间，中国毛纺织行业协会与普安县人民政府签订了《兔毛市场开拓合作框架协议》，围绕普安长毛兔市场拓展，扩大普安兔毛的影响力，提高兔毛的推广量，增加农户收入，促进普安长毛兔产业健康、快速发展，给予大力支持。

协议商定，普安聘请中国毛纺织行业协会为该县长毛兔产业发展的指导单位，双方及时相互通报产业发展情况和市场变化趋势；中国毛纺织行业协会利用协会资源，加大对普安长毛兔的宣传，帮助扩大普安优质兔毛在行业中的影响力；双方不定期开展长毛兔原料议价活动，维护市场稳定与公平交易；中国毛纺织行业协会联合设计、产品开发、检测等机构，以普安兔毛为原料帮助开发新产品，提高普安兔毛使用率，拓展使用领域；中国毛纺织行业协会引导会员企业支持普安打造从养殖到深加工到消费完整产业链，把养殖优势转化为产业优势，提高产业价值。中国毛纺织行业协会支持普安长毛兔产业基地建设，条件成熟时授予普安"中国长毛兔产业基地"牌子。

签订框架协议后，中国毛纺织行业协会将针对一些合作细节进行磋商，做实普安长毛兔产业发展，助推普安脱贫攻坚，帮助百姓增收致富。

（2017 年 4 月 25 日刊发于《黔西南日报》）

"普安要打好'世界茶源'这张名片"
——全国商会会长普安行

"想不到，真的想不到，世界茶源竟然在贵州普安。这是贵州发展茶产业最重要的比较优势！"5月13日，"全国商会会长普安行"扶贫考察活动在"中国古茶树之乡"普安县江西坡镇万亩茶海深处拉开帷幕，在了解到普安的古茶树资源后，来自全国的商会会长们纷纷发出感慨。

在2017脱贫攻坚春季攻势推进过程中，普安把茶产业作为扶贫支柱型产业重点打造，经省工商联牵线搭桥，来自北京贵州商会、上海贵州商会、广东贵州商会等全国各地商会会长、企业家代表一行30余人走进普安，考察资源优势，为普安脱贫攻坚同步小康出谋划策。

20世纪80年代，在普安与晴隆交界的云头大山，发现了目前世界唯一一颗、距今200万年以上的四球古茶籽化石，证明早在百万年以前，茶就生息在普安的土地上。在普安的不少乡镇，也发现了大量野生的四球古茶树群落。特别是在普安青山的普白林场周边，更是成林成片，有20000多株，最大树龄达4800年。而这片四球古茶树群落，范围之大、数量之多、树龄之长，堪称世界第一。所发现的茶籽化石，现存的古茶群落，证明普安不仅是"中国古茶树之乡"，更是"世界茶源地"。

站在延绵不绝的茶海深处，来自全国的商会会长们对这里"高海拔、低纬度、寡日照、多云雾、生态美"的环境赞不绝口。而商会会长的"赞不绝口"是有强有力的科学论据支撑的。普安县光热资源丰富、气候优势明显，有利于优质茶叶生产。同时，普安地热资源丰富，土壤中微量元素丰富、有机质含量高，加之立体气候明显，所以该地产的"普安红"口感独特，被誉为"中国中大叶种红茶的代表"。

在脱贫攻坚中，普安正在挖掘和利用古茶文化比较优势，实施茶旅一体化战略。

而古茶树和古茶文化，正是普安发展茶旅一体化产业的灵魂。目前，普安已建成了世界茶源文化主题公园，建设了75公里的穿越悬崖溪流茶海森林的国际山地自行车赛道，民族风情浓郁的布依茶源小镇已经初具规模，普安世界茶源谷景区呼之欲出。

探访了生态茶山、参观了宏鑫茶业工厂、品尝了千年古茶"普安红"，在感受了解普安的资源优势之后，商会会长和企业家们对普安的产业优势、区位优势、生态优势等非常看好，并结合各自产业对普安县域经济发展献计支招。特别是对普安发展茶产业兴趣浓厚，对茶产业的产业链条的打造提出了不少建设性意见。在现场，"黔茶商城"电子商务平台，与普安县茶业发展中心签订了战略合作协议，就发挥和整合优势资源大力推动"普安红"市场拓展达成诸多共识。

（2017年5月17日刊发于《贵州日报》）

"普安红"飘香古丝绸之路

9月9日，为期4天的2017中国—阿拉伯国家博览会（下文简称"中阿博览会"）在银川落下帷幕。来自"世界茶源地"——贵州省黔西南州普安县的"普安红"红茶在这次国际性展会中以优异的品质获得了中外客商的青睐，不仅入驻宁夏，进军内蒙古，同时还开启了香飘古丝绸之路的旅程。

"普安红"惊艳中阿博览会

9月6日至9月9日，初秋的"塞上江南"宁夏银川碧空万里，商贾云集，2017中国—阿拉伯国家博览会在这里成功举办。

来自世界80多个国家、地区和国际机构，139家大型协会，全国31个省、市、自治区及香港特别行政区代表团，以及4.7万名参展商、采购商，让这个昔日古丝绸之路上的重镇，又一次聚焦了全世界的目光。

而西南腹地贵州省黔西南州普安县的"普安红"红茶，在本次展会上一亮相，就惊艳全场。

在中阿博览会F展馆，160平方米的多彩贵州馆名茶汇聚，鼓乐声声，茗香阵阵，不同肤色的客商来来往往，川流不息。

在贵州展馆的中央，来自贵州黔西南普安的宏鑫茶业、富洪茶业、布依人家茶业、盘江源茶业、南山春茶业5家"普安红"展台，正好围成一个圆，如"众星捧月"般，非常抢眼。

"有气势，160平方米的贵州馆，'普安红'就占了40平方米！"　这个布局，是为了"普安红"作为贵州省重点打造的"三绿两红"重点茶叶品牌之一的红茶品牌，在本次博览会上重点向国内外展商隆重推介。

其实，"普安红"品牌打造时间很短，2015 年由"福娘茶"更名为"普安红"后，仅有 2 年多时间，但却在业内获得很高赞誉，被誉为"中国中大叶种红茶的代表"。

而"普安红"茶产业作为普安县重点打造的扶贫产业，承载着全县数万人脱贫致富的希望，该县在现有近 13 万亩茶园的基础上，充分发挥资源优势，抓紧种植大叶种茶，大力打造高标准茶园，向"人均一亩茶"的目标靠近。

脱贫攻坚，产业先行，加上"普安红"独特的品质，贵州省商务厅、省农业委员会等单位在系列农特产品推荐活动中，都把"普安红"作为重点品牌推荐，这一次中阿博览会，仅是各级重视这个产业的缩影。

"世界茶源地"历史厚重

在展会期间，来自"世界茶源地"普安的"普安红"，积淀了以百万年计的历史和文化故事，震惊了很多人，来自印度的萨杰德就是其中一位。

印度曾经在百余年间，一直被西方确认为是世界茶树发源地，理由是 100 多年前，有人在印度的阿萨姆发现了树龄 150 年的古茶树。

当萨杰德一边品"普安红"一边听着"普安红"的故事后，惊得差点嘴都合不拢。20 世纪 80 年代，在中国贵州黔西南普安和晴隆交界的云头大山，发现了一颗古茶籽化石，后经中国科学院南京古生物研究所权威专家多年论证，确定这颗化石为四球古茶籽化石，距今至少 200 万年，这说明，至少在 200 万年以前，普安这个地方就生长着种群庞大的古茶树。

而今，在普安的青山、新店等多个乡镇，仍然生存着 20000 多株野生四球古茶树，千年以上树龄的就达 3000 多株，其中树龄最长的达 4800 年，野生四球古茶树范围之广、数量之多、树龄之长、保存之好，世界罕见。

"世界之茶，源于中国，中国之茶，源于贵州，贵州之茶，源于普安"，一点也不为过，萨杰德的惊诧是必须的啦！

萨杰德说，弄清了世界茶源在哪里，这是他参加 2017 中阿博览会最大的收获，原本做其他买卖的他，打算回去和朋友商量，做做茶叶生意，如果成功，当然一定要经营来自真正世界茶源地的"普安红"。

来自埃及的 Yassin 非常喜欢茶，经过贵州馆，听见翻译说这里有来自世界茶源地的"普安红"，非常感兴趣，立即驻足详细了解。当他品尝了"普安红"后连连竖起大拇指，说"这是我这辈子喝到的最好的红茶！"离开时，拿出 3000 元人民币，买了 5 盒才恋恋不舍地离开。

迪拜茶商穆罕默德看了不少的茶叶展区，当他来到贵州馆时，突然眼前一亮，翻译对"普安红"展区的工作人员说，穆罕默德对"普安红"的历史文化感兴趣，希望找时间能详细了解，很希望把"普安红"卖到迪拜去。

优质环境孕育茶中"活化石"

博览会期间，在贵州馆品茶的人络绎不绝，凡是品尝之后，无不对"普安红"的品质和口感大加赞赏。

都说"普安红"好，但为什么好呢？

据茶叶研究专家莫荣桂介绍，"普安红"的生长环境非常独特，高海拔、低纬度、多云雾、寡日照的地理气候，有机质非常丰富、几无重金属的肥沃土壤，优良率几乎达 100% 的空气质量，垂直气候明显，雨量充沛，茶物质积淀丰富，使其独得佳茗之天时地利。

而据贵州省山地环境气候研究所、贵州山地气候与资源重点实验室多年研究监测表明，普安空气相对湿度 80%，平均气温 13.9 摄氏度，降水量 1357 毫米 / 年，光热资源丰富，水分条件适宜，光热水匹配良好，有利于茶树生长和优质茶叶生产。

贵州省茶文化研究会副秘书长施海，是黔西南州政府特聘的"普安红"茶文化形象大使，常年推介"普安红"。他说制作"普安红"的原料是当地的中大叶种茶树茶青，其延续了百万年古茶基因，传统工艺加上创新，使茶品口感独特、品质上乘、味醇悠远，"普安红"被誉为"中国中大叶种红茶的代表"，被命名为"中华文化名茶"，被中国红茶标杆品牌"正山堂"推向中国 60 多个城市的高端市场。

几位来自陕西和甘肃的客商，在详细了解"普安红"的品质后，决定将"普安红"引入西安和兰州。

在本次中阿博览会期间，数千名茶叶爱好者前来品尝被誉为"可以喝的'活化石'"的"普安红"，多名宁夏本地的经销商反复品尝了"普安红"后，当即表示，本次展会后剩余的茶叶，他们全包了。

参加博览会的普安县茶叶协会会长张宁说，这次参加中阿博览会是历次外出参加的所有展会中，效果最好的。

银川作为古丝绸之路的重镇，中阿博览会作为"一带一路"倡议的重要平台和窗口，"普安红"借此平台踏上了"古丝绸之路"之旅，为这杯来自"世界茶源地"普安的"中华文化名茶"香飘世界，提供了机会和空间。

布局西北挺进内蒙古

9月6日下午，普安县乘"2017中阿博览会"东风，在银川的宁夏国际茶城举办"普安红"专场推介会，向部分参加中阿博览会的客商和宁夏本地的茶叶经销商推荐"可以喝的'活化石'"——"普安红"，布局西北放眼海外市场。

在专场推荐会上，普安县副县长郭真向，向参加推介会的100名嘉宾、客商和媒体记者浓墨重彩地推介了"普安红"及"中国古茶树之乡""中国茶文化之乡"——普安县。

茶叶研究专家、黔茶品牌促进会专家组组长莫荣桂对"普安红"进行了权威而专业的解读，阐述了"世界茶源地"和"普安红"的丰富内涵、来龙去脉及内在关联。

黔西南州茶产业发展办公室主任徐俊昌，从产业发展角度介绍了"普安红"发展历程，阐述了"普安红"独有的文化优势、稀有的自然优势、少有的环境优势，说明"普安红"充足的发展后劲。

施海边即兴冲泡"普安红"边向客商们说，做茶吃茶爱茶之人，不知"世界茶源地"在哪里，不知道"普安红"是什么，是何等遗憾。

在现场，宁夏国际茶城与普安县正式签订合作协议，成立"普安红"宁夏营销中心，贵州省商务厅副厅长黄筑筠、普安县政协主席孙有林现场为营销中心授牌。

据了解，宁夏国际茶城是西北地区规模最大的茶叶及茶类用品用具的集散地，面积达23000多平方米，几乎涵盖了中国所有的名茶和茶类名器具品牌，2017年预计销售突破2亿元，是辐射西北市场甚至"一带一路"打开中东等海外市场的桥头堡。"普安红"的进驻，为"普安红"跻身西北市场打下扎实基础。

9月7日下午，贺兰山下的阿拉善左旗古城秋高气爽，在中阿博览会上表现不俗的"普安红"在挺进宁夏一天之后，在内蒙古阿拉善左旗销售中心也正式挂牌！而这次把"普安红"引进内蒙古的是当地的企业家巴音宝和宝尔金。

"内蒙古群众很喜欢喝茶，市场上早就希望有上好品质的红茶！"巴音宝是阿拉善左旗珠宝协会副会长，经朋友介绍了解"普安红"后，毅然决定涉足茶产业，以阿拉善为据点，在内蒙古市场经销"普安红"，并逐渐向周边辐射，带动开拓西北市场甚至古丝绸之路沿线市场。

"内蒙古和大西北，地处内陆腹地，冬寒夏热，干旱少雨，风大沙多，太阳辐射强，昼夜温差大，生活在这里以牛羊肉为主食的群众离不开茶，必须用茶来调节膳食平衡，茶叶市场需求非常大！"

巴音宝说，他决定将企业经营的重心向茶倾斜。第一步他在古色古香的阿拉善左旗王府大街附近，将一层680平方米的办公楼打造成"普安红"体验中心，把茶文化传播、茶叶销售、茶事体验融为一体，建立"普安红"形象店品牌店。第二步把"普安红"打入内蒙古的东部地区，然后再向周边省区和境外辐射。

"全国茶叶品牌不少，但我更看重的是'普安红'不可替代的历史文化和上乘独特的优良品质！"巴音宝和他的伙伴宝尔金对此很有信心。

（2017年9月11日刊发于《贵州日报》）

普安打造红茶产业链助力脱贫攻坚

2018 年 1 月 22 日下午，普安县江西坡镇细寨村布依人家茶叶专业合作社一分厂非常热闹，贵州银行工作人员专门上门给村民发工资卡，这些给茶园修枝、除草、施肥的村民一个月能领到 2000 至 3000 元不等的工资，当天 30 多名村民领到工资卡兴奋不已，"做一天就得 100 块钱，现在种茶有搞头啦！"

同一天，在普安北部的龙吟镇宏鑫茶业公司流转的 4000 亩茶园里，当地 220 多名村民正在地头忙碌，他们是宏鑫茶业公司雇佣的劳务工。"这其中有 147 名精准扶贫户，每月能拿到 3000 元的工资。"宏鑫茶业公司董事长曹宏说，宏鑫茶业公司在龙吟投资 6000 多万元修建的加工厂场平已经完工 50%，2018 年春茶开采后，1 万平方米的厂房和一条绿碎茶（红碎茶）生产线、一条绿条茶生产线将投入使用，届时将有大批农民当上产业工人。

近两年来，普安县大力发展茶产业，并在脱贫攻坚过程中，进一步把"普安红"茶产业作为主打产业和"一县一业"产业进行重点打造。2017 年该县共育茶苗 1.34 亿株，同时引进了浙江大学等国内一流的组培团队，利用高科技手段进行"四球古茶"的规模化组培育苗，再通过几年努力，持续将茶园种到 30 万亩。

为强化茶园的绿色防控，普安县 2017 年通过无公害茶园认证面积 57690 亩，有机茶园认证 3700 亩，8 家企业获得无公害产品认证，产品通过欧盟 400 多项检测，该县被国家质量监督检验检疫总局授予"国家级出口食品农产品（茶叶）质量安全示范区"。

有了高质量产品的支撑，2017 年普安开展了"可以喝的活化石"——"普安红"四球古茶保护全球公益众筹、全国明星古茶树保护普安行、"普安红"形象代言人国际选拔大赛、"普安红"全球茶诗征集大赛、全国商会会长普安行、宁夏中阿博览会暨专场推荐会、第六届贵州省茶叶经济年会专场品鉴会等活动，一系列"组合拳"为该县赢得了"中国茶文化之乡""全国十大魅力茶乡""全国重点产茶县"等称号，"普安红"获得"中华文化名茶"和"2017年最具营销创意公用品牌"荣誉。

质量和品牌效应的叠加，让"普安红"茶产业扶贫效果开始显现。据普安县茶业发展中心统计，2017年全年实现茶叶产量5880吨，产值9.56亿元，其中：春茶产量1940吨，产值8.54亿元，创历年新高。全县涉茶产业人数7022户26954人，其中：贫困户2354户9766人，户均收入1.12万元。在茶叶种植区域的涉茶贫困户脱贫575户2300人，人均收入达到4500元。

"茶产业对扶贫的效应才刚刚开始！"普安县多家茶企负责人说，目前普安县针对茶产业筹集到了扶贫产业发展基金3.2亿元，已经到位2亿元，这些资金将全部用于"普安红"茶产业的发展。入冬以来，普安各乡镇开展大规模种茶，已经种植2.2万余亩，低产茶园改造如火如荼，正山堂茶业、黔茶联盟、习普生物科技公司、叶之初等企业落地普安建厂，"普安红"省内和省外市场拓展铺点迅速推进，这些将有力促进普安茶产业的提质增效，更好助力脱贫攻坚。

（2018年1月23日刊发于《贵州日报》）

普安"黔茶第一春"搅动春茶一池水

3月9日，2018中国·普安"黔茶第一春"授牌暨春茶交易大会在普安世界茶源谷景区举行，来自北京、上海、广东、浙江、四川等地的近百名茶商赶赴普安，竞相抢购普安春茶，当天签约交易达9280万元，这是普安县在2018脱贫攻坚"春风行动"中，扶贫支柱型产业——茶产业攫取的"第一桶金"，搅动全国春茶市场一池春水。

据介绍，普安县是"中国茶文化之乡""中国古茶树之乡""全国十大魅力茶乡"，因普安与晴隆交界的云头大山发现了距今200万年的四球古茶籽化石，且境内有2万多株野生四球古茶树，最高树龄达4800余年，数量之多、范围之广、树龄之长，堪称世界唯一，普安被业界誉为"世界茶源地"。

普安茶不仅历史悠久，可追溯到200万年前，而且春茶开采非常早，在全国其他茶区还是万木凋敝的时候，这里的茶在腊月就吐露新芽，2018年1月18日农历腊月初二，普安茶区就开始采摘新茶，比其他茶区早采20多天，春节期间进入盛产期，中央电视台还特别直播给予高度关注。

普安茶为什么早？面对全国各地的茶商，贵州省山地环境气候研究所高级工程师徐永林介绍，普安海拔高，纬度低，日照寡，云雾多，土壤多为有机腐质土，且地热资源非常丰富，独特的地理环境为普安茶生长提供了绝佳的气候条件，造就了"黔茶第一春"。

在现场，贵州绿茶品牌发展促进会正式授予普安县"黔茶第一春"称号，为"世界茶源地"普安的茶文化增加了新的内涵，为脱贫攻坚支柱产业——茶产业注入了新的动力。

据普安县相关领导介绍，近年来，该县紧紧抓住全省大力发展茶产业的机遇，把茶产业作为"一县一业"主打产业，充分发挥古茶文化资源的比较优势，把茶产业作为脱贫攻坚的支柱型产业打造，已连续 3 年获得"全国重点产茶县"称号。

2017 年底，普安县全县茶叶种植面积达 14.3 万亩，当年茶叶产量 5880 吨，实现产值 9.56 亿元，其中春茶产量 1940 吨，产值 8.54 亿元，创历年新高；全县涉茶产业人数 7022 户 26954 人，其中：贫困户 2354 户 9766 人，户均收入 1.12 万元。在茶叶种植区域的涉茶贫困户脱贫 575 户 2300 人，人均收入达到 4500 元。"到 2020 年，全县种植茶园面积将达 30 万亩，普安茶将成为助农增收的主导产业。"县茶业发展中心负责人说。

在普安"黔茶第一春"春茶交易会现场，来自省内外的茶界专家、资深茶业人士就"黔茶第一春"普安春茶进行品鉴，普安春茶的品质让专业人士赞不绝口。在交易会上，省内外的茶业实体与普安多家茶企签订了购销协议，短短半个小时，签约金额就达到 9280 万元。被普安茶的品质吸引前来普安投资茶业加工销售的浙江叶之初企业负责人何维洒说，他几乎走遍全国茶区，最终决定在普安投资建厂，就是看中了普安的自然环境、茶叶品质、文化底蕴和资源优势。从安徽黄山，浙江杭州、宁波等城市赶来参加交易会的客商，看见普安的茶山环境和产业品质后非常兴奋，纷纷与普安茶企对接。

据了解，目前普安除了有叶之初茶企外，中国红茶标杆品牌"正山堂"茶业和普安联合投资建设的工厂已经正式投产，来自省外的习普生物科技公司也落户普安，普安茶业可谓一石激起千层浪，搅动茶界一池春水。

（2018 年 3 月 12 日刊发于《黔西南日报》）

今天种棵小茶苗，明天就是摇钱树
——普安县壮大"一县一业"茶产业基地规模直击

初冬时节，"世界茶源地"普安或晴或雨，雾霭层层，从山谷到山腰，如白练一般，飘飘渺渺，把这片神奇的土地装扮得宛如仙境一般。

雾霭之下，山山岭岭，人声鼎沸，和着那机械施工的轰鸣声，和着那锄头开挖和夯土的"嚓嚓"声，和着修剪幼苗的"咔嚓"声，和着铺设地膜发出的"噻噻"声，好似一首首协奏曲在大山之间铿锵回响。

这是普安县各个乡镇抢抓时令，自深秋以来如火如荼种茶现场的一个片段。

茶产业，是普安县在决战脱贫攻坚决胜同步小康过程中，着力打造的"一县一业"支柱型扶贫产业，也是普安县充分发挥比较优势，依托世界茶树原产地品牌和文化资源，利用"高海拔、低纬度、多云雾、寡日照"的自然生态环境和气候条件，结合农业产业结构调整，为老百姓锻造的一把脱贫致富"金钥匙"。

世界茶源地，初冬栽茶忙。今天栽下一株株小茶苗，明天就是一棵棵"摇钱树"。

2018年，普安将新植茶园5万亩，然后再经过几年努力最终使茶园达到30万亩，基本实现"人均一亩茶"的目标。

这个目标，正随着一株株茶苗的栽种，一步步靠近，以茶脱贫，也正在一步步变成现实。

扩大茶园规模咬定目标不放　2018年新植茶园50000亩

近年来，贵州黔西南的普安，因茶而声名远播。

"中国凡是带'安'的地方都产好茶，比如安溪、六安、安吉、正安等，但所有的'安'都必须向普安致敬。"贵州省农业农村厅副厅长、贵州省茶产业发展联席会议办公室（下文简称"省茶办")常务副主任胡继承多次在不同场合这样推介普安，这是因为普安曾发现了世界上唯一一颗距今至少 200 万年的四球古茶籽化石，是世界茶源地的标志。

正是有了无可比拟的文化底蕴和历史渊源，"普安红"这个品牌虽然在 2015 年才现身茶界"江湖"，但仅仅 2 年之后就跻身"中华文化名茶"之列，而普安在继获得"中国古茶树之乡"称号后，又被中国国际茶文化研究会授予"中国茶文化之乡"称号。

其实，普安产茶的历史非常悠久，除了 200 万年以前有大量的茶树生息外，在秦汉夜郎时期就有了种茶制茶易茶的记载。在 20 世纪 80 年代，普安就是贵州的红茶出口基地。

到了 2017 年底，普安已累计种植茶园 14.3 万亩，投产茶园有 9.1 万亩，全县已通过无公害茶园认证面积 57690 亩，有机认证的茶园面积 4200 亩，成为了"国家级出口食品农产品（茶叶）质量安全示范区"。

"普安茶园还是较少，没有充分发挥世界茶源地的比较优势，茶园规模还是小，没有形成规模效应！"普安县委、县政府一班人意识到，普安在脱贫攻坚中把茶产业作为"一县一业"扶贫支柱型产业来打造，扩大茶园规模成为当务之急。

同时，在调整农业产业结构中，普安把有良好资源优势和市场前景的茶产业作为主抓手，调减附加值低的农作物，大力发展现代茶园建设，帮助农户增产增收。

在 2018 年初，普安县就确定了年度种茶任务，决定当年必须种茶 5 万亩，同时把任务分配落实到全县 12 个乡镇（街道），各乡镇（街道）又因地制宜，将种茶任务分解落实到村组到具体的地块，并勾画出图斑。

按照产业选择、培训农民、技术服务、资金筹措、组织方式、产销对接、利益联结、基层党建的这"八要素"，普安县把今年 5 万亩种茶任务与农业产业结构调整结合起来整体推进，进入 10 月以来，随着最适宜种茶时令来临，普安全县各乡镇全面进入种茶期，入冬后种茶更加集中，不少地方种茶场面热火朝天。

11 月 27 日，普安利用了一天的时间，县委副书记、代理县长龙强，县人大常委会主任张盛琦，带领县政府、县人大、县政协分管联系农口的县级领导，组织县脱贫攻坚指挥部、县农业局、普安县茶业发展中心、各乡镇街道办，早上赶到青山镇成龙地茶叶基地和黄家坝茶山基地、新店镇花月村茶花岭茶叶基地、地瓜镇屯上村白叶一号种植基地进行现场观摩，召开 2018 年茶叶种植观摩会，现场查看茶叶种植情况。下午在现场观摩的基础上，召开了茶叶种植推进工作会。

县茶业发展中心负责人对截至 2018 年 11 月 26 日的各乡镇种茶情况进行了排名通报，晒成绩、找差距、互相学习、互相鼓舞、互相启发，排名靠前的乡镇做经验交流发言，排名靠后的乡镇进行了表态发言。在会上，大家对种茶情况进行了深入分析研判，龙强再次强调"今年种植 5 万亩茶，必须不折不扣保质保量完成！"

"必要的合理的成规模的茶园面积，是普安发展茶产业的基础，更是普安打赢脱贫攻坚战的重要产业要素支撑，是普安几万人脱贫致富新的希望。"龙强说，普安种茶直接关系着老百姓的"钱袋子"。

普安茶海江西坡种茶扩容　领跑全县茶产业实现跨越

"江西坡镇完成种茶面积 7190.9 亩，目前无论是按任务完成率还是种植面积，排名都是全县第一。"在茶叶种植观摩会上，普安县茶业发展中心主任甘正刚通报说，江西坡老百姓种植茶叶的积极性非常高，完成了 2018 年全年任务 4660 亩的 154.3%。

江西坡是普安茶海核心区，有悠久的种茶历史，种茶让当地老百姓尝到了甜头。

江西坡镇茶场社区姚家坡组的潘贵合，一家 6 人，有 2 个劳动力，是建档立卡的精准贫困户，前两年在政府扶持下种植了 12.2 亩大叶种茶，2018 年出售茶青 337.2 斤（其中单芽 255.3 斤），仅春茶茶青就收入 2.35 万元，人均增加收入 3900 多元，加上外出务工，终于因茶顺利脱贫。

"要不是前几年种茶，哪有这么高收入！"江西坡镇联盟村下坪寨组潘关雄，视力残疾，家庭人口 3 人，家庭贫困，种植大叶种茶叶 9.2 亩后，2018 年出售茶青 507.5 斤（其中单芽 185.7 斤），茶青收入 1.5 万元，人均增加收入 5000 元。

江西坡镇联盟村龙昌艳是精准贫困户，家庭人口 3 人，劳动力人口 1 人，有 2 个在校学生，1 个读大学，1 个读高中，种植茶叶 6.4 亩后，2018 年出售茶青 867.6 斤（其中单芽 134.8 斤），茶青收入 1.77 万元，人均增加收入 5900 元。

在江西坡，这样的例子举不胜举。而当地的老百姓正是看见原本穷得叮当响的贫困户种茶脱了贫，开始种茶的人越来越多。

该镇下山村耍马田组徐明礼，一家 4 口，有 2 个劳动力，2018 年一口气新植茶园 30 亩，全部种上了"普安红"上好茶青原料的大叶种茶。而此前，徐明礼在外务工，将自家土地对外租给别人种植烤烟，每亩每年收 200 元租金。"回来种茶好，种下去就管几十年，今后收入肯定要比在外面打工强，关键是还能照顾家！"徐明礼说，"在外务工期间，感受到普安茶很受欢迎，回家仔细了解后，决定将土地收回来发展茶叶种植，学习茶叶加工技术，开办茶叶加工厂，在家门口带领乡亲们创业致富。"

而在下山村，2016 年以前基本没有人种茶，2017 年开始种植，目前种有茶园 1300 余亩，2018 年种植茶叶的老百姓逐渐增多。

"我们镇有 71 个村民组 3788 户农户种植茶叶，茶叶种植面积 7.79 万亩，其中投产茶园 5.32 万亩，不少老百姓通过种茶卖茶脱了贫、买了车、建了房、娶了媳妇，过上了好日子。"据江西坡镇党委书记蒋锐介绍，江西坡因茶发生了巨大的变化，老百姓种茶积极性都很高，2018 年新植茶园 0.72 万亩，目前镇里面正在生态茶园示范基地打造和进一步扩大标准化茶园种植面积上下功夫。

"除了茶叶种植基地面积全县最大，普安规模以上的茶叶企业绝大部分都在江西坡。"普安县茶业发展中心主任甘正刚介绍，宏鑫茶业、正山堂普安红茶业、布依人家茶业、富洪茶业、贵安茶业、盘江源茶业、德鑫茶业、叶之初茶业、习普科技茶业等，都在江西坡建有工厂和基地，普安的茶产业，也正由江西坡区域快速向全县的其他 11 个乡镇（街道）辐射拓展。

江西坡茶产业的综合示范效应，快速被普安的其他乡镇所认识，一场比学赶超的种茶活动，在普安县委、县政府的统筹部署下，迅速在全县铺开。

今天的幼茶苗明天的摇钱树　老百姓种下脱贫致富新希望

打窝、种苗、夯土、修枝。11 月 26 日下午，记者在普安县白沙乡卡塘村一个小地名叫麻地坡的荒山上，见到 100 多名当地农户正在聚精会神种茶苗。

这里以前是一片长满蕨类植物的荒山，2018 年 8 月，家住卡塘村中箐组的贺鑫，在白沙乡政府的支持下，流转了 250 多亩荒山种植茶叶。在山上种茶的，都是贺鑫请的寨邻，每人每天 110 元工钱，目前已经栽了 100 多亩大叶种茶。而在麻地坡的对面，一个叫冬瓜树的地方，也是贺鑫开辟的茶园，已经种茶 30 来亩。

"贺鑫是乡里面扶持的种茶大户！"白沙乡乡长王思鸿告诉记者，白沙是茶马古道穿越的地方，茶文化底蕴非常深厚，在茶园种植中，乡里采取种茶大户示范带动的方式进行，今年以来全乡已经完成种茶近 1700 亩。

"有了政府的支持，把茶种好了，准备成立合作社，带领村里的老百姓种茶。"贺鑫说，他首期投入资金 100 余万元，目前已经支出了 45 万元。

普安青山镇是发现四球古茶树最多的地方，2018年种茶也是如火如荼。

"黄家坝村尖密一组的返乡农民工钟政今年种植了300余亩；雪浦村石关沟组的陈明金今年种植了160亩；朝林茶业公司今年又种植了240亩；从毕节来的李伦在黄家坝村丫口田、成龙地、玉水田种植了1000余亩……"据青山镇党委委员李顺华介绍，今年青山规划种植茶叶3750亩，已经种植茶叶2604亩，哈马村和黄家坝村种植面积最大，其中哈马村14个村民组四球茶的种植达到全覆盖。

李顺华提到朝林茶业公司是青山镇一家集茶苗种植、茶叶加工、成品销售于一体的生产加工型企业，现有茶叶加工厂一座，以每亩土地500元左右付给群众租金，流转土地1100亩打造成有机茶园，农户在茶园基地劳务工作，每天收入70—200元，解决当地300多名贫困人口的就业，2018年该基地新植茶叶240亩，又覆盖了贫困户56户186人。

而在普安的新店、罗汉、盘水、楼下、高棉、兴中、南湖、龙吟、地瓜等乡镇（街道），情况大都如此，种茶你追我赶。

新植茶园种植热火朝天，普安本土的茶苗繁育基地早就是忙个不停了。

11月3日，记者在江西坡镇东南村的普安盘江源茶业的茶苗繁育基地看见，负责人罗明刚一边指挥着请来的农民工规范起苗，一边不停地接着各乡镇打来要茶苗的电话。

"今年大叶种的茶苗基本都卖完了，所剩无几了，目前只有几十万株当地大叶种紫尖。"罗明刚告诉记者，光盘水街道就调了120万株苗，县内其他茶农个人购买的就有100余万株。正在交谈中，楼下镇党委书记左伦来到罗明刚的基地，希望买点茶苗。左伦说，楼下镇今年要种茶3800亩，他要亲自来看看哪里的茶苗好，如果有四球茶苗更好。

普安县贵安茶业公司总经理罗禹荣是普安茶苗的育苗大户，11月20日他告诉记者，今年10月开始种茶以来，贵安茶业的苗圃已经起茶苗350多万株，全部调给普安县内的种植点，茶苗供不应求。而分散在江西坡镇、青山镇、地瓜镇、新店镇、高棉乡的14家育苗单位育苗基地，通过县茶办供茶苗已超过1100多万株。

其实，在全县积极种茶的背后，隐藏着这些信息。

"普安县发展茶产业，按照'强龙头、创品牌、惠农户'的方式，采用'龙头企业＋基地＋合作社＋农户'的模式，创新利益联结机制，极大地降低了产业市场风险，保护了农户的利益。"普安县副县长郭真向说，普安茶产业经过近几年的快速发展，基地不断扩大，质量技术不断提升，品牌影响力不断增强，市场拓展取得新进展，预计 2018 年可实现茶青产量 32175 吨、干茶产量 7150 吨，其中春茶 2244 吨、夏秋茶 4906 吨，干茶产值 3.99 亿元，实现综合产值 11.6 亿元。带动全县茶农 7022 户 26954 人实现户均增收 4.55 万元，其中贫困户 2354 户 9766 人，户均增收 1.41 万元。

在脱贫攻坚中，普安倾力打造茶产业，出台政策进行鼓励：种植茶叶每亩补助 1800 元；农户连片种植茶叶 50 亩（含 50 亩）以上的，奖励 2000 元；企业或合作社采取土地流转的方式，相对集中连片种植茶叶 2000 亩以上的，奖励 1 万元。

正是政策的引导和市场的磁力，被"撬动"的种茶激情就这样迸发了出来。

"我们今天种下一株株小茶苗，明天就成为了一棵棵'摇钱树'"，许多老百姓这样说。

是的，他们种下的是茶，更是脱贫致富的希望。

（2018 年 12 月 2 日刊发于《贵州日报》）

世界茶源地孕育新希望

——普安县四球古茶规模化产业化繁育见闻

这在全世界，也是绝无仅有的！

有一种茶，被业界誉为"可以喝的活化石"，还是原汁原味的 200 万年前的味道。一位茶界专家曾这样说过："此茶得一杯品者为荣，独享一壶啜者为幸，而能常年得饮者，可与神仙媲拟。"

这茶，就是贵州省黔西南州普安县独有的"四球古茶"，和曾经发现的全世界唯一的一颗距今至少 200 万年的四球古茶籽化石一脉相承，因产量稀少而弥足珍贵，至今每年仅产两三百斤的干茶，让千百万茶人只能从只言片语的文字中去畅想她的醇厚与芳香。

但大家望"茶"兴叹的日子即将告别，因为在世界茶源地普安，四球古茶的繁育取得了历史性突破，不受时空限制的科学化规模化育苗，在 2018 年取得了阶段性成果。

在保护中开发，在开发中保护，普安县委、县政府在"一县一业"扶贫支柱产业打造中，发挥比较优势打出的"古茶牌"，正在撬动着各式资源向脱贫攻坚聚集，在技术和资本的注入下，一株株从千年古茶上择取的穗条，正在特殊的土壤和环境中快速生根发芽拔节，一个个迸发而出的芽头，如一个个脱贫致富的希望，正在普安的土地上展现开来。

走，到普安听四球古茶拔节的声音去！

200 万年的宝贝期待绽放新的神奇

"哇，根都蹿到外头来了！"

12 日 8 日下午 4 时许，冬日的阳光斜斜地照在一排用木棍拦成的篱笆上，在黔西南州普安县青山镇哈马村鸡洞组的四球古茶苗圃里，陈兴随手拿起两坨栽着四球古茶苗的营养土，欣喜地发现，年前育的苗又长了一截。

而在离几厢幼苗不到 20 米远的地方，4 棵高大的四球古茶树郁郁葱葱，干粗叶茂，七八米高的树冠上，刚刚谢了花的茶籽星星点点，冒出了枝头，展现出一片勃勃生机。

陈兴是普安县鸡洞古茶农民专业合作社的理事长，这个 2016 年还在昆明做服装生意的普安人，而今成了半个四球古茶的土专家。他说从昆明回到家乡来种古茶，是看见了县委县政府强力推进的茶产业的广阔市场前景。

"鸡洞组的四球古茶树多，树围 40 厘米以上的就有 100 多棵，最粗壮的有 130 多厘米，以前没人放在眼里，而现在村里人都把它们当成了宝贝！"陈兴说，他们合作社有 75 户社员，其中有 20 多户是精准贫困户，今年他个人育了古茶苗 3 万多株，整个合作社育了共 6 万多株，"现在育苗的成活率提高到了百分之七八十，比开始时翻了几倍，现在大家呵护古茶苗比呵护自己的孩子还上心，大家都看到了这种看似平常的茶树身上的价值！"

说到价值，陈兴的话一点不假，这种古茶树可是普安独有的，世界上其他地方还未曾发现。

时间上溯到 50 年前，在 1963—1965 年间，贵州省茶叶土产公司对普安县普白林场进行野生茶资源调查时，发现了一种从来没有见过的茶叶品种，这也是我国最早发现的茶树新品种之一。

这种茶树，生长在贵州黔西南州普安县境内海拔 1700—1950 米的群山茂林之中，长势良好，数量很大，植株叶子大，油绿铮亮，非常显眼，果实为 4 颗籽以上。普安当地人每年采摘，制成的茶口感独特，经久耐泡，金黄透亮，韵味悠长，醇厚无比。

1981 年，我国著名植物学家，专于植物分类学中山茶属植物的系统研究的中山大学张宏达教授，经过仔细研究，发现此茶树为小乔木，嫩枝及顶芽均无毛，叶革质，先端锐尖，丛部楔形，花腋生，蒴果扁球形或球形，4 室且每室有种子 1 粒，果实种皮为浅褐色，为山茶属茶亚属茶组五室茶系中的一种，最终把这种野生大茶树定名为"四球古茶"，学界从此开启研究这种古茶树的征程。

就在张宏达教授命名"四球古茶"的前一年，人们在普安和晴隆的交界处发现了一颗植物种子化石，后经中国科学院南京古生物研究所的专家团队经过 8 年的研究，最终确定是"四球古茶籽"化石，这也是全世界目前发现的唯一一颗茶籽化石，距今至少 200 万年。

新茶树种和茶籽化石的发现，让"四球古茶"声名鹊起，普安也被公认为"世界茶源地"。而随着研究的深入，"四球古茶"的神秘面纱一层层被揭开，这种茶树还是世界上最古老的茶树之一。

据贵州省茶科所测定，普安四球古茶，简单儿茶素含量高，为 37.64～77.57mg/g，比率 28.45%～36.96%，而云南勐海巴达大树茶的简单儿茶素为 25.21mg/g，比率 27.33%。复杂儿茶素含量低，四球古茶为 17.33～38.01mg/g，比率仅为 13.14%～21.09%；而勐海巴达大树茶为 48.42mg/g，比率为 52.60%。

在茶树品种中，茶树原始性在茶叶化学成分中表现为简单儿茶素与复杂儿茶素的组成比率，简单儿茶素高、复杂儿茶素低，就说明茶树更原始，检测结果表明，普安四球茶保存了更加远古的基因。

2011年5月22日，中国农业科学院茶叶研究所研究员、我国权威的古茶树专家虞富莲和中国茶叶流通协会、云南省农业科学院茶叶研究所、贵州省茶叶研究所、贵州省绿茶品牌发展促进会相关负责人，再一次组成"中国普安野生古茶树专家组"对普安古茶树进行实地考察。

这一次又有新的发现，经过调查，普安境内各乡镇均有古茶树分布，最集中的在青山镇，全县有野生古茶树20000多株，1000年以上的就有3000余株。经过严谨研究，虞富莲代表专家组公布了令人震惊的消息："普安古茶树是目前国内已发现的最古老的茶树，也是目前最大的四球茶野生古茶树居群，是珍稀的古茶树资源，在茶树起源、演化和分类研究上具有重要的学术价值。"

除学术价值之外，陈兴更关心的是"四球古茶"的经济价值，他希望这种上苍留给普安的独特茶树，能让大家快速地发家致富。

和陈兴想法一样的人很多，托家地组的马太科就算一个。几年前他们也成立了古茶专业合作社，开始育苗种植，托家地组几乎家家都种有几亩甚至几十亩不等的古茶。"但传统的育苗技术远远跟不上种植的需要。"马太科说，特别是全县大力发展古茶种植后，古茶苗的需求更是成倍增加。

而现代化的普安县四球古茶繁育中心的建设，茶苗供应很快"提速"，这个中心，离鸡洞组和托家地组都不远。

古茶树"裂变"的温床孕育着新希望

普安县四球古茶繁育中心建在风光旖旎的德依坝子上，离托家地组和鸡洞组都是10来分钟的车程。

12月8日，记者来到繁育中心，远远就看见负责人何维洒在一块2亩多的大田中，指挥工人碎土，开挖新的育苗床。

"这一片是新扩建的育苗基地，有70多亩，能够再新建50多个大棚。"何维洒脸上粘着泥土，兴高采烈地说，"以前的那30个大棚全部育满了苗，只有再扩大投资提升规模了。"

何维洒是浙江人，世代种茶制茶，几乎跑过全国所有的茶区，在好几个省都有自己的茶叶加工基地。而当他2017年初到普安了解了普安的茶产业后，就投资成立了普安叶之初茶叶公司，用普安的上好茶青加工绿茶和红茶，在浙江省松阳县被誉为"中国绿茶第一市"的松阳茶叶集散中心开设2间门面，今年就卖了3000多万元的普安茶。而他更看重的是普安的"四球古茶"，经县里引进决定投资建立四球古茶繁育中心，在脱贫攻坚中，把普安古茶的资源优势转化为经济优势，2018初，他就开始紧锣密鼓地建设温室大棚，安装各类设备，改造土壤环境。

"30个大棚里面的100万株四球古茶长得很茁壮呢！"何维洒指着一排排错落有致的大棚，领着记者走进其中的一个，掀开盖着的塑料薄膜，密密麻麻的茶苗冒芽拔节，很是喜人。

"根都长到五六厘米了，已经木质化了，基本上可以移栽大田了。"何维洒顺手拔起两棵茶苗，指着茶苗丰富的根须说，这样的苗移栽后长得快，成活率高，这让记者又想起了两个多月前来繁育中心看见的场景。

那是国庆刚过不久，在大棚中，记者看见来自哈马村的20多个村民，正在技术人员的指导下，熟练地插种穗苗，经过特殊处理的土壤恒温恒湿松软透气，刚刚插下去的一厢厢一排排古茶苗，青翠欲滴，虽然刚刚离开母体，却生机勃勃。

正在现场检查茶苗长势的普安县茶业发展中心副主任马家丽介绍，中心的繁育技术来自浙江大学，以前用传统技术扦插茶苗，从扦插到大田移栽一般需要14—16个月，而正在运用的快速繁育技术，生根迅速，成活率高，扦插7个月即可实现大田移栽，繁育时间大大缩短。实施中，技术人员经过比选，在鸡洞组的四球古茶树群中选定了采穗母树，然后经过穗条采集、杀菌消毒和生根前期处理、苗床扦插、恒温恒湿管理、移植到营养坨，最后即可移栽到种植地块。

"活了活了活了，你们看根都长出来了。"在马家丽介绍的同时，何维洒拔起一棵先前扦插的茶苗，只见砧木底部已经长满了1厘米多的白色须根，"我们的技术使穗条扦插15天内就可促进根原基发生，1个月根长可以达到1.5—3厘米，生根时间缩短70%以上"。

"这些苗带有营养坨，移栽成活率可以达到98%以上，1到2年即可成园。"繁育中心另一名负责人杨益宏说。

"何总，何总，何总！"远远的几声呼喊，一下子把记者从两个多月前的场景中"拉"了回来。

"是江海涛来了。"何维洒一边答应一边说。江海涛家住在四球古茶树核心保护区马家坪，世代和古茶树为伴，这些年一直默默地守着那些古茶树，所以对育苗的事非常关注，隔一段时间就要来繁育中心打探一番。

正说着，江海涛一大步跨进大棚，接过何维洒手中长满根须的茶苗端详一番，突然竖起大拇指连声说："这个技术好！不到3个月就长了这么长的根根，我们的四球古茶实现大面积产业化栽种有希望了。"

古茶繁育中心新平整的70多亩地，要建50多个科技大棚，可以再繁育四球古茶苗400万株。何维洒说："繁育中心繁殖的古茶苗根系发达，茶苗生长速度快，成园快。"

"一直都在想普安的山山岭岭都栽上古茶树，绘就绿水青山，实现脱贫致富。"江海涛说。

而江海涛所说所想的，其实就是普安县委县政府正在着力实施推进的产业举措。

四球古茶产业化的春天已悄然来临

12月中旬，普安迎来一次低温天气。

在寒风中，楼下镇堵嘎村的山坡上，村民们正在热火朝天地种植四球古茶苗，松土、打坑、放苗、回填、夯实，层层工序一丝不苟。楼下镇党委书记左伦介绍，目前堵嘎村已种植四球古茶424.5亩，如果茶苗跟得上，会种得更多。

"2018年普安将种植四球古茶5000亩，主要集中在楼下、青山、新店和罗汉等乡镇。"普安县茶业发展中心主任甘正刚说，普安各乡镇种植古茶积极性高涨，对古茶苗的需求量大，培育的古茶苗供不应求。

青山镇得茶苗之先机，镇党委组织委员李顺华说："青山是四球古茶树分布最集中的乡镇，当地村民也纷纷开展育苗移植。在托家地组，潘朝阳家20万株，马开富家5万株，张华强家5万株，谢金宏家5万株，马太刚家5万株；在马家坪组，唐仁高家5万株，江文标家10万株，青山2018年栽种了四球古茶近2000亩。"

"种植古茶的积极性高，主要是看到了其经济价值。"江海涛说。四球古茶外形细紧，条索乌黑，茶汤金黄、呈兰花香，入口鲜爽、醇厚、回味悠长、生津回甘，非常耐泡，今年茶青售价比上年涨了60%左右，一斤四球古茶均价8800元，市场的引导作用巨大，而这种积极性正是当地村民从市场的商机中捕捉而产生的。

2018年是普安四球古茶繁育的破冰之年，突破了科学化规模化繁育的瓶颈，接下来，如何更好地发挥普安四球古茶的优势，在量和质上齐下功夫，普安县茶业发展中心已有谋划。

甘正刚介绍，普安古茶树资源开发利用坚持保护为主，在保护中适度开发利用，多措并举解决好四球古茶保护和扩大四球古茶基地面积的问题。

在2018年引进新技术开展古茶树茶苗快速繁育的基础上，将选择优良单株四球古茶建设采穗母本园，今后，凡是规模化苗木繁育所需穗条，均全部从母本园采集，在满足生产用苗培育的同时，最大限度保护好原生环境下的古茶树资源。

接下来将启动古茶树优良品种选育基础性工作，利用新建基地、母本园、野生古茶开展环境与古茶品种适应性、不同生长年限茶叶理化指标测定分析等，选育适宜规模化种植的四球古茶新品种品系，为推广种植更大规模四球古茶奠定品种基础。

普安四球古茶的春天，已经悄然来临。

（2018年12月23日刊发于《贵州日报》）

世界茶源地普安：
"可以喝的活化石"四球古茶开采啦！

终于等到了！

2019年4月12日，深受茶界关注的普安四球古茶终于开采啦！

这一天，来自福建的、广东的、浙江的好些客商，纷纷赶到四球古茶树最集中的普安县青山镇哈马村，来亲眼见证四球古茶的开采场面。

青山镇哈马村托家地组，古树参天，沟深林密，鸟语花香，清晨的阳光还没洒下来，在雾霭沉沉的半山腰，那一棵棵古茶树下，就围上了不少人。

托家地的古茶树中，张国家房屋后的那一棵最大，树干一个人合抱不了，树冠高达六七米，枝繁叶茂，郁郁葱葱，新发起来的茶青青翠欲滴，散发出阵阵清香。

我们刚刚赶到古茶树下，就遇到普安县布依人家茶业专业合作社的理事长岑开文带着一帮人前来采茶。

"这棵树今年的茶叶卖给了岑老板，今天正式开采！"张国的老婆说道。

在普安，岑开文家可谓世代做茶，其对茶很是虔诚，对茶文化颇有些研究。在古茶树开采之前，这个茶老板按照古训，着布依族盛装，在茶树前焚香祷告一番，几分钟的祷辞仿佛让人回到了远古的从前。

这茶的确值得敬仰！

这个名字叫四球古茶的茶，已经在普安至少繁衍生息200万年。在1980年，普安和晴隆交界处的云头大山曾发掘出茶籽化石，经过中国科学院南京古生物研究所的多年研究，证实这茶籽化石正是四球古茶树的茶籽化石，年代距今至少200万年。这是世界上目前唯一发现的一颗茶籽化石，普安因此也被誉为"世界茶源地"。

沧海桑田，岁月轮回，寒来暑往，四球古茶一直传承至今。

更令人称奇的是，四球古茶如今仅在普安有分布，经普查共有20000多株，最高树龄在4800年，其中树龄1000年以上的就达3000多株，普安几乎每个乡镇均有古茶树，数量之多、范围之广、树龄之长，实属罕见。

"四球古茶开采喽！"随着一声高亢的喊声，布依族姑娘们像敏捷的猴子，一溜就爬到合抱粗的古茶树上。

指尖飞舞，如拨动古琴般，一颗颗一芽二三叶的古茶茶青就飞入盛装茶叶的竹篓子中，茶树上还飘来阵阵好些人听不懂的布依采茶歌，布依族姑娘们欢快得如同林中的百灵鸟。

"太震撼了，从来没有看到过这样大的古茶树！"福建茶老板黄志军说，他对四球古茶的神秘是敬仰已久，今天终于见到了真容，"做茶的不喝这个茶算是白活了！"

从广东来的陆振军说，"这里自然生态太好了，茶更好，非常有韵味！"与陆振军一道来的几个朋友拿起手机仔仔细细地把古茶树从头到脚照了个遍，连称"神奇！"

而在现场，最高兴的要数张国一家人。仅仅是这一棵古茶树，一年采摘茶青和卖四球古茶籽，就能给他家带来好几万元的收入。

"如今四球古茶是受严格保护的，采摘限量！"岑开文说。

据记者了解，四球古茶已经被认定为国家地理标志保护产品，四球古茶因口感醇厚，文化悠远，香型独特，甘甜爽口，被誉为"茶中极品"，就曾卖到50000元／斤的高价，因为数量太有限，许许多多的茶客想喝也喝不到。

目前，普安的四球古茶树发芽抽薹，陆续进入最佳采摘期。在四球古茶树最集中的青山镇的马家坪、托家地、普白林场等地，当地村民和各地茶叶企业每天都在高度关注着古茶茶青长势，一旦符合采摘规范就马上架梯上树。

长长的楼梯搭在托家地张国家那棵高高的四球古茶树上，当天岑开文一共收得这棵堪称四球古茶"茶树王"的茶青37.8斤。岑开文说："经提前联系预定，预计这几天在普安几个地方可收四球古茶茶青四五百斤。你用手捏一捏，这茶青是粘手的，光闻茶青就香得很。"

而在托家地，目前有四球古茶树的人家，都已经开始了采摘，当地此前专门成立了古茶专业合作社，种植加工四球古茶，目前已经初见效益。

4月13日，与托家地不远的马家坪的四球古茶树全面开采，据当地茶农江海涛介绍，马家坪的四球古茶树当天采得茶青近500斤，老百姓收入近10万元。

而与托家地隔着一个德依坝子遥相对望的鸡洞组，四球古茶资源也非常丰富，4

月 17 日，这里的四球古茶全面开采。村里古茶专业合作社理事长陈兴说，几棵树围在 100 厘米以上的古茶树，采单丛加工成古树红茶，口感非常好。"村里几十棵四球古茶树也已经陆续进入采摘期，今年不卖茶青了，我们已经联系了四球古茶加工工艺最好的制茶师来搞加工，附加值将更高。"陈兴说，"今年的古茶品质特别好，醇厚悠远，经久耐泡，香气馥郁，入口回甘。"

据了解，在普安，除了布依人家茶业专业合作社的岑开文在收购四球古茶茶青外，富洪茶业、宏鑫茶业等，以及当地的一些合作社都在收购，同时还有不少浙江、福建的外地茶商，前来"抢"古茶茶青。富洪茶业的老板张宁，是普安县茶叶协会会长，据他介绍，他家这几天已收得四球古茶的茶青一两千斤了。

随着四球古茶全面开采，普安县茶业发展中心这几天也组织技术人员，前往几个古茶主产区，查看古茶采摘情况，指导当地茶农规范采摘、科学采摘。

据介绍，今年普安四球古茶茶青价格比去年又有上涨，同比又涨了 10% 以上，老百姓凭古茶增收已经变成现实。普安县茶业发展中心主任甘正刚说："今年的古茶收成肯定要好于往年。"

（2019 年 4 月 15 日刊发于《贵州日报》）

全国300茶商汇聚黔西南州：
共商把"普安红"打造成中国红茶"茗星"

"我们把全国最优质的300多家经销商请到美丽的黔西南来，就是要大力推荐普安县脱贫攻坚'一县一业'扶贫支柱产业'普安红'，把这杯源于'世界茶源地'的好茶更好地推介给全国消费者，助推黔货出山。"2019年5月9日至10日，中国红茶标杆品牌"正山堂"茶业一年一度的全国经销商大会在兴义举行。"正山堂"执行董事张赛林告诉记者，扶贫情怀和茶业使命的叠加，再辅以400多年的制茶技艺，他们正致力于把"普安红"打造成中国红茶界的茶界"茗星"。

据介绍，普安是世界茶源地，是"中国古茶树之乡""中国茶文化之乡"，是优质茶原料的黄金产区，"普安红"已经跻身"中华文化名茶"之列。而"正山堂"是世界红茶鼻祖，引领着茶界的红茶发展风向。在脱贫攻坚中，黔西南州和普安县在2015年引进"正山堂"品牌，联合打造普安茶产业，推出了被茶界誉为"大叶种中的金骏眉"的"正山堂·普安红"茶。"正山堂"激活普安茶业一池春水，进一步助推"普安红"品牌建设、市场拓展、技术提升、质量提高。

2019年是国家级贫困县普安县减贫摘帽出列的关键之年，为了更进一步助推普安县"一县一业"扶贫支柱产业茶产业发展，中国红茶标杆品牌"正山堂"把全国的经销商大会放在了兴义举行。来自全国20多个省市的300多家"正山堂"核心经销商齐聚黔西南，聚焦"普安红"，领略"正山堂"品牌旗下的新贵风采，用资源配置市场的力量助推普安脱贫攻坚。

"正山堂用传承400多年的红茶技艺研制的'普安红'，有非常强大的市场竞争力，值得关注，必须向大家推荐。"张赛林说。普安是真正"高海拔、低纬度、寡日照、多云雾"的茶区，茶品质一流，并且这里的茶"古、早、净、香"，200万年的四球古茶籽化石就在普安和晴隆交界的地方出土，喝"普安红"就是在品200万年的茶历史和茶文化。

而"正山堂"第25代技艺传承人江志东更是向经销商极力推荐"普安红"。他说，2018年"正山堂"聚集全国最优质茶区的红茶原料，推出了"骏眉中国"，而在这款"正山堂"最新的核心高端茶品中，"普安红"是核心中的核心，重点中的重点。"普安红"作为"正山堂"核心产品体系中的重要一员，全国经销商一定要把握机会，在市场上力推。

在活动现场，刚刚端上来的"骏眉中国""普安红"，茶汤中饱含浓郁的香味，久久不散，令人心旷神怡。而在展厅，"正山堂"的系列传统核心产品大放异彩，全链条的多种新品一亮相就惊喜连连，让这些全国的经销商们眼放金光。

"'普安红'的确不错，很有文化底蕴，很有地域特色。品质好，还能助推脱贫攻坚。"在现场，来自全国的经销商们对"正山堂·普安红"系列产品和普安打造茶产业赞不绝口。而在4月初，已经有30多家"正山堂"经销商提前来到普安考察，洽谈合作事宜。本次全国经销商大会上，数十家经销商表达了强烈的合作意愿，正同正山堂普安红公司进一步洽谈合作细节，"普安红"的"茗星"风范初显。

据了解，目前普安县有茶园面积14.3万亩，投产茶园9.1万亩，2018年茶产业综合产值已经突破11亿元。在"正山堂"等品牌的引领下，"普安红"品牌效益也开始凸显，"正山堂"不仅对于普安，对于整个黔西南的茶产业都起到了引领作用。黔西南州多个茶区的从业者说，"借船出海""借梯登高"，"正山堂"助推黔西南普安茶产业发展的速度正在惯性加速。

（2019 年 5 月 12 日刊发于《贵州日报》）

"普安红"西子湖畔醉茶人

2019年5月15日至19日，在杭州国际博览中心举办的第三届中国国际茶叶博览会上，中国中大叶种红茶的代表——"普安红"举办了专场推介会，以优异的内在质量、深远的文化内涵、独特的香型口感，惊艳了境内外茶人，刮起一股黔茶出山的旋风。

本届茶博会以"茶和世界·共享发展"为主题，以深入实施乡村振兴战略、助力精准扶贫为主线，以塑强品牌和促进产销对接为重点，吸引来自国内外参展商1563家、采购商3300多名，迎来数十万茶人。

5天的展会虽已结束，但"普安红"引发的市场效应才刚刚开始。

品质动人

"这款红茶真的很香，很有特色，底蕴深厚，入口甘爽，非常耐泡，的确是好茶。"5月16日下午，中国国际茶文化研究会常务副会长孙忠焕、中国国际茶文化研究会副秘书长兼学术与宣传部部长陈永昊等来到黔西南展馆，在普安布依人家茶社和布依福娘茶业的展位，喝了几杯"普安红"后，对这款来自贵州的红茶赞不绝口。

茶博会这些天，黔西南展馆人流如织。当听说"普安红"来自世界茶源地——发现世界唯一一颗距今200万年的四球古茶籽化石的地方，并且当地还有20000多株古老的四球古茶树，一下子就激起了人们对这杯被誉为"可以喝的活化石"的红茶的兴趣，许多茶商向参展的布依人家茶业、正山堂普安红茶业、宏鑫茶业、布依福娘茶业等索要联系方式，表达合作意愿。

"没想到贵州有品质这样好的红茶。"青岛市墨韵春秋茶叶总经理乔清品过"普安红"后，兴奋起来。这位自称喝了几十年好茶的茶人评价道："醇厚，香味浓郁，口感很爽滑，一入口就特别喜欢。"

"真香啊！哪里的？"

"贵州普安的！"

对话间，观汤色，闻香，入口。"不错不错，这茶，好有特点。"几位日本茶商赞叹。

茶博会上赢得的点赞，再一次印证了专家给"普安红"的鉴定意见：外形条索细嫩、芽毫显露、显锋苗、色泽光润，汤色橙黄清澈明亮，香气滋味呈蜜、果、花香，香锐悠长、口感醇厚甘爽，叶底呈金针状、匀整，软香鲜活，独具韵味。

爆款潜质

茶博会期间，"普安红"除了在黔西南展馆展出，还亮相在茶博会的多个活动上。

5月16日早上，茶博会重头活动之一——中国当代茶文化发展论坛上，组委会把"正山堂·普安红"作为官方指定红茶，并作为代表性礼品赠送给来自国内外的近1000名重要嘉宾和茶界专家学者。论坛主办方还把普安县发展茶产业的优势和做法，作为论坛重要资料，以书面形式提供给参加论坛的专家学者和嘉宾。此外，在论坛现场入口处，还特别布置了"普安红"专有茶席。

由"普安红"冠名的"了不起的茶童"全国茶艺大赛角逐出来的佼佼者，作为"普安红"的代言人，在许多重要活动现场，就地铺上茶席，冲泡"普安红"，向来往茶人奉茶献茶。

本次茶博会还首次设立扶贫展区，重点支持"三区三州"茶企，包括来自武陵山、秦巴山、大别山、罗霄山等8个贫困片区的茶企。在武陵山扶贫展区，"正山堂·普安红"展点是人气最旺的地方之一。此外，在茶博会前夕举办的茶博会互动活动上，"正山堂·普安红"受邀提供了100份精致高端茶品，并举行抽奖活动，引起了全国茶商茶人的广泛关注。

"我们的产品虽然才投放市场1个多月，但已取得了不错的销售业绩，消费者非常认可普安茶，普安茶完全有成为'爆款茶'的潜质和优势，是我们公司主推的茶品之一。"在浙茶展区，叶之初茶业负责人何维洒说。叶之初茶业是浙江茶商在普安投资成立的，刚刚推出的普安小罐茶，以优质的茶品，极具竞争力的价格，引起许多茶商的关注。

茶博会上，普安茶器也成为一个亮点。用普安独有的龙溪石手工打造的"普安砚壶"，引来许多茶人的关注。中国国际茶文化研究会多位专家购买收藏，还有外国嘉宾接洽代理事宜。

"普安砚壶是用透气性很好的龙溪石雕琢，这个石头本身是做砚台的上好原料，晚清重臣张之洞曾撰文盛赞龙溪石砚，而今用这个石头制作的茶壶，可与紫砂壶媲美。"普安砚壶雕刻师娄忠学说，他带到现场的几十个茶壶很快被"哄抢"一空。

红茶新秀

5月17日下午，杭州国际博览中心人潮涌动，聚集了来自数十个国家和地区的茶人茶商，这里正在举办千年古茶"普安红"杭州推介会，现场被围得里三层外三层。

在表演者演绎的普安四球古茶传承历史的沙画中，千年古茶"普安红"专场推介会拉开序幕。唯美的沙画展示让大家的思绪飘到了西南一隅的"中国古茶树之乡"。普安县有关领导对普安茶产业的推介，又让大家对"中国茶文化之乡""全国十大魅力茶乡"普安在脱贫攻坚中，发挥比较优势，将茶产业打造成"一县一业"扶贫支柱产业，以及"普安红"有了更深的认识和了解。

普安茶文化源远流长，20世纪80年代出土了世界上迄今为止唯一发现的一颗四球古茶籽化石，经中国科学院南京古生物研究所检测，距今至少200万年。而在普安莽莽苍翠的群山之中，至今仍然生长着野生四球古茶树20000多株，千年以上树龄的有3300多株，被誉为"世界唯一普安独有"，"普安红"也被誉为"可以喝的活化石"。

茶，在普安已经繁衍了数百万年，这里有秦汉时期的茶马古道，也有禅茶合一的茶庵寺。除了悠久的茶历史和茶文化，普安自然环境独特优越，位于珠江上游南北盘江两大流域之间，高海拔、低纬度、寡日照、多云雾，平均海拔1400米，年均降雨量1400毫米，年均气温14℃，是公认的优质茶叶核心产区。贵州省山地气候环境研究所还为普安颁发了茶叶生长气候"特优"证书。

普安，是中国采茶最早的茶区之一，每年春节就能喝上新茶，被誉为"黔茶第一春"。悠久的历史文化，独特的自然气候，造就了"普安红""古、早、净、香"的特点。近年来，普安县委县政府在脱贫攻坚中，把茶产业作为扶贫支柱产业打造，已建成茶园14.3万亩，投产9.1万亩，并在全国数十座城市开设了"普安红"专卖店或专柜，还出口到俄罗斯、越南、欧盟等国家和地区。

这杯茶为什么好？中国茶叶学会理事长、红茶首席顾问江用文从专业的角度进行了解读。江用文说，全球目前红茶产量为320多万吨，占茶叶总产量的56%，近年来，在国内消费的推动下，中国红茶生产规模不断扩大，2018年红茶产量为26万吨，占全国产茶总量的10%，一批红茶品牌异军突起，比如"普安红"就是中国红茶新秀。

江用文进一步阐释，"普安红"能有如此优异的市场表现，总结有四点：一是有优良的品质。普安作为全球黄金产茶带的核心区，自然环境条件得天独厚，无污染原生态，高山云雾出好茶。二是建设了高标准的茶园基地。普安被授予"国家级食品农产品（茶叶）质量安全出口示范区"，"普安红"滋味很独特，安全有保障。三是普安茶树品种历史悠久。据贵州省茶科所测定，普安县四球茶简单儿茶素含量为 37.64～77.57mg/g，比率 28.45%～36.96%，复杂儿茶素含量为 17.33～38.01mg/g，比率仅为 13.14%～21.09%，简单儿茶素与复杂儿茶素的组成比率越低，表明茶树越古老，而普安四球古茶的比率显著低于其他地区的茶树，说明普安茶树非常古老。四是精湛的加工工艺。通过"萎凋—揉捻—发酵—烘焙—提香"等工艺加工而成的普安红茶，深受品茶爱好者的喜爱。

茶博会上，普安多家茶企斩获巨大，普安叶之初茶业、普安布依福娘茶业等分别与浙江的合作商签署了合作协议。杭州市茶楼业协会会长邱仁明表示，要将"普安红"引进到他们协会进行专柜展示，并介绍给杭州的茶楼。辽宁省大连市茶文化研究会会长、大连市古文化茶艺职业培训学校校长李莉表示，很想把来自"世界茶源地"的"普安红"通过他们的渠道推介到世界各地，让世界茶人领略"普安红"的韵味和风采。

（2019年5月22日刊发于《贵州日报》）

"世界茶源"新气象　声名鹊起"普安红"

——普安县打造"一县一业"茶产业微镜头

春到茶山，布依姑娘采茶忙。

2018年3月9日，对于普安茶产业来说，这个日子比较特殊。

这一天，全国人大代表、黔西南州委副书记、州长杨永英，在贵州代表团集中访谈现场，向国内外的记者隆重推介"普安红"，这款来自世界茶树原产地的茶一亮相，就吸引了全国乃至世界的目光，茶盏拿在州长手上，茶香却飘到万里之外的地方。

这一天，同样是全国人大代表的韦波，代表布依人家拿出从家乡普安带来的"普安红"，用"贵州冲泡"请大家品鉴，投茶问水间，这款弥漫着浓郁地域香的茶，以独特的品质征服了众多的人。

还是这一天，以"早"著称的普安茶，被贵州绿茶品牌发展促进会授牌认定为"黔茶第一春"，而在授牌现场的春茶交易中，短短半个小时就签约9280万元，普安茶在全国春茶市场抢得先机，在来自全国各地客商的"哄抢"中，普安发展茶产业的比较优势瞬间变成了经济优势。

从州长倾力"卖茶"，到各地客商"哄抢"，这仅是一天中普安茶在茶事中的微镜头。

普安茶产业声名鹊起，其背后的那些事更值得探寻。

200万年的等待，一朵茶花开的时间

"今年四球古茶的茶青怕要卖到200元1斤哟！"3月12日，普安县青山镇哈马村马家坪组的江海涛，走进山里巡视着60来棵古茶树，盼望着古茶树早点出芽，"今年的行情肯定要比去年好。"

马家坪组是四球古茶的核心分布区之一，四球古茶的行情和价值飙升，实在让这

个世世代代居住在这里的村民直呼"以前做梦都没有想到"。

江海涛说，马家坪组几乎家家地里都有古茶树，10 年以前，各家各户春天采一点自家喝或送亲戚，"剩一点拿到镇上去卖，也就是二三十元一斤"。

古茶树还是那些古茶树，这几年却身价倍增，4 年前的一次拍卖，一斤四球古茶拍得 5 万多元，四球古茶几乎一夜成名，一盏难求。

原因是什么？得益于普安县对茶产业的打造，以前"瞧不上眼"的木棒棒，而今成了宝贝。

马家坪的古茶让村民的腰包鼓了起来。而在离马家坪几十公里的普安与晴隆交界的云头大山，这个地方发现的世界唯一距今至少 200 万年的四球古茶籽化石，把普安茶的地位推到了一个崭新而无可比拟的高度。

普安是"世界茶源地"，是世界茶源在中国、中国茶源在黔西南的铁证。这里延续了 200 万年的茶文化和茶历史，正是普安发展茶产业独特的比较优势。

江海涛说，仅在哈马村的马家坪、干沟两个组，按照《古茶树保护条例》规定，在保护中采摘，今年就有 500 多棵可以采，预计可采摘古茶茶青 1500 斤。

四球古茶已经成为"中国国家地理标志保护产品"，目前，普安县正在利用高科技的组培方法，培育四球古茶树茶苗，2018 年育苗 100 万株，把这种"世界唯一普安独有"的乔木型古茶产业化栽培，让有着 200 万年历史的古茶树服务脱贫攻坚，成为带动一方经济的"摇钱树"。

这个世界，哪里还能品尝到 200 万年前的味道？哪里的茶历史、茶文化能追溯到 200 万年前？哪里还能完好保存着 200 万年前的活体古茶？只有普安！

这就是普安茶最神秘最独特的地方。

脱贫攻坚，一县一业"普安红"

这个时间，普安茶人不会忘记。

2015 年 5 月 12 日，时任贵州省委书记的赵克志和时任省长陈敏尔，在普安考察时，亲自把当地的布依"福娘茶"更名为"普安红"，寓意"普天之下、安定祥和、红红火火"，并对普安茶产业重点扶持。

3 年时间不到，"普安红"就跻身"中华文化名茶"，被业界誉为"中国中大叶种红茶的代表"，普安县在获得"中国古茶树之乡"称号后，跻身"中国茶文化之乡""全国十大魅力茶乡"，连续多年入围"全国产茶重点县"，成为"国家级食品农产品（茶叶）出口质量安全示范县"。

这些都是普安县委县政府在脱贫攻坚中，充分发挥资源优势，把茶产业作为扶贫支柱性产业重点打造取得成效的体现。

扬比较优势，打造支柱产业。普安发展茶产业有两个相得益彰的优势特别明显——茶文化优势和自然环境优势。延续200万年的茶文化，和高海拔、低纬度、寡日照、多云雾的自然环境，加以立体气候明显、土壤多腐质土、有机质含量高等条件，成为普安打造茶产业得天独厚的资源条件。

强茶叶基地，夯实产业基础。在20世纪80年代，普安县就已经建成万亩茶场，成为了贵州省的红茶出口基地。在打造茶产业的新征程中，普安县在此基础上，加强基地建设，扩大茶叶种植面积，2017年，全年种植茶叶2.2万亩，全县茶园面积达14.3万亩，全县12个乡镇（街道）都有茶园，县里定下目标是在最近3年育苗4.68亿株，再经几年努力，将普安茶园种植到30万亩，基本实现人均一亩茶。

严源头管控，保证茶叶品质。安全最为关键，品质决定一切，县里严格按照绿色生态茶园的标准，对全县茶园进行动态管控，从栽种、施肥、除草、采摘、加工、储存、运输等各个环节，进行关键监控。同时不断提升"普安红"制茶工艺，不断提高品质，多家企业生产的"普安红"达到欧盟标准。

奋力强品牌，树自信博市场。2016年以来，县里实施"普安红"品牌打造战略，举行了"普安红"四球古茶树保护全球公益众筹活动、全球寻找"红女郎"普安红形象代言人国际选拔大赛等一系列的品牌活动，使"普安红"知名度和美誉度迅速提升。

目前，普安县茶产业第一期扶贫子基金已经获批3.2亿元，重点推进低产茶园改造、企业设备提质升级等，2017年2万亩低产茶园改造已经完成。宏鑫茶业、布依人家茶业、富洪茶业、盘江源茶业、布依福娘等一批县域骨干茶企，不断扩大加工规模，带动效应非常明显。

也正是看中了普安县独有的古茶树资源和无可比拟的自然生态资源，经过黔西南州政府主要领导亲自牵线，中国红茶标杆品牌"正山堂"正式牵手"普安红"，打造出的新品"正山堂·普安红"得到茶界高度认可后，目前位于普安县双创园的"正山堂·普安红"加工厂已经建成投用，高端的"普安红"将随着正山堂的渠道流向各地。

几乎走过全国所有茶区的浙江茶企老板何维洒，用审视的眼光考察了全国茶区后，最终决定在普安投资建厂,他的普安叶之初茶业公司经过加班加点安装设备,在2月19日正式开工,目前每天都开足马力加紧生产。

同步小康,"普安红"铺就致富路

这段时间,在普安县江西坡镇,最热闹的地方是茶山。

进入春茶开采期以后,茶山上每天有上千人采茶。"'乌牛'早采了,'龙井43'又出芽了,接着大叶种茶也可以采了。"普安县茶业发展中心有关工作人员说,普安茶进入了盛产期,采了生产高端绿茶的茶青,接着采生产高端红茶的茶青。

茶农乐了。在茶神谷,一坡的采茶人忙得没有时间回答记者的提问,随行的茶企老板说,今年茶青最高卖到80元一斤,一个熟练工一天能有100多元的劳务收入。

江西坡的贫困户蒋先红,种了15亩茶,今年短短一个多月采摘春茶就收入4万多元。布依人家茶叶专业合作社的潘方云,这段时间加工龙井新茶1200斤,红茶500斤,仅加工费就收入16万元。而蒋先红和潘方云仅仅是江西坡众多茶农中的一员。

除了采摘茶青,刚刚种植的茶园的管护也给农户带来不少收入。在龙吟镇,宏鑫公司请了220多个村民到茶园务工,其中147名精准扶贫户,每天收入100元。

除了茶农高兴,普安茶叶企业也兴奋得甩开了膀子。

宏鑫茶业公司目前已经在深圳建立了"普安红"全球营销中心,这个距离深圳机场4公里的中心占地1500平方米,高薪聘请了280人,主攻产品研发、电子商务、品牌推广,瞄准国际国内市场开展业务。刚刚开业10多天,已初有斩获,"刚刚试运行,日进15万元以上,我们将用全新先进的营销模式,把'普安红'营销带上一个更高的层次",宏鑫茶业董事长曹宏说,对于"普安红",他的宏大计划正在有条不紊地实施中。

省级扶贫龙头企业——普安县布依人家茶叶专业合作社一边苦练内功,将几个分厂进行升级改造扩大产能,一边积极拓展市场。理事长岑开文说:"合作社已经在州内的安龙、贞丰、普安和兴义开设了6个专卖店,在北京马连道茶城、中国公安大学、公安部第一研究所等开设专柜,今年已经在普安东城区布依茶源小镇和兴义桔山开设了2家专卖店,还计划在贵阳、深圳、南京、兰州等地开设专卖店,让全国各地的爱茶人士都能喝上高品质的'普安红'。"

而本土的富洪茶业、布依福娘茶业等也在纷纷攻城略地,各出奇招拓展市场。

在同步小康路上，"普安红"让茶农的生活越来越红火。据普安县茶业发展中心统计，2017年，普安茶产业实现产值9.56亿元，全县涉茶产业人数7022户26954人，其中：贫困户2354户9766人，户均收入1.12万元，在茶叶种植区域的涉茶贫困户脱贫575户2300人，人均收入达到4500元，而2018年，这个数字还将会被刷新。

（2018年3月26日刊发于《黔西南日报》）

贵州茶香飘"中国绿茶第一市"

3月28日，第十一届中国茶商大会·松阳银猴茶叶节在浙江松阳县举行，来自"中国古茶树之乡""中国茶文化之乡"贵州普安的茶叶成为"黑马"备受瞩目，中国国际茶文化研究会会长周国富、中国茶叶流通协会会长王庆等国内茶界专家专门前往浙南茶叶市场普安茶门店视察品茗，这杯来自"世界茶源地"的普安茶获得如潮好评，市场表现也让人刮目相看。

当天，全国上千茶商聚集浙江松阳，在第十一届中国茶商大会开幕式后，茶商们蜂拥进入浙南茶叶市场，洽谈茶事选购茶叶。第十二届全国政协文史和学习委员会副主任、中国国际茶文化研究会会长、十届浙江省政协主席周国富，中国茶叶流通协会会长王庆，在中国国际茶文化研究会常务副会长、杭州市人民政府原市长孙忠焕，浙江省农业厅厅长林健东，中共丽水市委书记张兵，中共松阳县委书记王峻等陪同下，进入市场巡查，了解今年茶业市场行情。当周国富、王庆等茶专家一行巡馆结束准备离开时，听说贵州普安的茶到浙南市场开了专营店，销售非常火爆时，当即折回表示要到普安茶的门店一看究竟。

在浙南茶叶市场，普安茶门店占了两个门头，上下两层近百平方米，门口堆着准备马上发货的40多箱茶叶，五六个经营人员正在一边忙着对茶叶进行分装，一边接待涌来询价买茶的茶商。周国富、王庆等一行10余人径直来到门店，普安茶经营负责人何维洒赶紧拿出刚刚从贵州普安快运过来的"普安红"和"黔茶第一春"绿茶，用"贵州冲泡"请专家们品鉴。投茶问水，芳香满室，周国富、王庆对"普安红"和普安绿茶的外形、香气、口味赞许有加，在仔细了解普安茶的情况后，专家和陪同领导纷纷鼓励何维洒和他的团队，要把作为当地扶贫支柱型产业的普安茶做大做强。

在浙南茶叶市场经营普安茶的何维洒，家在浙江，三代制茶，这个几乎走过全国所有茶区的资深茶人，在浙江、四川、湖南、贵州等地拥有多家茶叶加工厂，2017年下半年到普安，了解到普安独特的自然气候、良好的生态环境，特别是拥有世界唯一的四球古茶和逾200万年的茶文化后，决定在普安投资建厂，并把总部定在普安。经过紧张筹备，2018年2月19日正式收青制茶，然后快运到浙南茶叶市场发往全国各地，截至3月下旬，营业额流水已经突破2200万元。

何维洒对茶专家们说，贵州普安的茶叶原材料品质很好，加上他们带过去的浙江茶叶加工工艺，制作出来的茶，不管是红茶还是绿茶，品质都是极好的，在浙南茶叶市场很受欢迎，基本上是每天运来多少就卖出多少，没有库存。虽然普安茶叶进入浙南市场很短，但很快就打开了局面，销到山东、江苏、河南、上海和浙江本地等多个省市。

在普安茶门市，正在等待发货的山东潍坊茶商方宏伟说，他做贵州茶已经多年，虽然今年才开始卖普安茶，但普安茶的独特品质已经在山东取得了良好的口碑。

据了解，浙南茶叶市场被誉为"中国绿茶第一市"，2017年市场茶叶交易量达7.68万吨，交易额突破57亿元，已经成为全国茶叶重要集散中心，集中了国内一流茶品在市场同台竞技，国内主要产茶区的茶叶在这个市场都有销售，而普安茶正以其独特的品质，借助浙南茶叶市场这个舞台，从贵州香遍全国。

（2018 年 3 月 29 日刊发于《今贵州》）

"八要素"助力普安长毛兔产业风生水起

小小长毛兔，扶贫大产业。

普安县在决战脱贫攻坚决胜同步小康过程中，充分利用综合比较优势，打造"一县一特"扶贫支柱型产业，大力发展"短、平、快、可持续"的长毛兔产业。

几年前，普安民间就有"一只兔，油盐醋；十只兔，新衣裤；百只兔，娶媳妇；千只兔，进城住"的顺口溜，长毛兔在普安已经有了较好的发展基础。

如今，普安正抓住浙江宁波对口帮扶的契机，着力把长毛兔产业打造成精准扶贫的特色产业新标杆。

创新运作模式，扩大养殖规模，设计利益链接，注重产业实效，普安按照农村产业革命"八要素"要求，长毛兔产业发展如火如荼，各乡镇规模化的养殖小区建设全面铺开。

优势资源助力长毛兔产业化

普安县江西坡镇的颜亨忠，在普安是养兔名人。这个年近六旬的老人，和老伴在家边带孙子边养兔，不仅自己脱了贫，还带动了几十户乡亲养兔增收。

"养长毛兔，投资不大，老人小孩都可以养，还花不了好多时间。"老颜说。

其实，长毛兔养殖，在普安已有十来年的历史。2015年前，长毛兔兔毛价格走高且稳定，普安长毛兔养殖户由此获得了大红利。慢慢地，养殖长毛兔的人越来越多，普安养殖长毛兔引起了外界的高度关注。

而对普安养殖长毛兔进行科学的研判，是在2016年7月，来自世界各地的长毛兔专家齐聚普安，参加生态文明贵阳国际论坛2016年年会黔西南州生态示范项目——普安县长毛兔产业观摩会。

会上，专家们放眼全球、立足中国、着眼贵州、聚焦普安，实地观摩调研后发表了《长毛兔产业发展普安宣言》（以下简称《宣言》）。

《宣言》指出，黔西南州普安县利用当地独特的气候生态资源、丰富的草山草坡资源、富集的农村劳动力资源，借助投资小、周期短、见效快、效益好的长毛兔产业，促进生态环境保护利用，加快脱贫攻坚增收致富，深化农业产业结构调整，可资山地高效特色农业发展之借鉴。

《宣言》还特别强调，世界长毛兔产业看中国，中国长毛兔产业发展后劲在西部、优势数贵州、领头在黔西南。普安正在中国"东兔西移"战略中打造民族特色山地经济创新发展示范区。

据普安县兔业发展中心负责人邓德伟介绍，普安发展长毛兔产业优势的确明显：一是普安县气候温凉，冬无严寒，夏无酷暑，年平均气温仅14℃，最高气温28～31℃，最低气温零下3℃，而且昼夜温差大，非常适宜长毛兔养殖。二是有丰富的饲草资源，能就地取材降低长毛兔养殖成本。三是普安县的气候条件能促进兔毛生长，每年可多剪一次毛。

更重要的是，2016年以来，普安县委、县政府在决战脱贫攻坚决胜同步小康战役中，发挥比较优势，把长毛兔产业作为"一县一特"来打造，把这个"短平快"的产业打造成脱贫攻坚支柱产业。

目前，浙江宁波在东西部协作中，进一步加大帮扶力度，一个精准扶贫的特色产业新标杆，正在普安由一只只长毛兔变成现实。

长毛兔养殖小区成脱贫"助推器"

从普安县城往西南，20多分钟的车程就到了南湖街道保冲村新寨组。

新寨四面环山景致迷人，而最吸引人的是保冲村长毛兔养殖示范基地，一排排整齐的兔舍，蓝瓦白墙，蔚为壮观。

"保冲新寨养殖小区占地面积76亩，现有兔舍48栋，有兔笼24192个，目前已经入驻建档立卡贫困养殖户48户，引进种兔4800只。"南湖街道办党工委书记刘庆荣向记者介绍，这个养殖小区共投入资金1086万元，正在打造全县的示范小区。

36岁的庄稼汉彭南华是精准贫困户，到小区养兔两个月，喂食、掏粪、检查样样在行。

在兔舍中，26岁的蒋加琴正在逐一检查兔笼中的母兔怀孕情况。和彭南华一样，蒋加琴也是精准贫困户，5月15日正式到小区养兔。

"她照顾兔子，比照顾自家娃娃还要好！"养殖小区负责人唐刚说，蒋加琴家目前养了100只兔，全是"带娃"的种兔，不少兔子已经开始产崽。

"每只母兔1年产崽4次，每次约成活5只，每只售价120元，每只种兔产值就有2400元。"唐刚说，种兔是一笔收入，而卖毛又是另一笔收入。预计到2018年底，新寨长毛兔养殖小区将产兔毛15吨，产值270万元，户均增收3万元以上。

在南湖街道大湾村大洼子，当地致富带头人任鑫投资150万元建设的长毛兔养殖小区，有5栋兔舍和一间饲料加工厂，1000多只长毛兔体壮毛长。

"高山组的精准扶贫户代太立一家三口都在这个养殖小区务工，每人每月2000元。"大湾村第一书记李奎说，大洼子养殖小区有5个精准扶贫人口在这里上班，每月工资2000元至2200元，如果养得好，还有提成。

除了安排精准扶贫户务工，大洼子养殖场还带动建档立卡贫困户14户20人入股，每年每户分红1600元。

同时，大湾村林场附近，另一个在建的长毛兔养殖小区已经接近完工，这个建筑面积3000平方米的小区有标准兔舍6栋，可养长毛兔3000只，计划2018年8月底投用，将带动建档立卡贫困户6户18人入驻养殖长毛兔。

在盘水街道红星村的长毛兔养殖小区，不仅是智能化程度最高的长毛兔养殖小区，也是规模最大、带动贫困人口最多的长毛兔养殖小区，占地面积70余亩，兔舍33栋，现兔存栏8500多只，每年产毛14吨，繁殖幼兔16000只，年产值452万元，纯利润约258万元。

"盘水街道目前已经有4个长毛兔养殖小区建成投产，共养兔1万来只。"盘水街道办主任刘远辉说，除了红星村，连花村的3个长毛兔养殖小区已经投用，总计覆盖了贫困户90余户。同时，2018年以来盘水街道启动19个长毛兔养殖小区建设，截至目前已竣工2个，其余17个建设完成90%以上，所有养殖小区全部建成使用后，盘水街道可增加兔存栏5.7万只。

"今年开工建设了9个长毛兔养殖小区，每个小区有笼位3024个，可养殖长毛兔27000多只。"白沙乡乡长王思鸿说，今年建设的已经完工5个，其中铁厂村4个，卡塘村1个。而白沙计划建设长毛兔养殖小区23个，建笼位69542个，可覆盖带动276户贫困户养殖。

在白沙乡的大小寨村，2016年引进的普安阳光牧业的长毛兔养殖小区，目前种兔存栏量1000余只，起了示范带动作用，待其余长毛兔养殖小区建成，将由这家公司组织贫困户进行养殖技术培训，预计2018年带动108户贫困户入驻养殖小区养殖长毛兔脱贫致富。

其实在普安县，除了南湖、盘水、白沙以外，兴中、高棉、罗汉、地瓜、青山、新店、楼下、江西坡、龙吟等乡镇长毛兔养殖小区建设也在持续推进，长毛兔养殖小区成了当地脱贫攻坚的"助推器"。

据普安县兔业发展中心负责人介绍，目前普安县长毛兔养殖户724户，其中带动精准贫困户500户，已建长毛兔养殖小区39个，在建170个。

"五提供一收购一保底"让贫困户吃下定心丸

把长毛兔产业作为扶贫支柱型"一县一特"产业，让老百姓受惠，一直是普安县委、县政府的目标，为了实现这个目标，要在产业发展中紧紧抓住产业革命"八要素"。

普安县新普科技公司的培训教室，是技术人员给养殖户进行技术培训的地方，培训由县兔业发展中心和新普科技组织，不收养殖户培训费，还免费提供食宿。这是普安县发展长毛兔产业的"一提供"——提供技术培训。

而对于养殖户来说，普安县推出的"五提供一收购一保底"政策，更是让他们吃下了定心丸。

"五提供"就是统一提供技术培训、提供兔种、提供饲料、提供药品器具、提供技术服务。

"一收购"就是兔毛由新普科技统一收购，应收尽收。

"一保底"就是在长毛兔市场价格低谷期，对养殖户的兔毛实行保底价收购，差价由政府和企业一起补贴。

不仅要降低养殖风险，还要解决贫困户的启动和流动资金问题。对此，普安县又出台了一系列扶持政策：

给每户精准贫困户提供100只成年种兔、5000元饲料的补助；

兔笼位达500个以上，兔存栏达300只以上，可按当年小微企业指标为准申请小微企业政策扶持；

从2017年10月1日起，将兔毛保底收购价格提到优质毛90元／斤、一级毛80元／斤；

给予饲料补贴，兔饲料每斤补贴0.3元，新普科技把成年兔饲料由原来的1.35元／斤降至1.05元／斤、小兔饲料1.6元／斤降至1.3元／斤出售给养殖户，由县兔业发展中心按照养殖户实际采购量补贴给新普科技。

与此同时，建档立卡精准贫困户还可以享受以下补助政策：

兔笼补贴，新建兔舍兔笼数达到200个以上，经验收合格一次性补助12000元；

引种补贴，笼位数达到200个以上的，每户补助40只种兔，一次性补助6000元；

种草补贴，种植优质牧草的长毛兔养殖户，每户种植不低于1亩，每亩按200元给予补助，最高补助2亩。

此外，对200个笼位以上、缺乏启动资金的养殖户，由财政专项扶贫资金给予贷款贴息补助，贴息期限为1年，每户养殖户最高可享受2万元贷款贴息（贴息资金约1600元）。

正是有了成体系的扶持设计，普安县长毛兔产业发展有了保障，目前养殖户的利润空间逐步增加，养兔积极性逐步提升。

"每只兔1年剪毛5次，每次0.5至0.7斤，兔毛就按均价80元/斤算，除去饲料、药品等养殖成本，每只长毛兔年纯收入达100元左右，一个贫困户养300只，就可以增收3万元。"在新寨养殖小区，刘庆荣和养殖户算的收入账是这样的。

示范带动利益联结 "养殖" 新希望

"从他们身上，我们看到了脱贫的希望！"在培训会上，几个养殖户告诉记者。他们指的是通过长毛兔养殖脱贫致富的代表。

"万万想不到肖光田居然能养长毛兔！"红星村的村民说。

不被"看好"的肖光田是红星村尾巴田组建档立卡精准贫困户，肢体有残疾，妻子患有慢性病，基本生活无法自理，而两个孩子正在求学，家庭非常困难。

2017年11月，在红星村村干部的反复动员下，肖光田加入了长毛兔养殖队伍，他用政府补助的100只长毛兔和5000元的饲料补贴资金入股，每年给分红1600元，又用县里帮助协调的2万元帮扶资金买了100只兔子自己养殖，目前已经发展到200多只，两次卖兔毛收入9000元。

在红星村，还有个养长毛兔的"双带支书"李忠金。2017年6月开始，红星村党支部书记李忠金积极带头发展长毛兔产业，他以龙头企业分配给他的500只长毛兔和2.5万元的饲料作为养殖长毛兔的基础，负责带动5户精准贫困户养殖。

通过近一年的发展，李忠金的长毛兔增加到600多只，已经销售兔毛1200多斤，销售400多只小兔，总收入达到15.8万元，除去5万元成本，在分红给5户贫困户8000元后，自己还赚了10万元。

今年5月3日，浙江省考察团到红星村考察，给予了李忠金很高的评价，称之为带头养兔带头致富的"双带支书"。

其实，肖光田、李忠金等这些典型的树立，都得益于普安县政府在长毛兔养殖过程中建立的养殖模式和利益链接机制。

为了打造可持续的精准扶贫特色产业新标杆，普安县引进浙江新大德信兔业，并在本地注册了新普科技公司，作为龙头企业带动长毛兔产业发展。采用"龙头企业＋合作社（养殖小区）＋精准贫困户"等运营扶贫模式，加强政府引导，注重市场运作，按照市场规律发展产业。

目前，普安县正在全县修建智能规范、功能完善的养殖基地和养殖小区，由贫困户组成合作社，多级联动利益联结，在"五提供一收购一保底"的保障下，再经过政策补助，让农户掌握了养殖技术，打通了兔毛销售渠道，降低了市场风险，增加了贫困户收益，增强了产业发展后劲。

长毛兔产业升级，已在普安打造精准扶贫特色产业新标杆的行动中，拉开序幕。

（2018 年 7 月 24 日刊发于《贵州日报》）

普安县长龙强：
自古香茗敬雅客，焙香一壶结知音

2019年9月19日上午9时，"普安红"县域品牌日暨阿里巴巴"一县一业"普安示范项目启动仪式，在中国古茶树之乡、中国茶文化之乡、世界茶源地普安县东城区布依茶源小镇古茶城举行。

在启动仪式上，普安县委副书记、县长龙强向来自全国各地的嘉宾和媒体记者重点介绍了普安县发展茶产业的具体情况。

龙强说，好山好水出好茶，一芽一叶吐芳华。茶是大自然赐予普安人最宝贵的绿色珍宝，在这片淳厚的土地上发现了世界唯一的四球古茶籽化石，孕育着全国最为集中的野生四球古茶树群，连片的万亩翠绿茶园，在云迢迢雾茫茫、高山绿水间尽情的汲取精华、淬炼，享尽了"高海拔、低纬度，多云雾、寡日照，有机质、无公害"等得天独厚的生态优势，造就了普安茶滋味浓醇甘甜、韵味持久的独特气质。

普安的茶，一是"古"。普安有世界唯一迄今200多万年的四球古茶籽化石，有兴盛于唐宋时期的茶马古道，有修建于明末时期的茶庵寺等历史古迹，有世界上最古老的野生四球古茶树2万多株，被誉为"可以喝的活化石"，是"中国古茶树之乡"。

普安的茶，二是"早"。土壤有机质含量多，地热资源丰富，核心产茶区的春茶采摘比全国其他地区早20天左右，每年春节前即可喝到新茶，被誉为"黔茶第一春"。

普安的茶，三是"净"。获批"国家级出口食品农产品（茶叶）质量安全示范区"。茶园管理严格，坚决不使用草甘膦等农药，制作过程工序规范，叶不落地，做出的茶干净，泡茶时不用洗茶即可饮用。

普安的茶，四是"香"。茶芽持嫩性好，红茶香气高锐，带自然花香。《夜郎风物志》记载："其茶香异于常，烹煮时香风溢野，饮之使人熏然欲醉，如梦至南柯耳。"

普安始终将茶产业作为脱贫攻坚"一县一业"主导产业，经过多年努力，全县茶园已发展到14.3万亩，投产茶园9.1万亩，县内从事茶产业的企业（合作社）有193家，茶农2.77万人，从事茶产业的贫困户1.19万人。茶产业已成为普安脱贫攻坚重要产业之一，广大农户通过茶产业走上了致富道路。

通过公安部、阿里巴巴的倾情相助，普安茶产业而今又站在了新的起点上，借助阿里巴巴的推广和销售平台，乘着"黔茶出山、风行天下"的东风，普安茶品牌、销售将得到提升，进一步提高茶产业的经济效益和社会效益，增加群众收入，助推脱贫攻坚。

自古香茗敬雅客，焙香一壶结知音。一份美好茶缘，让我们相聚普安；一份绿色情怀，让我们延续情谊。普安愿与天下茶人共同分享这份自然最美的馈赠，以茶会友、以茶扬文，普安诚邀四海嘉宾和社会各界有识之士到普安旅游观光，以茶兴业、以茶惠民，共同为普安决战脱贫攻坚、决胜全面小康而努力。

（2019年9月19日刊发于"天眼新闻"）

突破！普安夏季大宗红条茶受市场追捧

2019年8月26日下午，一辆13.5米长的大货车停在普安县东城区布依茶源小镇，工人们正在将打好包的茶叶往车上送。"这一次总的发了771包，每包40斤。"普安县布依人家茶叶专业合作社理事长岑开文说，当天发的茶叶是用当地夏季大宗茶青生产的大宗红条茶，这批夏季红条茶的交货，标志着普安夏季大宗红条茶的市场拓展取得了突破。

据介绍，普安县在脱贫攻坚中把茶产业作为"一县一业"扶贫支柱产业来发展，普安夏茶市场稳中有升，但夏茶生产中，以往都是生产炒青绿茶和烘青绿茶以及黑茶和红碎茶，用夏茶大宗茶青生产红条茶的非常少。

而普安夏茶大宗茶青制作大宗红条茶的市场突破出现在一次展会上。

2019年6月底，在贵阳市南明区举办的2019"黔茶飘香·品茗健康"茶文化系列黔茶推广活动中，普安县茶业发展中心组织普安茶企参会推荐普安茶，作为省级扶贫龙头企业的普安县布依人家茶叶专业合作社到现场进行了推介。在此期间，省农业农村厅党组副书记、副厅长、省茶办常务副主任胡继承将普安县布依人家茶叶专业合作社推介给广州市大叶诚茶有限公司负责人，而广州的这家公司，正在到处寻找大宗红条茶的加工合作企业。

随即，广州这家茶叶公司委派世界精品茶叶冲泡冠军、裁判员魏矗巍赶到普安，对普安的茶园基地和加工工艺等进行深入考察。在查看了普安茶园的生态环境、茶叶加工的技术工艺、茶山的规范管理，在对成品茶的口感及耐泡特性等进行全方位了解后，考察还没有结束，魏矗巍就对普安茶给予高度评价："茶叶品质优良，叶底油润，内含物质丰富，风味独特，经久耐泡，芳香馥郁。"当即给布依人家茶叶专业合作社下了生产大宗红条茶订单。

经过近两个月加班加点的生产，8月26日已经是第三次发货了，重量为15吨。"这是普安夏季大宗茶青加工大宗红条茶的市场突破。"岑开文说，广州这家茶企对普安大宗红条茶的品质非常满意，2019年下了250吨的订单，并表示将提前打款交订金长期收购普安大宗红条茶，同时表达了与普安县更多的红条茶生产企业合作的意愿。

"普安夏季大宗红条茶的市场突破，将打破以往普安夏季大宗茶生产以绿茶为主的单一局面，使夏季大宗茶也与春茶一样，红绿辉映共闯市场。"普安县茶业发展中心主任甘正刚说，一亩茶园的夏秋大宗茶青一般均在3000斤以上，为茶农每亩增收3000元以上，夏季红茶的市场突破，将使普安夏季大宗茶的生产结构更加多元，产品体系更加完善，茶农增收更有保障。

（2019年8月27日刊发于《贵州日报》）

普安："1234"推动茶叶种植破题结构调整

2019年初冬的普安，一场以种茶为重要抓手的农村产业革命正在如火如荼地进行着。产业结构调整究竟如何搞，如何把"中国古茶树之乡""中国茶文化之乡"和"世界茶源地"的招牌，用产业的规模与产品的质量擦得更亮，让农户从产业结构调整中得到长远的实惠，普安县长龙强近两月密集下村下组下地块调研，全力持续不断推动茶叶种植，就是为了以茶破题，用茶来培育支柱产业助农增收。

县长密集下村下组，地块中查看产业调整

9月30日上午，普安县委副书记、县长龙强主持召开全县农业产业结构调整茶产业发展推进会，全面安排部署产业结构调整中的茶叶种植和秋冬种推进工作。

10月3日，龙强带队到地瓜镇屯上村、盘水街道莲花村督导农业产业结构调整、茶叶种植推进等工作，经深入调研后提出打造南部、北部、中部3个片区示范产业带。

10月4日上午，龙强带队到高棉乡冬瓜村、地泗村、棉花村和驻村干部座谈共商农业产业结构调整。

10月14日，黔西南州州长杨永英到青山镇哈马坝区、古茶树育苗基地调研秋冬种、农业产业结构调整等工作，确定推进烤烟+。龙强陪同调研，并详细地汇报了结构调整工作。

10月16日下午，龙强到盘水街道大榜村、兴中镇海寨坝区督导农业产业结构调整。

10月20日上午，龙强到地瓜镇岗坡村、江西坡镇细寨村调研农业产业结构调整，要求当地干部把产业结构调整和"不忘初心、牢记使命"主题教育结合起来，把产业结构调整落到细处、实处。

10月21日，龙强到罗汉镇罗汉社区、海子村，新店镇雨核村督导农业产业结构调整、秋冬种和茶产业种植等工作情况。

10月29日下午，龙强在青山镇主持召开普安县农业产业结构调整暨中南部片区茶叶种植推进会，全面推进农业产业结构调整和茶叶种植。

11月2日下午，龙强到白沙乡、高棉乡督导农业产业结构调整暨秋冬种、茶叶种植工作。

11月3日，龙强到新店镇雨核村窑上、花月村茶花岭，督导农业产业结构调整暨秋冬种、烤烟+、茶叶种植工作。在现场，他要求探索合作社组织农户参与模式，做实烤烟合作社。

11月11日下午，龙强到地瓜镇、岗坡村督导农业产业结构调整暨茶叶种植工作。

密集下乡下村下到地块，龙强就是想掌握各地落实的情况，调研结构调整的难题，了解第一手的资料，思考推进的方法。

产业结构调整，必须说出和做到"1234"

经过一段时间的密集调研，普安农村产业结构调整的思路，在龙强心中渐渐成型。

10月17日上午，龙强主持召开普安县2019年秋冬种暨2020年产业结构调整工作推进会。在会上，他提出"1234"工作法。

"1"即一个目标。普安要坚决完成11.84万亩农业产业结构调整的目标任务，围绕这个目标，全力以赴完成5万亩茶叶种植和蔬菜、中药材、食用菌等特色产业种植。

"2"即发挥两个方面作用。第一个方面，要发挥好县农业农村局统筹协调和指导监测作用。县农业农村局即日起，技术人员立即下沉到每一个地块上去，和乡镇（街道）一起，解决种什么、地在哪里、如何种、技术服务怎么保障、产品销往哪里的问题。同时，要强化过程管理和日常调度，环环相扣，精准监测和分析统计调整数据，确保数据精准，目标任务完成真实。

第二个方面，要发挥好乡镇（街道）主体作用，乡镇（街道）党政主要负责人分片包保农业产业结构调整工作，包保任务要具体到每一个地块上去，要按照产业发展"八要素"要求亲自谋划、亲自安排、亲自调度、亲自督促，一个问题一个问题盯紧解决，一个节点一个节点扎实推进，确保工作真正落到实处，在规定的时间内完成，绝不能再掉链子。

"3"即做实三个方面工作。首先，要做实基地。普安今年农业产业结构调整的一项重点工作就是茶叶种植，县委县政府下定决心，在南部、北部分别高标准布局茶产业连片示范基地，每亩补助标准提高到了2200元，支持把基地做实，茶叶基地建设要覆膜种植，确保种一片得一片。同时，坝区、其他经济作物连片示范基地也要高标准、务实地推进。

其次，要做实合作社。必须帮助和支持合作社发展壮大，强化合作社的组织带动作用。推进茶叶种植，采取茶企领办，负责前端和末端的指导、技术、标准、销售，中间环节由合作社将农户组织起来实施，通过补助产业，做实合作社让农户参与受益，每个乡镇（街道）必须围绕做实合作社重点探索打造一个示范点，统筹推进这项工作。

最后，要做实产销对接。农业产业结构调整成功不成功，最关键在于产销对接，在谋划产业选择时，一定要考虑市场销售的问题，积极引进或与龙头企业合作，签订保底收购协议，保障农产品销路，让农户通过农业产业结构调整获得更高收益，激发群众积极性。同时，要加强风险意识，一定要找准龙头企业，签订保底收购协议。

"4"即要强化四个方面的保障。一是强化资金保障。现在是种茶的关键时期，需要资金的支持和保障，保障今年5万亩茶叶种植有序推进。

二是强化质量保障。今年农业产业结构调整工作一定要高标准、高要求，深入研究调整的每一项产业，抓具体抓深入，确保取得好的效益。

三是强化技术保障。要整合农业、林业、茶办等部门技术服务人员力量，分南中北片区，成立技术服务指导工作组，实行农业技术干部派驻制度，到乡镇（街道）、田间地头进行技术指导服务，帮助乡镇（街道）解决一些实际难题，实现乡镇（街道）技术团队全覆盖。要用好茶企力量，借助茶企到乡镇（街道）领办茶叶种植基地的平台，通过企业指导茶叶规范化种植。要用好"土专家、田博士"，通过现场培训、能人带动等方式，培养一批懂技术的农民队伍。

四是强化跟踪督办保障。一分部署九分落实，县农业农村局派驻下去的技术服务人员，既要做好技术指导工作，更要做好过程的跟踪督办工作，及时将工作推进情况向上汇报。紧盯工作时间节点，密集调度，及时帮助乡镇（街道）分析研判解决。对工作推进快的、好的，该表扬的要表扬；对工作不力、作风漂浮、进展缓慢的，必须严厉进行通报问责。

10月29日下午，龙强在青山镇主持召开普安县农业产业结构调整暨中南部片区茶叶种植推进会。再一次提出六个坚持两条主线。

"六个坚持"就是：要坚持茶产业作为"一县一业"不动摇、坚持人均一亩茶不动摇、坚持示范带动不动摇、坚持普安红大叶种基地不动摇、坚持集团化发展不动摇、坚持做实村级集体经济不动摇。

"两条主线"就是：要做好技术指导业务线工作，茶叶企业要主动到各乡镇（街道）领办基地种植，做好技术指导；要做好行政线工作，县属有关部门、各乡镇（街道）要加强与茶企的联系，为茶叶种植做好土地、劳动力、资金等方面的保障。

农村产业结构调整，村村寨寨掀起种茶高潮

目前，在普安县的14个乡镇（街道），在坚持把茶产业作为"一县一业"不动摇的思路下，掀起了种茶的热潮。

在新店镇雨核村窑上，1200多亩新植茶园地块已经整理结束，茶苗已经同步种植了300多亩，每天60人一起栽茶。

在盘水街道大榜村、官田村、河边村、窝沿社区，3000亩茶园种植已经接近尾声。

在普安县楼下镇补者村海拔1000多米的横冲上，1000亩荒山已经被整理成梯土，栽上了茶苗。

而其他乡镇（街道），明确了种茶的地块，都已经进入整理栽种阶段。普安的多家有种植经验的茶叶企业，作为技术团队，全部投入到种茶的行动中。

据普安县茶业发展中心负责人介绍，截至目前，普安已经种茶近万亩。

（2019年11月14日刊发于"天眼新闻"）

第二篇　万众一心斩穷根

普安100名精准扶贫户领红利

"想不到这么快就分红了，一次就分了7000多块，做梦都没有想到哟！"昨日早上11点，在普安县江西坡镇细寨村广场举行的2016年普安县发展村级集体经济暨贫困户"特惠贷"入股企业分红仪式上，精准扶贫户潘方海拿着一沓崭新的人民币，喜笑颜开。当天，细寨村100名精准扶贫户共分红71.46万元，成为该县首批"特惠贷"及财政扶贫资金入股企业享受红利的贫困户。

据介绍，江西坡镇细寨村在脱贫攻坚中，按照"三变"（资源变股权、资金变股金、农民变股东）、"四化"（村委平台化、村民股份化、村庄公司化、村务社会化）、"五共"（共商、共识、共建、共享、共担）工作法，依托贵州省农科院现代中药材研究所、贵州省农作物品种资源研究所及普安县欣新生物科技公司等作为技术支撑，在村里实施"股份制白芨种植精准扶贫示范带动基地建设项目"，在22个村民组精准识别了100户贫困户，组成合作社，在财政扶贫资金每户扶持9550元的同时，每户用"特惠贷"资金贷款50000元，共筹集资金595.5万元，入股白芨种植项目，占股份39.7%，种植白芨500亩，打造白芨种植、粗精加工、农业观光旅游一体的现代高效农业产业，精准扶贫户按户均投资总额的12%进行每年保底分红。

"我们没有出一分钱，是县里面的'以策生财'方式，用扶贫资金和特惠贷款，让我们农民定期分到了红利！"细寨村小河口组岑天美说，除了分红，她还在欣新生物公司打工，1年有25000元的收入，而这个欣新生物公司正是白芨项目的实施主体，是普安县在高效农业示范园区引进的总投资1.6亿元的招商引资企业。

据悉，今年该县将确保2亿元"特惠贷"资金发放到位，最大限度发挥扶贫效益。

（2016年8月23日刊发于《贵州日报》）

普安楼下：红军精神代代传　脱贫攻坚战犹酣

10月20日下午3点过，一缕久违的阳光突然穿透云层，洒在普安县楼下镇泥堡村红军长征纪念馆前的空地上，几位来自广西的游客穿着红军服，刚刚从普安与兴仁交界的堵嘎村岩脚徒步八九公里体验"长征"归来，一边在纪念馆的大门前合影一边商量"照完相就到补者村去看红军当年走过的铁索桥"。纪念馆内，三三两两的参观者在解说员的讲解下，缅怀着那一段永不褪色的历史。

1935年4月21日，中国工农红军第一方面军第三军团在军团长彭德怀、政治委员杨尚昆等的率领下，一路从兴仁三道沟进入普安县岩脚寨到达泥堡，另一路从兴仁大海子进入普安泥堡，红军到达泥堡后，马上开始在寨子里写下"红军干人是一家""打土豪、分田地""我们是中国工农红军，是打富济贫的军队""王家烈不打倒，贵州人民不得了"等宣传标语，宣传党的主张。对长期欺压老百姓的恶霸地主进行讯问，开仓放粮，救济穷苦老百姓。4月22日，红军一路离开泥堡到达兴义车榔，另一路经普安境内的赵屯、坡脚、摆布塘到达旧营（今楼下镇）后再分成两路，一路在第三军团长彭德怀、政治委员杨尚昆的率领下，准备进入盘县（今盘州市），不料在禹歇（今补者村）被水流湍急的北盘江支流楼下河拦住去路，后在当地群众的带领下，经铁索桥抢渡楼下河，离开普安进入盘县保田堡；一路从普安对头岩过河经兴义品甸到盘县保田堡，汇合后向云南进发。

今天，"反对王家烈犹国才抽丁当兵"的红军标语依然完整地保留在泥堡村红军纪念馆一侧的外墙上，成为泥堡村红色旅游的招牌景点。30多岁的村支书陈刚说，为了带领老百姓脱贫致富，村支两委和村民共商，今年夏天成立了泥堡红色旅游合作社，带动15户精准贫困户加入，按照贫困户占收益50%、合作社占40%、剩下10%作为村级积累进行分配，在游客免费参观纪念馆后，提供长征体验服务，合作社提供红军服装和"红军饭",每人收费50元,深受游客欢迎,短短4个月已接待客人1000多人。

陈刚介绍,泥堡村在发展红色旅游的同时大力发展种养殖产业,推动精准扶贫,目前有养殖户11户,其中富民养鸡场一户存栏就达4万羽,循环生态种养殖园区种草1000多亩,发展规模养殖场6家,羊存栏达6000余只,带动贫困户105户养羊、435户种草,园区每天有100多人务工,村民日子日渐红火。同时,村里积极引导有能力、有资金的外出务工人员回乡创业,在建筑行业打拼多年的孙坤办长毛兔养殖场,党员杨俊新带领3个劳动力搞起专业外墙喷涂料装饰,韩尚江带领乡亲在当地搞建筑。

而在离泥堡村13公里的补者村,红军当年渡河的铁索桥已经废弃。20世纪70年代,在铁索桥下方约1500米的地方修建了一座宽大的石拱桥,为纪念红军长征经过楼下,取名"长征桥",现已成为楼下连接兴义、盘县的"咽喉"。

铁索桥边半坡是补者村,依山而建的鱼龙寨古意悠悠。据了解,有着14个村民组4458人的行政村补者,在脱贫攻坚中,已经成立了9个专业合作社,带动近100户精准贫困户搞蔬菜种植、油茶种植、金秋梨种植、蛋糕食品生产、魔芋种植、酿酒、开制衣作坊和民族服饰作坊等,抱团发展。村景森蛋糕食品厂老板张吉波说,他的蛋糕自投产以来供不应求,正准备投资300万元扩大生产,增加11人就业。

目前,补者村村支两委正大力推动村级经济组织建设,"村党支部、村委会联系服务景森蛋糕食品厂,村支书蒲廷武联系服务云上制衣作坊、思美长毛兔养殖场、鸿展长毛兔养殖场,治保主任梅启伦服务青发蔬菜专业合作社,村主任黄康海服务油茶合作社、富民蔬菜合作社、开丽民族服饰作坊,副支书王爱昌服务魔芋合作社,村统计员蒲加海联系国云酒厂和补者酒厂……"村干部人人头上有任务。

"红军长征经过楼下的堵嘎村、泥堡村、坡脚村、楼下社区、补者村,这片红色的土地正在发生着越来越大的变化。"楼下镇党委书记谭化江、主任科员贺浩凌介绍,楼下镇在脱贫攻坚的号角中发扬长征精神,强调龙头带动、园区示范、逐步发展。目前全镇发展养羊,羊存栏总计11000余只,在楼下河沿岸规划种植蔬菜3000亩。打造红色旅游,在建成泥堡红军长征纪念馆和红色旅游合作社基础上,围绕"四在农家、美丽乡村"建设,积极筹集资金启动泥堡红军街(石板街)和补者鱼陇铁索桥红军长征革命传统教育基地建设,启动三棵树红十字会民族文化广场建设,促进旅游业发展。

(2016年10月22日刊发于《今贵州》)

"文军"扶贫　情暖普安

——贵州日报报业集团组织爱心人士赴普安帮扶侧记

11月30日，贵州日报报业集团、贵州省旅游资源保护与开发促进会等单位组织100余名爱心人士，赶赴普安开展"文军"扶贫活动，在脱贫攻坚关键时期给当地群众送文化、送思想、送物资、送智慧、送信心、送勇气，激发群众脱贫激情，践行社会帮扶责任，严寒时刻浓浓大爱在普安大地上涌动阵阵暖流。

一场长达21年的扶贫接力在延续冲刺

"文军"扶贫，贵州日报报业集团一直在路上。2016年，是贵州日报社党建扶贫对口帮扶普安县的第21个年头。30日当天的活动，仅是20多年的一个缩影。

自1995年以来，贵州日报报业集团采取文化扶贫、项目扶贫、产业扶贫等多种方式，逐步加大对普安的帮扶力度。特别是从2011年开始，贵州日报报业集团联合其他省直部门党建扶贫工作队，已累计在普安县开展扶贫项目24个，帮扶事项5项，涉及资金超过2.22亿元，其中实施了基层党组织建设项目1个、基础设施建设项目6个、农业产业发展项目4个、文化产业项目8个、民生项目6个，集团驻村帮扶点群众思想观念较快转变、基础设施得到改善、特色产业初见成效。

目前，普安县脱贫攻坚已经进入关键时期，贵州日报报业集团创新帮扶举措，发挥传媒优势，与普安县委、县政府签订了《"文军"扶贫战略合作协议》，进行新闻扶贫、文化扶贫、意识扶贫，利用新闻传媒平台、新闻行业资源、外宣智囊团队，整合各类社会资源，助推普安脱贫攻坚。今年以来围绕"普安红"茶产业、普安长毛兔产业、普安国际山地自行车邀请赛等特色产业脱贫、旅游脱贫，加大宣传推介力度，在中央、省、市各级各类媒体刊发新闻稿件500多篇。集团所有党委成员率领党支部书记，按照"五千行动"方案，到普安蹲点调研谋划脱贫攻坚，一批扶贫项目正在积极谋划实施中。

一席精彩纷呈的文艺盛宴在昂扬斗志

冬日的普安县地瓜镇地瓜小学春意融融。30日下午，贵州日报报业集团组织一批艺术家在这里为普安老百姓举行送文化演出，一席精彩纷呈的视听盛宴让上千名当地村民和学生看得如痴如醉。

演出在贵州著名唢呐表演艺术家许伟那唢呐独奏的高亢旋律中开场。活动现场，贵州省老艺术家委员会会员、全省独唱金奖获得者伍苏青演唱了歌曲《帕米尔的春天》，贵阳古筝表演艺术家朱程程古筝独奏《高山流水》，首届多彩贵州歌唱大赛金黔奖获得者、贵州省著名流行歌手王江倾情演唱了《野起来》，贵州青年竹笛演奏家明言笛子独奏《牧民新歌》，京剧表演艺术家陈建良演唱了京剧《迎来春色换人家》，现场掌声阵阵。

普安即将通高铁，有着"酒神歌王""山歌王子""中国土家歌王""中国野生态唱法第一人"等众多"头衔"的我省原创型歌手野马特意把《我坐高铁来看你》献给观众，随后不仅演唱了他经久不衰的成名作《山妹子》，还寄情普安的脱贫攻坚主导产业茶产业演唱了《贵州茶歌》，让全场气氛空前热烈。

我省著名笑星、现年70岁的省花灯剧团原副团长、贵州省曲艺家协会副主席、"马翠花"形象塑造者刘贵生，联袂贵州省话剧团青年演员林莹的小品《看病》让大家笑得"眼泪直淌"。最后，我省著名苗族演员，在《自古英雄出少年》、新版《霍元甲》、《精武陈真》等十多部影视剧中出演重要角色的"草根英雄"王飞鸿，一身"李小龙"装扮出场，激情四射，演唱了《男儿当自强》《人生一定要有梦》《阿瓦人民唱新歌》，把送文化活动推向高潮。

"我们用歌声、用笑声给普安的人民群众加油鼓劲，让他们在脱贫攻坚中斗志昂扬。"现场表演的艺术家们如是说。

一场弘扬大爱的现场捐赠在温暖心灵

本次"文军"扶贫活动，现场捐赠是一项重要内容，来自贵州、江西、浙江等地的企业家纷纷弘扬大爱，慷慨解囊。

贵州懿华消防科技有限公司、贵州鸿舜运物资贸易公司、贵州建宇工程技术有限公司、贵阳诺斯物资供应站、贵州信茂贸易有限公司、贵阳腾升科技有限公司、江西新瑞洪泵业有限公司贵阳分公司、贵州强安安全技术设备有限公司、贵阳超新保温防水材料厂、贵州理工控股有限公司、遵义市恒树物资有限公司、遵义必容五交化经营部、贵州联泰科技有限公司、四川都江堰蜀龙防炎材料有限公司、江苏盛华系统集成贵州分公司、贵阳恒昌暖通设备有限公司、重庆致威防火门有限公司遵义分公司、宁波万力达工程技术有限公司贵州分公司、遵义市万强上海成峰水泵销售部、遵义市合顺汽车运输公司、贵阳素荣混凝土（泵车服务）有限公司、遵义市永棱商贸有限公司、遵义服装个体老板华丽、安龙县烟草专卖局副局长李永刚、播州区跑山鸡老板沈小飞等30多家爱心企业、多位爱心人士们现场捐助20余万元现金。

同时，贵州星海琴行捐赠价值5000元电钢琴一台，北京环球之声捐赠价值3万元的音响设备一套，普安县普天购书中心经理、普安何氏宗亲筹委会主任何陆文捐赠价值8000元书籍400册。

"我们捐赠的款物十分有限，但我们将尽力而为，为地方脱贫尽一份心出一份力。"爱心人士们表示。

"企业家的大爱让我们备受温暖，让我们在脱贫路上永不孤单。"地瓜小学校长余波的一席话代表了普安广大百姓的心声。

一句凝心聚力的鼓劲话语在鼓舞士气

普安县现有贫困乡镇8个，贫困村44个，贫困户12030户40268人，贫困发生率11.8%，由于自然条件恶劣，基础设施薄弱，扶贫产业还需进一步培育，百姓观念还需进一步解放，脱贫攻坚任务非常艰巨。

"扶贫先扶志，我们来就是要为普安的精准贫困户在脱贫攻坚的征途中加油打气。"在本次"文军"扶贫活动中，许多爱心人士纷纷为普安脱贫写"一句话"，寄语普安群众，支招脱贫攻坚，为脱贫攻坚送思想送观念送信心。

王飞鸿来自黔东南，年幼丧亲可谓命运多舛，但他用一股子不服输的精神，靠自己多年的打拼成就了自己的"江湖"。在活动现场，他声情并茂叙述自己的亲身经历，现身说法让贫困群众永不言弃。"你们一定要靠自己，打造自己的幸福生活，你们能做到吗？""我们能做到！"问之情谊切切，答声震耳欲聋，王飞鸿专门写下"大山精神击不倒打不垮，坚持一定胜利，努力一定成功！"

野马也是从大山深处走出来的土家族汉子，靠不懈的努力走到今天，他专门写下"精准脱贫靠立志，发家致富靠手艺"，寄语贫困群众一定要有志气，向贫困宣战，多学本领技术，劳动致富。

参加本次活动的不少企业家都是白手起家，靠自己的努力打拼实现了自己的梦想，在当天举行的"百名企业家走进普安"座谈会上，企业家们纷纷用自己的人生体验和见识智慧，为普安脱贫攻坚踊跃支招献计。"结合当地资源，创造美好家园"，宁波企业家杨小国告诉精准脱贫户，要用好自身的资源。"脱贫攻坚一定要抓基础设施，强龙头产业，做好示范带动。"企业家牟光文说。

目前，普安县正在充分挖掘利用四球古茶资源，依托江西坡数万亩有机茶园，建设布依茶源小镇，打造茶旅一体化产业。省旅游资源保护与开发促进会的多位专家支招，认为普安可发挥资源特色，结合脱贫攻坚，走农文旅一体化发展的路子。

江西企业家陈清和针对精准脱贫说道："脱贫攻坚漫漫征程，社会参与人间大爱，我们永远关注你们。"

"文军"扶贫多创新，社会践行担责任。这就是社会扶贫的丰富注脚。

（2016年12月2日刊发于《贵州日报》）

用主流声音助"黔货出山"

——全国90余家主流媒体聚焦"普安红"

2016年12月21日，全国90余家主流媒体的资深记者组团赶赴"中国古茶树之乡"普安县，在沪昆高铁即将开通之际，聚焦贵州省强力打造的"三绿两红"重点茶叶品牌之一的"普安红"，用主流声音在高铁时代助推"黔货出山"。

当天，《人民日报》、新华社、中新社、中央电视台、《经济日报》、《人民铁道》报、人民网、新浪网、搜狐网、网易网、腾讯网、《贵州日报》、贵州广播电视台、《当代贵州》、多彩贵州网、《贵州都市报》、《黔西南日报》等全国90多家通讯社、报纸、广播电视、网站、新媒体平台的记者，以全媒体联合采访方式，走进普安，关注高铁时代的普安经济社会发展，助推脱贫攻坚。

据介绍，普安县随着沪昆高铁即将开通而成为黔西南州唯一通高铁的县，交通优势和区位优势明显。而该县境内发现了距今至少200万年的四球古茶籽化石，同时发现了20000多株四球古茶树，最长树龄达4800年，被誉为"世界茶源地"，被证实为世界古茶生产繁衍的核心区。该县具有高海拔、低纬度、寡日照、多云雾的地理特征，境内中大叶茶茶青是制作红茶的上等原料，制作的"普安红"茶，外形肥硕、入口醇和、香高持久、茶物质丰富、味醇耐泡，属于高山生态茶代表。茶产业是该县打造的脱贫攻坚支柱产业。

目前，普安县茶园面积达12.1万亩，"普安红"茶、"普安四球茶"已获国家地理标志保护；普安县建成了"贵州省出口食品农产品（茶叶）质量安全示范区""贵州省茶叶农业科技示范园区""贵州省茶叶外贸转型升级示范基地"，是"中国重点产茶县"。

经专家鉴定，"普安红"外形条索细嫩、芽毫显露、显锋苗，汤色橙黄清澈明亮，香气滋味呈蜜、果花香，香锐悠长、口感醇厚甘爽，叶底呈金针状、匀整、软香鲜活，被誉为中国大茶种红茶的代表，深受海内外爱茶人士追捧。

据了解，目前普安县正依托开通高铁的机遇，大力实施茶农旅产业一体化建设，在县城东城区江西坡镇建设世界茶源谷景区，打造75公里国际标准的山地自行车赛道，打造户外运动旅游基地，以古茶文化、民族文化为核心，建设布依茶源小镇。而在世界茶源文化主题公园，全国的记者们品尝了香醇"普安红"，领略了普安茶海旖旎风光，这些见多识广的"笔杆子"对普安的资源禀赋赞不绝口，纷纷用手中的笔记录下这里的山山水水人文风情。"这么好的地方，一定要好好地推介一下。"记者们说。

（2016 年 12 月 22 日刊发于《今贵州》）

普安283户贫困户搬新房就新业

"今天搬家了，新房子设计合理，环境不错，买菜买东西比老家方便多了，还可以在家门口就业呢！"2月27日，在普安县脱贫攻坚2017年春季攻势东城区布依茶源小镇易地扶贫搬迁入住仪式上，高棉乡地泗村舒家寨的舒仕金从山上搬进了城里的新家后，掩饰不住内心的激动。

自2月中旬以来，普安县在2017年脱贫攻坚春季攻势中，紧紧抓住易地扶贫搬迁这一牛鼻子，推动脱贫攻坚工作向纵深开展。2月24日，县委、县政府在县城易地扶贫搬迁安置点惠民小区举行集中入住仪式，来自该县地瓜镇、兴中镇、南湖街道、盘水街道共124户499人搬进了县城。2月27日在东城区举行的集中搬迁入住仪式上，该县高棉乡和江西坡镇共159户764人集中搬家，从祖祖辈辈居住的木房搬进了宽敞明亮的新楼房。

普安县还在易地扶贫搬迁安置点布局产业。在东城区布依茶源小镇，依托数万亩生态茶园，建设了国际山地自行车赛道，发展茶产业和旅游业，打造世界茶源谷景区，作足茶旅文章带动就业。在小镇一隅，打造的江西坡小微创业园，主要以发展物流、商贸服务、特色食品（旅游商品）加工、生物技术、服装、箱包皮具、电子电工产品制造、轻工机械制造、高新技术产业、农副产品深加工及畜牧产业、手工艺品等为主，带动搬迁户就近就业。对于愿意自主择业的，引导加盟发展中药材、长毛兔等种植养殖业，通过特惠贷、争取财政扶贫项目资金解决资金问题。

据介绍，在2017年，普安县将完成2341户10000人的易地扶贫搬迁任务。除了拟搬迁到兴义的1140户5144人以外，其余将搬迁到普安东城区和西城区。目前，各项安置工程正在加紧推进中。

（2017年2月28日刊发于《贵州日报》）

普安县人民医院:
脱贫攻坚"大比武" "三招"帮扶堵嘎村

日前,普安县人民医院院长刘江带领33名干部职工,奔赴楼下镇堵嘎村,在脱贫攻坚"大比武"中,充分发挥自身优势放出3个"大招",招招精准,招招实在,助推这个贫困村脱贫攻坚同步小康。

第一招: "接地把脉"以医扶贫

精准扶贫贵在"精"字,对症下药,才可"药到病除"。因病致贫、因病返贫的贫困户不在少数,为此,普安县人民医院充分发挥行业优势,使出了自己的"绝招",以医扶贫,送医上门。

驻村干部在平日走访调查中发现,堵嘎村60户建档立卡贫困户有20多户存在着因病致贫现象。

6月5日,县人民医院专门组织了内科、外科、五官科等8个科室的11名专家,组成义诊团深入到堵嘎村,现场分作3个小组进村入户送医上门,为他们免费提供问诊把脉服务,同时还给他们带去了价值近万元的药品,针对不同的病情免费发放。

这次义诊活动是以贫困户为主,同时还辐射周边村寨的非贫困户共计近400人。针对义诊中患者的病情登记结果,医院组织相关专家召开了专题会议,为每位患病贫困户制定详细的治疗方案,对他们开通绿色通道,并尽力解决一切治疗费用,持续巩固扶贫义诊成果。

"县医院帮助大哟,上次我的腿有毛病到医院住院一个多星期,花了2000多元,我一分都没有出,还给我解决了车费,现在又到家门口来给我们看病,谢谢哟。"堵嘎村黄朝芬老人说。

第二招："华佗扶掌"助推搬迁

楼下镇堵嘎村，以精准贫困户易地扶贫搬迁和非贫困户整寨搬迁的方式大力推动脱贫攻坚工作，其中2017、2018这两年拟搬迁建档立卡精准贫困户41户171人。

谈到搬迁，不少贫困户因为没有亲眼看见搬迁地而举棋不定，组织到搬迁地实地查看又缺少经费。为保障搬迁工作能够顺利进行，普安县人民医院决定帮助解决这笔费用。

6月5日，医院负责人将20000元搬迁工作经费交到了村支书张金绿手中，用于补助搬迁户到搬迁点考察的交通费用和餐饮费用。

这20000元仅仅是县人民医院帮助堵嘎村解决用钱困难的案例之一。

近三年来，医院一直致力于帮助堵嘎村脱贫致富。从2014年开始，医院投入大量人力、物力、财力助推脱贫攻坚，向堵嘎村投入帮扶款15万余元，主要用于堵嘎村修建便民公路、修建文化广场、开展养殖、提供医疗保障和节日慰问等。从2015年开始，医院指派专人长期驻村开展工作，2017年又加派了1人保障易地扶贫搬迁工作。

第三招："吸心大法"送惠于民

精准扶贫更需扶"民心"。

普安县启动了脱贫攻坚"大比武"行动后，县人民医院党委书记、院长刘江多次组织帮扶队员与村民开展共商会谈，对村民的近期情况进行详细了解，针对脱贫道路上出现的问题进行深入探讨，并做好详细的记录。

随后，18名帮扶人员分头行动，深入到全村17个村民组60个贫困户家中开展大回访活动，30来度的高温，浸湿衣服的汗水，也丝毫阻挡不了帮扶队员走村入户的脚步。

刘江一行6人在村干部的引领下，步行前往水箐组进行回访调查，每到贫困户家中，对帮扶对象的家庭信息、收入状况等进行再次询问登记，并向他们介绍对口帮扶队员的情况。

刘江不时"偷偷"问贫困户对帮扶队员的工作是否满意。几位老人对刘院长说："党的政策好，国家政策好，县医院落实得好，满意的！满意的！"

"如果来到县医院看病，看病的费用除去国家医保报销的部分，自费部分的费用医院会尽力帮助你们解决。"刘江向贫困户说。

"真是感谢县医院的帮扶哟！"贫困户们听到这个消息，心中都非常高兴。

"脱贫攻坚'大比武'比的是 '绣花功夫',比的是 '十八般武艺',普安县人民医院精确落实省、州、县党建扶贫举措,出实招助推脱贫攻坚,为群众送去了真正的实惠。"普安县卫计局负责人说。

（2017年6月11日刊发于"今贵州）

"学"在心上，"做"到地头

——普安县大湾村魔芋种植基地里的"两学一做"

2017年6月23日早上，阵雨过后的普安县南湖街道大湾村，地里头非常湿滑。赶着露水，大湾村10多名党员，陆陆续续来到位于野毛箐组的精准扶贫魔芋种植基地。

没有人传达精神，没有人念读文件，也没有人做记录。所有到场的人都自备雨靴、手套，来基地集中除草，用实际行动践行"两学一做"。

据悉，这片扶贫魔芋种植基地将近24亩，是贵州日报报业集团筹集资金10万元启动的首期种植示范点。今年一开春就种下的魔芋种，目前正是出苗的关键时期。

"已经出苗了60%。"普安县委办驻大湾村第一书记李奎说，魔芋出苗比较正常。说着，用手扒开泥土，抠出一个魔芋，"看，已经发芽了，再过几天，就出土了！"再抠一个，同样带芽，即将冒头。

"这回基本放心了！"专门定点联系大湾村的南湖街道武装部部长张忠说，魔芋就怕种子烂、不出苗。

这片魔芋基地覆盖了大湾村30户精准扶贫户，是贵州省直机关开展精准扶贫"五千行动"、贵州日报报业集团党委书记赵宇飞在蹲点调研过程中，与老百姓共商后实施的种植项目。

村支两委和"五人小组"成员，一边在魔芋垅间拔草，一边热烈谈论着。根据目前的市场行情，每亩魔芋第一年产3000斤，产值4500元左右，除去土地流转费、种子及肥料、管护等成本，首年每亩预计有利润1200—1300元。第二年预计产量将达到5000斤，产值7500元左右，每亩净利润在3000元左右。

"你看，长出来的魔芋苗又粗又壮！""农家肥种的魔芋一定是个头大质量好！"大湾村支书支永明和村主任李才忠说。为了让种出来的魔芋品质上乘、产量增加，年初在种植魔芋时，大湾村党支部就派出党员代表，专门在附近农家收集农家肥，打了底肥。

听说村党支部带领党员在魔芋基地，五六个精准贫困户也赶到现场，一起除草。"平时魔芋基地找我们下种、除草、管护，每天最少80元！"

"现在村里要发展，必须要有好的项目。""现在脱贫攻坚进入攻坚期，老百姓要真正脱贫奔小康，关键要有产业，出路在有项目！""大湾村的土地非常适宜种植，我认为可以发展中药材，但必须要找到龙头企业示范带动，解决市场问题。"在魔芋基地里，大家一边除草，一边就大湾村的产业发展展开又一次积极讨论。

普安县扶贫办主任胡焕欣、副主任李进东带着几个技术员走村串寨，对农户进行技术指导，看见魔芋基地人头攒动，也赶了过来。"魔芋种植同样要防治病虫害，特别是雨水多的年份，一定要注意！"在现场，技术人员对魔芋种植的注意事项进行了再次强调，并对田间管理等进行了指导。

一整天，24亩魔芋基地的草就除得干干净净。

"学"在心上，"做"到地头。对于下一步的发展，在县扶贫办的指导下，经和村民共商，大湾村村支两委又有了新的想法。

（2017 年 6 月 27 日刊发于《今贵州》）

听！34万人讲述的绝地逢生的故事

——普安县经济社会发展5年微镜头

普天之下，安定祥和，红红火火。

立春刚过，乍暖还寒。而在普安县东城区建设工地，记者看到的却是一派热火朝天的景象，塔吊不停地将建筑材料运上高楼，贴外墙瓷砖的工人们叮叮当当地敲打着，如一支支相互呼应的协奏曲。20多米宽的笔直大道，100多栋独具布依族特色的楼房，上万平方米的世界茶源文化主题公园，无不昭示着这里的生机勃勃。

而两年前，这里还是一片荒芜的土地，在发现200万年茶籽化石的云头大山下沉寂。

沧桑巨变，就发生在近三年。东城区的拔地而起，仅是普安县委、县政府带领全县34万人民，绝地逢生，苦干实干结出硕果的一个缩影。

今天记者就来给大家讲讲在"世界茶源地""中国古茶树之乡"普安扶贫过程中耳闻目睹的一些故事。

绝地反击拼5年　交出一份新答卷

在普安大酒店总经理吴应发的记忆里，靠煤吃饭，靠煤发展，"一煤独大"一直是普安经济增长的固有格局，有人形象地比喻：如果煤炭工业打个喷嚏，普安经济就会"感冒"。这不，连续几年煤炭市场价格的走低就给普安经济增长带来了严峻的考验。

煤炭的"一泻千里"把普安逼上了"绝路"！

如何破解制约全县经济发展的瓶颈？如何从"一煤独大"向多元发展？如何因地制宜依托特色布局产业？如何搞好供给侧结构调整？

"绝地反击，普安一定要走新路！"普安县委、县政府破旧立新、大刀阔斧。特别是2015年以来，交通设施、水利设施、棚户区改造等一大批重大项目落地，茶产业、长毛兔、芭蕉芋、中药材等"五大"农特产业的迅速布局，做足山地旅游文章打造服务业，脱贫攻坚向纵深推进，普安经济社会发展焕然一新。

而以前从事煤炭生产的吴应发则在普安结构调整中找到商机，投资上亿元的普安大酒店即将开业。

吴应发的成功"转身"是普安经济转型的一个缩影。

来看一组数据——

地区生产总值：从2012年的35.73亿元增加至2016年的70.93亿元；

财政总收入：从2012年的5.17亿元增加到2016年的12.47亿元；

固定资产投资：5年累计投资293亿元，是"十一五"时期的5.4倍；

城镇居民人均可支配收入：从2012年的15614元增加至2016年的24346元；

农村居民人均可支配收入：从2012年的4287元增加至2016年的7167元；

同时，5年内招商引资项目175个，到位资金205.61亿元，开工建设项目175个，竣工131个，实际利用外资9079万美元，出口创汇813万美元。

普安县建成了"国家级出口食品农产品（茶叶）质量安全示范区""全省茶叶农业科技示范园区""全省茶叶外贸转型升级示范基地"；获"中国古茶树之乡""中国重点产茶县""全国国土资源节约集约模范县""全国电子商务进农村综合示范县""全省长毛兔产业基地县"等多张名片，经济社会发展实现了历史性突破。

普安故事一　普安红：一片叶子撑起的脱贫新产业

国庆期间，普安县江西坡镇联盟村小立林组，青翠茶海连绵不绝，36岁的韦林指尖在垅垅茶行上飞舞，采着秋茶。

"我以前在外省打工，承包过电镀厂，因环保问题负债累累，成为贫困户。后在乡友岑开文的劝导下，回家种茶。"韦林说，他种了8亩茶园，成为村里数一数二的种茶能手，茶青盛产期日卖茶青收入上千元，"我要感谢岑开文，是他的劝导让我在家乡实现了二次创业！"

"你谢我搞哪样？要感谢县委、县政府大力发展茶产业！"韦林说的岑开文是普安布依人家茶叶专业合作社的理事长，祖辈种茶，父亲曾是普安茶场的副场长，早年也曾外出打工，后返乡种茶制茶，带领60余户农户成立了茶叶专业合作社，带动周边

268户农户种茶，带动精准扶贫户26户，辐射茶园6000多亩，如今已有6个分厂，成为了省州扶贫龙头企业，生产的"普安红"卖到北京、上海、广州、深圳、秦皇岛、南京等全国各大城市，他说要感谢县委、县政府，一点不假。

普安县委、县政府在脱贫攻坚征途中，充分利用"世界茶源地""中国古茶树之乡"的比较优势，大力发展茶产业，把"普安红"作为扶贫支柱产业打造，短短几年已见成效，涌现出宏鑫茶业、布依人家蛮邦贡春、富洪茶业、布依福娘、盘江源等茶企和专业合作社75家，其中省级龙头企业2家、州级龙头企业7家，茶农7022户26954人，茶青年产量22500吨，干茶年产量达5000多吨，产品卖到欧盟、俄罗斯、东盟等地。

目前，普安县有茶园面积达12.1万亩，2017年成功创建"国家级出口食品农产品（茶叶）质量安全示范县"，跻身"中国茶文化之乡""全国十大魅力茶乡"，"普安红"被授予"中华文化名茶"荣誉，一片叶子的脱贫希望正在变成现实。

普安故事二　挪穷窝：易地搬迁实现的宜居新梦想

清晨6点的普安东城区还是一片寂静，而纳茶小区的梁昌秀早就在自家的百货商店中忙碌起来。"矿泉水又卖完咯，盐巴也只有几包啦！"梁昌秀一边清理一边安排家人赶紧到普安县城进货，还特别叮嘱，周围务工的人多饮料卖得快，要多进一些！

梁昌秀以前家住江西坡镇毛家田组，自然条件较差，用她的话说"那时穷得很"，是精准扶贫户，在普安县易地扶贫搬迁中，搬到东城区纳茶小区，住上宽敞明亮的楼房后，在一楼租了门面开了商店。"每月有上万元的收入。"梁昌秀说，感谢党感谢政府让她实现了住楼房奔小康的梦想。

而在普安，梁昌秀仅仅是普安挪穷窝斩穷根的精准扶贫户中的一员。

据统计，截至2017年6月30日，普安县实施易地扶贫搬迁已搬迁入住1979户8817人，入住率为103%，超任务59户259人。

易地扶贫搬迁的精准扶贫户不但住上了新房，县委、县政府还配套产业，一户必须至少有1人就业，实现了"搬得出、稳得住、能致富、生活好"的目标。

同时，普安县加大城区拓展，以老县城为中心，结合易地扶贫搬迁在江西坡建东城区，在三板桥建西城区，在老县城大力实施棚户区改造。截至今年9月，已实施劳动街片区、教育局片区、经贸片区等总共5410户，让上万人实现了搬出棚户住高楼的心愿。

"我们将用2～3年时间，打造一个全新的县城！"县委、县政府主要领导着眼普安发展掷地有声。

普安故事三 长毛兔：一只兔子托起的致富新希望

沪昆高速，从贵阳到普安，车到江西坡，眼睛向右一看，一排排黄顶白墙的房子很是显眼。

这里是中国兔业专家经常光顾的地方，也是普安县委书记农文海、县长毛仕城经常踏访的地方。

这里是普安县江西坡长毛兔养殖小区，一年前的场景让长毛兔养殖户张坤至今难忘。

2016年4月5日，农文海走进张坤的兔舍，"你家有几口人，养了多少兔，一年多少纯收入？""我家5口人，我用'特惠贷'资金，养了500只，一只兔一年卖毛收入280元，成本开支200元，一只兔一年有80元的纯收入！""那你养500只，一年净赚4万元，5口之家，一人平均达8000元，脱贫奔小康就不愁了！"

一年多过去了，张坤通过养长毛兔，日子越来越好。

普安发展长毛兔，是县委、县政府充分研判当地独特的区位和资源优势后，着力打造的扶贫产业。

2016年7月，生态文明贵阳国际论坛黔西南州生态示范项目观摩研讨活动上，世界兔业专家组发表了《长毛兔产业发展普安宣言》——"世界长毛兔产业看中国，中国长毛兔产业发展后劲在西部，优势数贵州，领头在黔西南，核心在普安。"

这就是普安发展长毛兔的底气所在。

截至目前，普安县建成长毛兔养殖龙头企业1个，建立实训基地2个，专业合作社15个，发展养殖农户425户，其中精准贫困户173户，长毛兔年产值可达4000万元。

普安故事四 惠民生：二胡月琴奏出的幸福新生活

悠扬婉转的调子，从村里那一片古树的绿荫中徐徐飘出。

这是布依族"斗弹达吟"独特的旋律。在江西坡镇细寨村，一有空闲，村民们就会聚集在小广场的古树下，用月琴、牛角二胡、竹箫、木叶、响碗这些布依族独有的乐器，合奏布依族古乐。

"以前穷得很，哪有闲心弹这个哟。" 65岁老人潘荣和见证了细寨村的变迁，他说近年来大家又有闲情重新弹唱"斗弹达吟"，是因为过上了好生活。

"以前是泥巴路，晴天一身灰雨天一身泥！现在好了，水泥路修到家门口！"

"你看，村里修起了小广场，农闲时大家就在这里弹琴唱歌！"潘荣和说，"现在不少年轻人都来学非物质文化遗产"斗弹达吟"呢！"

的确，老百姓有闲心唱歌弹琴，是物质生活变化带来精神生活需要的结果，是普安百姓生活日益幸福的体现。

5年来，普安大力实施"四在农家·美丽乡村"六项行动计划，改善农村人居环境，建成小康路941.69公里，小康水工程647个，小康房985户，小康电工程21个，小康寨18个，小康讯项目83个，完成投资25.24亿元；实施教育教学项目101个，总投资5.84亿元，新增校舍41.26万平方米；改造农村危房28856户，建成保障房6917套；城镇就业人员累计增加19031人；城乡居民养老保险实现全覆盖，累计发放低保金4.91亿元，城乡低保实现应保尽保；投资525万元，建成全国首家县级春雨云医院，建立健全医保体系，推进分级诊疗、医疗保障制度、基本公共卫生服务、国家基本药物制度全面实施等，为全面建成小康社会奠定了坚实基础。

普安故事五　通经络：交通大动脉搏动的广阔新视界

王伟鲜一家坐上高铁啦！当然，坐高铁的不仅是人，还有她的手工艺品布依族刺绣！

王伟鲜是普安有名的"绣娘"，有自己的刺绣厂，带领着江西坡镇几十个人绣着美好生活。

沪昆高铁2016年12月28日正式通车，普安到贵阳1个小时、到昆明1个小时。通车第一天，坐上时速300公里高铁的王伟鲜一家兴奋得不得了，她知道，高铁一通，游人涌来，她的刺绣更不愁卖了。

交通一通，一通百通。

5年来，普安县委、县政府着力构建大交通格局，改造320国道40公里，提等升级313、216省道51公里，建成通乡油路28公里，完成通村油路（水泥路）416.18公里，比2011年增加366.18公里。全县国、省、县、乡及村组公路通车里程达1906.65公里，行政村通畅率达90.64%。

目前，普安正在加快建设16.2公里的沪昆高铁普安站至县城快速通道和9.5公里县城至东城区旅游快速通道，借助秋季攻势掀起通组公路全覆盖建设高潮，南北横贯普安全境的普水公路和普兴高速公路已经立项。而今的普安，以高速公路、高速铁路为主骨架，国省干线公路和农村公路相互协调、互为补充的综合交通运输体系正在逐步形成，交通变迁带来的思维之变也在显现。

苦干实干加巧干：普安故事还在精彩继续

在党的好政策下，过去5年，普安全县34万干部群众怀里装着脱贫致富兴县富民的梦想，苦干加巧干，实现了经济社会的高速发展，一个个故事昭示着这片古老而神奇的土地发生了翻天覆地的变化。

当前，普安县委、县政府正在大力实施"一路一带、建养一体、打通经络、双擎驱动、众志成城、实现赶超"的发展方略，着力构建以大党建为统领，实施大扶贫、大交通、大旅游、大电商"四大战略"行动，以大统战、大法治、大安全为保障的"1+4+3"发展体系，全力打造民族特色山地经济创新示范区，正在撸起袖子加油干，奋勇直追往前赶。

"开局就是决战，起步就是冲刺。"普安县以同步实现全面小康为工作目标，咬定青山不放松，奋发有为，将书写出更加精彩、更加动人的普安故事，让普安焕发出全新的风采。

（2017年12月25日刊发于《黔西南日报》）

以产兴城　以业聚人　产城融合

——普安加快西城区建设攻克深度贫困堡垒

近日，普安县南湖街道保冲村机声隆隆，正在进行长毛兔产业园地勘的设备飞速运转，一条30米宽的大道已见雏形，工人们顶着寒风施工，一派繁忙。

普安县西城区建设是该县为攻克深度贫困堡垒、打造"脱贫攻坚·五个绿色"小镇，实施城镇化带动战略的重大举措，是实施该县"一路一带、建养一体、打通经络、双擎驱动、众志成城、实现赶超"发展方略的具体行动。

2017年12月22日，普安县西城区党工委、管委会正式成立运转，西城区建设步入快车道。

新建设的西城区距离沪昆高铁普安站5公里，可依托高铁连接线将三板桥、保冲片区连片发展，按照"文教+"发展理念，以"五个绿色"小镇——龙溪石砚小镇为主，建设教育城、长毛兔产业园和易地扶贫搬迁安置区，以产兴城、以业聚人、产城融合，把易地扶贫搬迁安置区、教育园区、棚户区改造与特色小镇的整体规划布局进行深度融合。

2017年12月28日，总投资18.5亿元的普安县2018年易地扶贫搬迁安置暨教育城、长毛兔产业园在西城区正式开工建设。长毛兔产业园占地294亩，总建筑面积11.77万平方米，预计投资5.5亿元，包括服装厂、饲料厂、兔毛厂、针织厂等配套厂房，全力依托普安发展长毛兔的优势，发挥东西部对口帮扶作用，延伸产业链条做大做强长毛兔产业；新建易地扶贫安置区40万平方米，投资8亿元，安置易地扶贫搬迁户和当地拆迁户共1846户；教育城24.5万平方米，预计投资5亿元，包括南湖中、小学，盘水中、小学等多所学校，学生规模达到9000人。

据了解，普安县西城区还将大力发展山地旅游、商贸物流等现代服务业，努力实现现代产业、现代生活、现代城市三位一体协调发展，打造全县人流、物流、资金流、信息流的重要集散地。

目前，普安县西城区已开工的各个项目建设如火如荼，进展顺利。

（2018 年 1 月 16 日刊发于《贵州日报》）

"三变+"：激活产业　带富一方

——来自普安县精准扶贫的实践

精准扶贫发展产业，究竟怎样才能让贫困户得到看得见摸得着的实惠？

2017年年底，"中国古茶树之乡""中国茶文化之乡""全国十大魅力茶乡""世界茶源地"普安，不断传来精准扶贫户获得分红的好消息。

精准扶贫户喜获分红，是普安县在脱贫攻坚中，因地制宜创新思维，广泛推行"三变+"模式，坚持强龙头、创品牌、惠农户，优化精准扶贫利益链接机制的直接结果。

"三变+"模式，让普安精准贫困户的"钱途"顿时宽广起来。

"三变+茶旅观光"　一片叶子铺就致富希望

2017年11月28日，茶海深处的普安县布依人家茶叶专业合作社在江西坡镇联盟村举行年终分红仪式，向种茶社员和精准贫困户分发红利。贫困户蒋先红加入合作社，承包了20亩茶园，全年卖茶青收入3万多元，正逐渐实现脱贫致富。贫困户梁玲应聘到合作社的茶社当店长，年收入超过3万元，因业绩突出获得了表彰。

布依人家茶叶专业合作社是普安县75家茶叶专业合作社之一，有茶叶基地4000多亩、加工厂4家、社员268户、员工62人、专卖店5个，在北京、上海、广州等地均有经销商和销售专柜。2017年，在县委、县政府加强"普安红"公共品牌对外宣传推广的东风下，该合作社实现销售产值800多万元。为进一步提高社员的积极性，合作社除了按照市场价收购茶青，支付采茶、制茶、卖茶等环节的劳动报酬以外，还拿出部分利润，再次向社员分发红利，奖励种茶、采茶、制茶、卖茶能手。

据介绍，普安在脱贫攻坚战役中，充分发挥"世界茶源地""四球古茶"优势，把茶产业作为支柱型产业打造，目前已经初见成效。茶产业辐射7个乡镇23个村7022户26954人，人均增收1800元，惠及贫困户2354户9766人。在茶叶种植区，农户90%的收入均来自茶产业。

茶的文章远不止这些。普安是世界茶源地，20000多株四球古茶树资源无可比拟，"普安红"作为中大叶种红茶的代表性产品，越来越受到广泛而深入的认可，已经成为为数不多的"中国文化名茶"，古茶籽化石、茶马古道、茶庵古寺、茶源祖庭等，对外界有着强大的吸引力。

依托"茶"做旅游，普安县茶旅结合打造世界茶源谷景区，在茶区建设国际山地自行车赛道，新建布依茶源小镇，打造茶源文化主题公园及古茶城，紧紧围绕脱贫攻坚，借鉴"三变"先进经验，以"公司+合作社+基地+村级组织+精准贫困户"创新产业发展模式，利益链接机制，拓展出江西坡镇依托万亩茶园，同步推进水岸山居高端民宿酒店、自行车主题公园、普安红茶城茶旅一体化建设，形成以企业为龙头，茶农入股分红的"三变+茶旅观光"新模式。

2017年12月10日，普安县东城区（江西坡）世界茶源文化主题公园广场热闹非凡。当天，这里的473户成为股东的精准贫困户，喜笑颜开地来领取分红，共享166.06万元红利，领得最多的超过万元。

"三变+双创园" 贫困户成为工人当上股东

普安县东城区纳茶小区的精准贫困户冉安丽一说起当股东，就十分高兴。

这个从江西坡镇偏远的大沟头组搬到纳茶小区的精准贫困户说，她家获得了"特惠贷"与"搬迁乐"两项共10万元贷款扶持，其中5万元入股才华手袋厂、2万元入股白芨企业，2017年共获得8000元红利；另外的3万元用来发展养殖业，饲养了10头猪，日子是越过越好了。

冉安丽说的才华手袋厂位于东城区双创园，是一家劳动密集型的手提袋加工企业，产品供不应求，厂里的工人大部分是当地的贫困户。精准贫困户李庭英，为了照顾小孩，从才华手袋厂领原材料到家里做，每100元产值的货，她能得到5元加工费。此外，她还能领到厂里发的一份工资。她同时用5万元"特惠贷"入股工厂，一年可以分得红利6000元。

才华手袋厂的股东里，除了有享受"特惠贷"的部分精准贫困户，还有东城区的

50户精准贫困户。这50户精准贫困户用易地扶贫"搬迁乐"贷款共250万元入股这家企业，第一轮合作期限3年，期满后收回入股资金，按照过程性保底分红12%分享红利。2017年，这50户每户实现保底分红6000元，共30万元。

普安县东城区（江西坡）双创园是第三产业比较集中的园区。在这里，江西坡镇250户精准贫困户以每户2万元财政扶贫资金共计500万元，入股贵州茶旅实业有限责任公司、普安县才华实业有限公司等企业，入股贫困户按照过程性保底分红10%分享红利。2017年，这250户精准贫困户每户保底分红2000元，共50万元。

"三变＋农特产业"　农特产品引领脱贫致富

普安物产丰富，该县在脱贫攻坚中瞄准农特产品做文章，又给精准贫困户带来了红利。

2016年至2017年，普安县江西坡镇整合扶贫资金，打造白芨产业，实施白芨种植项目、白芨种苗强化基地建设项目。

在种植项目中，用财政扶贫资金95.5万元及"特惠贷"500万元（细寨村100户精准贫困户每户5.955万元）入股到江西坡镇兴农惠民农民专业合作社、普安县长业中药种植农民专业合作社，发展白芨特色中药材种植产业，种植规模为500亩，第一轮合作期限3年，期满后收回入股资金再次安排使用，入股贫困户按照过程性保底分红12%分享红利。2016年，项目实施的第一年，就兑现了保底分红。2017年底，100户贫困户每户又一次分红7146元，共71.46万元。

在白芨种苗强化基地建设项目上，细寨村73户精准贫困户以每户2万元财政扶贫资金共146万元，入股普安县欣新生物科技有限责任公司，第一轮合作期限3年，入股贫困户按照过程性保底分红10%分享红利。2017年，这73户贫困户每户再次实现保底分红2000元，共14.6万元。

除了白芨，普安天麻也是精品，青山镇就依托中药材基地，创建村级集体平台公司，带动贫困户发展天麻、三七、何首乌等种植产业，形成"三变+农特产业"模式。2017年12月19日，青山镇69户贫困户喜分红利共计34.5万元。

普安县"北大门"龙吟镇依托区域性知名品牌"普纳山"红苗酒，以行政村为单位，每户贫困户以"三变四化"扶贫资金入股14000元，采取"公司+基地+贫困户"的形式，公司与贫困户签订合作协议，公司以高于市场价10%—15%的价格，优先收购贫困户种植的酿酒农作物，且入股贫困户优先用工，公司每年向入股贫困户发放1400元红利，向石古村、吟塘村、高阳村各提供村级积累1万元，将持续发放红利和村级积累3年，3年后退还入股资金到镇财政发展其他产业。

2017年，红苗酒业公司在龙吟镇举行发展村级集体经济暨贫困户"三变四化"资金入股企业分红仪式，138户贫困户分别喜领第一年分红1400元，共计22.32万元。

在白沙乡，入股黔海石材的贫困户获得第一次分红，共分红利29.6万元。

"三变＋重点产业"　长毛兔带来幸福感

"我家有四口人，加上自己残疾，妻子有病，子女上学，根本没得钱发展，是政府补助我160只成年兔和5000元饲料补助资金让我入股公司的，今天领到分红，我想把这笔钱拿去给我家小孩上学！"精准贫困户肖广田拿着领到的分红款激动地说。

2017年12月18日下午，普安县盘水街道在红星村鱼塘组广场上，举行脱贫产业系列之长毛兔产业分红仪式，当天肖广田等75户精准贫困户领到了红利，户均分红1600元，当天共发放分红资金12万元。

红星村精准扶贫智能养殖小区占地面积70余亩，现有兔舍33栋，可容纳长毛兔11880只，目前完成兔存栏8000余只。该养殖小区按照"公司+合作社+农户"的方式运作，37户农户用土地入股，每亩土地保底分红300元；12户精准贫困户用"特惠贷"资金入股，户均增收6000元；75户贫困户用财政扶贫资金入股，户均增收1600元。

而在集中养殖长毛兔的高棉乡，早在2017年9月4日就热热闹闹举行了长毛兔养殖小区贫困户入股分红仪式。当天，20户贫困户获得入股分红资金9.6万元。高棉乡利用扶贫资金72万元建设地泗村长毛兔养殖小区，用2000只长毛兔和10万元饲料为20户贫困户入股长毛兔养殖小区，让贫困户成为了股东。

据介绍，作为一个"短平快"的扶贫项目，普安县这些年重点发展长毛兔产业，启动建设长毛兔养殖小区16个，同时引进了新大德信兔业，在普安及长毛兔产业园区，延伸拉长产业链条，提升产品附加值。

普安县委书记农文海说："普安大力发展长毛兔这一扶贫产业，就是要抓住长毛兔养殖的优势，用好扶贫资金，不断壮大长毛兔产业，用产业引导贫困户摒弃'等、靠、要'思想，打好翻身仗，真正做到拔'穷根'奔小康。"

"三变+"　精准扶贫路子更宽广

思路一宽天地宽。

普安县在脱贫攻坚中，充分发挥资源优势，在大力打造茶产业、长毛兔产业"一红一白"支柱型扶贫产业的同时，大小并举、长短结合，充分发挥各地的优势，多措并举，紧紧围绕脱贫攻坚同步小康这一目标，以精准贫困户为中心，按照创品牌、强龙头、惠农户的思路，在"三变"的基础上百花齐放，科学设置贫困户利益链接机制，大力推行"三变+"的模式。

"三变+茶旅观光""三变+双创园""三变+农特产业""三变+重点产业"……在农业领域、工业领域、第三产业领域，在助推产业结构优化提质升级中，给精准贫困户的致富路子提供了更多的思维空间。

"在'三变+'模式引领下，随着产业的发展，成了股东的精准贫困户未来将获得越来越大的收益。同时，在企业的发展中，农民可提供劳务成为产业工人，在取得资本性收入的同时，还可依靠自身获得工资收入，脱贫不成问题。"普安县扶贫办有关负责人说。

"三变+"，为精准扶贫和产业发展的深度结合提供了无限的空间，让普安贫困群众的增收门路更加宽广、更加多元。

（2018 年 1 月 17 日刊发于《贵州日报》）

脱贫攻坚战尤酣　金盾辉映普安红

——公安部定点帮扶普安发展小记

　　2018年9月16日一早，公安部到黔西南州普安县挂任县委常委、副县长的毕海滨，从普安赶往安龙县，参加普安县重点打造的"一县一业"扶贫支柱茶产业在招堤湖畔举行的"普安红"宣传推介活动，向历史底蕴深厚的"南明故都"安龙的老百姓介绍来自世界茶源地的"普安红"。

　　这个京城来黔挂职的年轻干部，在普安1年多时间，只要是关于脱贫攻坚的事，他都热情主动积极参与，在龙吟镇北盘江畔为普安百香果产业做县长代言，在全国各地为"普安红"倾力推介。

　　在普安，除了毕海滨为大家熟知，同是公安部来普安挂职的县公安局副局长、江西坡镇党委副书记王尚，也和群众打成一片。而驻村支教期满已经离开的公安部天津消防所的靖立帅、折海英夫妇在离开之前深入普安县江西坡镇联盟村开展帮扶工作，至今让当地群众念念不忘。

　　这几个人，仅仅是公安部定点驻地帮扶黔西南普安县7年的代表，全面落实公安部的帮扶举措。7年来，特别是从2018年以来，公安部党委高度重视定点帮扶工作，定出具体帮扶计划，列出具体帮扶清单，拿出切实可行措施，公安部举全部之力，全方位、多角度帮扶普安，在脱贫攻坚啃硬骨头的阶段，给予普安县大力支持，取得了明显成效。

整合各方资源，聚焦需求实施"四大提升工程"

　　在脱贫攻坚进入决战性阶段的关键时刻，2018年，公安部加大帮扶力度，已安排到位资金6571万元，将大力实施"四大提升工程"，对普安县教育、医疗、警务等进行重点帮扶。

实施教育提升工程，支持普安县建设九年义务教育实验小学，实施"青春课堂·平安成长之家"，解决乡村学生上学行路难等问题，补齐教育方面的短板，为普安教育扶贫注入强劲的动力。

实施医疗卫生提升工程，支持普安县中医院、县妇幼保健院、全县10个乡镇（街道）卫生院以及乡村卫生室医疗设备的添置采购和部分乡镇卫生院、村卫生室的基础设施建设，促进医疗硬件提升，使全县基层医疗条件得到进一步改善。

实施平安创建工程，支持建立普安县公安局大数据实战平台，争创全国禁毒示范城市宣传教育基地建设，集中改善12个乡镇派出所及江西坡易地扶贫搬迁点纳茶新市民社区警务室民警备勤休息用房，采购一批缉毒执法装备、毒品查缉设备，为脱贫攻坚创造安全稳固的社会环境提供保障。

实施产业帮扶工程，支持普安县在江西坡布依茶源小镇易地扶贫搬迁安置点建设布依锦绣坊，帮扶广大易地扶贫搬迁妇女实现家门口创业就业，增加家庭收入；实施江西坡生态扶贫茶园二期项目的建设，以产业扶贫为抓手，增强贫困户的造血功能。

创新帮扶方式，脱贫攻坚扶贫扶智并济

"公安部挂职的毕海滨，虽来自北京却很接地气，1年多就统筹推动公安部30多项帮扶项目落地实施。"普安县委书记农文海介绍，公安部在帮扶普安过程中，通过多层次选派干部挂职帮扶、驻村帮扶和研究生支教等方式，不仅为普安提供了脱贫攻坚急需的人才，更提供了急需的观念和创新的模式。

目前，公安部已选派2名干部挂职帮扶、5名干部分两批驻村帮扶、6名研究生到校支教，帮扶干部在招商引资、城镇建设、产业发展、教育医疗扶贫等方面作出了积极贡献。

普安县委书记农文海提及的毕海滨，在帮扶中引进了厦门美亚、昌河汽车、滴滴出行、阿里云等知名企业到普安开展教育帮扶，捐资建设3所乡村小学电教室，组织筹建普安电商贸易平台，助推"普货出山"，推动普安大数据、大电商事业的发展。

天津消防所的靖立帅、折海英夫妇，深入普安县江西坡镇联盟村驻村支教，为联盟小学11名贫困学生争取到长期的资助，其间组织群众修建水渠、养殖长毛兔、种植白芨等，真正成为村民的亲人。他们返回的时候，群众依依不舍，孩子哭成泪人。

在公安部的带动下，贵州省公安厅专门选派王勇到普安驻点帮扶，挂任县委常委、副县长，大力推动普安警务工作、长毛兔产业的转型升级等。而黔西南州公安局各级干部职工，更是频频深入普安参与脱贫攻坚的具体谋划与落实。

"公安部的干部把创新的思路和实干的劲头带到定点扶贫的具体工作中，深入到基层，沉得到点上，和群众打成一片，推动定点帮扶工作一年一个新变化、一年一个新台阶。"这是普安干部对公安部干部的普遍印象。

搭建推介平台，瞄准脱贫产业拓展产业市场

"真心感谢公安部的帮扶，否则我们普安的茶怎么能到中国人民公安大学开设专柜！"普安县布依人家茶叶专业合作社理事长岑开文说，中国人民公安大学是全国公安的摇篮，"普安红"2017年在中国人民公安大学设立的展销点，成为"普安红"面向全国公安系统的一个窗口，通过这些来自四面八方的学生，把"普安红"宣传推介到全国各地。

同时，公安部还在机关职工超市设立普安特色农产品专柜，把"普安红"、普安鸡枞油、薄壳核桃等农特产品上架销售，让普安特产走出贵州、走向全国。

在普安县挂职的王尚，在江西坡镇细寨村牵头推动建立了公安部"普安红·瑞安情"精准扶贫茶叶基地，通过入股分红、土地流转、采茶雇工等方式增加贫困户收入，覆盖贫困户40户186人，有效带动了当地精准贫困户增收脱贫。2018年6月11日，公安部党委委员、驻部纪检组长、督察长、扶贫开发领导小组副组长邓卫平专门到公安部扶贫茶园基地调研，大力支持把基地做大做强。

同时，公安部投入30万元，帮扶江西坡镇高潮村建设长毛兔养殖小区，支持30户贫困户发展长毛兔产业。在得知养殖小区用电困难的情况后，公安部第三研究所立即捐助26万元，帮助养殖场购买了变压器拉通电线，使养殖小区顺利投用。

公安部高度关注"一红一白"产业。目前公安部已经有意向将普安兔毛产品，列入全国公安系统警用产品采购范围，为"短平快、效益好"的"一县一特"普安长毛兔产业发展提供了市场保障。这更加坚定了普安建设长毛兔产业园、延长产业链条的信心决心。

发挥行业优势，助推脱贫攻坚打造平安普安

2018年9月16日15：50，在普安县东城区布依茶源小镇纳茶小区警务室，值班民警通过大屏幕，将整个布依茶源小镇各个区域看得一清二楚，9块大屏幕实时显示着由前方摄像头全时采集的图像。

"现在治安管理方便快捷多了，目前小区已经实现了接警规范化、处警联动化，大大提高了警务效率。"视频值班人员余坤龙说，因为大厅接入了公安部援建的智能安防视巡平台和天网平台。

据毕海滨介绍，普安东城区布依茶源小镇是普安县易地扶贫搬迁安置点，辖区已迁入易地扶贫搬迁群众1790户，共计8196人，2018年还将搬迁909户，4304人。为了加大平安建设，公安部在帮扶普安过程中，决定在小镇援建智能安防视巡平台和天网平台，提升移民搬迁安置点的平安建设水平，打造"智慧平安和谐小区"，在相关区域安装了200万红外枪型网络摄像机74台、200万红外高速智能球型网络摄像机54台、智能抓拍机5台，使治安防控实现可视化。

"这个效果好哟，智能安防视巡平台和天网平台建成，通过内勤加外勤的方式，成功破获刑事案件1起，抓获嫌疑人3名，追回摩托车1辆，破获交通肇事逃逸案一起，流窜盗窃案一起，行政案件13起，调解矛盾纠纷20起，为群众找回丢失耕牛3头，挽回经济损失2万多元，还找回走失儿童6人。"警务室工作人员说，这要感谢公安部的支持。

同时，公安部还着力夯实普安基层前沿阵地基础保障，投入270万元帮助建设"平安普安"大法制宣传教育基地，资助资金近500万元为普安县公安局购置了警用无人机、应急指挥车、警用摩托车、图书、警用T恤等装备，有效提升了全县警务实战能力和警营归属感，为普安构建基层脱贫攻坚主战场的平安桥头堡提供了有力保障。

除了硬件上的支持，公安部还在"软件"上下功夫。为提升基层公安机关警务实战能力，公安部抽调普安优秀民警到公安大学进行业务技能培训，对县公安局及基层所、队民警开展心理健康大讲堂和心理辅导，组织文艺小分队到一线开展慰问演出。部领导及有关单位领导先后多次深入普安县走访慰问基层一线牺牲、病故民警家属及重症病患民警、特困民警及贫困群众共160余人次，鼓舞了民警的工作积极性，提高了民警的责任感。

着眼谋划未来，大力实施教育扶贫拔穷根

"你们一定要好好读书，只有读书将来才有更大的出息！"2018年8月7日，人民公安出版社副总编辑李国强到普安县地瓜镇屯上村屯上组的何广花家和普安县盘水街道莲花村莲花组的胡畔畔家查访时，对两个孩子反复强调。

得知两家家庭困难但孩子学习优秀，李国强给两个家庭送上2000元慰问金后，又从身上掏出自己的2800元，同时发动朋友捐赠1000元，送到贫困学生何广花、胡畔畔手中，勉励他们努力学习。

2018年9月2日，中国人民公安大学党委副书记、校长曹诗权为棉花小学送去了价值1万多元的学生校服、鞋子、书包、文具和教师工作服等，看望慰问了14户贫困户，并为这些农户解决了3.49万元的帮扶资金。

除了各级领导的个人勉励关怀，公安部在扶贫工作中实行领导挂点帮扶学校制度，2012—2017年帮助解决了学校基础设施建设资金700余万元，帮扶青山镇青山小学建成建筑面积2000平方米的"金盾教学楼"，含16个教室，9个办公室，可容纳450名学生和50名教师学习及办公，里面有录播室、综合性教育园地、多媒体教室、留守儿童亲情联系室等，实现校园视频监控全覆盖，切实解决了青山镇和周边乡镇留守儿童、进城务工子女入学难题。公安部扶贫办主任、装财局副巡视员王强今年被普安县聘为"青山民族小学名誉校长"。

同时，投入80万元建成青山小学、南湖街道民族希望小学两个法制教育园地，捐赠66.9万元资助贫困家庭高中生、大学生及残疾儿童，投入40万元在东城区布依茶源小镇新市民小区建成"平安成长之家"，为1668户精准贫困家庭提供了学习、阅读、娱乐的活动场所。帮助高棉乡地泗小学、南湖街道民族希望小学解决了校园文化建设、多媒体建设以及校园操场改造资金问题；在江西坡镇细寨民族学校、东南小学、白水小学等学校援建多功能教室，捐赠图书、学生校服、教师工作服等，对江西坡镇教育扶贫实现全覆盖。

脱贫攻坚战尤酣，金盾辉映普安红

据统计，自2012年11月公安部定点帮扶普安县以来，公安部积极整合资源资金开展帮扶，从贫困群众最期盼、最迫切需要解决的问题入手真帮实扶，累计投入各类资金7840余万元，为普安群众办实事、惠民生、解难题，在教育、医疗、产业、民生、

基层警务等方面尽其所能，在脱贫攻坚战场上，下足了真帮实扶的"绣花"功夫，助普安县脱贫攻坚取得了显著战绩。2013—2017年，普安全县共减少贫困人口11606户50602人，退出贫困队伍的贫困村26个、贫困乡镇8个，贫困发生率从23.24%降至8.04%，全面小康实现程度达到93.3%。这些变化的背后，凝聚着公安部一茬一茬帮扶人的一片真心一片真情。当前，普安全县上下聚各方帮扶之力，正在全力攻坚，以决战决胜的信心和劲头向贫困全面发起总攻，确保2019年以县为单位整体减贫摘帽出列，加快全面建设小康社会进程。

（2018年9月18日刊发于《贵州日报》）

跨越山海的缘分

每个时代有每个时代的精彩故事，如而今在脱贫攻坚中涌现出来的那些人和事。

每个地方有每个地方的精彩故事，如而今在普安这片土地上发生的那些事和物。

一个人，一个品牌，一个产业；一份情，一份信守，一份缘分。在被誉为"世界茶源地"的普安，因茶而生的美妙缘分，在时空变换间，就发生了很多的精彩故事。比如，正山堂和普安红的牵手，就把一杯茶的故事的内涵和外延都延伸到了我们的视野之外。

秋天，是收获的季节。而在这个季节，普安茶山的秋茶香气更重，品质更好，说茶也许正好、也许更好。那就说说正山堂牵手普安红吧！

相遇"世界茶源地"续写国饮传奇

贵州西南，有普安云头大山，莽莽苍苍，云雾缭绕。1980年的一次惊人发现，让这座名不见经传的大山名扬中外，因为在这里发现了世界上目前唯一发现的四球古茶籽化石，让世界茶树原产地在哪里的争论戛然而止。

这颗200万年前的茶籽化石有力地证明，普安就是世界茶源地，而这里的世居布依族，已有数百年制作红茶的历史，这杯红茶就是今天的"普安红"。

福建之北，有武夷山，巍峨挺拔，隽永秀丽。400年前，这里茶人的一次创新，风靡世界几百年的红茶"正山小种"，就从大山深处飘香世界。经过时间与工艺的积淀，"正山堂"创新红茶"金骏眉"问世，又一次把中国红茶送到一个崭新的巅峰，书写了红茶的时代传奇。

缘分真是神奇，云头大山和武夷山相隔数千里，因为出自武夷山的中国红茶标杆品牌"正山堂"和出自"世界茶源地"普安的"普安红"的牵手而紧紧相连，注定要在"世界茶源地"普安发生美妙的故事。

这是顶级品牌和一流资源的牵手。

"正山堂"传承红茶技艺400年，百年品牌铸就了国饮红茶的辉煌，铸就了中国红茶标杆品牌的历史地位，站到最高处，自然天地宽。

而普安作为"世界茶源地"，深厚独有的茶文化和独特的自然环境优势不容小觑。除了发现了200万年的四球古茶籽化石以外，现今仍有2万多株四球古茶树，千年者3000余株，树龄最大的约4800年，范围之大、数量之多、树龄之长，世界唯一，普安独有。

在20世纪80年代，普安就建成了贵州最早的万亩茶场，成为贵州红茶出口基地。这里因为高海拔、低纬度、寡日照、多云雾，土壤多腐殖土，有机质丰富，且巨量藏煤而多地热，造就了普安独特的产茶环境和产茶优势，普安的茶"早"也被誉为"黔茶第一春"。

这是一次百年技艺和百万年文化的牵手。

传承红茶技艺400年的"正山堂"，在传承中创新，在创新中传承，采摘、萎凋、发酵、干燥、提香、精制等环节，其工艺紧跟时代脉搏，既有古法又有今技，独树一帜而一枝独秀，生产出来的小叶种茶品因条索紧凑、香气如花似蜜、汤色金黄透亮、入口甘甜爽滑、回味醇厚悠长，而备受追捧，独特工艺造就了品牌高度。

在普安，上溯200万年的茶文化在全世界无可比拟，深厚的茶文化底蕴使茶的文化内涵无以复加。作为中大叶种茶树品种的普安四球古茶，被誉为可以喝的活化石，要品200万年的味道，世界仅此一样。而普安目前的14.3万亩茶园中，与四球古茶一样是中大叶种的占了90%以上，这里饱受文化浸润的中大叶种茶树品种茶青让普安红茶独具文化韵味。

业界赞誉，"正山堂"牵手"普安红"，是强强联合，是一拍即合。

2015年，"正山堂"掌门人江志东亲自到普安考察，而黔西南州委副书记、州长杨永英，普安县委书记农文海等州县领导多次到武夷山"正山堂"深入沟通，洽谈合作。

很快，在相互了解之后，合作之事一锤定音。省农委、省茶办常务副主任胡继承说，黔西南普安与福建正山堂的合作，实现了资源与技术的嫁接，达到优势互补、互利双赢的目的。

2016年1月23日，"正山堂·普安红"茶产业项目合作签约仪式在兴义举行，贵州生态红茶的典型代表"普安红"与国内红茶行业翘楚"正山堂"跨越山川，携手结缘。将"正山堂·普安红"打造成为全国红茶知名品牌，积极促进普安县、黔西南甚至贵州茶产业的整体发展，助力产业脱贫，助推"黔货出山"，成为了合作双方的目标。

2016年6月3日，普安世界茶源谷景区推介暨"正山堂·普安红"新品发布会在贵阳举行，时任省政协主席王富玉、省人大常委会副主任傅传耀和省人大常委会原副主任禄智明等出席了推荐会。

而在新品发布会现场，全国茶叶标准化技术委员会副主任、中国茶叶流通协会副会长张士康等专家为"正山堂·普安红"出具了这样的鉴定意见："外形条索嫩略曲、显锋苗，芽毫显露；色泽光润，金黄黑相间。内质香气似蜜、果、花香、香锐悠长，呈地域香；滋味醇厚、甘润、鲜爽 、独具韵味；汤色橙黄、清澈明亮、显金圈；叶底呈金针状、匀整、软亮、鲜活，呈古铜色。新品地域特色鲜明、创意新颖、原料生态、制作精湛、品质优异。"这份鉴定意见，让双方力争在5年内把"普安红"打造成贵州红茶领军品牌和国内红茶一流品牌，有了十足底气和专业基础。

2017年3月，普安县指定平台公司和"正山堂"共同出资5000万，成立了贵州正山堂普安红茶业有限责任公司，标志着"正山堂·普安红"进入快速发展阶段。在短短数月，就投资450万元建成了粗制、精制加工生产线各一条，日产能可消化茶青鲜叶10000斤，生产干茶2000斤，一家标准化、清洁化的集生产加工、参观、办公、形象店面为一体的现代化茶企，正式落地普安县东城区双创产业园区。

茶师不苟，茶香扑鼻，车间里的"正山堂·普安红"红茶，正从"世界茶源地"普安走向全国各地。

而今，"正山堂·普安红"以优越的品质，被业界称为"大叶种里的金骏眉"，其内涵是不言而喻的。

茶为国饮，茶的传奇，在普安延续了200多万年，而红茶的传奇，"正山堂"传承演绎了400年。历史的际遇，"正山堂"在"世界茶源地"与"普安红"相遇，国饮的传奇注定将在普安这片神奇的土地上精彩延续。

助力"脱贫攻坚战"带富一方百姓

2018年9月初的普安县江西坡茶叶核心产区，虽是仲秋却春意盎然。

每天清晨，成千的茶农赶往茶山，采摘秋茶，他们正迎来一年当中又一个最重要的收获时节。

而让茶农们的茶叶从叶子变成票子的，是普安县近年来如雨后春笋般建起来的茶叶企业，正山堂普安红茶业公司就是其中重要的代表。

作为贫困县的普安，县委、县政府在脱贫攻坚中，决心把"世界茶源地""中国古茶树之乡"世界唯一、普安独有的四球古茶的资源优势转变成产业优势，把茶产业作为"一县一业"扶贫支柱型产业来打造。正是在这样的背景下，中国红茶标杆品牌"正山堂"走进了世界茶源地普安。

"正山堂"牵手"普安红"，使普安的茶产业实现了借船出海、借梯登高的目标，"出海"和"登高"的效果最直观的可以从精准贫困户茶农的收入上反映出来：

江西坡镇联盟村坪寨组，岑正选一家4口，2018年春茶茶青收入21594元，2017年全年茶青收入15000元，仅春茶收益提升6500多元。

江西坡镇茶场社区的罗召顺家在小河口组，家庭6口人，2018春季茶青收入10266元，2017年全年茶青收入7000元，仅春茶茶青增收3200多元。

细寨村黄泥田组潘方云家庭5口人，2018年春季茶青收入15158元，而去年茶青收入是10000元，仅春茶就增收近5200元。

像上述贫困人口增收的，在"正山堂·普安红"的麾下有500户。

而从8月中下旬开始，这些精准贫困户已经开始采摘秋茶，今年的收入又将提高一大截！

同时，这也是"正山堂·普安红"以"创品牌、强龙头、带农户"为主线，实现"贫困农户变股东，股东变茶农，茶农变产业工人"的三变精准扶贫模式成功的真实写照。

其实，正山堂和普安红跨越数千里，在"世界茶源地"牵手成立贵州正山堂普安红茶业有限公司，一开始就把脱贫攻坚，把帮助精准扶贫户通过产业带动脱贫致富作为公司的主要目标。

公司成立后，福建正山堂和普安县民安公司这两大股东就自愿缩减股比，吸纳当地江西坡镇政府平台公司贵州茶旅实业有限责任公司作为公司第三方股东，由茶旅公司代表江西坡镇四个村两个社区共500户贫困户，利用每户2万元共计1000万元的省2016—2017年集团帮扶资金，入股到正山堂普安红公司，占公司16.67%的股份，使精准贫困户完成了从农民到股东的转变。

"正山堂和县民安公司这两大股东，在2017年至2020年三年不参与分红，而代表

500户精准贫困户的茶旅公司可以分红！"贵州正山堂普安红茶业有限公司总经理罗绍江介绍说。

一定不能让精准贫困户承担任何市场风险。按照产业发展"八要素"，正山堂普安红公司采用"公司＋贫困户＋合作社＋基地"的产业扶贫模式，由公司负责整体运营、研发生产、市场开发、品牌创建，负责为贫困户提供茶园管理、茶青采摘、管理运输、施肥及生物防控等技术培训，负责免费向贫困户发放茶树专用有机肥、生物防控设备等，并且与贫困茶农签订了高于茶青市场价的保底收购协议。例如市场价是35元每斤，公司则按60元每斤收购，25元的差价作为茶青让利和劳动力额外分红。

对于没有茶园的精准贫困户，公司则鼓励他们自行流转或通过县供销合作社流转失管茶园，按人均5亩茶园打包给公司进行集中统一管理，同时对他们进行采茶、茶园管理等相关技能培训，提高他们的管护技术水平，使股东变为茶农，以茶赚钱。

对于未能流转茶园的贫困户，公司提出"一帮一扶""五五对半"互助分成方式。具体操作中，有劳动力的贫困户和易地扶贫搬迁户，可以定人、定点、定量帮助茶园面积多但无劳动力的贫困茶农采摘茶青和管理茶园，并按照"五五"分成的方式分配茶青收入，既提高茶青下树率，又解决了贫困劳动力就业，这种双赢的模式一经倡导就得到大家认可，使茶农变为产业工人，以茶赚钱。

经过一系列的实而细的措施，"三变"茶产业扶贫新模式，短时间就得到了突出的扶贫效果。

"感谢党和政府哟，感谢正山堂普安红哟，没有他们，我们这点茶咋个能卖这么多的钱！"江西坡镇细寨村精准贫困户岑天尧咧嘴一笑，十分高兴地说，他家今年春茶就卖了3万多元，差一点就比以前翻番了。

岑天尧仅仅是正山堂普安红公司帮扶的精准贫困户中的一员。2018年春季，正山堂普安红公司通过与贫困户的利益联结，就支付贫困茶农茶青款200余万元，茶青让利和劳动力额外分红26万元，到2018年底，500户贫困户还将参与年终利润分红。

"我们的帮扶是长期的。"罗绍江说，为防止这500户精准贫困户返贫，在2020年后，正山堂普安红公司还将继续与脱贫茶农签订茶青市场价格收购协议，让茶农吃上一颗定心丸。

"近两年来，普安的茶产业内外使劲，相互携手，发展非常迅速。"据普安县茶业发展中心主任甘正刚介绍，在外来引进企业和本土企业的共同努力下，普安红品牌越擦越亮，茶产业规模越做越大，扶贫效果越发显现。

巍巍云头大山下的普安，200万年前就是茶树理想的家园，今天在决战脱贫攻坚决胜同步小康的过程中，青翠欲滴的茶叶子正在成为"金叶子"，在"普安红"这个国家地理标志保护产品的带领下，在如"正山堂"一样的茶叶品牌的助推下，老百姓的脱贫梦致富梦正在一步一步变成现实。

打造红茶典范成就脱贫大产业

2018年9月初的一天下午，秋燥已经有所露头。坐落在普安县东城区创业园区的贵州正山堂普安红品鉴室，茶香浮动，清润心怡，抬头往窗外的西南方望去，不远处就是发现四球古茶籽化石的云头大山。视线再往北移动，只要仔细地看，若隐若现的都是郁郁葱葱的生态茶园。

投茶问水，心器合一，在这一方天地间，"正山堂·普安红"如花似蜜的香，曾让来自浙江、北京、天津、吉林、黑龙江、云南、上海、广东、甘肃，乃至韩国、美国、印度等地的茶人和客商沉醉，慢慢品过无不说"好"的。

这个茶的好，其实前面已经述及，中国的顶级茶叶专家是出具了权威的专业评鉴的。全国茶叶标准化技术委员会副主任、中国茶叶流通协会副会长张士康等专家品了"正山堂·普安红"，也给了很高的评价。

2016年6月，福建"正山堂"用普安茶区的中大叶种茶青，按照"金骏眉"的制作工艺，开发出了"普安红"系列新品。福建正山堂茶业随即将这份新茶，寄往全国60多个城市供经销商品鉴，用市场的眼光和标准来评判这款茶。

结果出乎意料的好。经销商的评价和专家的评价异曲同工、高度一致，并就特级茶给出了一斤6000元的建议零售价，新茶瞬间变成新贵。6000元这个数字是枯燥的，但这代表着全国红茶界对"正山堂·普安红"的最接市场地气的高度肯定和认可。

这杯茶，让茶界认识了不一般的普安。这个茶文化底蕴深厚的世界茶树原产地，成为茶界朝圣的地方。正山堂与普安，是绝对不会让大家失望的。

短短时间，"正山堂·普安红"三款系列产品"曦""锦""斓"就横空面世。普安被这款茶这样诠释——"普安如画，画如晨曦""普安如画，画似云锦""普安如画，画彩斑斓"。三款产品迅速成为主打，通过福建正山堂茶业的全国销售网络渠道，跻身名茶之林。

这仅仅是开始。20世纪80年代就是贵州红茶出口基地的普安，而今有茶园14.3万亩，茶青品质因独特的气候条件和原生态的环境而非常优异。贵州省山地气候资源研究所经过多年跟踪监测，在2017年为普安颁发了茶叶生产气候为"特优"的证书，为普安茶青的好，提供了又一重磅而科学的证明。

正山堂普安红茶业在继推出以大美画境普安为背景的"画之行云"系列——"曦""锦""斓"三款产品后，新品接踵而出。

以多彩贵州民族风情为元素的时尚产品"多彩民族风"——"倾风""细语""红火"三款产品，倾情登场；

以黔茶出山，一路向南，一路朝北为愿景的亲民红茶"黔小茶"蓝、红系列产品出炉；

以云上之巅，山水黔茶为意境的"云上好茶"系列——"晨曦""云锦"即将上市。

更为重要的是，福建正山堂在2017年厦门金砖会议期间，把"普安红"作为唯一一款大叶种红茶加入金砖红茶礼盒，瞬间提升了普安红茶的档次和知名度。把"普安红"茶作为锦绣中国红九大优秀红茶产区的一款产品，向全国集中推荐。这些高规格高平台的推介，让"普安红"迅速走红。

同时，福建正山堂茶业在宣传上帮"普安红"开小灶，协调央视帮助"正山堂·普安红"拍摄上档次的广告宣传片，自行出资200余万元在央视播放。

回到过往，世界红茶始于中国武夷山桐木关"正山堂"，并经由海上丝绸之路传至欧洲，开启了中国红茶世界传奇之旅。10年前的"正山堂"传承创新推出"金骏眉"瞬间风靡，经久不衰，成为红茶品质技艺的风向标，作为新的国饮时尚，引领着中国红茶创新发展。

而今的普安，是一个崭新的起点，也是一个重要的节点。冥冥之中，世界茶源地百万年的轮回，注定要因为茶成为举世瞩目的焦点。

福建正山堂以其400多年对红茶敏锐的感知，确信普安将是另一个梦想飞翔的地方。为了传承红茶的创新拓展，为了社会责任的脱贫攻坚，为了世界茶源的心灵朝圣。福建正山堂与普安进行资本合作，共同成立"正山堂·普安红"茶业实体，一起努力打造红茶旗舰。

正山堂和普安是有强大的底气的。世界独一无二的环境是茶叶的品质保障，200万年的文化是茶叶的文化内核，难怪"正山堂·普安红"被业界誉为"中国中大叶种的代表性产品"，别的不说，而今哪一款茶有200万年的文化底蕴呢？！

业界还这样评价说，"正山堂·普安红"是"中大叶种的金骏眉"，在脱贫攻坚支柱型产业中，用心创新红茶的典范，正在世界茶源地普安功成。

这就是中国红茶新贵"正山堂·普安红"，一杯沉香了200万年的茶，一杯秉承社会责任的茶，一杯倾情脱贫攻坚的茶。这杯茶，正让普安的山山岭岭发生着巨大的变化。

普安的脱贫攻坚，因为"普安红"而红，普安的那些种茶老百姓的日子，也因"普安红"而红。这是茶和茶的缘分色彩，这也是人和茶的缘分色彩。

（2018 年 9 月 18—20 日刊发于《贵州日报》）

普安县卫计局：打出"组合拳"帮扶红寨村

12月6日早上，在普安县白沙乡红寨村白水组，一群小学生欢快地走在用砖砌成的上学路上，几个家长望着上学的孩子说："今后再不用为孩子走这段路提心吊胆了。"家长们"提心吊胆"的这段路是白水组的孩子们上学的必经之路，一遇下雨泥泞不堪，十分难走，经常有人在这里摔伤。

今年8月6日，普安县卫计局开展"下基层、察民情、解难题"行动，来到了白水组了解到这一情况后，立即投入3万余元，安排该局驻村工作队尽快组织施工，改造路面用砖铺设，两个月后，这段便民路完工了。据介绍，白沙乡红寨村是普安县的深度贫困村，在脱贫攻坚中是普安县卫计局的对口帮扶村，经多次走访调研，普安县卫计局为帮助该村脱贫打出了一套扶贫"组合拳"，而帮助修路是倾情帮扶的一个微镜头。

实施产业帮扶，普安县卫计局投资20万元，帮助老百姓发展产业种植栀子花200亩，投资10万元帮助贫困户种植百香果15亩，投资12万元发展砂仁种植350亩，投资25万元种起中药材钩藤500亩，同时还种植茶叶2000亩，烤烟320亩，这些措施使得该村贫困户增收能力大大增强。

实施养殖帮扶，帮扶中整合财政扶贫资金47.9万元，发展生猪、养牛养殖项目，覆盖贫困户91户354人，以每头生猪补助1000元，每头牛补助4000元的标准，扶持贫困户养牛64头，养猪223头。同时实施生态补偿帮扶，经协调，红寨村有11户贫困户被纳入生态补偿来脱贫，贫困户当起护林员，每人每年发放10000元生态补偿金。

普安县卫计局负责人表示，为了确保2019年这个深度贫困村如期脱贫，该局的帮扶力度还将进一步加大，一些帮扶措施也正在实施中。

（2018年12月10日刊发于《贵州日报》）

夯实战斗堡垒　决战脱贫攻坚
——普安县加强基层组织建设，激活一池春水

时值寒冬，在黔西南普安大地，脱贫攻坚鏖战正酣总攻正疾。

12个乡镇（街道），在产业结构调整中，以茶叶种植为主导的种茶现场如火如茶；在东城区的布依茶源小镇和西城区的龙溪石砚小镇，易地扶贫搬迁安置点的建设场面热火朝天；在长毛兔小区的建设中，在养殖技术培训的教室里，重点特色脱贫产业推进正紧锣密鼓。

在这些现场，第一书记、驻村队员、村支两委、党员干部，都在各自的"点位"上，挥洒激情抢抓时令，尽量把工作往前赶。

而在普安县委大院的墙上，远远就能够看见减贫摘帽的倒计时牌，这一秒跳动一次的时间，更是时时刻刻显示着脱贫的急迫。

在倒计时牌北面30米远的地方，是普安县委组织部的办公楼，也是该县在脱贫攻坚战役中负责夯实基层战斗堡垒的"工程部"。

近年来，普安县以党建引领脱贫攻坚，在全县实施夯实基层党组织基础"四大工程"，普安县委组织部把加强村级党员活动阵地建设、强化驻村干部选优配强、促进村干部报酬稳步增长、创新新市民社区组织管理等，作为激发基层组织和一线干部职工内生动力的主抓手，牢牢牵住基层组织建设这个"牛鼻子"，让干部干事创业的激情在脱贫攻坚一线充分释放。

基层一线一池春水激活，脱贫攻坚战斗堡垒越坚

新建提改90个村党员活动室，提振的是基层精气神。

12月4日下午，普安县盘水街道官田村，新建投用的党员活动室，在午后阳光的

照耀下显得格外庄重。

"以前老活动室只有100多平方米，窄得很！"官田村支部书记罗其忠说。现在新的办公场所有500多平方米，一楼是群众办事接待大厅、调解室和驻村工作队办公室，二楼是村支两委办公室和能容纳60人的会议室，三楼是食堂和驻村队员的寝室。"新的党员活动室升级后，方便多了。"

12月4日，江西坡镇高潮村党支部正在搬新家，从县卫计局派驻的第一书记唐杰正指挥着村里面的干部们搬办公室设备，一栋3层600余平方米的办公楼正式投用，办公室、会议室、食堂、寝室、厕所等一应俱全。唐杰正在盘算，要在新党员活动室搞一个村史馆，要把高潮村的发展变化记录下来，同时在活动室前修一个小广场，供村民们休闲健身。

"今天在组装会议室的桌椅，等全部弄完后，就可以搬进去办公了。"在同一天，正在搬家的还有高棉乡的地泗村，看着党员活动室从以前80平方米不到变成而今的400多平方米，从县政府办公室派驻该村的第一书记陈相全说，地泗村有13个村民组907户3700多人，有党员46名，新修的党员活动室交通便利，基本上处于全村的中心地带。

而在党员活动室外，是一个2000平方米的广场，里面还有一个篮球场。"附近几个村举办篮球赛都来我们这里！"陈相全说，这个广场在全县的村里是最大的。

在南湖街道惠民社区，这个易地扶贫搬迁安置点新建的党员活动室达1196平方米，通过一楼门面的出租，实现了村级积累的可持续发展。在西陇村，593.5平方米的党员活动室正在扫尾，即将投用。

目前，在普安县的不少行政村都拥有了新的党员活动室，而有一部分正在抓紧建设，即将投用，发生如此大的变化，是普安县委组织部加强基层组织建设加大硬件投入的结果。

"2018年，县委、县政府统筹各方面资金，县委组织部通过党费撬动等方式，累计投入3000多万元，用于全县村级党员活动室进行改造升级。"普安县委常委、组织部部长吴立社说，县里实现了村级党员活动室新建、升级改造全覆盖，全县90个村（社区），新建党员活动室55个，改造升级35个，年内即可实现所有村级党员活动阵地达到200平方米以上的目标。

在村党员活动室建设中，普安县充分考虑脱贫攻坚和长远发展需要，充分考虑村级办公及驻村工作需要，结合小食堂、小厕所、小浴室、小图书室、小文体室等"五小功能"规划设计，总体上坚持功能优化、严肃大方和突出政治功能、党建元素的原则，由各乡镇（街道）结合民族特色、地域特点自主选择建设样式，不搞"一刀切"。

对新建活动室的村（社区），将原活动室改造成村卫生室、党小组活动室、驻村干部宿舍、食堂、村级合作社办公场所等，继续发挥其服务村级发展的功能和作用。

"楼下镇磨舍村前几年就是没有党员活动室，被评为后进村，今年修起600余平方米的包含党员活动室在内功能齐全的村活动场所，一举甩掉了后进的帽子！"普安县委组织部相关人员说。短短1年时间，普安的村级党员活动室就焕然一新，配套设施也不断完善，基层精气神也焕然一新。

提高村常务干部待遇报酬，提振的是基层工作激情

12月5日下午6时许，下班时间已过，江西坡镇联盟村党支部书记潘时国仍在村办公室，和村主任王顺龙等一班常务干部谋划进一步做大做强茶产业。

潘时国在联盟村担任村支书已经15年，一直和茶打交道。联盟村是普安茶海核心区，村里种茶历史很长，特别在最近几年，县委、县政府将茶产业作为"一县一业"扶贫支柱型产业打造后，联盟村发生了巨大变化。

"脱贫攻坚以来，村里面的工作做不完，一有事情经常是要搞到深夜。"在村党支部办公室，几个村常务干部说，不过经过几年的努力，联盟村脱贫攻坚效果显著，"目前村里面的贫困发生率降到了0.5%，2016年就实现了减贫摘帽。"

能让村干部沉下心来加油干，除了责任感以外，和普安县近年来大力提升村常务干部的收入不无关系。

潘时国说，他刚刚担任村支书的时候，报酬是每月40元，而今提高到每月2100元。

据普安县委组织部有关负责人介绍，该县目前建立了村干部报酬持续增长机制，从2018年1月起，将原"固定报酬＋绩效奖金"以及年度考核等次激励报酬，统一调整为月基本报酬按月足额发放，并新增500元作为年终目标绩效奖金，由乡镇（街道）党委（党工委）自行组织考核后年终一次性兑现，使村干部月报酬最低达到2000元、最高达到了2400元，且将逐年递增。

为进一步强化村干部考评激励机制，该县以乡镇（街道）为单位，按20%的比例

确定"优秀"名额，凡是年度考核优秀的村常务干部，次年月报酬增加200元，考核合格的，月报酬增加100元。

同时，凡是获得省级表彰的村干部，将享受副科级经济待遇，报酬提升到每月4000元以上。目前，该县有7名村干部获得省级表彰而获此待遇。

由于报酬体系和激励机制的不断完善，普安县村干部干事创业激情得到进一步激发。同时村干部这个岗位逐渐被一些能人"重视"，一些有头脑、有想法、有干劲的人走上村常务干部的岗位。

这其中，高潮村村主任张红就是一个例子。

张红家所在的邓家湾组，是普安县江西坡镇绿茶加工最集中的寨子之一，每年腊月开始，30多家加工绿茶的作坊就开始生产龙井茶，张红家就是其中之一。"给外面加工一斤茶收40元加工费，自己买茶青加工，每斤有100元左右的利润。"张红说，他家一年春季加工茶叶收入有10多万元，2017年走上村主任的岗位，主要归集于村民的信任，他也非常愿意带领大家一起发展。

而在普安，自2017年村支"两委"换届以来，像张红这样的"能人"出山已经不是个案。

选优派强贫困村驻村干部，提振的是基层战斗力

"这是我们村的养殖示范带头人郭进良，今年25岁，是养殖能手，已经养猪30多头，年收入10余万元。"12月4日，驻村干部柏诺雪指着盘水街道平桥村党建文化墙上的"榜样"对记者说，郭进良除了养殖，还带头种茶10多亩，已经被纳入村里入党积极分子培养，当上了村人口主任。

而在榜样墙的另一边，是平桥村第一书记、同步小康驻村工作队、村支两委、党员干部和群众代表，根据村情经过总结提炼出来的"六子工作法"——

尽锐出战强班子。建强村支"两委"班子，将2名农村致富能手、复员退伍军人纳入组织培养，从致富能手中储备5名村级后备干部，在合作社、村民小组建立党小组3个。

牢记使命担担子。深入推进"一红一白"产业，种植茶园5100亩，达到人均1.25亩；建设6个养殖小区36栋兔舍，每个养殖小区养长毛兔3000只，带动156户贫困户633人脱贫。总投资72万元养殖肉牛300头，带动26户贫困户117人增收。确保到2019

年底贫困发生率从18.37%降至2.5%以内。

党群共商兴村子。党群共商，新建或硬化通村路、通组路、产业路7条17.8公里，全面实施13个村民组串户路建设，安放垃圾箱4个，安装路灯92盏，2018年再申报安装280盏，完成93户危房改造和改厕、改厨、改圈"三改"。

凝心聚力找法子。坚持"两手有法"，一手抓法律，一手抓方法，完善村规民约，利用"新时代文明实践站"，以板凳会、田间课堂等形式，把"农户自愿种植+专业队伍集中种植"有机结合，解决茶叶种植水平不高与进度缓慢的问题。

廉洁自律照镜子。警示教育常态化，及时公开党务、村务、财务情况，接受群众监督。公平、公正、公开，落实好各项惠民利民政策。

共建平桥好日子。通过支部引领、产业带动、农户参与，实现作风实起来、茶山绿起来、产业旺起来、村庄靓起来、钱包鼓起来、精神文明立起来、观念新起来的目标。

"六子工作法"实施短短1年时间，平桥村悄然发生着变化。而平桥村的变化，是普安县选优派强驻村干部大力充实一线脱贫攻坚力量的结果。

据介绍，普安县在选派第一书记、同步小康驻村工作队、五人小组的基础上，再从34家县属党建扶贫帮扶单位抽派34名科级领导干部、2至3名科级后备干部，组建了34支脱贫攻坚驻村工作队充实到34个贫困村，开展驻村帮扶。

组织部门严格要求驻村工作队真蹲实住，履行"一宣六帮职责"，落实好为贫困户找准一条发展路子、办好一件民生实事、解决一个实际困难、落实一个帮扶项目、实现一个脱贫目标"五个一工程"，扎实推进帮扶工作，不脱贫、不脱钩。同时在此过程中强化组织关怀，落实驻村生活补助，进一步激发了驻村干部工作激情。

创新管好新市民社区，提升的是搬迁户幸福感

普安县东城区（江西坡）布依茶源小镇，是普安县最大的易地扶贫搬迁安置点。目前这里已经有1882户9093人搬迁入住，一栋栋楼房错落有致，一条条街道干净整洁，到处都是欣欣向荣的热闹景象。

"咨询一下，我的药费报销怎样衔接？""请问想参加就业培训在哪点报名？""请问户口迁移找哪点？" 12月6日，记者在纳茶小区新市民社区服务中心看见，一拨又一拨的搬迁户前来咨询。

据介绍，在易地扶贫搬迁安置中，为了让来自不同地方的贫困户变成新市民后，真正搬得出、稳得住、快融入、能致富，普安县强化党建引领，创新实施了新市民社区管理。

2018年6月22日，普安县委组织部理顺了新市民社区党建管理体系，成立了江西坡布依茶源小镇新市民社区党总支，下设4个新市民村级社区，配置新市民管理服务中心、便民服务站、社会事务保障办、卫生健康服务站、综治维稳办、警务室、城管中队、社会综合服务机构等，配置干部34人，为实现新市民社区有效管理提供政策、人力、物力、财力和智力支持及保障，为搬迁群众提供便捷的服务渠道，使群众生活家居有保障。

"新市民小区已经搬来了111名党员，2019年还将搬迁来4304人，这里面肯定还有不少党员。"社区党总支书记王条丽说，为了充分发挥党建引领作用，新市民社区党总支大力实施党建有组织、有队伍、有阵地、有职责、有措施的"五有"工程，建设"培训创建新就业、传承创建新文化、拉手创建新观念、和谐创建新生活、共享创新新市民"的"五新"社区。

"强化网格管理，实行一包到底。"王条丽说，在新市民社区，党建引领、社会参与、优化服务的三位一体新市民社区协同共治体系正在形成，目前已经建立4个网格党支部，引领党员111人，实现辖区群众全覆盖。

在党支部带领下，布依茶源小镇新市民社区建立了党群服务中心"三就"服务窗口、共青服务窗口、四点半学校培训场所、警务室等，同时打造了新市民社区"500米党员服务圈"，利用外墙修建文化长廊，加大搬迁政策宣传、感恩文化建设，营造主题鲜明、内容丰富、和谐幸福的新市民社区氛围，提升新市民的幸福感。

"不仅住上了楼房，出门就是卫生服务中心，看病方便了，而且培训就业也有保障，不懂的就到社区去问。"几个新市民说，新社区新家园给了他们新的希望。

（2018年12月12日刊发于《贵州日报》）

普安筑巢引凤保障易地扶贫搬迁新市民就业

7月2日，普安县人民政府分别和贵州省中青铭玩动漫文化有限公司、普安县才华实业有限公司签订投资协议，把两家劳动密集型企业引进到东城区布依茶源小镇，新提供的1600个岗位，将让这里易地扶贫搬迁安置的新市民在家门口就实现就业。

据介绍，普安县东城区布依茶源小镇是该县最集中的易地扶贫搬迁安置点，共搬迁群众2793户13645人。为了进一步解决好新市民的就业，普安县政府加大招商引资力度，筑巢引凤，吸引外地资本入驻。当天，普安县政府和东莞市铭玩玩具礼品有限公司投资成立的贵州省中青铭玩动漫文化有限公司签订协议，把东莞这家集开发、生产销售于一体的动漫类塑胶玩具、手办（未涂装树脂模）等产销项目引入东城区。同时，把先期已经入驻并且生产经营良好，产品供不应求的才华手袋公司的扩容项目继续在搬迁点实施，以保障新市民就近就业。

据介绍，东莞市铭玩玩具礼品有限公司成立于2010年6月，目前年销售额达7000万元。在普安投资的项目分两期进行，一期投资400万元，充分利用普安县东城区新市民小区5200平方米的第一层公产房作厂房，建设临时生产车间，用于培训能熟练上岗的员工，进行部分动漫手办产品生产，建设上色生产线5条，成品生产线2条，配备移印机20台，移印生产线2条，包装生产线2条，可解决当地200人就业。随即该公司将投资2200万元实施二期工程，自建标准化厂房20000平方米，安装生产线5条、装配线3条、包装线3条、移印机30台规模的标准化生产厂区，可解决当地600人就业。

而在2013年就入驻普安县东城区的才华实业有限公司，已经解决当地300多人就业，人均工资3000元以上，产品出口供不应求。公司将在扩容项目中投资实施"锦绣坊·吊脚楼计划项目"，在易地扶贫搬迁安置区设立家庭工厂扶贫车间，上楼家居生活、下楼进厂挣钱，灵活就业适度，民企效益保障。利用布依茶源小镇二区二、三组团 5200 平方米地下空间布局生产车间，提供就业岗位 200 个。随即投资 880 万元自建 8000 平方米标准厂房，提供 600 个岗位，同时投资 1500 万元自建 8400 平方米员工综合服务楼，彻底解决配套生活服务。

目前，两个项目的前期准备工作已经就绪，就在 7 月 2 日签定协议的当天，已经开始在东城区易地扶贫搬迁安置点的新市民中招聘操作工人和管理人员。这两个就业项目的实施，为该县进一步做好易地搬迁"后半篇文章"打下扎实基础。

（2019 年 7 月 2 日刊发于"天眼新闻"，7 月 6 日刊发于《黔西南日报》）

我要把党"绣"进心中永不忘

——普安精准扶贫户罗敏绣党徽跟党走感党恩

"党对我们真是太好了，找不到哪样子讲的啦！我绣这个党徽摆到家里面，就是时刻提醒我们一家人，要永远不忘党的恩情！"6月30日，普安县江西坡镇茶场社区布依族妇女罗敏，把刚刚一针一线绣成的党徽捂在心窝，激动地说："我终于赶在党的生日前绣好了。"

罗敏今年50岁，丈夫潘荣林身体四级残疾，干不了重活，一家4口以前可谓生活艰难，家庭的重担几乎全部落到罗敏肩上。

"那个时候太苦了，都要撑不下去了，一儿一女两个娃娃要读书，种地又挣不了钱。"罗敏告诉记者，她曾去浙江打工，但是没有文化只有卖苦力，日子很煎熬。

罗敏家的变化，发生在国家实施脱贫攻坚他家被识别为精准扶贫户以后，党和国家的一系列精准帮扶政策随之而来。

"在2016年，国家给的特惠贷5万元，入股了社区的白芨项目，每年分红7000多元，连续分红3年。"

"在2017年，省里面给的集团帮扶资金入股'正山堂·普安红'茶业，每年连续分红390元。同时，我家搞养殖，养了10头猪，财政扶贫资金帮助了10000元。"

"2018年，我家扩大养殖规模，又得了财政扶贫资金10000元支持。"

罗敏说起这几年党和国家给的扶贫资助，感激之情溢于言表。"走，去看我家养的猪嘛，今年已经扩大了规模！"罗敏邀请大家去看她的养殖场。

"汪！汪汪！"随着一阵狂吠，在离罗敏家100多米远的地方，一处相对简易的猪舍出现在眼前。听见狗叫得凶，一名男子赶紧出来查看，他就是罗敏的丈夫潘荣林，52岁，这两年专门养猪，"这活路轻巧，只有干这个才干得下来。"

"真是托党的福，我家搞养殖，去年买了1头种猪，5头母猪，目前圈里有小猪10多头，可以出栏的肥猪10头，具备了滚动发展的条件了。"潘荣林一边给猪喂料一边说。

"我家还出了大学生，小女儿前年考上了贵州理工学院，国家1年还给4830元的补助。大儿子目前在外地打工，也可以养活自己了。"走出猪舍，罗敏说日子越来越有盼头了。

目前，罗敏在普安县东城区民族实验学校当清洁工，每月工资1800元，从家里走路半个小时就可以到学校。"6月6日我们寨子串户路全部硬化完成，通村的沥青路直接通到了东城区布依茶源小镇。"

站在罗敏家院坝，远眺青山如黛，茶园延绵，近看山村如画，错落有致。今年2月份村里安了路灯，水电早就通到了户，庭院也美化硬化了，比起前些年，变化可谓天翻地覆。"我感党恩，是发自内心的，这些年的体会只有我自己知道。"罗敏说。

"坚定信念跟党走，脱贫致富奔小康。"罗敏专门请人用红纸写下这句话，贴在家中。罗敏说，他的父亲是党员，她虽然年纪大了，但也要创造条件向党组织靠拢，永远跟党走。

而普安，随着脱贫攻坚的不断深入，许许多多的贫困家庭正和罗敏家一样，发生着深刻的变化。截至2018年底，全县实现了33个贫困村出列，累计减少贫困人口14058户61696人，贫困发生率从2014年的25.41%降至5.74%，剩余贫困户5844户17988人，贫困村11个。今年在确保如期摘帽出列的同时，确保剩余的农村贫困人口今年全部脱贫。

感党恩、听党话、跟党走，一曲曲牢记嘱托感恩奋进之歌，正在普安大地上奏响最强音。

（2019年7月4日刊发于《贵州日报》）

天翻地覆沧桑变　茶源处处颂党恩
——普安县各族群众感恩奋进的几个镜头

天翻地覆沧桑变，茶源处处感党恩。

7月初以来，入夏的"中国古茶树之乡""中国茶文化之乡"普安高海拔多云雾的清凉之下，记者在调研采访过程中，感受最深的却是这里的各族群众感恩党和政府的火热的心情。

感恩，来自于这里的群众生活变化之后的真情流露，淳朴的群众纯真的情感，从他们的山歌中唱出来，从他们装点新居的对联中写出来，从他们产业发展的喜悦中说出来，从他们参加群众活动的舞台上喊出来，方式不同却情感一样。

感恩，因为他们搬出了大山挪出了穷窝，因为他们得到了扶持改变了穷貌，因为他们找到了工作增加了收入，因为他们发展了产业看到了希望。

这里，记者在普安记录了群众自发感恩的几个小故事，虽然是碎片化的镜头，片段式的场景，但是这些真情的流露却感动了众多的人。

返乡农民工党员，沐浴春风奔小康

"我们能有今天，得益于党和政府的好政策，我们一定要常怀感恩之心，坚守当年我们创办合作社的初心，带领我们的社员，把茶做好，一起致富奔小康！"

7月3日早上，普安县江西坡镇返乡农民工创业党支部召开党员大会，党支部书记岑开文对参加会议的党员和入党积极分子动情地说，是党给了大家今天的幸福生活。

江西坡镇返乡农民工创业党支部建在普安县布依人家茶叶专业合作社，党支部书记岑开文是合作社的理事长，在7月1日，其作为全省脱贫攻坚优秀共产党员，被省委表彰，7月2日，作为全县脱贫攻坚优秀共产党员，被普安县委表彰。当天的党支部会，就是及时传达省州县脱贫攻坚表彰大会的精神，安排下一步党支部的脱贫攻坚工作任务。

"我们合作社10年的发展历程，其实就是我们沐浴党和政府温暖的10年。"岑开文说。2004年，曾经在普安国营茶场做过工的他，从浙江返回普安，创办茶叶加工厂，发展茶产业，2009年创办了布依人家茶叶专业合作社，带领当地茶农种茶制茶卖茶，走上了吃"茶饭"的路子，虽然过程艰辛，但在党和政府的支持下，合作社发展越来越好。

目前，布依人家茶叶专业合作社社员已经发展到518户，带动贫困户89户，建成了无公害茶园5500亩，拥有了4家茶叶加工厂，加工名优茶和大众茶的能力达到1000吨/年，在江苏、山东、北京及省内多地建有专卖店15家，专柜数10家，年产值突破1000万元，合作社成为了省级扶贫龙头企业、省级合作社示范社，还跻身全国500强农业专业合作社（排名360名），成为了本土的知名茶叶企业。

"合作社能够有今天的业绩，是县委、县政府把茶产业作为'一县一业'扶贫支柱产业大力推动的结果。"岑开文说，为了助推脱贫攻坚，县委、县政府出台了推动茶产业发展的一系列政策，在基地种植、终端销售等环节进行扶持，突出茶产业的脱贫带动效应，给了大家脱贫增收致富的机会，大家一定要常怀感恩之心，为党和政府分忧，为老百姓谋实惠。

岑开文说，2017年9月28日，省委书记孙志刚在党的"十九大"一结束，就赶到普安县联盟村宣讲"十九大"精神，他作为党员代表参加当天的宣讲，并汇报了布依人家茶叶专业合作社带动茶农发展的情况，孙书记勉励他带领社员更上一层楼。在现场，孙书记要求普安发展茶产业一定要"强龙头、创品牌、惠农户"，全体党员要牢记嘱托，感恩奋进，他把这些话深深记在心里。

"合作社在助推脱贫攻坚过程中，优先聘用贫困户务工，安排到基地管理茶园，进加工厂当工人，到销售网点担任茶艺师，到专卖店任销售经理和店长等，按照一年茶青交售的数量，年终进行一次性奖励，同时每年从利润中拿出20%，让贫困户享受二次分红。"岑开文说，这两年社员发展迅速，特别是从2017年的268户增加到如今的500多户，为合作社进一步发展壮大打下了基础。

目前进入夏季，不少地方的茶山都已经不再采茶，但布依人家茶叶专业合作社的4个分厂和周围的多家加工厂，正加足马力加工大宗茶，提高茶园茶叶的下树率，增加茶农收入，"而我们的茶能够卖得出去，是这几年党和政府花大力气塑造普安茶品牌的结果。"

"我们正沐浴党的春风，我们一定要珍惜今天的机遇，一定要感恩。"在支部会上，党员们说，不忘初心，牢记嘱托，感恩奋进，将是他们心中的永恒主题。而这些话，也正是普安县两万多茶农的心声。

在普安的茶山上，每天上千茶农上山采夏茶，用来生产大宗绿茶、红茶和黑茶，以前剪掉不要的叶子，而今价格都在每斤1元以上，仅凭这一项，茶农每亩就可以增收3000元以上。

新市民新生活，山歌声声谢党恩

入夏的普安，傍晚一派清凉。

7月3日晚上7点过，在东城区布依茶源小镇新市民社区，晚饭后，成群结队的新市民，走进文化广场，漫步河边小道，欣赏音乐喷泉，或遛娃散步，或健身休闲，或亮嗓唱山歌，好生热闹。

"共产党来像太阳，易地搬迁奔小康，农民过上好日子，恩情似海永不忘。"

在布依茶源文化广场主题公园的草坪上，飘出悠扬婉转的山歌声。一唱一和，曲词转换间，阵阵笑声夹杂阵阵掌声。

"以前家住岩头上，说起出门愁断肠，自从搬到城里后，挪出穷窝好平洋。"

记者寻着歌声走去一问，几个老乡指着一个40多岁的男子说，他的山歌唱得好，我们正找他对歌讨教呢。

"哪里是我唱得好，是党的政策好，才有了唱山歌的心情。"据男子介绍，他今年47岁，名字叫唐荣旋，是2018年6月从非常偏僻的高棉乡冬瓜村搬迁而来的精准贫困户，一家4口从以前难避风雨的危房搬进了崭新的80多平方米的楼房。"搬到这里来，环境简直是好得太多了。"

"以前我家住在岩子上，山高路远，条件很苦，一提起出门就发愁，路太难走，早就盼着搬出大山。"刚刚唱"说起出门愁断肠"的妇女叫余芝花，原来家在盘水街道莲花村的南山头组，是精准扶贫户，2018年搬到东城区新市民社区的斗弹达吟小区，她说"现在都像在做梦一样。要是没有党的好政策，我们这些穷人要进城住，这辈子做梦都不敢想。"

"搬进楼房挪穷窝，挪出穷窝想唱歌，歌声难表党的好，党的恩情多又多。"山歌不断，余芝花接着又唱了一首。

"我也唱一首。"从罗汉镇波籴村搬迁而来的孙敏说，她一家4口已经搬到新市民社区将近2年了，现在大孩在县城的思源学校读初一，小的孩子正在社区读幼儿园小班，她目前就在新市民社区的骑行公司会议中心做保洁，一月1400元，她说"主要是好照顾娃娃。"说完就唱了起来——

"说起党来心里热，帮了搬迁帮就业，搬迁就业想得细，大家永远都记得！"

"我今天已经到新市民社区组织的报名点报名了，到才华手袋厂当工人。"从盘水街道官田村搬迁来的谭丽说，她家娃娃已经在家门口读了东城区民族实验学校，听说小区附近的创业园中的企业才华手袋厂正在招聘200个工人，赶紧报了名。

"新区住起没得说，娃儿门口就上学，打工找钱近得很，工厂就在楼脚脚。"

谭丽去报名的才华手袋厂，几年前就被引入到园区，已经为当地提供了300多个就业岗位，这一次政府再次以招商引资的政策，引导才华手袋厂扩大规模，扩容初期可提供200个岗位，扩容项目实施完成后，总的可以提供800个岗位。而与才华手袋厂同步实施的解决易地搬迁安户就业的项目，还有从深圳引进的一家高端玩具加工厂，也已经开始招聘，可以提供800个岗位。

感恩山歌唱不完，夜色渐深，人走了一拨又来一拨，大家围到一起，山歌一首唱完又接着一首，有起有和，认识的人和不认识的人，都用山歌这种当地喜闻乐见的形式，情由心起，歌由心生，唱着大家在新市民社区的新感受、新生活，歌声久久回荡在这片刚刚崛起的新城上空。

而这样的山歌场景，只要天气好，都会在晚上的布依茶源小镇上演。

据介绍，在普安县东城区布依茶源小镇新市民社区，已经搬迁入住的群众有2793户13645人，是该县规模最大的易地移民搬迁安置点。而今这个新市民社区教育、医疗、就业、生活等配套设施已日趋完善，已经成为该县发展的东部新引擎。

其实，普安群众有唱山歌的特长，在同是易地扶贫搬迁安置点的西城区龙溪石砚小镇保冲安置点和县城的惠民小区，一有空闲，搬迁的群众也都会聚在一起，唱起感恩山歌，歌唱今天的好日子，歌唱如今的新生活。

易地搬迁住新家，对联说出心里话

一幅幅颜色鲜红内容感人的对联，把普安县易地扶贫搬迁安置点的新市民社区，装点得一派喜庆和温馨。

7月7日，春节虽然已经过去了差不多半年，但东城区布依茶源小镇纳茶社区13栋2单元204号的对联仍然鲜艳，上联"新年新房新气象"，下联"感天感地感党恩"，横批"欢度春节"。

这家主人名字叫徐成友，以前家住江西坡镇联盟村官田组，家庭人口4人。徐成友是残疾人，2014年被识别为精准扶贫建档立卡户，得到了党和政府的帮扶，2016年搬迁到东城区纳茶社区，住进了60多平方米的新房。

"享受'特惠贷'在2017年入股才华手袋厂，然后每年平均分红可得到2000元"；"2017年的帮扶资金入股了贵州茶旅实业有限责任公司，由茶旅公司统一入股普安红正山堂公司，我们每年定期分红"；"2018年用财政帮扶资金入股永佳专业合作社，年分红2000元"。徐成友说，搬迁了条件比以前好多了，在党的政策帮扶下，他搬到新市民社区后发挥自己维修家电的手艺，专为小区的群众维修小家电，也有一份稳定的收入，妻子就近务工，他家目前已经脱了贫，"虽然字写得丑，但每年都要自己写副对联贴在门上，以表达对党的感恩。"

说到对联，这两天普安朋友圈的一副对联让人感动。上联"易地搬迁精准扶贫致富路"，下联"新区入住四季发财展宏图"，横批"感谢政府"，这副对联字写得歪歪扭扭，对仗尚不标准，但是老百姓自己写的。

把这副对联发朋友圈的，是江西坡镇党委委员、组织委员周陈杰，她说这是7月5日在遍访搬迁户的过程中看见的，非常感动，就拍了下来发到微信朋友圈。而在东城区布依茶源小镇的新市民社区，大部分搬迁户门上的对联都是感恩的内容。

"易地搬迁政策好，人民心中谢党恩"，横批"自强不息"；

"毛委员帮人民打江山，习主席给百姓谋幸福"，横批"祖国万岁"；

"乔迁方觉新家好，思源倍感党恩长"，横批"共产党好"；

"坚定信念跟党走，脱贫致富奔小康"，横批"勤劳致富"。

这些对联部分是搬迁户自己挥毫泼墨写的，部分是请结对帮扶的干部写的，有的搬迁户很"讲究"，还专门找到普安县文联的书法家帮他们写对联，"书法家写的更好，更漂亮。"

7月5日晚上，普安县文联就应邀组织了一批县里面的书法家连夜给搬迁户写对联，"开始只有几户人家说，后来要求写的越来越多，一共有60多家，我们一共写了100余副对联。"普安县文联主席赵兴说，不少搬迁户一定要把他们感恩党和感谢政府的心情写出来。

7月6日下午，普安县委党校也应邀为对口帮扶的盘水街道平桥村35户搬迁户写感恩对联，笔墨传情，贫困户感恩之情跃然纸上。

小小对联，在普安，已经成为易地搬迁户对党和政府感恩的重要载体。

人人宣讲歌颂党，处处高扬感恩曲

"我家祖祖辈辈都很勤劳，但无论怎样勤劳，都只有一个字——穷。读书难，看病难，找媳妇难，现在我走出了穷窝，住上了新房，这是党给我们的幸福生活。""七一"前夕，在普安县委宣传部组织的"四级谈变化•全民感党恩"主题宣讲会上，易地扶贫搬迁户代表郭礼团用自己的亲身感受向大家宣讲，"我们搬迁后，活得扬眉吐气，腰杆挺直了，视野开阔了，我要代表2018年的搬迁户向党和政府表示衷心感谢！"

"我现在吃不愁，穿不愁，身体也健康，既能唱歌，又会跳舞，感觉自己越活越年轻，越活越精神。"高棉乡地泗村村民张广秀今年64岁，她说现在医疗、住房、生活等都有了保障，晚年舒心、快乐，这一切都是党和政府给的。

普安县委宣传部组成宣讲团，紧紧围绕普安脱贫攻坚中近年来经济社会的发展变化，在各乡镇、村开展感恩巡回宣讲。"七一" 前夕就在高棉乡巴子聋村、江西坡镇联盟村、龙吟镇红旗社区、白沙乡红寨村、兴中镇田坝村、新店镇细冘村、青山镇黄家坝村、惠民社区、江西坡布依茶源小镇新市民社区等14个村（社区）开展了普安县脱贫攻坚第二轮感恩宣讲及文化科技卫生"三下乡"活动。

在江西坡镇联盟村感恩宣讲结束时，群众们在宣讲会上唱起了《感恩的心》。在新店镇细冘村文化活动广场，村民们干完农活吃过晚饭都相约来聆听感恩宣讲，并积极讲述家乡变化大，党的政策好等感言。在青山镇黄家坝村，感恩宣讲结束时，县文艺队演员和干部群众一起唱起了《没有共产党就没有新中国》，共同用歌声感恩党。

目前，感党恩、听党话、跟党走的主旋律，正高高飘扬在脱贫攻坚主战场，飘扬在普安1453平方公里的土地上，飘扬在普安35万各族群众的信念里。

（2019 年 7 月 10 日刊发于《贵州日报》）

普安：　夏茶开采茶农忙　抢抓生产促增收

夏日炎炎采茶忙，世界茶源夏茶香。

入夏以来，在"中国古茶树之乡""中国茶文化之乡"普安，春茶开采后蛰伏了1个月的茶园再一次"醒来"，进入了夏茶生产的旺季。

普安的夏茶主要是生产大宗茶，以往在入夏时修剪茶园丢弃的新枝嫩叶，而今成为了茶农增收的"黄金叶"。这些加工大宗茶的上好原料，经过工厂的精心加工，就成为发往广东、广西、山东、湖南等地的优质茶叶，呈供不应求之势。

普安茶产业，是该县"一县一业"扶贫支柱产业，夏茶是该县在脱贫攻坚夏秋决战中助农增收的重要抓手，实现了"调整产业结构、建强茶叶基地、强化茶园管理、提高茶青下树、稳步拓展市场、茶农收入提高"的产业发展良性循环。

茶山茶农采茶繁忙，山下工厂机声隆隆，大宗夏茶订单不断。以前不起眼的夏茶，正在成为带动整个茶产业发展的新引擎。

走，一起来随着记者的镜头，到被誉为"世界茶源地"的普安的夏茶生产现场去看一看。

茶园：上千茶农采夏茶

入夏的普安县江西坡镇茶海核心区，茶浪翻滚，碧绿的茶园一派生机盎然。

7月29日下午，联盟村平寨组的茶神谷，卢江家的茶园长势喜人，翠嫩的茶青散发出阵阵清香。卢江和爱人正在茶地中采摘茶叶，只见两人双手不停地在茶垄上上下翻飞，不一会就摘满了一大口袋茶青，而在茶园中的便道上，五六口袋茶青一溜摆开，只待傍晚收工时一起送到附近的茶叶加工厂。

"我们两个人平均一天要采茶青500多斤。"卢江一边采茶一边对记者说，夏茶茶青好采，采茶的速度上得来，茶青重量也上得来，目前夏茶一般都是一芽三四叶的，在中午卖一次、晚上卖一次，一天可卖得600多元。

卢江一家种茶多年，有茶园10多亩，管护得非常精细。春茶采完后，歇了一个多月，就开始采夏茶。"前几年夏茶采得少，主要靠春茶一季，收益不怎么样，最近一两年夏茶茶青收购量不断增加，收益也大大增加。"

"我们家今年夏茶估计要采五六万斤。"卢江的爱人说，以前夏茶不采，没人要，一般都是在修枝时剪丢了，而今夏茶成了他家重要的增收项目，预计今年夏茶茶青可以卖得6万元左右。

而卢江仅仅是趁时令抢采夏茶的茶农之一，在卢江的茶山周围，到处可以看见采茶的茶农。

潘方玉的茶园离卢江家的相隔3公里，在联盟村隔壁的茶场社区的丫口田组。潘方玉家原本是没有茶园的，他在附近租了8亩茶园管护，可谓尝到了甜头，最多的一天要采800多斤大宗茶青，收入近1000元，预计今年仅采夏茶大宗茶青一项，就可实现3万多元的收入。他说："以前夏茶采得不多，这一两年大宗干茶卖得好，才大量地采摘夏茶。"

"我这个残疾老汉，也只有采点茶卖了。"今年65岁的卢志雄，30多年前因为一场意外失去了左手，儿子外出务工，他和老伴在家带孙孙，同时种了3亩茶。最近1个多月来，老人自己带着一个大布口袋，到茶园采茶，一只手虽然采得慢，但一天依然可以采得六七十斤茶青，有七八十元的收入，晚上就拿到附近加工厂去卖，现钱结算。

除了当地的茶农，普安东城区布依茶源小镇的易地移民搬迁安置点的一些新市民，也纷纷进入茶山采茶，成为了茶园的季节工。

每天一到12：30至13：30和19：30至20：30，大量的茶农就将当天采摘的茶青送到附近的加工厂，江西坡那些加工夏茶的工厂门庭若市，过称、记账、数钱，茶青就进入了下一道加工工序，实现了走出茶园的第一步。

据普安县茶业发展中心负责人介绍，近年来，普安县充分发展茶产业的比较优势，紧紧围绕"一县一业"做大做强茶园基地，严格按照"干净茶"的标准强化茶园规范化管理，茶园产出能力明显提升，目前普安投产的数万亩茶园进入了夏茶茶青采摘的旺季，茶区每天近千人在茶山上趁着夏茶抽薹高峰期采茶，收获着"夏天的希望"。

工厂：机声隆隆产茶忙

一辆大货车拉着满满的一车茶青驶进厂区，车厢刚一抵进茶青下料口，3个工人赶紧拿起钉耙把茶青刨到萎凋槽。

而萎凋槽的旁边已经萎凋好的茶青堆山似海一般，工人正在用铲子往传送带上送，茶青源源不断地进入杀青机，这是茶青变干茶的历程。

这是7月29日下午，记者在普安县贵安茶业有限公司的工厂看见的夏茶生产景象。"你来晚了点，没有看见茶农排长队交售茶青的盛况。"在现场负责生产的几个工人说，这段时间，厂里每天要收13000斤以上茶青，最多的一天收了16000多斤。

每天能"吃"下这样多的茶青，得益于贵安茶业拥有一套自动化的大宗绿茶清洁化生产线。"这套设备从茶青到干茶只要90分钟。"贵安茶业的负责人罗禹荣说，这套设备24小时可以处理30000斤茶青，茶青经过萎凋、杀青、回潮、揉捻、解块、烘干等流程，就成了粗制成品干茶。

为了让这套设备尽量"吃饱"，贵安茶业在江西坡镇的新寨、茶果场、厂部等地设了3个收青点，专门组织收青队伍直接到茶园收购茶青。"新寨的点专门负责收新寨和巴益两个地方的，茶果场的点专门收官田、长安头、石头寨、黄泥田等地的，厂部主要负责收大洼、平寨的。"据罗禹荣介绍，贵安茶业覆盖联盟村、茶场社区13个村民组600余户农户，其中签订保底价收购的有394户，茶园面积4300余亩。

今年生产夏茶以来，贵安茶业已经生产大宗绿茶26万斤，目前正在按订单加班加点生产黑茶，尽可能提高茶叶下树率，最大限度增加茶农收入。

在离贵安茶业数公里的范围之内，普安白水冲茶业、布依人家茶叶专业合作社、富洪茶业、雄发茶叶专业合作社、南山村茶业等茶叶加工企业，同样在加足马力生产夏茶。

"自入夏以来，公司每天大量收购一芽二三叶的大宗茶青，周边100多户茶农都把茶青往厂里送，覆盖了2000多亩茶园。"白水冲茶业负责人徐兴甫说，公司最近两个月以来已经生产了30000多斤大宗茶。

进入夏茶生产以来，雄发茶叶专业合作社的理事长杨章雄的主要业务是收茶青，"只要有，我就要。"最多的一天要收8000斤，最少也是4000斤以上，合作社覆盖的周边茶园已经达到1000多亩，有60多户茶农。"我们收大宗茶青，按照采茶的质量，每斤1元至1.3元之间，都是一芽二三叶、一芽三四叶，搞得快的一人一天要采200多斤！"

而在普安县南山村茶业有限公司的加工厂,负责人赵刚和其老婆分工明确,老婆负责收茶青,赵刚则组织工人两班倒生产。

收青点就在南山村茶业公司的大宗茶加工车间门口,茶青一过秤,马上就倒出来进入了萎凋的工序。车间中,4台揉捻机、3台炒干机运转不停,工人们忙得不亦乐乎。

"现在厂里加工都是两班倒,最晚的一批茶,要加工到深夜12点左右才能加工完。"赵刚说,附近的茶园夏茶已经进入夏茶盛采期,每天要收上10000斤茶青。

普安县茶叶协会会长、富洪茶业董事长张宁介绍,他家是从6月15日开始生产夏茶,两个加工厂每天要收购将近30000斤大宗茶青,"工厂的机器基本没有放空的时候。"

"今年是用夏茶加工大宗红条茶的突破年,以前普安的夏茶,基本都是加工炒青绿茶和烘青绿茶。"布依人家茶叶专业合作社理事长岑开文说,布依人家茶叶专业合作社今年接到大量大宗红条茶订单,形成了大宗茶红绿辉映的好势头,"合作社两个分厂加工大宗红条茶,两个分厂加工绿茶,开机一个多月来,总产量已经达到20万斤了。"

布依人家茶叶专业合作社是省级扶贫龙头企业,辐射带动联盟村、细寨村的518户茶农5500亩茶园,目前合作社的4个分厂开足马力大量加工夏茶。

普安宏鑫茶业,有一条非常先进的红碎茶生产线,该公司董事长曹宏介绍,今年进入夏茶生产以来,宏鑫茶业已经加工红碎茶400吨。而目前,普安的所有能生产夏茶的企业,都在加足马力生产,把茶园中的以前不受待见的夏季茶叶子变成人见人爱的钱票子。

市场:普安夏茶闯四方

7月21日,一辆加长的拖车缓缓驶进了普安县江西坡镇的联盟村大洼组,在贵安茶业的加工厂门口停了下来,几个小时后,14吨大宗茶就将拖车装满。车辆再次启动,驶向数百公里之外的广西横县茶叶市场。

贵安茶业负责人罗禹荣说,这14吨茶是应广西客商的要求加工的大宗茶,是运到广西加工花茶的原料。最近,贵安茶业到了发货的密集期,在7月28日,6吨大宗茶经贵阳的物流发往广州茶叶市场,"就在这几天,福建几个客商还要来看我生产的夏茶,一次性要10吨。浙江的客商看上了我的黑茶,也要头十吨。"

罗禹荣在普安种茶制茶时间长，已经和全国的客商打了10多年交道，最近一两年，来普安采购大宗夏茶的越来越多。"好多人都不来厂里的，把订单发过来，厂里组织生产后就直接物流发货。目前，厂里基本没有库存，基本上是生产多少就卖多少。"

普安夏茶不愁卖，南山村茶业的负责人赵刚说，他家的夏季大宗茶走势不错，长期有湖南、广西、河南等地的大户定点收购。而宏鑫茶业公司的红碎茶，长期供应国际品牌立顿茶业和全国的维也纳连锁酒店，还供不应求。

"今年我们的夏季大宗红条茶成功打入主流市场。"布依人家茶叶专业合作社理事长岑开文说他将永远记住今年的6月15日，这一天黔茶联盟给他们下订单后经过交付货验收，630箱22000多斤红条茶整整装满了一辆9.6米长的货车，发往广州。

"这个订单是长期订单，我们生产多少他们就买多少。"岑开文说，接到订单后一直在满负荷生产，目前厂里又已经加工了将近20000斤干茶，预计一个星期后又将交付一车红条茶。

而普安白水冲茶业的大宗夏茶，直接在兴义市木贾批发市场发货，已辐射以兴义为核心的周边200公里的区域，卖到了广西、云南的多个县市。

据了解，普安的夏季大宗茶不仅仅是加工传统的炒青和烘青绿茶，还开始生产大宗红条茶、红碎茶，以及黑茶。普安夏茶已经卖到了四面八方，在浙江、广东、广西、湖南、河南、山东等传统的茶叶集散地，都有普安大宗茶的身影。

外地客商为啥争相购买普安的大宗茶？在贵安茶业等待交货的广西茶商张益浩说出了秘密，"普安的夏茶口感更好，茶物质更加丰富，茶多酚和氨基酸含量高，其他地方的茶泡两三泡就淡了，普安的茶泡五六泡都味道不减，非常耐泡。"

"我们的大宗茶，每斤一般要比其他地方的贵两元左右，主要是普安茶的品质好。"罗禹荣说，"普安这个地方地理条件和气候条件都非常适合产好茶。"

除了自然因素以外，普安县茶业发展中心负责人介绍，普安在发展茶产业过程中，加强基地建设，严格茶园管理，实行"龙头企业＋基地＋茶农"的模式，龙头企业的茶叶基地相对固定，各企业对茶园的施肥和病虫害防治进行绿色管控，从源头严把质量关和安全关。

"我们覆盖的茶园，施的都是有机肥，进行病虫害防治用的都是矿物油。"据多家茶企负责人介绍，每年他们都是严格按照规定统一购进肥料和药品，然后按照进价发放给茶农进行绿色防控，使得普安的茶叶绿色安全品质好，普安因此被国家授予国家级食品农产品（茶叶）出口质量安全示范区。

"一亩茶园一般可采大宗茶4000斤左右，可为茶农带来4000元至5000元不等的收入。"正是有了好的品质，普安大宗茶异军突起，以前修剪不要的夏茶成为了茶农和企业增收的香馍馍。

数字：普安茶产业成夏秋决战增收利器

据普安县茶业发展中心统计，截至6月底，茶叶产量3483吨，产值67496.6万元。带动贫困户4045户15607人，户均增收上万元。

其中：春茶茶叶产量2251吨，产值65279万元，实现综合产值100368万元，带动农户户均增收25995元，人均增收6315元；夏茶茶叶产量1232吨，产值2217.6万元。

进入7月以来，虽然受降雨影响，平均每天茶青产量仍然达50吨左右，产值10万元左右，最高达150吨，产值30万元。在脱贫攻坚夏秋决战中，普安的夏秋大宗茶，一直可以采到10月份甚至11月初。普安茶产业预计全年可带动茶区农户户均增收26758元，人均增收7391元。

（2019年8月1日刊发于《贵州日报》）

普安楼下：　横冲山梁种希望　千亩茶园管护忙

2019年8月3日下午，普安县楼下镇补者村海拔1000多米的横冲，连绵不断的山头层层叠叠，浓浓雾气中，一边是30多名工人正在山头上的茶园中除草，一边是两台挖掘机在整地，为今年秋天种茶做准备。

"这是楼下镇新发展的茶园集中种植区。"镇党委书记左伦说，2018年种植了第一批茶，2019年还要接着种，用几年时间把这里打造成当地的茶旅一体化项目。

横冲海拔较高，云雾缭绕，生态环境非常好，土壤是典型的黄壤，且腐殖土较厚，非常适合种茶。在20世纪80年代，这里就曾种了几十亩茶，品质不错。

"普安把茶产业作为'一县一业'来打造，我们看准了这个机会，利用这一片山来发展高山茶。"横冲茶园的投资者，就是补者村的，名叫韩红林，今年33岁，看准了茶产业，辞掉工作上了山，成立了普安县楼下镇补者村横冲茗晨茶场，一心要把2000多亩山头打造成现代茶园。

在2018年种植的茶园中，茶苗长势良好，已经抽枝发芽长了一大截。"2018年种了815亩多，2019年还要种1000多亩。"韩红林一边说，一边用手指着远处正在工作的挖掘机，"正在整地，在10月份左右就开始种植第二批茶苗。"

目前，这里每天都有30多名附近的农民工在茶地中除草干活，最高峰时山上有140多人劳作。"他们的工资在每天80元至150元不等，看干什么工作。"韩红林说，目前有15个当地的贫困户在茶园基地长期务工，而高峰期到山上种茶管护的贫困户更多。

"我们要在这里建茶叶加工厂，要创自己的品牌。"韩红林说，加工厂的地基已经开挖出来。"只要有学习培训的机会，你就通知我们，我们要全方位学习，提高各类技术。"韩红林在介绍情况的同时，向楼下镇农业服务中心主任张华提出了请求。

站在整个茶园规划区的最高点，已经整理出来准备种茶的山头和已经种了茶的山头尽收眼底，茶地延绵英姿初显。"我们除了种好茶，还将在茶园中布局种植经果林，打造生态茶山、立体茶山，利用这里的气候环境生态优势，为茶旅一体化做准备，让这个地方花果茶四季飘香，以茶为核心多方发展，带动当地百姓增收致富。"韩红林说。

茶园管理正当紧，机声隆隆整地忙。在韩红林眺望远方的眼神里，分明是已经看到了3年以后这片千亩茶山的美丽景色和崭新希望。

（2019年8月4日刊发于"天眼新闻"）

普安县坡脚村：
320亩牛大力为脱贫出"大力"

一株株植株枝繁叶茂，一根根枝藤茁壮昂扬。2019年8月初，记者在普安县楼下镇坡脚村中药材种植基地看见，一片片牛大力已经在田地上落地生根，一派生机勃勃的景象，当地干部说，这些看似不起眼的牛大力，已经开始为当地老百姓脱贫出"大力"了。

"我们这片中药材牛大力总的有320亩，是政府引导当地的种养殖大户种植的，以产业带动当地贫困户脱贫。"楼下镇农业服务中心主任张华介绍，这片中药材基地是黔西南州目前面积最大的牛大力种植基地。

牛大力是传统的药食两用的中药材，具有补虚润肺、强筋活络的功效，临床多用于腰肌劳损、风湿性关节炎、治肺热、肺虚咳嗽、肺结核、慢性支气管炎、慢性肝炎、遗精、白带异常等疾病，经济价值很高，市场非常广阔，而楼下偏坡村地理条件自然环境都非常适宜种植。

"我们以每亩400元的价格从农民手中流转土地，带领当地46户贫困户参与种植。"据具体实施中药材种植的普安县云泉种养殖投资有限公司负责人顾维权介绍，自从2018年种植牛大力以后，基地吸纳30多户农民在基地务工，而贫困户就占了23户，当年就付出了28.6万元的工资，户均增收近9000元，最高的达到10000多元。

据记者了解，除了在基地务工获得收入以外，当地还有4户贫困户在金融扶贫中每户获得了50000元的特惠贷，4户人家据此入股每年每户分红达3000元。

在中药材基地建设中，坡脚村成立了合作社，形成了"龙头企业＋合作社＋农户"的模式，龙头企业普安县云泉种养殖投资有限公司负责出资金、搞培训、教技术、找市场，当地老百姓增收主要以土地流转收入、务工收入、分红收入等形式，基本无风险。

顾维权说，牛大力是多年生药材，5 年采收一次，市场价值目前生药材 86 元一斤，经过加工后根据等级在 300 元至 400 元一斤不等。据测算，目前亩产值在 60000 元以上，每亩土地年均实现产值在 12000 元左右，远远高于传统农业种植的收入。

"马上又要组织人除草了。"顾维权说，只要老百姓一下地，他们就有务工收入。"这片牛大力的确为坡脚村脱贫出了'大力'。"张华说。

（2019 年 8 月 8 日刊发于"天眼新闻"）

在普安乡村，他们如此过中国"情人节"

2019年8月7日，农历七月七，民间传说牛郎和织女鹊桥相会的日子，也称中国情人节。而当这个寓意美好的七夕遇见了如火如荼的脱贫攻坚大决战，会是怎样一番景象？记者就在普安的乡村，在一线见到如此过"情人节"的扶贫干部和职工们。

"情人节"这天一大清早，普安县驻各村前沿攻坚队、网格员、帮扶责任人、第一书记、村支两委、包村干部，县直各单位各部门的工作人员、州里面支援普安的同心助攻团、知行协力队的所有人，以及县四大家主要领导及派到各乡镇的县级干部和专班的负责人及工作人员，按时进村入户了。

记者赶到大湾村，在该村一组张登奎家院坝，看见南湖实验幼儿园的老师陈芳，正和11名同事一起，忙得不可开交。

陈芳是张登奎家的帮扶责任人，张登奎家房子在老旧房改造后，有不少垃圾，主人家一直没有清运，严重影响环境。由于垃圾和废弃物多，一两个人根本无法清运，陈芳看在眼里急在心头。

"快点喽，我带你们去过情人节喽！"陈芳在情人节这天，召集了11名同事，一起来到张登奎家院坝，过了一次特殊的情人节。这些教书育人的老师，拿起铁锹铁铲和簸箕，角色马上转换成为清洁工人。

记者见状也赶紧和一同前往的大湾村第一书记李奎、包村干部孙莉、村干部何燕一起，和老师们一起"过节"，手上打起血泡，也毫不在意。不到一个小时，张登奎家脏乱不堪的院坝，立刻变得干净整洁。

而陈芳和同事们一起过情人节的镜头，只是普安县几千人在乡村"过节"的缩影。

来看普安的这些镜头吧——

早上10点过，干部们在高棉乡地泗村米淌组组织当地老百姓打扫卫生；

盘水街道办执行指挥长刘远辉到上寨村组织前沿攻坚队、帮扶责任人，再次对全面回头看精准定措施结对帮扶责任人入户共商"八个说得清"、环境卫生整治，进行培训安排；

普安县自然资源局组织龙吟镇硝洞村群众自发开展环境整治，全面清理白色垃圾；

普安县茶业发展中心的技术员正在茶山调研夏茶生产；

县工行员工、县一中的老师，各自在自己的帮扶户家中拉家常，拿出措施解决困难；

窝沿社区男女老幼齐上阵，扫村道捡垃圾，齐心协力扮靓环境；

高棉乡嘎坝社区小屯堡，干部组织老百姓大扫除；

县人武部到地瓜镇岗坡村与精准扶贫户杨冯亮共商脱贫项目；

镇普安的公安干警和扶贫分队走村串户，进行法律宣讲，了解第一线情况；

南湖街道西陇村苦蒜冲组环境整治，帮扶干部干得乐呵呵；

已经到了晚上，县人社局还在保冲村组织村民开会共商脱贫大计；

楼下镇堵嘎村的帮扶干部们白天下村，晚上开会研判工作；

夜已深，县交通局的干部和技术人员还在十保路加夜班；

夜已浓，在各地许多村组，镇村干部和帮扶干部们还在召开群众共商会；

深夜23点已过，县健计局还在白沙乡红寨村兴红组开展群众共商活动；

凌晨，县脱贫攻坚指挥部办公室还灯火通明，工作人员仍在加班加点汇总情况、审核材料、准备资料、梳理工作、研判问题、制定措施；

普安的盘水、南湖、江西坡、地瓜、兴中、新店、青山、楼下、高棉、白沙、龙吟、罗汉等12个乡镇（街道）和东城区、西城区的两个新市民社区，县直所有的单位、部门，许许多多的干部和职工，还有千千万万的群众，都在脱贫攻坚一线，以这种方式"过节"。

在大湾村，看见帮扶干部们辛苦，老百姓从自家菜园摘来黄瓜当作"礼物"给他们解渴；

在平桥村的环境整治现场，当地老百姓把自家种的玉米煮熟，送给帮扶干部们当感恩早餐；

记者了解到，这一天，许多家庭的成员都各在一方，不少情侣也不能在一起，矜持的把爱装在心里，热烈的也只能在朋友圈叙说一下感受和表达一下祝福，发个

"13.14"的红包，发两枝表情玫瑰，就算过节了。

而对于自己的"小情人"，一些人选择抽个蹲厕所的空，在朋友圈发一张小可爱的照片，表达一下愧疚的心情。

情人节里人情暖，此番意义不一般。脱贫攻坚里的"情人节"，普安的这群人，情在心里，爱在人间。

（2019 年 8 月 8 日刊发于"天眼新闻"）

普安龙吟百香果：香了消费者　甜了老百姓

2019年8月16日上午10点，明晃晃的太阳照耀在普安县龙吟镇北盘江村的土地上，温度骤然上升到了30℃。在江边一片郁郁葱葱的田地中，当地村民正顶着烈日管护着一大片百香果，汗水浸湿了衣服，丰收的喜悦却挂在脸上。

"我们的百香果甜得很，不用加蜂蜜和糖，怕酸的人吃几个都没有问题。"在百香果基地，记者遇见穿着一身民族服装的苗族美女邓倩。她是普安远近闻名的淘宝网红，在龙吟镇街上经营着一家电商网点，着力把当地的宝贝往山外推。当天她就是专门应外地客户的要求，到百香果基地拍视频直播的，"普安龙吟的百香果很好卖，供不应求哟！"

"北盘江边海拔低，只有800来米，天气炎热，百香果的甜度高，加上种植过程中不施化肥不施农药，除了果子表皮偶尔有些斑点以外，果子的口感品质非常好。"在基地中，村脱贫攻坚前沿攻坚队队长廖理一边查看果藤长势一边给记者介绍情况说，目前龙吟的百香果非常受欢迎，消费者到果园自己采摘最高达到8元一斤，平常到地里摘也是五六元一斤。

站在江边，记者看见已经进入盛果期的百香果基地，果藤牵丝搭网长势非常茂盛，藤上挂满了大大小小的果子，即将成熟的果子表皮慢慢变成咖啡色。"我们进入盛果期的百香果有70多亩。"据北盘江村村主任郭丙辉介绍，北盘江村有663户3075人，建档立卡贫困户是191户882人，百香果是村里重点发展的产业，除了进入盛产期的70多亩以外，今年春天种植的230多亩也长得不错，已经开始挂果，即将有第一季的收成。

北盘江村发展百香果产业，是根据当地自然条件的优势实施的，龙吟镇副镇长黄定能说。2017年4月，村里面开始种植第一批百香果，采取"公司+合作社+农户"

的模式，当年由专门种植经营百香果的普安富蓝商贸有限公司牵头种植，村里面成立了普安县河洋移民安置点种养殖专业合作社，组织村里50多家农户参与，种植当年就有了收益。"百香果种1年要管8年，第一次投入每亩在5000元左右，主要是搭架子和苗钱。"而进入盛产期后，一年有9个月都可以产果，循环开花结果，平均每亩产量最低都是2000斤，产值每亩最低都是10000元。

"我们的百香果和公司签订的保底收购价是3元一斤，由于果子的品质好，目前市场销售价已经远远高于这个保底价。"北盘江村村支书邓联洲说，目前村里正准备扩大种植规模，采用实地体验采摘销售的模式和电商销售模式进行销售，"北盘江村依托北盘江沿线的自然资源和旅游资源，准备发展旅游业，同时把体验式特色农业融入进来，内容更丰富。"

目前，龙吟镇至北盘江村省道正在大修，预计在今年完成，届时到北盘江村休闲垂钓、旅游观光、农旅体验将更加方便。而目前已经名声在外的北盘江百香果，将在农旅体验中充当重要角色。2019年，当地百香果预计产量在15万斤以上，预计实现产值70万元以上，已成为当地农民增收的重要产业。

（2019年8月16日刊发于"天眼新闻"）

普安龙吟高阳村：
林下埋着一窝窝致富"金蛋蛋"

2019年8月19日，普安县龙吟镇高阳村朝阳组农户饶永贵起了个大早，他放心不下后山那一片林子中的"宝贝"，趁天气凉爽赶紧去看一看。林子中究竟有什么"宝贝"？记者决定跟随前往探秘。

走过数百米通村通组硬化公路后，往右一拐就进入一片郁郁葱葱的树林，再沿着茅草丛生的野径走三四百米，就到了饶永贵的藏宝山林——一片阔叶混交林。记者左看右看，林中除了一棵棵平常得不能再平常的大大小小的乔木以外，没有任何特殊的东西。看见记者诧异，饶永贵也不解释，突然蹲在地上刨起土来。

窸窸窣窣刨了一阵，饶永贵把一层泥土及腐叶扒开后，一窝天麻展现在眼前。这是饶永贵今年3月初开始栽种的，环境全仿野生，一共栽了将近60亩。

"没有想到长得这么好，这一窝有10多个呢！"饶永贵小心翼翼地用细木棍撬掉天麻周围的泥土，一个个长条状的胖嘟嘟的天麻就露了出来。"栽下去后没有刨开看过，也不晓得长得怎么样。"饶永贵说，龙吟高阳一带山高林密，林中腐殖土层很厚，是天麻生长的乐土，前些年还不时发现野生天麻。

饶永贵决定再刨一窝看看。一阵忙活，展现在眼前的景象再一次让饶永贵兴奋不已。"长得很好，原本把握不大的呢，又是10多个，采收的时候收个七八斤没得问题呢。"饶永贵说，他种的天麻由普安县普白珍稀资源开发有限公司提供种子并负责收购，"生的每斤15元！"

"一亩山林可以种40窝，一窝一般可以产8斤左右，一亩产值4800元左右。"饶永贵说，都是用自家的山林种天麻，没有任何成本，种植天麻不需多少人力成本，他家的将近60亩就他一个人管护，种子和必需的蜜环菌每亩成本也就是600元左右，一亩山林纯利润在 4000 元以上。

目前，林下的天麻已经到了生长的最后季节，再过 1 个月可以集中采收。饶永贵说，今年的天麻长得好，挖出来卖生的，他家可以增收 20 多万元。"如果是烘干了再卖，按照这个品质，每斤至少在 300 元以上，价值更高。"

据记者了解，普安由于立体气候明显，山高林密土质肥，林下仿野生环境条件栽种的天麻，个头均匀品质好，天麻素含量高，在龙吟的高阳村，发展林下天麻 500 多亩，产值在 240 万元以上，林下土中藏着的天麻成为了当地老百姓增收的"金蛋蛋"。

（2019 年 8 月 19 日刊发于"天眼新闻"）

手握秘籍信心百倍　各有招数劲头十足

——普安县4户贫困户产业增收奋力脱贫的故事

脱贫攻坚最后冲刺，夏秋决战鏖战正激。

在黔西南州普安县，全县35万干部群众正紧紧围绕今年脱贫摘帽的目标，奋战在脱贫一线。

村里的贫困户究竟怎样脱贫？近段时间，记者走进了普安县的一些乡村，发现村里的贫困户在脱贫路上手握"秘籍"信心百倍，各有"招数"劲头十足，脱贫胸有成竹，致富正在路上。

他们的"秘籍"之一，就是大力发展产业，以产增收、以产脱贫、以产致富。

他们或依托全县"一红一白"重点扶贫产业种茶叶养兔子，或因地制宜发挥优势种药材种蔬菜，各出各招，在脱贫路上演绎了一个个自立自强的精彩故事。

这些故事，在普安县"长短结合、大小并举"的扶贫产业发展中，汇成了脱贫攻坚产业扶贫的最强音。来，一起看一看，一起听一听。

孙启爽：养长毛兔今年3次卖毛卖得8万元

"噗呲、噗呲、噗呲……"8月26日一早，普安县南湖街道保冲村长毛兔养殖小区内，孙启爽背着喷雾器，正在为她家的长毛兔圈舍消毒，消毒液溅到兔笼中白白胖胖的兔子身上，兔子一"激灵"一阵蹦跳，原本静悄悄的圈舍顿时热闹起来。

孙启爽家是精准贫困户，家住保冲村16组，有4个小孩，最大的在普安县职业学校读书，还有两个读初中一个读小学。前几年，孙启爽和丈夫彭南华一道，在附近打水泥砖。"打水泥砖可是个重体力活，辛苦不说，一年到头还没有多少收益。现在养兔轻松多了，也有了盼头。"

孙启爽的盼头，就是目前圈舍中的1300只长毛兔。2018年，县里为了帮扶精准贫困户脱贫，无偿给她家提供了价值1.5万元的100只种兔和5000元的饲料，孙启爽又为3户贫困户实施代养，一开始就在县里无偿提供的4栋兔舍中养起了400只长毛兔，自去年5月18日到如今，兔子数量增加了3倍。"马上生崽的还有30多窝，又要增加将近200只兔子了。"孙启爽消完毒，马上到了孕兔集中养殖区，查看这些准兔妈妈的情况。

走出种兔兔舍，进入成年剪毛兔兔舍。孙启爽打开一个笼子，一只硕大的兔子被她拎起来，一边摸兔子身上的毛一边说，"这个毛长得好，再过9天就可以剪了，一定是优级毛，估计可以一次剪9两。"而今年以来，她家卖了3次兔毛，卖得8万多元。

"我们不担心市场问题，政府和龙头企业联合实施了保底收购的政策。"孙启爽说，目前优级毛一斤90元，一级毛一斤80元，一只兔子平均一次可以剪毛7两左右，一年可以剪5次毛，只要喂得好，每只兔子一年有100元以上的纯利润。

孙启爽家兔子就喂得好。每天早晚7点，她和丈夫彭南华准时给兔子投饲料，一次每只兔子投2两，中午还要给兔子加顿餐，喂点自家种的青草或者红薯藤。

"其实养兔子也简单，就是喂食、保洁、剪毛，如果繁殖小兔期间，要照看兔子喂奶。"孙启爽介绍，除此以外重点就是观察兔子生长情况，如果发现兔子有生病症状，就赶紧对症下药，"其实兔子病不多，就是呼吸道疾病、胃肠型疾病和皮肤病，我们经过县里面的统一培训后，自家兔子都是自己防疫、打药、治疗，兔子病好治，只要发现及时，整点药就好了。"

1年多的时间，孙启爽喂兔子已经得心应手，而丈夫彭南华，也只有在兔舍忙的时候，才到兔舍帮忙，平时都在附近做工挣钱。"现在我家的兔子有一半是小兔，开始这段时间滚动投入有点大，再等一两月，小兔陆续长大开始产毛后，收入就会大幅增加了。"孙启爽说，到今年底，她家养的长毛兔将滚动发展到2000只，日子会越来越好过。

（故事背景：长毛兔是普安"一县一特"扶贫产业。目前已经建成长毛兔养殖小区199个，有178个已入驻养殖，覆盖带动贫困户1833户6271人。）

王顺虎：一家4口人种8亩茶脱了贫

8月26日下午，立秋后的太阳依然火辣辣，在普安县江西坡镇联盟村的小立林组，王顺虎和妻子正在茶园中采夏秋大宗茶。他家的这一片茶园，从立春开始就没有停歇过，一茬又一茬发起来的嫩芽，成为王顺虎一家脱贫的"金叶子"，不仅让他家建起了楼房，还供两个娃读书。

王顺虎在联盟村算是一户平常人家，2014年被评为精准贫困户。"前些年家里收入少娃娃小，没得办法只得远走他乡到福建晋江务工。"王顺虎说，前些年他们一家都在晋江一家伞厂做工，每月才有2000多元的收入，一家人过得捉襟见肘。

2016年春节期间，王顺虎一家回到联盟村过年，发现附近一些人家种茶收入非常可观，决定不再外出务工，安心在家种茶。"我家有几亩茶，但一直没有管理，也没得收益。"王顺虎说，那年春节后，他把家中的8亩茶园进行了改造，种植了市场前景看好的品种，同时加强日常管护，当年茶叶就有了收入。

普安茶由于采摘时间早茶青品质好，在春节前后就可以大量开采，仅春茶就要采到清明节后。近年来随着政府加强了"黔茶第一春"和"普安红"的品牌塑造和市场推广，普安茶声名鹊起。"我们春茶龙井43，2019年独芽茶青最高卖到了70多元一斤，平均也是五六十元一斤。"王顺虎说，前些年很不受待见的茶山，仿佛一下子变成了"金山"，做红茶的上好原料中大叶种茶青独芽一斤也卖到了60元。

由于有了8亩茶园的收入，王顺虎在2017年脱了贫。2018年，王顺虎茶青收入上万元，2019年茶青收入超过了1.3万元，收入又比上年增加了30%。而今，王顺虎早已把以前的旧房子进行了修缮，外墙贴上了瓷砖，室内沙发、茶几、彩电、冰箱一应俱全，庭院已经硬化，串户路修到了家门口，生活环境有了极大的改善。

"大女儿在贵州农业职业学院读大二了，儿子今年在普安一中读高中，今年升高三了。"王顺虎说，两个娃娃都到了用钱的时候，好在他家的8亩茶园也陆续进入盛产期，同时挖了500多平方米的池塘，养泥鳅，收入一年会比一年好。

"我们家能脱贫，全靠种茶。"王顺虎说，现在政府引导种茶，这个产业很适合我们这个地方，和他一样的好些人家都靠茶脱了贫，他家今年还要种3亩茶，再过几年，10多亩茶一年就可以带来六七万元的纯收入，日子一定会越来越好。

（故事背景：茶产业是普安"一县一业"扶贫产业。目前全县有茶园14.3万亩，其中可采茶园9.1万亩，全县共有贫困户2226户8810人涉及茶产业，以茶脱贫。）

颜家洲：种魔芋比种苞谷增收若干倍

8月27日早上，台风"白鹿"外围云系为远在西南一隅的普安带来了一次降雨，雨刚一停，南湖街道大湾村野毛箐组的颜家洲，就急匆匆地往屋对面的山坡上赶去，那里有他种植的5亩魔芋，这可是他脱贫的希望，他要看看这一次降雨对魔芋有什么影响没有。

一厢一厢的魔芋长得很好，一看就是经过规范化种植的，经过一阵大雨的洗礼，前些日子因天气炎热还略带黄色的叶子又显葱绿。"这一棵如果挖起来，起码有5斤多重！"在一片大大小小的魔芋植株中，颜家洲指着一颗高约50厘米、茎叶硕大的魔芋说，今年的魔芋总体都长得不错，只等采挖季节的到来。

颜家洲是大湾村的精准贫困户，一家5口人，3个娃娃，一直想种魔芋，但苦于缺资金买种子肥料，没有能力实施。2017年底，贵州日报当代融媒体集团的领导在走访调研中，了解到颜家洲的情况后，决定帮他家一把。

很快，用于购买魔芋种子和肥料的10000元"专款"送到颜家洲手中。颜家洲花了7860元，买来了魔芋种，2018年一开春就种到了自家地里头。颜家洲说，他专门去学习了魔芋种植技术，魔芋种下去后，考虑到魔芋是喜阴植物，又套种了玉米等其他农作物来为魔芋遮阴，经过两季的精心管护，魔芋收获在即。

"魔芋一般是两年采挖一次，大的可以作为商品魔芋卖，小的可以作为魔芋种子卖，预计每亩至少可以采挖4000多斤。"颜家洲说，今年上半年，市场上魔芋一斤卖到3块多，而魔芋种子的价格更高，即使统一按照两元一斤来算，他家的5亩魔芋也值4万多元，剔除1万多元的成本，也还有3万多的纯收入。

"种魔芋可以说比种传统的农作物苞谷强百倍！"颜家洲说，他家魔芋地中套种的苞谷完全是副产品了，是为魔芋"打伞"的，而除了魔芋的收成，魔芋地中的苞谷一亩也要收几百斤，他准备拿来养猪养鸡，"主要用来改善家头的生活"，种魔芋的间歇，他还可以到附近打打零工，手上不缺零花钱。

看到即将丰收的魔芋，颜家洲又有了新的打算，准备扩大种植规模。就在前几天，同村的看见他种魔芋在行，想和他合作在村里流转40亩土地建一个魔芋种植基地，规模化种植，这事他正在积极谋划中。

种魔芋两年，颜家洲不仅家庭收入有了改善，更重要的是，对于以后的发展，这个贫困户显得自信满满劲头更足。

（故事背景：种魔芋在普安有较长历史，在脱贫攻坚中蔬菜种植因投入小见效快广受欢迎。据不完全统计，全县种植魔芋、白菜、大蒜等各种蔬菜6641亩，覆盖贫困户689户2645人，户均增收6000元。）

王玉能：我家能脱贫主靠"药根根"

8月18日15时许，普安县龙吟镇高阳村坪山组，立秋后的天气依然炎热，村民王玉能的爱人张方芝顶着烈日，在一大片中药材地里除草。她的身后，一栋已经修建完工的二层楼房十分显眼，两个孙子正在房前嬉戏玩耍，炊烟正从厨房的顶端冒起，呈现出一幅美丽的乡村画卷。

"这一厢一厢的是种的白芨，过段时间就可以采挖出售了。"在一片中药材地里，记者看见一行行的白芨长得郁郁葱葱。张方芝说，他家除了种植了白芨，还有黄精、独角莲等，这些中草药可是他家的宝贝，全家脱贫靠它们，日常花费靠它们，修房造屋也靠它们。

王玉能家是2013年的精准贫困户，因传统劳作收入低，虽然人很勤劳，但一直没有摆脱贫困。从2015年起，王玉能发现村里面山中有白芨、黄精、独角莲等不少名贵野生药材，这些药材由于品质好市场不错，于是生出到山上采种规模种植的想法。

"这些药材小时候就认识的，但不晓得如此管钱。"王玉能说。他在外面打零工期间知道这些药材的价值后，就赶回家中，和妻子儿子一起上山采种，然后种到自家的承包地中，一共种了9亩多，由于几乎是原产地移种，栽种在土中的药材长势比山上更好，有些药材第二年就有了收成，收入比种植传统的农作物翻了好几番。

"白芨的价格在90元一斤，我这一厢应该卖得到3000元。"王玉能说。而记者看见，王玉能说能卖3000元的白芨所占的地盘也就是五六平方米。王玉能一边说一边拿起锄头挖了一丛，轻轻抖去泥土，白花花的白芨根茎就显露出来，"你看这是3个头的，品质最好，这一窝至少有一斤半，要卖100多元呢。"

2016年，王玉能家在进入贫困户行列两年后，就脱了贫出了列。

"我家能脱贫，中药材帮了大忙！"王玉能说，自从种植了中药材后，家里面的收入就宽裕多了，接着把以前低矮老旧的老房子拆掉，花了20多万元盖了一栋2层楼的砖混楼房，有200余平方米，儿子结婚成了家后，添了两个可爱的孙子。"等这一季中药材卖了，拿点钱把房子再装修打整一下。"

"贫穷不怕，现在政策好，只要勤劳就一定能脱贫，挖自家的穷根，关键还得靠自家，打铁还得本身硬嘛！"王玉能的爱人说，他家虽然是自家种植中药材，自己挣钱脱了贫，但政府把通村路硬化了，把水泥串户路修到了家门口，村里面家家用起了自来水，水龙头一拧，清亮亮的自来水就流淌出来，现在的生活越过越好了。"政府扶一把，自家努努力，贫穷标签就一定撕得脱。"

目前，王玉能依然天天到附近山上采药种，准备再发展一些，把日子过得更好。

而据龙吟镇副镇长黄定能介绍，高阳村群众勤劳，民风淳朴，中药资源丰富，像王玉能家一样，靠栽种当地中药材脱贫致富的就有41户。

（故事背景：普安有种植中药材得天独有的条件。目前全县共种白芨、天麻、何首乌、重楼、黄精、钩藤、青钱柳等3.17万余亩，覆盖贫困户1020户4000余人。）

（2019年9月2日刊发于《贵州日报》）

普安龙吟：4000亩蜜柚成脱贫甜蜜产业

2019年8月17日一大早，普安县龙吟镇北盘江村城子头组的邓吉学就赶到屋后头的一大片蜜柚林中，查看蜜柚长势。看着一个个绿得发亮的蜜柚压弯了枝头，丰收在望，邓吉学看在眼里喜上心头。

"邓吉学家有40亩蜜柚地，他家的蜜柚种得好管得好，挂果挂得匀净。"村主任郭丙辉说。除了邓吉学家，还有邓联洲家、罗克周家、罗顺凯家的蜜柚都好得很，这几家每家都有40多亩，在当地算是蜜柚种植大户。顺着郭丙辉手指的方向，记者看见，远远近近的山山岭岭，绿油油的一片，随便进入一片果园，都可以看见树枝头密密麻麻吊着的蜜柚，散发出阵阵清香。

北盘江村发展蜜柚产业已有多年，目前已经种植了蜜柚2600亩，有82户农户参与种植，有800多亩已经挂果，有600多亩已经进入盛果期。据村党支部书记邓联洲介绍，北盘江村看准了当地的气候条件，专门成立了普安县龙吟兴民种养殖开发有限公司，专门申请了"河洋蜜柚"商标，带动当地农户发展蜜柚产业，目前已经见到了成效，这里的蜜柚已经被认定为无公害农产品。

"这个蜜柚至少5斤，而这一棵树今年预计至少要产100斤，可卖四五百块钱呢！"邓联洲说，以前种传统农作物，既费人力物力，成本又高，一年忙到头还没得多少收益，现在种植蜜柚，一到盛果期按照最低产量估算，亩产值至少10000元以上，比传统农业强得多。今年虽然前期遇到了一段时间干旱，对果树挂果有些影响，但今年全村预计产蜜柚15万斤以上。

"这几年，北盘江村的蜜柚，个头适中，皮薄味正，品质好，水分足，酸甜适中，在外面非常受欢迎。"一直在用电商销售河洋蜜柚的当地网红邓倩说，龙吟河洋蜜柚已经成为普安农特产品的一张名片，今年预计在国庆节前后就可以上市了。

的确，龙吟蜜柚最近几年声名鹊起。在距北盘江村10余公里远的文笔村大冲组，54岁的黄康荣正在地里忙活，他家三兄弟一共种了120多亩蜜柚、锦橙、血橙等，挂果很好，"我家的蜜柚一直供不应求，不愁销路，都是消费者或者老板们直接到地头来摘，今年预计要收6万斤。"黄康荣说，他种蜜柚已有20来年，效益不错，附近的农户看见蜜柚效益好，前几年也开始种植，"目前已有70多户农户种了600多亩。"

"蜜柚栽种后4年就可以挂果，一般每亩可以种55株，种下去的后续管护农户掌握起来比较容易，由于品质好市场不错，通过电商和传统渠道，线上线下销售。"龙吟镇党委书记徐子刚介绍，目前龙吟镇把"龙吟蜜柚"作为当地的特色农产品来进行规模化打造，已经种植了4000多亩，在北盘江村、高阳村、文笔村、石鼓村、吟塘村等地，都有老百姓种植，蜜柚经过几年的发展，已经成为当地老百姓脱贫致富的甜蜜产业。

（2019年8月17日刊发于"天眼新闻"）

汇聚磅礴力量助推脱贫攻坚

——"普安红"县域品牌日系列活动掠影

2019年9月19日上午，"普安红"县域品牌日暨阿里巴巴"一县一业"普安示范项目启动仪式，在"中国古茶树之乡""中国茶文化之乡""世界茶源地"普安县东城区布依茶源小镇古茶城举行。

"普安红"品牌日系列活动，由公安部扶贫办指导，中共普安县委、普安县人民政府、阿里巴巴脱贫基金会主办，普安县工业和科学技术局、普安县茶业发展中心、普安县茶叶协会等单位承办。

这一活动，是汇聚社会各方力量助推普安脱贫攻坚的一次集中展示，多场网络公益抢购直播、一县一业项目落户普安、采茶制茶大赛巅峰对决、十大制茶工匠命名表彰、三大品牌联手开拓市场，各项子活动精彩纷呈，通力合作取得硕果累累，谱写了社会各界帮扶普安脱贫攻坚的崭新篇章。

一县一业项目：兴农扶贫助推普安茶产业发展

9月19日上午，在"普安红"县域品牌日活动现场，阿里巴巴"一县一业"普安示范项目正式全面启动。

据阿里巴巴集团乡村事业部全国总经理陈文介绍，阿里巴巴兴农脱贫"一县一业"普安示范项目，将致力于整合阿里巴巴丰富的电商平台和生态优势，结合兴农脱贫联盟商家和订单农业模式，为普安提供产业和产品标准升级，电商人才培育，销售通路拓展，以及产品营销和品牌打造的一站式县域农产品上行解决方案，以可持续的方式助力普安兴农扶贫与茶产业的发展。

据了解，在公安部的协调下，今年6月，阿里巴巴集团派出了第一批"脱贫特派员"，高级社会责任专家牛少龙来到普安参与定点扶贫，被聘为脱贫攻坚指挥部副指挥长。

"贵州省提出'大数据网络扶贫'战略，将大数据与第一产业和第二产业深度融合，成为推进扶贫工作的有效抓手，这与阿里巴巴集团的脱贫理念不谋而合。"陈文说，阿里巴巴把"一县一业"项目落户普安，将依托互联网技术力量，致力于打造可持续、可参与、可借鉴的"互联网+脱贫"模式，充分发挥普安作为"世界茶源地""中国古茶树之乡""中国茶文化之乡"所拥有的得天独厚的茶产业发展和乡村振兴的优势，为普安茶产业插上新时代"互联网翅膀"，让它飞得更高更远。

"阿里巴巴用公益的心态、商业的手法、技术的力量，'授人以渔'，为普安'挖鱼塘'，帮助培育内生发展动力和造血功能，实现脱贫致富。"陈文说，阿里巴巴与普安将通过"政府+平台+商家+农户"各方紧密合作的方式，把"一县一业"项目打造成普安兴农脱贫和产业振兴可复制、可推广的典范，为贵州省乃至全国的贫困县输出普安模式和经验，把"一县一业"这个助力兴农脱贫、贯彻农业产业新发展理念、实施乡村振兴战略、推动农业农村高质量发展的创新举措，落到产业发展的实处，助推脱贫攻坚。

活动现场，阿里巴巴集团乡村事业部兴农扶贫业务高级专家李翔向普安县"一县一业"示范项目授牌，正式拉开了阿里巴巴全面帮扶普安的序幕。

扶贫公益直播：普安农特产品借力飞高飞远

9月17日晚上至9月19日上午，多场扶贫公益网络抢购直播，着实让普安的"普安红"等多种普安农特产品火了一把。而这些扶贫公益网络抢购直播，是"普安红"县域品牌日系列活动的重要内容之一。

9月17日18：00至21：00，第一轮普安农特产品直播在淘宝公益直播平台举行，当晚主推特级"正山堂·普安红"和普安县最具特色的系列茶点，以最低的价格供大家抢购。

淘宝平台最具人气的直播平台直播主持人薇娅、可乐、花桑食味等组合，强力直播推介"普安红"，这款原价180元一罐的扶贫优选特级"正山堂·普安红"，直播价仅69元一罐，迅速引起网络抢购热潮，直播房间最高在线人数接近300万人。

同时，淘宝当红直播主持人陈洁kiki、798美食在直播间直播抢购普安特色休闲食品百香果干，当红主播可乐daydayup直播抢购普安特色爽口辣，当红主播恩佳N主持直播抢购普安特色茶点和休闲食品夹沙酥豆沙条、酥麻小酥饼，形成了"普安红"+普安特色茶点的农特产品系列，形成了强大的网络冲击力，短短3分钟不到，就收到订单2500多单，5分钟订单就突破5000单，普安农特产品在淘宝平台超过了1000万人次的曝光度，截至当天晚上23时总订单数量7500单，成交金额52万元。

9月18日上午10：00至24：00，在聚划算平台销售普安农特产品，主推二级"布依福娘·普安红"。

9月19日上午，就在"普安红"县域品牌日活动现场，由宁波市供销合作社、黔西南州供销合作社、阿里巴巴脱贫基金会、聚划算、淘宝直播等联合主办的"丰彩黔西南风情收获季"2019东西部帮扶协作普安农特产品网络直播火爆进行，最高在线观看人数突破了25万人，直播产品获得了将近50万人次的点赞，普安的"普安红"等农特产品激起全国消费者的极大兴趣，频频在线咨询，纷纷下单购买。

"这3天的多场活动，都取得了不错的销售业绩，特别是提升了普安农特产品的知名度和美誉度。"普安县电商办的有关负责人说，"普安红"县域品牌日直播活动，阿里巴巴通过 "淘宝直播""聚划算"网络抢购直播这一新颖、互动的电商营销模式，助力"普安红"品牌打造，促进了茶叶销量，带动了茶农增收，效果明显。

采茶制茶大赛：世界茶源地上演茶技巅峰对决

9月18日，作为"普安红"县域品牌日的系列活动，第四届"普安红"杯采茶制茶大赛在世界茶源谷举行，80名采茶制茶高手齐聚世界茶源地，上演采茶制茶技艺的巅峰对决。

本届"普安红"杯采茶制茶大赛由中共普安县委、普安县人民政府主办，普安县总工会、普安县茶业发展中心、普安县茶叶协会承办，分采茶和制茶两个大项进行比赛，其中制茶大赛分工夫红茶、手工扁形绿茶、手工卷曲形绿茶3个项目进行技艺比拼。

当天上午9：00，在普安县东城区布依茶源小镇古茶城，制茶大赛正式开始，一台台炒茶锅一字排开，17名工夫红茶制作高手、10名手工扁形绿茶制作高手、10名手工卷曲形绿茶制作高手上场，施展制茶绝活，拿出看家本领，制作出一杯杯上好的普安茶。

在制茶大赛紧张进行的同时，采茶大赛也于当天上午9：00在江西坡茶神谷的茶海核心区准时开始，来自各茶区的43名采茶高手在各自抽签抽中的有编号的茶垅上，比采摘速度，比采摘标准，比采摘质量。1个小时的比赛时间结束后，现场评出十大采茶技术能手，其中一等奖1名，二等奖2名，三等奖3名，优秀奖4名。

"为了这一次比赛，专门从贵州省茶叶研究所、贵州省茶叶学会、黔西南州茶办等机构邀请了5名评茶专家，给参加制茶大赛的参赛选手的茶品评审打分。"普安县茶业发展中心负责人介绍，在本次比赛中，工夫红茶工匠评出了一等奖1名，二等奖2名、三等奖3名、优秀奖4名；扁形绿茶工匠，评出了一等奖、二等奖、三等奖、优秀奖各1名；卷曲形绿茶工匠，评出了一等奖、二等奖、三等奖、优秀奖各1名。

"普安的工匠制茶技艺很高，绿茶制作水平使人眼前一亮。而红茶制作，茶型、汤色、香味、口感、叶底等都很出色，普安红工夫红茶的品质非常好。"评茶专家在评审点评中高度称赞普安制茶师傅的技艺。

据介绍，茶产业作为普安县扶贫主导产业，目前茶叶种植面积14.3万亩，投产茶园9.1万亩，形成以"龙头企业+合作社+农户"的模式，发展茶产业龙头企业11家，相关企业及合作社150余家，带动农户6060户24647人种植。2019年1—8月茶叶产量5983吨，产值7.22亿元。在这些茶业从业人员中，从采茶到制茶，汇聚了一大批高手，普安县委、县政府为了进一步激励茶界出人才、出工匠、出大师，提升全县涉茶技术人员的技术能力水平，已经连续4年举办采茶制茶大赛，以赛代训，以赛提质，以赛促变，大力培养茶界人才工匠技师。在9月18日的"普安红"杯采茶制茶大赛中，又涌现了一批采茶制茶高手。他们用技艺征服了评审专家，获得了高分，斩获了奖项。

9月19日上午，在"普安红"县域品牌日活动现场，为采茶制茶的获奖选手举行了隆重的颁奖典礼。

十大工匠表彰：普安制茶技艺传承创新人才辈出

9月19日上午，在"普安红"县域品牌日活动现场，第一届"普安红茶制作十大工匠"被隆重命名表彰，普安县委副书记、县长龙强向获得"十大工匠"荣誉的制茶匠师颁发荣誉证书。

据了解，普安茶历史悠久，茶文化深厚，茶环境优异，独具民族特色和地域特色，被誉为"世界茶源地"和"黄金产茶区"。

近几年来，普安县委、县政府在脱贫攻坚中，大力发展茶产业，让这片200万年前就茶树茂盛的古老茶源地焕发出勃勃生机，而新时代普安茶人在传承古老工艺，秉承时代创新的基础上，涌现出了一批爱岗敬业、精益求精、严谨细致，追求完美、技术精湛、善于攻坚、创新超越的普安红茶制作工匠，使得"普安红"茶品品质逐年大幅提升，不仅在茶界被誉为"中大叶种红茶的代表性产品"，还跻身"中华文化名茶"之列。

为了树立榜样、示范引领，促进制茶技艺的不断提升，经普安县总工会、普安县人力资源和社会保障局严格评选，评选出了10名代表普安茶制茶水平的工匠技师，以加强传帮带，让普安涌现出更多的制茶高手。在"普安红"县域品牌日活动现场，普安县对获得第一届"普安红茶制作十大工匠"称号的贵州南山春绿色产业有限公司卢艳，普安县布依人家茶叶专业合作社岑开武、潘丽、岑开祥，普安县云翔茶业合作社陈昌云，普安县贵安茶业有限公司徐兴美，普安县华会茶叶种植专业合作社陈昌华，贵州省黔西南州富洪茶叶有限公司纪丽，普安县古茶茶业有限责任公司黄生泽，贵州布依福娘茶业文化发展有限公司李进10名制茶技师进行表彰。

三大品牌联手：正山堂助力普安脱贫再放大招

在"普安红"县域品牌日活动现场，中国红茶标杆品牌"正山堂"助力普安脱贫攻坚再放大招，联合全国一流红茶品牌倾力打造"普安红扶贫优选产品"，再以实招助推"普安红"走上全国市场。

据介绍，此次"正山堂"联合了"山东元正""骏眉中国"两大一流红茶品牌，与贵州正山堂普安红茶业有限公司三方签订助力普安脱贫攻坚战略合作项目协议，以扶贫为主题，联合开发打造"元正·普安红·扶贫优选""骏眉中国·普安红·扶贫优选""正山堂·普安红·扶贫优选"三款产品，三方各自利用线上线下渠道销售，销售产品除成本外的利润，全部汇集到贵州正山堂普安红茶业有限公司，其中利润中的70%用于入股正山堂普安红公司的普安县500户贫困户分红，30%用于创建茶产业扶贫基金，扩大扶贫效益。

据了解，"山东元正"茶业集茶的研发、生产、销售为一体，拥有元正红茶、唐宋元明清、88℃绿茶、启山·福鼎白茶、秦、汉等多个产品系列，成为国内领先的茶企之一。而"骏眉中国"是江苏骏眉时代茶业推出的中国红茶力作，利用正山堂江氏先祖始创红茶之源突破地域限制，与全国九大优质茶产区展开合作，打造的骏眉中国红茶产业体系，正山堂·骏眉中国项目，将骏眉工艺推向全国各省，带动红茶产业发展，助力茶产区精准扶贫和生态经济发展，为贫困茶区的致富贡献力量。"正山堂·普安红"茶业则是黔西南州政府、普安县政府，借助"正山堂"品牌，在普安县茶产业发展中成立的龙头企业，正山堂和普安致力于把"正山堂·普安红"打造成中国又一知名红茶品牌。

这一次"正山堂"联合了"山东元正""骏眉中国"，三大一流红茶品牌一起强力打造"普安红"品牌，不仅直接将普安的资源优势转化为市场优势扶持贫困户，更有力助推普安的脱贫攻坚支柱产业打造，让"普安红"品牌红遍天下。

（2019 年 9 月 21 日刊发于《贵州日报》）

脱贫路上步伐稳健　高歌一曲感谢党恩

——普安县村村寨寨百姓用心唱起"同一首歌"

　　欢快的旋律，激荡的乐曲！庆祝新中国成立70周年前夕，在"中国古茶树之乡""中国茶文化之乡""全国十大魅力茶乡""世界茶源地"普安，不管是乡镇街道、社区小区，还是村村寨寨，成千上万的老百姓都在用心唱一首歌——《没有共产党就没有新中国》，用歌声表达他们对党和政府的感恩之情。

　　这首歌，是普安的老百姓发自内心的歌。他们，用心感受着今天的变化和来之不易的生活。一起来听一听，从普安14个乡镇（街道）的村村寨寨社区小区传来的动人旋律——

　　9月23日晚，普安县大湾村一组二组的群众在齐声高唱，茶源街道斗弹达吟社区的易地扶贫搬迁户在齐声高唱，高棉乡嘎坝社区小寨组、地泗村铁界组的群众在齐声高唱，白沙乡铁厂村良子组的群众在齐声高唱……

　　9月22日晚，罗汉镇罗汉社区的老百姓一起齐声高唱，青山镇各村、社区的群众一起齐声高唱，高棉乡嘎坝社区美寨组的群众一起齐声高唱，兴中镇格那的群众一起齐声高唱，江西坡镇新田坡组的群众一起齐声高唱……

　　9月21日晚，南湖街道西陇村的老百姓在齐声高唱，楼下镇各村组的老百姓一起齐声歌唱，新店镇雨核村的老百姓一起齐声高唱，龙吟镇石鼓村的老百姓一起齐声高唱，地瓜镇地瓜社区的老百姓齐声高唱，盘水街道平桥村的老百姓齐声高唱，普天社区的在齐声高唱……

　　"没有共产党就没有新中国，没有共产党就没有新中国，共产党，辛劳为民族，共产党他一心救中国，他指给了人民解放的道路，他领导中国走向光明，他坚持了抗战八年多，他改善了人民生活，他建设了敌后根据地，他实行了民主好处多。没有共产党就没有新中国，没有共产党就没有新中国。"

最近一段时间以来，随着庆祝新中国成立 70 周年大喜日子的临近，普安县南湖、盘水、青山、楼下、新店、罗汉、地瓜、江西坡、兴中、白沙、龙吟、高棉、茶源、九峰 14 个乡镇（街道）的村村寨寨、社区小区的老百姓，都在唱这首歌。

目前，普安县的脱贫攻坚到了最为关键的时期，全县 35 万各族群众，和驻村前沿攻坚队驻村干部、帮扶干部一起，铆足一股劲，扎实深入的开展各项工作，让贫困群众彻底挪穷窝斩穷根。

歌声飘荡，是因为普安各地的群众切身感受到了这几年家乡发生的巨大变化，感受到党和政府的温暖，所以村村寨寨的男女老幼，都打从心里唱起了这首歌，祝福新中国，感恩共产党。

据记者了解，除了唱这首耳熟能详的《没有共产党就没有新中国》，大家还唱《感恩的心》《我和我的祖国》，在普安掀起了感恩热潮。

老百姓歌唱感恩，发自肺腑，他们真切地感受到了身边生活发生的变化。比如——

在茶源街道，许多从一方水土养不起一方人的地方，通过易地扶贫搬迁搬到城区的老百姓说，而今娃娃读书就在家门口，就医就在楼下，还可以在附近的工厂上班。

在白沙在高棉，不少村寨的老百姓说，现在水泥路修到家门口，出行比以前更加方便了，吃水也更加方便了。

在南湖在盘水，不少村寨的老百姓说，现在生活变好了，吃穿不愁了，住房也修好了，就连串户路也硬化了，以前想都不敢想哟。

在江西坡在青山，扶贫主导产业做大了，老百姓的增收门路多了，腰包也渐渐鼓了起来。

"我们能过上好日子，是党和国家政策好，乡亲们勤劳，帮扶团队扎实，社会各界支持综合着力的结果。"普安的老百姓说。

（2019 年 9 月 24 日刊发于"天眼新闻"，9 月 27 日刊发于《黔西南日报》）

奔走在脱贫路上的"夫妻书记"

2019 年 11 月 20 日夜，入冬的普安寒意袭人。在普安县白沙乡大小寨村，党支部书记唐春正组织村里干部们开会，研判村里的脱贫攻坚事项，对一些新出现的问题，商量解决的方案。

而此时，唐春的丈夫陈峰，正在青山镇黄家坝村驻村，作为第一书记的他没有闲着，正和村前沿攻坚队的干部们商量第二天需要落实的工作。

两个大人一南一北相距七八十公里，扎根在脱贫攻坚一线，而他们上小学五年级的儿子和刚上幼儿园的女儿，在奶奶的照料下，带着对父母的一丝丝"埋怨"和想念渐渐进入了梦乡。

陈峰和唐春没有时间去想孩子，两夫妻和孩子一分三地，已经两年多了，"不想"已经成了习惯，其实也没有时间去想。

2017 年 9 月，在脱贫攻坚中，在普安县政法委工作的陈峰，被派遣到青山镇黄家坝村担任第一书记。2018 年 1 月，唐春被调到白沙乡工作，被任命为大小寨村的党支部书记。一家两书记，一南一北，在中国最基层的基层组织中，挑起了脱贫那沉甸甸的担子。

陈峰一到村里，一个棘手的事就摆在面前。村里还有 3 个村民组 169 户 788 人未通自来水，人畜饮水还得靠三轮车到 3 公里外的一个叫甜楂树的地方拉，费时费力。

缺水，给群众生产生活带来极大不便。缺水，也考验着干部的作为。

通过走访，陈峰了解到，这 3 个村民组周边没有山泉水，只能通过打井抽取地下水的方式，来解决人畜饮水问题。在做了充分调查后，他决定向原单位的主要领导和县水务局求助。

很快，水的事有了眉目。县水务局得知情况后立即派人前往村里进行技术勘查，两个星期就备好了所需管材。陈峰和村组干部们，走家串户，挨户动员老百姓投工投劳，开挖管槽，县水务局派专业安装人员安装水管，不到 1 个月，水就通到各家各户，彻底解决了群众饮水困难问题。

通水，仅仅是个缩影。村里面，通村通组路的协调，串户路的修建，"三改"和老旧房整治，危房改造，产业谋划，甚至连合作医疗费用收取，各种各样的事，第一书记都要跟着操心。

第一书记操心的，远远不止这些。陈峰在入户走访中得知，马家冲组陈俊家有 3 个孩子上不了户口，原因是孩子的母亲冯艳，当年嫁过来时随身未带身份信息有效证件，又由于身体原因说不清楚以前的具体家庭地址，所以迟迟未办理结婚证，3 个孩子也无法办理出生证。

3 个孩子上不了户口，可急坏了一家老小，陈峰也跟着着急。但是根据现行户籍管理条例，只能到具备资质的医疗机构做亲子鉴定，公安机关根据鉴定报告结果才能给孩子上户口。

但问题来了，3 个孩子做亲子鉴定要 4500 块钱，加上往返费用至少要 5000 多，一个贫困户哪来这个钱？为了尽快解决此事，陈峰多次往派出所跑，经过多方协调，最后以大量走访群众取笔录的方式，证明 3 个孩子确系陈俊子女，3 个孩子终于有了自己的户口。

而给"黑户"上户口，唐春也经历过，她费了九牛二虎之力，才为大小寨村一个长期没有户口的妇女上了户。

在大小寨村李子箐组走访贫困户过程中，唐春发现马兴付的妻子杨少英目前还是一个"黑户"，没有户籍信息。

在和马兴付夫妻俩座谈中得知，杨少英老家在盘州市保基乡，年幼时便痛失双亲，自己一人孤苦伶仃地生活，也没有文化，后被拐卖到了广西玉林。在务工期间，她遇到贵州老乡马兴付，二人产生了感情，回到大小寨村后育有一双儿女，儿子已经 15 周岁读八年级，女儿已经 12 岁读五年级。

因杨少英年幼时便外出，双亲也早早离世，她在原住地盘州市保基乡的户口在人口普查时已被注销。为了解决此事，唐春带领驻村干部赶到盘州市保基乡派出所，查找杨少英原始身份信息，功夫不负有心人，在保基乡派出所纸质档案中，终于找到了杨少英相关资料，当地派出所据此出具了证明。在唐春的奔走下，几经周折，43 岁的杨少英终于有了自己的户口和身份证。

唐春跑腿，跑得最多的要数易地扶贫搬迁。大小寨村属于典型石漠化山区，坡度普遍在 25 度以上，而且土壤较薄。为了彻底斩断穷根，唯有易地扶贫搬迁。但全村大部分群众祖祖辈辈生活在这里，受传统思维禁锢，要想让这些人搬离故土，难度之大可想而知。

"再难也要做工作，不搬就没有出路。"唐春和干部们不厌其烦地到村民家中开共商会，宣传搬迁的好处，一次不行，两次，两次不行，三次，三次不行就四次。但好话说了千千万，群众仍然一部分怀疑，一部分观望，一部分说"风凉话"，效果不理想，咋办呢？

关键还是思想工作没有做通。唐春和前沿攻坚队的干部一起，一次又一次地走进贫困户家中，耐心地宣讲，细心地解释，形象地比喻，良苦地劝说，同时还在白沙乡的统一组织下，让老百姓到东城区易地移民搬迁安置地实地查看。

慢慢的，有人想通了，只要有人一带头，后面的工作就顺理成章了。最终，大小寨村有 241 户 1192 人完成了易地移民搬迁。牛角井组胡忠就尝到搬迁的甜头，他家从山沟沟搬到普安县东城区布依茶源小镇后，两个孩子就在家门口读书，妻子黄美就在楼下的玩具厂找到工作，一个月两三千元的工资，一家人在国家扶贫政策的润泽下过上了新市民的新生活。

每个贫困户，都是心头的牵挂。就拿陈峰来说，他必须要实现贫困户走访工作全覆盖，记住每一家的难处。穆成林今年 79 岁，年龄大，没文化，政府给他发了一台扶贫电视机，但老人就是不会操作，成了摆设。陈峰听说后，赶紧上门帮他连接好相关设备，并手把手教会老人开关机和使用遥控板，看到老人能熟练操作后，他才离开。

而农村邻里纠纷多，家庭矛盾多，有的为了一寸土地就吵得不可开交，有的为养不养自己的老人而争得面红耳赤。这时候，陈峰和唐春就得第一时间组织人调解劝阻。11 月 20 日的早上，陈峰就在黄家坝村调解了好几起纠纷。

这些琐事，却是暖心事。陈峰和唐春，正是在脱贫攻坚的琐事中实现了人生的价值。

"能够参与脱贫攻坚，能够践行初心诺言，再苦再累，我们都不后悔！"陈峰和唐春在微信中这样给记者留言。

（2019 年 11 月 21 日刊发于"天眼新闻"）

牛马戴"耳环"：
普安"平安卡"模式解决大问题

最近一段时间，普安县有一件新鲜事非常引人关注，那就是给牛马大牲畜戴"耳环"。牛马戴"耳环"可不是为了漂亮，而是为了解决大问题。

今年上半年，普安县公安局在调查中发现，农村部分群众不愿意把牛马关在已经"三改"的圈舍中，而是紧挨着自己的卧室圈养。比如青山镇哈马村陈开荣，陈开荣是贫困户，今年已经 70 岁，老伴 62 岁，2018 年、2019 年分别得到国家养牛补助养了两头牛，并下了 2 头小牛崽，两个老人如获至宝，精心饲养照料，但就是不愿将牛饲养在"三改"圈舍中，原因是担心被盗。

在调查中发现，有陈开荣这样想法的农户不在少数。为全面预防农户牛马被盗，普安县公安局和乡镇党委、政府对全县大牲畜情况开展全面排查，统计出普安县共有养殖大牲畜的农户 10666 户，养殖大牲畜 23048 头，人畜混居户 1241 户，其中建档立卡养殖贫困户共 4438 户，养殖大牲畜 8368 头。虽然近几年社会治安不断好转，偷牛盗马情况已少有发生，公安机关破获案件率也大幅提升，但农户将大牲畜与卧室毗邻饲养的"固有防范措施"已根深蒂固，这才出现了"三改"圈舍不关牲畜，而牲畜和人挨着住的现象。

为彻底消除农户顾虑，解决"人畜混居"问题，普安县推出了"平安卡"模式，给牛马大牲畜戴"耳环"防盗。公安机关制作"平安卡"，发放给养殖大牲畜的建档立卡贫困户。

在"平安卡"上，公安机关向广大群众承诺：将全力维护社会治安，严打盗窃大牲畜犯罪行为；若发生大牲畜被盗，将以最快的速度侦破案件；若 30 日内未破案，符合困难补助条件的，将给予补助。

在"平安卡"模式下，普安县财政预算安排专项资金，建立补助资金池，同时将全县涉及盗窃大牲畜犯罪的罚没款注入该资金池内。群众耕牛被盗后，公安机关7天内不能破案的，按照程序启动资金池，按照市场价格补助群众损失，之后公安机关破案后群众要将补助资金退还，不退还的公安机关可以将牛转卖折算资金填补资金池。

今年8月27日，黔西南州大牲畜发放"平安卡"现场推进会在普安县青山镇举行，普安先期定制6000张平安卡，在青山镇、新店镇和西陇村、辣子树村、棉花村三个深度贫困村试点推进。发动各村组脱贫攻坚网格员，全面开展"平安卡"政策宣传。

同时，配套的给牛马戴"耳环"措施启动，给建档立卡贫困户养殖的大牲畜安装芯片（地网牛马耳环），防止大牲畜被盗，一旦大牲畜被盗即可根据芯片运行轨迹，快速定位，为民警破案争取时间。

这个特殊的耳环一戴，就显现出了"威力"。2019年10月18日7时，新店镇烂木桥村村民王某早晨起床后，发现牛圈里的养了多年的黄母牛不见了。一家人到处寻找无果后，急匆匆赶到新店派出所报警。新店派出所赶紧一查，王某家的牛正好在前一个星期经过公安机关戴了"耳环"。根据"地网"系统显示，牛还在烂木桥村。于是民警立即带上移动搜索机，在烂木桥村范围内搜索，根据地网移动搜索机显示的目标方位信息，在距王某家大约5公里的一小树林边找到了牛。

"平安卡"模式一推出，就在当地引起热烈反响，青山镇农户陈忠跃特意向农商银行申请了5万元特惠贷发展黄牛养殖。他说现在有了好政策，牲畜财产得到保障，发展养牛稳赚不赔，在帮扶责任人的帮助下，他还在牛圈边安装了监控摄像头。

据普安县公安局有关负责人介绍，截至10月底，普安县已经制作了6000张"平安卡"，发放了5712张，建档立卡管理4001户。同时在城区、乡镇、村组交通要道、重要路口完成地网基站建设407个，覆盖率达94%，安装佩戴牛马耳环1109个，"人畜混居"的情况已经全面消除。

给牛马戴"耳环"，一套为农户量身定做的"平安卡"政策，让许多老百姓即使与牛马"分居"，也能睡上安稳觉了，解决了"人畜混居"的大问题。

（2019年11月19日刊发于"天眼新闻"）

普安高箐社区：
陈大昌带头种的200余亩三七产值达800万元

11月3日，在普安县青山镇高箐社区，陈大昌一大早就扎进了他的三七种植基地。目前正是三七果采收的时候，今年要采挖一批，得赶紧看看根头的长势，"这个三七果，30块钱一斤呢，这一季采个万把斤没问题"。

陈大昌是青山镇高箐社区的人口主任，是当地返乡创业的能人，也是产业致富带头人。他与其他3人合作成立了益丰农业种养殖专业合作社，三七就是合作社主打种植的名贵中药材，目前有200多亩。

陈大昌是本地人，2012年外出昆明务工搞水电工程，偶然接触了三七种植，觉得是一个回报高的好项目，于是就回到青山老家，开始尝试种植。"经过积极准备和探索，从2014年开始陆续种植，后来两个人搭伙种，到了2017年卖了30亩，那时行情一般般，卖得100多万元。"

尝到甜头的陈大昌，联合其他4人成立了普安县益丰农业种养殖专业合作社，扩大三七种植规模，经过土地流转，栽种了200多亩。为了带动当地老百姓发展增收，当地有10余户农户用土地入股，其中有5户精准贫困户，"平均每家价值1000余元的土地，预计可以分红10000元左右。"陈大昌说，三七基地带动还是明显的，除了土地的增值以外，基地对精准贫困户务工优先，80至100元一天，"目前每年200多亩基地支付务工费在60万元左右。"

在益丰种养殖专业合作社的三七基地，记者看见，遮阴网下一厢一厢的三七长势喜人，红红绿绿的果实挂满枝头，非常漂亮，陈大昌正在请人采摘，准备拉到云南市场出售。

"按照目前的行情，这200多亩三七产值应该在800万元左右。"陈大昌说，三七属于名贵中药材，目前市场价在每斤 150 元至 160 元，只要管护得好，经济价值还是非常可观的，而目前的基地中，不少果实已经可以采挖出售了。收获在望，陈大昌对今年的收成满是憧憬。

（2019 年 11 月 3 日刊发于"天眼新闻"）

普安牛角山：乌骨鸡变成"金凤凰"

2019年10月29日清晨6点过，第一道霞光还没有洒到普安县新店镇新店社区牛角山的时候，一阵阵浑厚的鸡鸣声，早已把这个小村庄唤醒了。附近的养殖场工人早早的起了床，为种鸡投放第一次吃食，而周边的农家老大娘、小媳妇也陆续打开鸡圈，一只只乌鸡扑腾扑腾地争先恐后奔向山林。

牛角山的鸡鸣传得远，记者闻声而来，在一家名为贵州金禾禽业有限公司的养殖场看见，17亩的场区，6栋鸡舍错落散置在一处山坳里。记者在穿上白大衣经过消毒通道后，终于见到了叫得震天响的鸡。"现在养殖场里有26000多只这种乌鸡。"工作人员指着正在吃食的体型硕大全身乌黑的鸡说，这些主要是下蛋的种鸡。

在鸡舍的另一边，两栋白墙绿瓦的房子是孵化房和幼苗鸡床。"公司有4台孵化机，一次可以孵化8万只。"据介绍，金禾禽业在牛角山的基地主要是繁育，45天的鸡苗在一斤左右就运到散养场散养，"一只卖20元左右，出场前已经全面经过防疫除瘟处理，成活率很高，鸡苗除了供应本地养殖外，还卖到普安相邻的兴仁、盘州等地。"

随行的新店镇人大主席桑秀文介绍，牛角山乌骨鸡是本地的良种鸡，经过技术攻关后规模化繁育，作为脱贫攻坚规模化的生态养殖项目来打造。目前普安牛角山乌鸡已经在县内发展了7个规模化散养场，滚动发展动态饲养，带动农户增收。"除了金禾公司自己的散养场以外，兴中镇辣子树村散养场覆盖78户351人，兴中镇小山坡村散养场覆盖25户102人，罗汉镇老山田村散养场覆盖22户44人，地瓜镇屯上村散养场覆盖25户89人，南湖街道西陇村散养场覆盖93户323人。"目前存栏有6万多只。

据介绍，牛角山乌骨鸡项目带动精准贫困户入股分红53户189人，带动当地农户打零工及长期务工23户89人。同时，带动了新店社区周边农户20户76人家庭规模养殖，"牛角山的鸡要预定，白天全在山林中，抓不到，只有晚上进圈了才能抓得到。"

而据记者了解，除了牛角山以外，普安其他地方散养场的乌鸡也十分走俏，市场价最低在25元一斤。"普安乌鸡生态养殖品质好，也长得快，半年左右可以达到5～7斤，除了省内州内县内的市场外，已经通过网络卖到北、上、广、深等城市。"桑秀文说，这个项目目前已经带动了339户1263人增收。

长得黑黢黢的乌骨鸡，在普安变成了农民增收的"金凤凰"。

（2019年10月29日刊发于"天眼新闻"）

脱贫攻坚路，夫妻携手行

　　2019 年 10 月 28 日下午，记者在普安县新店镇调研走访时，听说了这么一个人，他和妻子都各自在脱贫攻坚一线，在不同的村里开展脱贫攻坚工作，任劳任怨全身心投入，每天有忙不完的事，而读小学 5 年级的娃娃一个人在家，中午自己回家炒蛋炒饭吃。

　　这个人叫保安波，正在普安县新店镇波汆村驻村当网格员。记者决定去会会他，新店镇人大主席桑秀文听说记者找不到路，因正好要回普安开会，决定绕道带记者去那个村子。

　　当天下午两点过，记者赶到波汆村活动室时，一辆白色的面包车正停在活动室外，几个人正在扛着一袋一袋的东西爬上楼梯，堆在一间房屋内。

　　"哪个是保安波？"

　　"我就是……"一名刚刚从车上把一大袋东西放在肩上的男子应声而答。

　　原来，这一车 23 包物品，全是马上就要入土的种子，包村的新店镇副镇长王科刚刚拉来，"16 包绿肥种，7 包油菜种。"保安波说每包 50 斤，记者看到他扛着健步如飞，几大步就进了屋。

　　保安波扛种子的时候，记者听村里面的人介绍，保安波是县委组织部派到村里的驻村干部，2018 年 12 月下村来的，目前是 2 个小组的网格员，管 44 户 230 多人，其中贫困户有 17 户 80 多人。

　　"嘿，他干工作扎实（靠谱）很啦！"保安波不仅是网格员，还是矛盾纠纷调解组的主力，调解矛盾纠纷做群众工作有一套！

　　"他包的毛草坪组是 2019 年普安县最早实施串户路的组，是他组织群众投工投劳干出来的！"在实施串户路的过程中，小地名叫"核桃树脚"的地方，有两户人家因为积怨较深，不允许串户路从他们土地他们边过，反复做工作一直做不通，保安波去了3次，终于把思想工作做通了，为了防止反悔，保安波和第一书记陈建强等人现场立即就拿起锄头，把3米多长、50厘米宽的路清理出来，打好隔界。

"他能吃苦！"在修串户路的过程中，有些老百姓不配合，水泥拉到路边边，没有人抬，没有人背。咋整？

保安波和村支书刘志祥说，"我们是党员，我们背！"说着就甩开膀子干开了，上了两车水泥后，一些老百姓看见城头来的人都这么干，觉得过意不去了，纷纷前来帮忙。

修串户路投工投劳，老百姓要出力。保安波和第一书记陈建强、村支书刘志祥、包村干部侯强等，一起抬起水泥往搅拌机里送，一样铲起砂浆去铺路。

毛草坪的串户路很快修完，为接下来普安串户路的"修法"提供了思路。

"有家两位老人都80多岁了，男老人因病倒床无人管，保安波走访时发现后，心情很沉重。"于是就把两老人的两个儿子拉来调解，"一调解一见面就吵架，说不到一块去！"

保安波分头行动，一家一家做工作。终于，两个儿子每人愿意拿出2000元给两老当生活费，并签订了赡养协议。

第一次4000块钱拿到了，问题又来了，两个老人不愿意要儿子的钱。最终经过村里面和老人的两儿子商议，由村副主任石桃昌代为保管，定期按照老人需要给老人买东西送去，多人一起见证并记好账，钱用完后，老人的两个儿子再出。

"他搞的事情多很，一小会儿怎么讲得完？！"村组里面鸡毛蒜皮的事都要扯到网格员和包村领导，网格里面的每家每户有多少人，有哪些事，怎样帮扶，网格员都必须了如指掌。"你说事多不多？！"

那保安波的爱人在哪里呢？

就在保安波在村里扛种子的时候，他的爱人张秋香正在盘水街道高兴社区兰花塘组入户做农户的思想工作。

张秋香是普安县市场监管局的工作人员，2019年5月起下沉到高兴社区，既是资料员，又是网格员。

原来，高兴社区兰花塘组，要修一条产业路，涉及好几家人的土地，要一户一户的去做工作，动员涉及的农户支持配合。普安县市场监管局就是对口帮扶盘水街道莲花村，此前张秋香还在莲花村包得有6户精准贫困户。"已经帮扶了多年，对情况都比较熟悉了，换成其他人来包，上手还要个过程，就没有要求换。"

就这样，张秋香在高兴社区和莲花村来回跑，哪边事情急就先做哪边，很多时候也是忙得团团转。怕妻子一个人入户"不安全"，保安波往往利用轮休，陪妻子一起入户。

两个大人都在村里面，他家读5年级的儿子已经成为自己能照顾自己的"小大人"。

"早餐，没时间做，都是拿钱喊他自己在外头吃。"

"中餐，要么依然喊他拿钱在外头吃，要么他自己回家拿头天晚上剩下的饭炒蛋炒饭吃，或者自家煮面条吃！"

"没办法哟，还好娃娃适应能力强，原来还担心他被烫到，还好，都还好……"保安波说。

即将写完稿子，已是10月28日深夜23:36分，记者电话上和保安波核实几个细节，他说他也还在弄资料，电话那头听得出来一屋子的人，闹吼吼的……

据普安县脱贫攻坚指挥部有关人士介绍，保安波夫妻，仅仅是普安县下沉干部在脱贫攻坚工作中的代表。脱贫攻坚中，普安县共向89个村派出了驻村工作队，选派了44名村第一书记和1863名驻村干部，他们"抛家离子，丢家弃老"，长期驻扎在村里开展扶贫工作，冲在脱贫第一线，丢弃小家顾大家，他们在一线流着汗，熬着夜，倾注着感情，担当着责任，感人的事不少，温暖的事很多……

（2019年10月29日刊发于"天眼新闻"）

第三篇 白叶一号寄深情

世界茶源地群情振奋精种感恩茶

——安吉20名党员先富帮后富2000亩白茶苗扶贫普安

割草、整土、翻地……一派热火朝天，全都一丝不苟。

搞培训、修便道、埋水管……人人精神振奋，个个喜上眉梢。

最近3个月以来，在"中国古茶树之乡""中国茶文化之乡""全国十大魅力茶乡"普安的地瓜镇和白沙乡，每天都有100多位群众在选定的地块上忙碌着，使出绣花的工夫，精心打理着脚下的土地，为着一个重要工程做精心的准备。

这两个乡镇，将种下2000亩与众不同的白茶，普安县的干部群众称之为"白叶一号"工程。

这个"一号"工程不简单，这2000亩白茶的确与众不同，因为这2000亩白茶，代表着浙江省安吉县溪龙乡黄杜村20名共产党员先富帮后富，情系西部贫困地区的大爱情怀。

而在普安县的老百姓口中，把这2000亩白茶不仅称为"扶贫茶""友谊茶"，更称为"感恩茶""致富茶"。自从得知"白叶一号"将落户普安以来，无比兴奋的他们，就铆足干劲，以最饱满的精神，以最壮怀的激情，以最感恩的心情，在即将栽种这一批特殊白茶的土地上，不知疲惫地劳作着。

致富不忘党的恩
安吉黄杜村20名党员先富帮后富赠茶苗

2018年4月，浙江省安吉县溪龙乡黄杜村党总支在开展"不忘初心 感恩奋进"的活动中，看见西部还有不少地方仍然没有脱贫，村里20名党员自愿拿出1500万株最好的白茶苗"白叶一号"，捐赠给西部适合种茶的贫困地区，助推脱贫攻坚，为党分忧，为民解困，先富帮后富。增强饮水思源、不忘党恩的意识，弘扬为党分忧、先富帮后富的精神。

其实，黄杜村以前也是贫困村，在20世纪90年代开始种植白茶大力发展茶产业，是白茶让黄杜村从贫困村变成富裕村。2003年4月9日，时任浙江省委书记的习近平到黄杜村调研，看见黄杜村种茶致富发生的变化，把黄杜村白茶致富的故事归纳为"一片叶子富了一方百姓"。

为了给"白叶一号"找到最佳种植区，浙江省安吉县、浙江茶叶集团、浙江省供销社、黄杜村党员代表及种茶专家，3次赶赴普安实地调研，认为200万年以来就有茶树生息繁衍的普安被誉为"世界茶源地"，是最理想的地方之一，"白茶苗种到普安就是回家"。

最终由黄杜村20名党员投票，决定把5000亩中的2000亩在普安种植，使得"中国古茶树之乡""中国茶文化之乡"普安，成为获得此次捐赠"白叶一号"扶贫苗最多的县份。

7月10日下午，浙江省安吉县黄杜村党总支书记盛阿伟代表村里20名党员，和浙江茶叶集团、普安县政府、普安县白沙乡地瓜镇10个村委会，签订了安吉"白叶一号"茶苗捐赠四方联合实施协议，明确了四方的义务。

"我们不仅提供2000亩种植规模的优质'白叶一号'茶苗600万株，还将整合中国茶叶研究所第二党支部和安吉县农业局的茶叶专家力量，全程提供技术指导。"黄杜村党总支书记盛阿伟说，只要普安县种植区域土地流转一到位，黄杜村将第一时间派技术人员到现场，从土地平整开始进行各环节的技术指导。

据了解，"白叶一号"工程实施的2000亩共覆盖贫困户862户2577人，在地瓜镇屯上村实施1500亩，覆盖地瓜镇贫困户691户2020人，其中地瓜镇屯上村覆盖93户145人，地瓜镇鲁沟村覆盖184户656人，地瓜镇木卡村覆盖228户756人，地瓜镇岗坡村覆盖72户124人，地瓜镇地瓜社区覆盖114户339人；在白沙乡卡塘村实施500亩，覆盖白沙乡171户557人，其中白沙乡卡塘村覆盖20户54人，白沙乡红寨村覆盖85户321人，白沙乡铁厂村覆盖31户92人，白沙乡大小寨村覆盖27户72人，白沙乡白沙社区覆盖8户18人。

感恩茶落户世界茶源地
普安县落实落细"六个一"

"白叶一号"工程落户普安，一期实施2000亩，覆盖该县地瓜镇、白沙乡两个乡镇的10个村（社区），受益贫困户862户2577人，这极大地振奋了当地决战脱贫攻坚决胜同步小康的士气。

普安县委、县政府立即按照中央、贵州省、黔西南州的安排部署以及黄杜村种茶专家提出的要求，紧锣密鼓抓落实。"这是普安发展提升茶产业千载难逢的机会！"普安县委书记农文海多次强调，全力按照"六个一"落细落实。

一把手主抓：普安将"白叶一号"工程作为一把手工程，由一把手亲自带头主抓，县、乡、村三级分别成立工程推进领导小组及指挥部，三级党委书记分别担任领导小组组长、指挥部指挥长，亲力亲为推进"白叶一号"工程，搞好顶层设计、安排部署、干部培训、督促检查、追责问责，按照"五步工作法"组建6个工作专班，快速推进。

一县一业主推：以建好2000亩白叶一号茶园为契机，将茶产业作为一县一业主推，用3年时间，将全县茶园规模扩大到30万亩以上；推动白叶一号与"普安红"深度融合，精准抓好技术服务，着力完善生产和经营体系，实现生产规模化、质量标准化、产品品牌化、营销网络化，奋力打造"茶中茅台"，引领普安茶走向世界舞台。

一村一社带动：明确村级党支部牵头抓总，充分发挥基层党组织的引领作用，以县为单位成立合作总社，10个受益村成立合作分社，组织发动贫困户100%入社，组建技术服务团队100%覆盖合作社，对2000亩茶园实行联产承包，通过合作社参建，激励带动农户积极投身茶产业。

一户一人就业：根据白茶产业全产业链建设需求，统一调配培训资源，经过技能培训，实现每户贫困户至少一人成为专业茶农。坚持因人设岗、因人定岗，对有一定劳动力的贫困户，通过参与环卫、护林、护路、护河、护老等公益性岗位实现就业；对有劳动能力且具备一定技术技能的贫困户，通过参与茶园土地整治、种植管理、生产加工、销售经营等岗位实现就业。

一人一亩覆盖：确定1亩捐赠茶苗覆盖1个贫困人口，带动1个贫困人口脱贫，在建设好2000亩白叶一号感恩茶园的基础上，用两年时间，把全县白茶种植规模扩大到1万亩以上，到2020年实现全县33万人口人均覆盖1亩茶园，实现一人一亩茶园覆盖。

一亩一万增收：大力培育普安白叶一号、普安红茶叶品牌，精准建立利益联结机制，按照贫困户占60%、企业占30%、合作社占5%、土地流转占5%的方式对利益进行分配，通过发放专项困难补贴，参与公益性岗位获取报酬，参与种、管、产、销等各个环节获取报酬，土地流转分红等方式，实现1亩茶园带动贫困户保底增收1万元。

通过"六个一"，把"白叶一号"工程项目区建成脱贫攻坚示范区、感恩奋进展示区、绿水青山就是金山银山引领区、互帮互助实践区、先富带后富样板区，从而实现荒山变茶山、山区变景区、贫困户变茶农的"三个转变"，实现高质量的发展。

普安县争取到黔西南州农委专项资金1000万元，争取到省扶贫办专项资金350万元，整合涉农资金1350万元，划拨土地整治资金400万元，启动工程项目建设。

从7月份开始，一场热火朝天的"感恩茶"栽种系列工程在普安的两个乡镇铺开。按照"核心示范引领、多片联动推进、做大茶园规模"和"统一规划设计、统一组织实施、统一种植管理、统一利益联结"四统一的总体要求，邀请中国农业科学院茶叶研究所、贵州地矿测绘院对普安地质条件、水文特征、市场情况、白茶生长习性等方面进行了调研，编制了普安白叶一号工程施工方案，在规划布局、建设标准、投资估算、资金筹措、招投标、实施计划、效益分析、利益联结、茶园管护等方面进行统筹规划，确保各项工作有抓手、有标准，推动普安白茶、红茶、绿茶深度融合发展，全面助推脱贫攻坚。

贫困户荒山奋战为栽"摇钱树"
2000亩沃土已整成茶苗温床

深秋的普安多雨，已经到了种茶的最佳时节。

10月12日一早，记者驱车来到地瓜镇岗坡村一个小地名叫"大水塘"的地方，这里就是"白叶一号"工程地瓜镇的核心实施区，在雾气不断翻涌的山峦间，一片片已经整理出来的土畦若隐若现。而在这一片土地的对面，大雾笼罩着的就是曾经发现世界唯一发现的200万年前的四球古茶籽化石的云头大山。

"地里面今天有50多个人，正在为10月下旬的种茶对土地作最后的精细化整理。"在地头，地瓜镇的干部指着远远近近在土里劳作的村民们说，这里的土肥得很，没有翻多久，地里的蕨菜又长了出来。

"我家有6口人，这一次实施白叶一号，我家一天有好几个人在地头，1天1人有百把块钱的收入!"岗坡村岗坡组精准贫困户陈永良一边整地一边说,这几个月务工收入不错。据介绍,目前地里最多的一天有100多人务工,光施工的大小机械就是几十台,大型的挖掘机就是一二十台,人工一般男劳力一天报酬120元,女工一般100元,这几个月来,地瓜镇在覆盖的5个村(社区)中组织精准贫困户务工。

"接下来的栽种、后期日常管护,我们都要在精准扶贫户中组织人员来培训后,成立专门的团队来实施。"负责地瓜镇的"白叶一号"工程项目攻坚组组长、普安县政协副主席张祥说。据了解,地瓜镇已经完成土地整理1560亩,修建了23500多米的生产便道,同时规划新建的骑马山至大水塘公路,基本完成了水稳层施工,启动实施项目核心区灌溉供水工程,以解决种植灌溉用水。

而在"白叶一号"工程的另一个实施点白沙乡卡塘村,种植前的准备工作同样如火如荼。这个点,正好是在普安境内的"茶马古道"边上,不仅种茶的历史非常悠久,今后还将和茶马古道一起,成为一道新的风景。

"我们严格按照黄杜村技术专家的要求来施工。"据负责白沙乡"白叶一号"工程的项目攻坚组组长、普安县人大副主任陈太阳说,白茶种植带深度50—60厘米,间距根据地形条件调整,宽度1—1.3米,坡度大于25度的,采用人工开挖整理;坡度小于15度的就采用机械作业;深度不低于50厘米,坡度在15—25度之间的采用人机混合作业。目前已完成了土地整治590亩,完成了2.7公里产业路开挖、项目区作业便道启动规划。

工程中,除了技术工种以外,绝大部分工人都是精准贫困户,在项目点务工已经先期让覆盖的贫困户有了收入。

整合资源合理设置利益联结机制
激励奖补并举助推农户增收致富

产业扶贫,利益联结机制很重要。在"白叶一号"工程中,严格按照"1亩白茶苗带动1个贫困人口,1户贫困户不超过5亩"的原则落实白茶产业扶贫定村到户,并建立科学合理的利益联结机制,激发参与各方的积极性和主动性。

"实施'龙头企业+专业合作社+农户贫困户'的利益联结机制,采取'三建四享'的方式进行运作。"项目实施负责人说。"三建"模式就是政府主建、企业承建、合作社共建。

政府主建，负责制定出台政策，积极谋划工程项目，解决项目基地所需的配套基础设施。政府性投入作为国有资产由普安县五特农业产业发展有限公司管理经营。

企业承建，由普安县五特公司对该项目进行公司化管理，企业化运作，组织抓好土地流转、茶园建设及管理、茶叶生产、加工、销售等。所需费用列入企业成本核算。

合作社参建，由受益村党支部组织村委会建立专业合作社，由合作社组织贫困户以"每人1亩，户均不超5亩"的茶苗折股量化进行分红。

同时，根据"六个一"中的"一亩一万增收"目标，实施"6355"的方式进行利益分配，实现四方共享。

一是贫困户共享60%。该份额划入受益村作为"白叶一号"专项积累，由受益村党支部制定方案进行分类分配使用，用于特定贫困户的专项困难补贴，公益性岗位报酬发放。而有劳动能力的经培训，让其参与茶园土地整治、种植管理、生产加工、销售经营等环节获取相应报酬和收益。

二是企业共享30%。该份额收益为企业正常生产经营和扩大再生产提供保障。

三是合作社共享5%。该份额作为合作社管理人员报酬和村集体公益事业投入等，在村党支部的组织领导下使用。

四是土地流转共享5%。该份额用于2000亩土地流转户的土地增值收益，保障土地流转农户收入稳定增收。

这样，覆盖的精准贫困户收入就由以下几个部分构成：通过土地流转获得土地流转费增加收入；通过参与土地整治、茶园建设、管理、运营获得企业支付的务工收入；通过茶苗折股量化获得收益；村级公益事业收益。

目前，普安"白叶一号"工程茶苗栽种前的工作已经准备就绪，只待"感恩茶苗"一从黄杜村运来，就可以栽种在茶树原产地的土地上。

（2018 年 10 月 21 日刊发于《贵州日报》）

报告总书记：
普安收到黄杜村首批100万株"扶贫苗"了

2018年10月20日凌晨，一辆满载100万株"白叶一号"白茶苗的冷藏车，经过30多个小时的长途跋涉，途经浙江、安徽、江西、湖北、湖南，抵达贵州黔西南州普安县。

这不是一辆普通的车辆，它满载着习近平总书记对西部贫困地区的亲切关怀，满载着浙江省安吉县溪龙乡黄杜村20名党员对普安贫困群众的深情厚意。

"来啦！""来啦！"

当天早上10时许，聚集在普安县地瓜镇屯上村磨寨河的40多个精准贫困户，看见一辆9米长的运送"白叶一号"的冷藏车出现在视野中，顿时沸腾了。

这里的苗族、布依族、彝族同胞，自发地敲起鼓、跳起舞，唱起山歌，用自己的方式，欢迎远道而来给他们送来致富希望的白叶一号"感恩苗"。

这批浙江黄杜村称为"贫富苗"、普安称为"感恩苗"的白茶白叶一号，从浙江安吉到贵州普安，还得从半年前说起。

当年4月，浙江省安吉县黄杜村的20名党员，给习近平总书记写信，希望捐助1500万株白叶一号茶苗，不忘党恩，先富帮后富，帮助西部贫困地区的群众脱贫。

当年5月，收到20名党员的来信，习近平总书记对黄杜村农民党员来信提出向贫困地区捐赠白茶苗一事作出重要指示强调，"吃水不忘挖井人，致富不忘党的恩"，这句话讲得很好。增强饮水思源、不忘党恩的意识，弘扬为党分忧、先富帮后富的精神，对于打赢脱贫攻坚战很有意义。

习近平作出重要指示后，国务院扶贫办会同有关方面立即落实，经过实地走访踏勘，最后确定湖南省古丈县、四川省青川县和贵州省普安县、沿河土家族苗族自治县

3省4县的34个建档立卡贫困村作为受捐对象，共实施新植茶园5000亩。

经过多轮的实地调查和比选，最终，曾经出土了世界上至今唯一发现距今200万年茶籽化石的普安县获得600万株可以栽种2000亩的白叶一号茶苗捐赠，成为全国四个受捐助县中数量最多的一个，2000亩茶共覆盖贫困户862户2577人，其中在地瓜镇屯上村实施1500亩，覆盖地瓜镇贫困户691户2020人，在白沙乡卡塘村实施500亩，覆盖白沙乡171户557人。

感受着总书记的亲切关怀和黄杜村的深情厚意，普安将这一具有特殊意义的项目命名为"白叶一号"工程。经过数月的准备，普安县2000亩土地已经准备结束，目前可以种苗。

10月18日清晨，首期装载100万株"白叶一号"扶贫苗的冷藏车，从黄杜村出发，星夜兼程，赶往普安。在经过30多个小时的奔波历经6个省市，终于在10月20日凌晨平安抵达普安，在早上10时许送到地瓜镇的栽种点。

听说"白叶一号"即将来到普安，地瓜镇屯上村、岗坡村等地的精准贫困户早早的就来到卸苗现场，白沙乡的运苗车也早早等候着。

普安县在种植点附近举行了简单而富有特色的"原生态"的交接仪式。

黄杜村的代表告诉贫困户，在习近平总书记的关怀下，黄杜村20名党员的心意——首批100万株扶贫苗送达到了普安，接下来将根据种植进度，随时从黄杜村发苗，直到2000亩全种上，帮助普安地瓜、白沙两个种植点覆盖的贫困户早日脱贫致富奔小康。

在交接现场，经普安县林业、农业、茶办等机构对茶苗进行了专业检验，这一批茶苗完全符合标准。

随即，黄杜村的代表将茶苗送到了贫困户代表手上。

"太阳出来亮铮铮，谢谢浙江黄杜村；千里送苗来到此，浙贵人民心连心。"接到扶贫苗，精准贫困户、70岁的老党员罗少伍非常激动，用山歌表达了他的心情，唱了一首又接一首，"千里送苗为扶贫，从此两省一家亲；真心感谢共产党，致富不忘党的恩。"

罗少伍刚唱完，精准贫困户孔令金举手示意，他要发言："黄杜村的党员为我们送来了'春天'，白茶杜鹃相映衬，地瓜山上春满园，待到白茶丰收日，便是百姓致富时。感谢黄杜村的党员们，我们一定种好'感恩茶'。"

在现场，普安县委副书记刘启万，代表普安县35万各族人民，对总书记的关怀、对黄杜村的帮助表示衷心的感谢，普安一定把"白叶一号"种成扶贫茶、致富茶、感恩茶、友谊茶。

记者看见，就在交接仪式现场两公里外的山上，栽种"白叶一号"的1500亩土地已经全部平整完成，在阳光的照射下，清晨的浓雾已经散去，蓝天、白云、风车、杜鹃、山塘、溪流，以及在土地上劳作的群众，构成一片美丽的风景。而茶马古道边的白沙种植点，也做好了充分的准备，只待苗一运到，即可实施种植。

地瓜和白沙的种植点，因为有了"白叶一号"扶贫茶，即将从野岭荒山，变成满载脱贫致富希望的绿水青山和金山银山。

（2018 年 10 月 21 日刊发于《贵州日报》）

脱贫希望在白化的芽尖蹦出来

"非常好！非常好！这片茶的成活率，绝对超过了95%！"

2019年3月13日，浙江省安吉县黄杜村党总支书记盛阿伟，站在普安县白沙乡卡塘村雄伟险峻的老鹰岩下，掩饰不住内心的兴奋与激动。

在盛阿伟脚下，是黄杜村20名党员先富帮后富捐赠给普安县的白茶苗新植的茶园。春风吹拂，万木吐新，这些从浙江"易地搬迁"而来的白茶苗，在安吉和普安两地群众的精心呵护下，已经定了根吐了芽。

这些蹦出新芽的苗，承载了习近平总书记对西部贫困地区的亲切关怀，承载了黄杜村党员帮扶普安脱贫的深情厚意，被普安群众称为"感恩苗""致富苗"，这苗一发芽，脱贫致富的希望也发了芽，盛阿伟怎能不激动呢？！

当然，和盛阿伟一样激动和兴奋的，还有普安县862户2577名受益贫困户。

"白茶苗苗生了根，脱贫美梦要成真，荒山正把金山变，致富不忘党的恩。""习总书记恩情深，白茶来自黄杜村，先富不忘后富苦，脱贫路上心连心。"在茶园中，当地的群众正一边在茶园中管护劳作，一边用山歌表达着自己此时的心声……

上面发了芽，下面生了根，希望就要变成现实了

阳春三月，普安白沙乡的茶马古道，已经芳草萋萋，这条兴建于秦汉时期官商共用的古代"高等级公路"，再一次和茶有了更加亲密的接触。一片片新植的茶园，紧紧依偎在数百年前马铃声声的古道两侧，有了新绿。

"一颗、两颗、三颗、四颗，五颗！六颗！七颗！"

中国农业科学院茶叶研究所茶叶专家肖强蹲在茶马古道旁边的茶地里，左手两个

手指轻轻地扶着一株10厘米高的茶苗，右手指着发出的新芽，仔细地一颗颗数着，数数的声音越来越高。而他的周围，依山而新辟出的茶园延绵不绝。

"哈哈，太好了，你们看，这棵苗已经发出了7颗新芽！"

"这苗的根肯定发得好，上面有芽，下面一定有根啊！"盛阿伟围了过来，用手扒开湿润的泥土，轻轻一提，一拢裹着泥巴的根离开了拥抱它的土地，"你们看，这些白色的根就是新长出来的，最长的差不多有1厘米了。"

"有芽就是真活，没发芽就是假活。"肖强说，这一片成活得不错，"想不到喀斯特地貌这样明显的地方，能有这样高的成活率，真是不容易哟。"

盛阿伟把那株茶苗小心翼翼地重新栽入泥土里，转身往茶园深处走去，东瞧瞧，西看看。

过了好一会，盛阿伟回到茶马古道的青石板路上高声说，"非常好，非常好，这一片的成活率肯定已经超过了95%，我今天太高兴了，比哪一次来都要开心！"

对于普安的这片土地，盛阿伟和肖强已经非常熟悉。自从2018年黄杜村20名党员给习近平总书记写信，表达了向西部贫困地区捐赠5000亩白茶苗的意愿后，根据习近平总书记的批示，国务院扶贫办组织浙江等地的专家团队经多方选点，最后确定了贵州省的普安县、沿河自治县，四川的青川县，湖南的古丈县共3省4县成为黄杜村党员捐赠白茶苗的接受地。

普安县这一次获捐茶苗600万株，种植茶园2000亩，其中白沙乡500亩、地瓜镇1500亩。作为获得捐赠茶苗最多的普安，从种植地点的选择，荒地的开垦，茶园的平整，到茶苗的栽种等等环节，盛阿伟和黄杜村的种茶技术人员，以及中茶所等科研机构的专家都一直在进行技术指导。

"我来普安已经10次，这一次是最最高兴的！"盛阿伟说，这一次他和肖强是专程来查看茶苗的成活情况和长势的，同时在现场对开春以后的茶园管护进行技术指导。

看罢白沙，走进地瓜，盛阿伟和肖强在小地名叫"屯上"的白叶一号基地里，更是越看越兴奋，这里茶园里的茶苗存活率也是一样的高，并且更加有气势。

一行一行的白茶苗发芽了，这里老百姓脱贫致富的希望也就开始发芽了，盛阿伟站在茶地里说，他已经看到了初步的成果。

而更让盛阿伟心里那块石头落地的是，他在茶园中，亲眼看见新长出来的白茶的嫩芽，白化效果非常好。由于普安独特的高海拔、低纬度、多云雾、寡日照的自然条件和良好的生态环境，盛阿伟再一次断言："普安种出来的白茶一定是品质最好的白茶"。

其实，这句话，盛阿伟已经在不同场合说过多次，而这一次，他显得更加有了底气。

管护技术引领，"两建三看四要"的茶园协奏曲

普安县地瓜镇白叶一号基地，放眼一望，在茶园劳作的人三五成群，一派忙碌的景象。

听见黄杜村的盛阿伟一行到现场指导茶园管护技术，呼啦一下就涌来了几十人。

"请大家让一让！"盛阿伟提起一把锄头，一边招呼围观的务工人员站到茶行两边，一边用锄头沿着茶垄做起了示范，锄头一起一落，一伸一收，茶行的杂草在被"斩草除根"的同时，茶行中的薄膜被掏离茶苗两边20来厘米，茶苗根部的泥土也一并被刮开了。

"大家一定要注意，冬天茶树根部起垄，泥土多一些是为了防冻和防止水分流失，但现在进入雨季一定要'清脚'。"盛阿伟说，"'清脚'就像人洗脚一样，把茶树根部隆起的泥土刮平，是为了避免雨季积水而烂根。"

盛阿伟刚一示范完，肖强上场，"目前除草施肥都特别重要，否则杂草要与茶苗争水争肥争阳光，影响茶苗生长。"

"我们就是在抓紧时间除草。"围观的群众大声说，他们除草是除早、除小、除了，在草比较小的时候趁早全部除干净。

负责"白叶一号"工程施工的技术人员黄生良用手往山上一指，说："这几天，在山上除草的有上百人。"

"我们肥料也已经准备好了，是总养分大于等于45%的硫酸钾型复合肥！""白叶一号"工程的具体实施主体普安五特公司的负责人任登甫说，除了草就要施肥。

"钾含量要高一点的，便于长根，但磷含量要低一点的，磷主要用于开花结果。"肖强提醒到，磷含量高了容易让茶苗早开花而影响茶苗生长。

"我们就是严格按照这个准备的，氮为20%、磷为5%、钾为20%！"任登甫说。

"这样就很好，这个茶长不好都难！"肖强接着又向大家做施肥的示范，"一亩茶园施肥10公斤左右就可以了，直接撒在茶行，每棵茶苗下四五颗就行了。"

而这样的技术传授和示范，从2018年7月份整地以来，在"白叶一号"工程实施中，每一道工序都会出现，仅邀请专家和技术骨干到茶园开展培训就有31次，对农民

开展技术培训7期326人次，培训种植管护工人达400余人。

"在茶园中劳作的都是附近的村民，在专家们的多次传授下，他们已基本掌握了茶园管理各个环节的基础技术。"普安茶业发展中心主任甘正刚说，在各级技术人员指导下，普安县还摸索出了一整套白茶田间管理措施，总结起来就是"两建三看四要"。

"两建"是指建好一支管理队伍、建好一套管理体系；"三看"就是在定期巡查中，一看叶、二看草、三看茶苗少不少；"四要"就是在茶园管理中掌握"追肥、亮脚、揭膜、清沟"四个要点。

白叶一号落地生根，贫困户增收已见效

"白茶是个宝，一定要管好；脱贫要靠它，致富远不了。"这个顺口溜，在茶山上劳作的贫困户最有感受。

让他们生出要"管好"的内因，是这个"宝"已经给他们带来实实在在的收益。

刘礼付的感受就很深。这个屯上村磨寨河组因残致贫的建档立卡精准贫困户，全家主要经济收入靠妻子谭化爱务农和两个儿子外出务工。2018年7月，"白叶一号"工程实施后，他家10多亩荒地流转种白茶，每年有2000多元的收入，他的妻子和两个孩子到茶园务工，每个人一天有100元的收入，这一家人一天下来就是300元，一个月下来也有几千元，收入比以前提高了好几倍。

"太阳出来亮晶晶，感谢浙江黄杜村，送来白茶山上种，各方恩情记一生。"唱山歌的罗少伍年近七旬，是精准贫困户，虽然年纪已高不能劳动，但隔三差五总喜欢往茶山上跑，他家的20多亩荒山也流转种了茶，一年有4000多的流转费，他说做梦都没有想到以前一文不值的茅草坡还这么值钱。

胡吉华家也住屯上村磨寨河组，也是建档立卡贫困户，因为缺资金一直"翻不了身"，他和妻子在家务农，两个儿子常年在外务工，从去年"白叶一号"工程项目实施以来，夫妻二人参加了整地、除草、种茶等，还参加了茶叶种植技术培训，不仅学到了种茶技术，也获得了不错的收入。胡吉华说以后就打算和妻子长期在茶山务工，一定要把白茶种好管好，争取早日把贫困的"帽子"摘了。

"我听说家里种白茶，就和妻子辞职回了家。"建档立卡贫困户彭军一家5口人，除了他和妻子，还有3个在上小学的孩子，夫妻二人常年外出务工，孩子根本照顾不了。种植白茶的消息传到彭军耳朵里，他和妻子商量后把工作辞掉，将家中5亩

荒山流转，同时夫妻二人一同到茶园务工。"一月挣个几千块钱，比在外面务工还要划算，还可照顾孩子，一举两得。"

据屯上村驻村干部黄重凯介绍，在"白叶一号"工程茶园，贫困户们可以获得土地流转费、茶园务工费，以及茶园见效后贫困户利益链接机制带来的收益，仅仅是务工一项，一到茶园管护的关键节点，每天都需要一两百人，每人每天就有100元，虽然是季节工，但一人一年至少也是几千元的收入。

据统计，截至目前已组织235户贫困户参与茶园杂草清除、土地整理、茶苗种植、茶园管护等，贫困户务工费共计90余万元，户均增收3800元。这就是他们巴心巴意要把茶园管好的动力之一。

合力使劲，这片叶子将在普安富一方百姓

3月13日的下午4时许，太阳偏西，斜射而来的阳光把屯上村白叶一号基地中自动气象站的影子拉得好长。

普安县气象局的工程师把气象站的控制箱打开，查看设备的运行情况。"这个自动气象站能实时监测这里的大气温度、湿度，光和有效辐射、日照、降水等，并实时把数据自动传到数据库。"据介绍，这个气象站是专门为白叶一号服务的，如果遇到极端天气，气象部门会第一时间根据气象资料分析，提供决策气象服务。

气象实时监测监控，是应用科学手段综合管护白叶一号的一个点。普安县整合各类资金2000多万元，在逐步完善茶园各类基础硬件设施的同时，按照产业"八要素"和"五步工作法"，以党建为引领，探索出了一套切实可行的运行机制。

坚持以一县一业主推、一村一社带动、一户一人就业、一人一亩覆盖、一亩一万增收"五个一"为抓手，统筹推动荒山变茶山、贫农变茶农、山区变景区"三个转变"。全面落实"政府引建、企业参建、合作社主建"的"三建"机制。采取合作社联产承包茶山、贫困户入社参与茶园管理的方式，推行"6355"利益分配方式，即贫困户在合作社组织下，根据劳动力、文化、技术等状况，通过参与茶园管护、茶青采摘直至加工、销售等环节和环卫、护林、护路、护河、护老等公益性岗位获取60%的报酬和收益，30%用于保障企业正常生产经营和扩大再生产，5%用于村集体公益事业，5%用于保障土地流转农户增值收入，实现四方共享，充分调动了各方积极性。

普安县委书记农文海说，努力把"白叶一号"工程项目区建成"脱贫攻坚示范

区、感恩奋进展示区、绿水青山就是金山银山引领区、互帮互助实践区、先富带后富样板区"，这是普安的目标。

普安邀请中国农业科学院茶叶研究所、贵州地矿测绘院对普安地质条件、水文特征、市场情况、白茶生长习性等方面进行了深入调研，对全县白茶产业作了总体规划，依托2000亩茶园核心区示范带动作用，拓展带动周边8个村8000余亩白茶产业发展。截至目前，土地测绘、土地除草、土地整理、茶苗种植、进场主干道修建已全面完成，园内生产便道、灌溉设施、防护设施、电力设施、管理用房等建设有序推进。同时，坚持种管一体化，严格按标准抓好新植2000亩茶园管理，大力推进无公害茶叶标准化建设，推进选种、施肥、施药、浇水、采茶、炒茶、销售等各环节标准统一，推动白茶产业向高标准化发展。

并且浙江茶叶集团已经和普安签订了合作协议，投入1.5亿元在普安建设的茶产业园即将动工，进行茶及茶衍生品的生产、加工、销售，而白叶一号，就是重点合作内容之一。

日前，普安白叶一号两个基地茶苗种植项目2000亩茶园已经验收，地瓜基地茶苗成活率达99.28%、白沙基地茶苗成活率达97.82%，长势良好。

白叶一号这片叶子，在10多年前，就在浙江黄杜村富了一方百姓。

而今，白叶一号不远千里扎根普安，在党中央和习总书记的关怀下，在安吉和普安以及各方的倾情努力下，正在把普安的荒山变成绿水青山，变成金山银山。

（2019年3月16日刊发于《贵州日报》）

种好"感恩茶"　铺实小康路
——饱含习近平总书记亲切关怀的"白叶一号"茶苗在普安茁壮成长

"你看，这一株起码长高了20厘米，叶子已经从前两月的白色变成了翠绿，长势越来越好了。"

2019年7月9日下午4时许，雨后的普安县地瓜镇屯上村，海拔1800米左右的乌龙山清新如洗。普安县茶叶协会会长张宁蹲在茶地里，用手朝着一株茶苗一比划，对一起查看茶苗长势的普安五特公司的管理人员说，"经过入春以来的追肥和田间管理，茶苗拔节更加快了。"

在张宁的脚下，是延绵不绝的1500余亩新植的茶园，种植的是来自千里之外的浙江的白茶苗，现在已成行成列吐翠披绿。而在10个月之前，这里还是一文不值蕨草丛生的荒坡。

短短10个月，让荒山变成茶山的，是承载习近平总书记对西部脱贫牵挂关怀和浙江省安吉县黄杜村20名党员助力西部脱贫的白叶一号白茶苗。

2018年4月，浙江安吉黄杜村20名农民党员给习近平总书记写信，汇报种植白茶致富的情况，提出愿意捐赠1500万株茶苗帮助贫困地区群众脱贫。习近平总书记作出重要指示，肯定他们的做法，强调增强饮水思源、不忘党恩的意识，弘扬为党分忧、先富帮后富的精神，对于打赢脱贫攻坚战很有意义。最后普安县获得了600万株白茶苗新植2000亩茶园。

普安县将白叶一号茶园建设命名为"白叶一号"工程，按照以一县一业主推、一村一社带动、一户一人就业、一人一亩覆盖、一亩一万增收"五个一"为抓手，统筹推动荒山变茶山、贫困户变茶农、山区变景区"三个转变"。

经过前期的选址整地，2018年10月22日，第一株白茶苗在普安开始种植，后经近

10个月的努力，高质量、高标准建成了白叶一号感恩茶园2000亩，其中地瓜镇屯上村1500亩、白沙乡卡塘村500亩，共覆盖10个村（社区）贫困户862户2577人，茶苗成活率达95%以上。2019年3月17日，在普安举办的"白叶一号"茶苗捐赠后续管理现场推进会上，普安的茶园实施得到国务院扶贫办的肯定。

"在白沙卡塘茶马古道旁的白茶苗和这里一样的好，我们像管自己的娃娃一样在管护，生怕有半点闪失。"张宁是普安县多年种茶制茶的土专家，经验丰富，受业主单位五特公司的委托，正在对2000亩茶园实施不间断的田间管理。"每天都有一两百人在山上除草、施肥，搞绿色防控。"

说着，张宁用手往远处一指，记者顺着望去，茶园中远远近近，随处可见劳作的农民工。

"做梦都没想到，这里会成为这么漂亮的茶山。"在茶园中，屯上村磨寨河组的陈青美一边除草一边说，"我家的20亩荒坡，流转开辟成茶山，每亩流转费200元，每年就有4000元的收入。"

"我们做工，每天110元，早上8点钟来，晚上6点钟回家，回家前，就把每天的工钱领了。"陈青美是当地的精准贫困户，是白叶一号茶园最直接的受益者。"在茶山务工，每月有2000多元收入。"

其实，"白叶一号"工程实施过程中，普安县按照"1亩白茶苗带动1个贫困人口，1户贫困户不超过5亩"的原则，落实白茶产业扶贫利益联结机制，采取县级指挥部统筹、龙头企业链接合作社、合作社组织贫困户参与的方式，实施"龙头企业+专业合作社+贫困户"的利益联结机制，按照"6355"的方式进行利益分配，贫困户共享60%，企业共享30%，合作社共享5%，土地流转共享5%，实现四方共享，目前，地瓜镇、白沙乡种植基地各成立1家合作社，并实现所有贫困户入社，其中，260余户贫困户参与茶园杂草清除、土地整理、茶苗种植、茶园管护等工作，务工费约115万元，户均增收4420元，让贫困户迈出了向茶农转变的第一步。

"贫困户有荒山土地流转收益、务工收益、分红收益等。"据普安县脱贫攻坚指挥部的相关负责人介绍，白叶一号茶园将成为精准贫困户的脱贫茶园、致富茶园，县里正在以这2000亩茶园为基础，依托白叶一号茶园核心区示范带动作用，拓展带动全县10751.7亩白茶产业发展，同时依托新店镇"窑上坝子"500亩茶叶育苗基地，每年培育6000亩白茶种苗，全力推动普安白茶、红茶、绿茶交相辉映、深度融合发展。

"普安是中国古茶树之乡，普安和晴隆交界处发现了世界唯一发现的茶籽化石，普安还有种群庞大的古茶树群落，这个地方真的非常适合种茶，并且产好茶。"黄杜村的技术员盛志勇，作为黄杜村捐赠方的代表，一直对普安白叶一号茶园种植进行指导，他看见白叶一号在普安一天不同一天的生长表现，非常兴奋地说，"明年一开春，这里就一定可以产出第一批新茶。"

"白叶一号茶园，是感恩茶，是脱贫茶，是致富茶，是友谊茶，我们一定高标准地建成，不辜负习近平总书记的关怀，不辜负黄杜村党员们先富帮后富的殷殷期望。"在延绵起伏的茶山上，看着荒山变茶山、茶山变金山的故事，在600万株白叶一号茶苗的拔节声中精彩上演，普安的干部群众饱含深情地说道。

（2019 年 7 月 11 日刊发于《贵州日报》）

管护"神口诀" 壮了"感恩苗"

——普安"白叶一号"茶园田间管理见闻

2019年7月11日清晨，细雨沥沥，普安县地瓜镇屯上村海拔1800米的乌龙山云雾飘渺恍如仙境一般。在雨雾之间，近100名当地农户正赶时令，为1500亩"白叶一号"白茶苗除草施肥。

记者看见，一行行承载习近平总书记对西部脱贫牵挂关怀和浙江省安吉县黄杜村20名党员助力西部脱贫愿景的白叶一号白茶苗，枝繁叶茂青翠欲滴，比年初又拔高了一大截。"我们的茶园管得好，因为我们有秘诀。"普安县五特农业公司的现场管理人员说。

"什么秘诀？就是我们背的茶园管护'神口诀'！"看见记者好奇，正在除草的贫困户郭思全哈哈一笑，搭上话来。"什么'神口诀'？"记者再问。

"三看四要！"就是"一看叶、二看草、三看茶苗少不少。"加上"一要追肥、二要亮脚、三要揭膜、四要清沟。"几个管护农民工争先恐后地说，这就是他们的茶园管护"神口诀"。

见记者仍然一头雾水，管护工人们你一句我一句的给记者上起了"管护课"。

"一看叶，就是要观察叶片颜色是否正常，如果茶叶子颜色浅，说明缺肥了，要及时施肥补充养分，叶子有虫眼，说明有病虫害了，得赶紧防治。"

"二看草，是观察茶园的杂草生长情况，要'除早除小除了'，就是草一长起来就要及时除，不要等它长高长多，并且要除彻底。"

"三看茶苗少不少，主要是观察茶苗成活、缺失情况，以便及时补植补种。"

茶园中，管护工人手握锄头，说话间手起锄落，一勾一掏，茶行中的杂草就被除得干干净净。负责这一片茶园田间管理的普安县茶叶协会会长张宁说，他们每天都要派三五个人不间断在茶园中巡查，查看茶苗生长情况。

"掌握'三看'还不够，还要掌握'四要'，才能把茶园管得更好。"管护工人们说，"四要"就是要掌握"追肥、亮脚、揭膜、清沟"四个要点。一是追肥要及时，坚持"少食多餐"，根据长势，适时施肥，每亩每次施肥5至10公斤；二是茶苗要"亮脚"，茶苗栽植时为保水，根部覆土较厚，在第一次除草时就要减少茶苗周边覆土，亮出茶苗"泥门"（茶苗出圃时的土痕），避免土中水多茶苗烂根；三是揭膜要科学，若茶行土壤湿度太大，就将地膜全部移去，减少土壤含水量；四是清沟要适当，将茶行内侧土层清理到外侧，形成内低外高，便于茶行水肥保持。

记者发现，原本颇有技术含量的茶园管理这个技术活，竟然被文化不高甚至一字不识的当地农民弄得非常透彻。

"这个'三看四要'的'口诀'，是我们在学习浙江的管理经验的基础上，结合普安的实际总结出来的。"普安县脱贫攻坚指挥部有关负责人说，自"白叶一号"项目实施以来，普安县按照"五步工作法"，加强了种管技术培训，一方面浙江省组织了中茶所及黄杜村的茶叶管护专家到普安现场指导，另一方面普安也派了上百人到浙江黄杜村等地学习茶园种管技术，培养技术骨干带动周边农民和贫困户，让这些从没种过茶的农民很快上了手，实现了从农民向产业种管工人的第一步转变。

"这些农民工都成了'熟手'，干起活来没得说。"张宁说，正是依靠"三看四要"这个"神口诀"，普安地瓜，白沙两地的600万株茶苗存活率均在95%以上，茶苗栽种后，平均长了10多厘米，最好的长了20多厘米。

按照"三看四要"神口诀，经过10个月努力，普安县已经高质量、高标准建成了承载着习总书记对西部脱贫亲切关怀和浙江黄杜村党员脱贫帮扶深情厚意的2000亩感恩茶园，让普安地瓜镇、白沙乡的10个村（社区）贫困户862户2577人的脱贫希望正在变为现实。

（2019年7月14日刊发于《贵州日报》）

彭兴达算"茶账"

——普安 2000 亩"白叶一号"感恩茶园话增收

2019 年 7 月 17 日，结束了持续一周的降雨后，"世界茶源地"普安终于放晴。当清晨第一缕阳光照射到地瓜镇屯上村乌龙山上 1500 亩"白叶一号"感恩茶园的时候，彭兴达和老伴徐科美扛起锄头，走得飞快，往屋后山上赶去。

"前几天雨下得太大，没得办法出工。"彭兴达一家是地瓜镇屯上村的精准贫困户，就住在乌龙山下的磨寨河组，和老伴长期在"白叶一号"基地管护茶园，看见雨过天晴，恨不得一下子把蓄积了好几天的劲往白茶园中使。

"老彭，你带起 10 来个人到西面区域继续除杂草！"在半山腰，负责茶园管护组织工作的普安县茶叶协会会长张宁，把当天要进茶园开展管护的 80 多个工人分成好几个组，花了 1 分钟，就把任务安排了下去，彭兴达干事踏实，张宁让他带一个组。

记者跟着彭兴达往茶园深处的工作点走去。

"我和老伴都 50 出头了，家里面有 7 口人，儿子儿媳还有 3 个孙子。儿子儿媳在浙江打工，3 个孙孙在家读书，一个读初中，两个读小学。"彭兴达一边走一边说，"老了到外头打工没人要，好在村里种了白茶。"

"种了白茶，你家增加了好多收入？"记者问彭兴达。

"噫！自从种起了白茶，我们好过多了哟，我算给你听嘛。"彭兴达说，"我们家有 16 亩荒山土地，以前全是蕨草坡，是个屙屎不生蛆的地方，一文不值，这里建白茶园后，全部流转了，一亩 200 元，一年 3200 元。"

"我们在茶园中除草施肥，每天 110 元，做一天领一天的钱，现过现。"彭兴达的老伴徐科美说："今年在茶园务工，已经有了 10000 多元的收入，除在茶园种茶，家里还搞点养殖，比以前种庄稼强好几倍！"

"我家的荒山不算多，要胡吉华家的才多，有 20 多亩。"彭兴达指着随行的一名男子说，"他家一年的流转费就是 4000 多块，两口子也在茶园务工，一天 220 元。"

"我家两口子来茶园上班没来好久，彭兴达家从去年开始整地以来，只要有活路，一天都没有放脱，在茶山上起码搞得了两万元。"胡吉华家也是精准贫困户，说起茶园务工连连说好，"的确来茶山务工比种庄稼好，我家两个也要学彭兴达家，准备长期干下去了。"

其实，彭兴达仅仅是在普安"白叶一号"感恩茶园中长期务工的代表。地瓜的谢祖会、徐科荣、张从青、谢小克、刘建琼、王爱、柳关德、车光菊、张梅等等 10 余户精准贫困户，固定在基地上班，每月工资 3000 元，如果超过 25 天后，每天再发 110 元工资，而按日结算的临时务工的，每天都上山的都有几十人。

据张宁介绍，就在 7 月 17 日，地瓜镇屯上村和白沙乡卡塘村，2000 亩白茶园，共有 150 来人在茶园务工。

"白沙乡卡塘村对门寨组的李小会家是精准扶贫户，一家 10 口人，读书娃多，开销大，从 2018 年 10 月起，家里面两个人就到白叶一号茶园做工，每月收入 6000 元。"卡塘村大湾组的廖大燕，精准扶贫户，家有 8 口人，其中一个娃在读大学，今年 3 月到白叶一号茶园做工，每月收入 3000 元。

"59 岁的精准扶贫户谭龙熊家住卡塘村河沟头组，家有 6 人，2 人外出打工，2 人在外上学，剩下 2 人去年第四季度起到茶园做工，每月收入 6000 元。"

"目前每月都要除一次草、施一次肥，定期搞绿色防控，每天都有百把两百人在山上轮流转，有的是事做呢！"据普安县脱贫攻坚指挥部有关负责人介绍，地瓜镇、白沙乡共有 260 余户贫困户直接参与茶园杂草清除、土地整理、茶苗种植、茶园管护等工作，支付务工费约 115 万元，户均增收 4420 元。

"务工增收、土地流转增收，仅仅是贫困户增收的一部分。"普安县脱贫攻坚指挥部有关负责人说，"白叶一号"基地建设中，普安坚持以一县一业主推、一村一社带动、一户一人就业、一人一亩覆盖、一亩一万增收"五个一"为抓手，严格按照"1 亩白茶苗带动 1 个贫困人口，1 户贫困户不超过 5 亩"的原则，落实白茶产业扶贫利益联结机制。

采取县级指挥部统筹、龙头企业链接合作社、合作社组织贫困户参与的方式，实施"龙头企业 + 专业合作社 + 贫困户"的利益联结机制，按照"6355"的方式进行利益分配，贫困户共享 60%、龙头企业共享 30%、合作社共享 5%、土地流转共享 5%。目前，地瓜镇、白沙乡种植基地已经各成立了 1 家合作社，并实现带动的贫困户 862 户 2577 人全部加入合作社。

"目前茶叶长势不错，明年开春就可采茶，见到卖茶的效益。卖茶的效益，贫困户可以占到 60%，这才是脱贫增收的大头。"

"我们能就近在茶园中务工增收，这要感谢习近平总书记的亲切关怀和浙江黄杜村党员的无私帮扶。"彭兴达等人说，每掰起指拇算一次账，他们对党的感恩之情就会增加一层。

"茶园越管越好、茶农越管越富、茶山越管越美，好日子还在后头！"在普安县，昔日的荒山草山，已经因先富帮后富的白茶苗变成了绿水青山，变成了贫困户脱贫致富奔小康的金山银山。

（2019 年 7 月 24 日刊发于《贵州日报》）

吃有机"营养餐"配环保"苍蝇拍"

——普安打造2000亩"白叶一号"有机茶园微镜头

2019年7月28日清晨8点过，普安县地瓜镇屯上村，乳白色的雾如白练一般挂在乌龙山的半山腰，飘飘渺渺，如梦如幻，非常静谧，1500亩"白叶一号"白茶园如人间仙境一般。

"大家搞快点上山哟，把肥料赶紧背到指定区域。"在海拔1500米左右的一大块平地上，两辆中巴车刚刚停下，负责茶园日常管护的普安县茶叶协会会长张宁就对着50多个工人吆喝一声，打破了茶园的宁静，一天的忙碌就此拉开。

"大家干活的时候，一定按照掏沟、施肥、覆土这3个技术流程严格操作。"张宁一边说，一边提起锄头走到茶园头，对当天第一次来的农民工进行技术示范，"这个活路简单，大家干过农活的一看就会。"

放眼望去，乌龙山上延绵不绝的茶园若隐若现，一株株白茶苗长得枝繁叶茂，"现在正是追肥的最佳时期，当地的农民工已经不太够了，这几天每天都要从邻近的江西坡茶区，用中巴车拉农民工到地瓜来，趁农时赶紧把肥施下去。"张宁刚刚做完示范，对记者说，这一次施肥作业是从7月25日开始的，乌龙山上每天都有一百七八十个工人在山上劳作，当天是第三天了。

而在数十公里外的白沙乡卡塘村，兴建于秦汉时期的茶马古道边上的500亩"白叶一号"茶园中，也是一派热火朝天的劳作景象，掏沟的掏沟，施肥的施肥，覆土的覆土，70多名农民工分散到茶园的若干区域，正给茶苗加"营养餐"。"这一次，我们一亩要施200斤有机肥。"普安县五特农业公司的现场管理人员说，2000亩茶园需要的300吨油枯有机肥已经全部准备好，将按照施肥进度分批运上山来。

"我们要在20天之内把肥料全部施下去。"张宁说，"这段时间每天都要有260到280人上山，才能搞得完，光人工工资就要开60万元以上。"

据普安县茶业发展中心主任甘正刚介绍，普安的2000亩"白叶一号"白茶园，从整地种植到日常管护、从定期施肥到病虫害防控，都是严格按照有机茶园的标准，正在施的肥全是有机肥，使用的是油枯加工的茶园有机专用肥，病虫害防治都是绿色防控。"看，那些'黄板'就是防虫的。"顺着甘正刚手指的方向，记者看见，茶行中隔不远就插着一块黄色"苍蝇拍"，其实甘正刚讲的"黄板"和记者看见的"苍蝇拍"正规的名字叫粘虫板，专门用于茶园捕杀害虫的。

"我们每亩茶园平均要插40块黄板，来除掉飞虫、害虫，这种黄板是环保型的可以降解，不会对茶园造成任何影响，我们已经插了80000多张。"张宁蹲在一块黄板边，指着黄板表面就数开了，"一、二、三、四……这块就粘了60多只害虫，效果不错。一排排黄板如一排排卫兵，保护着茶苗免受害虫袭扰。"

除了插黄板防虫，在普安的2000亩"白叶一号"白茶园，普安县还按照茶园管理要求，用环境友好型的有机农药矿物油进行病虫害防治，矿物油主要根据物理窒息原理杀死害虫，对人畜及虫螨天敌无害，能生物降解，对土壤和茶苗都没有副作用。

为了适时掌握"白叶一号"茶园的天气状况，普安县气象局在地瓜镇屯上村茶园中安装了小型气候自动监测站，每天适时将茶园中的温度、湿度、风速、降雨等气候实况传入分析系统，为打造有机茶园提供气象数据支撑。

"我们严格按有机茶园的打造标准高质量抓好'白叶一号'茶园管理，积极争取浙江省宁波市镇海区、贵州省扶贫办、省林业局、省农业农村厅、省自然资源厅、国家开发银行贵州分行、黔西南州农委等单位的支持，共投入资金2300万元，同时普安县整合各类资金230余万元，大力推进有机茶园和无公害茶叶标准化建设。"普安县脱贫攻坚指挥部有关负责人说，"普安将时时牢记习近平总书记对西部贫困地区的亲切关怀和浙江省黄杜村20名党员帮扶的深情厚谊，高标准把'白叶一号'茶园打造好。"目前，普安县正和浙江省安吉县一起努力，以高标准建设有机茶园为抓手，力争早日把2000亩"白叶一号"茶园建成脱贫攻坚示范区、感恩奋进展示区、绿水青山就是金山银山引领区、互帮互助实践区、先富带后富样板区。

站在地瓜屯上和白沙卡塘的白茶园中，在管护工人如照顾婴儿般的呵护下，600万株白茶苗正一天一个样地迎着东风拔了一节又一节，一片叶子让一方百姓脱贫再让一方百姓致富的愿望，正在加速变成现实。

（2019年8月11日刊发于《贵州日报》）

第四篇　泥土芬芳锁春深

帮助他人无需多富有

——普安全国"最美家庭"伍瑞元家的故事

在贵州普安县城，有这样一户人家，丈夫系粮食系统下岗职工，妻子体弱多病，儿子是国企普通员工。

在小城普安，一提起这个家庭所做的许多好事实事，人们无不交口称赞。这个家庭就是伍瑞元家，2017 年 5 月 24 日荣获 2017 年全国"最美家庭"称号。

这个家庭有着怎样的故事？

不离不弃守白头　形影相依数十载

伍瑞元过去在国有企业粮食系统工作，随着企业改制，伍瑞元下岗了，一家人的生活开支全靠妻子王克艳微薄的工资。

面对困难，夫妻二人不但不抱怨，还互相鼓励，互相支撑。孩子伍俊旭把父母积极应对生活的行动看在眼里，发奋读书并以优异的成绩考上重点大学，毕业后又凭自己的实力考入不错的单位工作。

如果说收入少是一种困难的话，那么家人被病痛折磨，对他们一家来说就是一种考验了。

王克艳不知什么原因患上了一种怪病，会毫无预兆地突然出现昏厥症状。一家人跑了许多医院，总查不出病因，医生也无可奈何，只能参照类似的病开方治疗。

王克艳的病情略有控制，却一直无法根治。平日里好好的，不经意间就会晕倒过去，人事不知，一家人时常处于担惊受怕中。

二十年来，为了照顾妻子，伍瑞元全心全意守护在妻子身边。每次出门在外，也要将妻子带在身边。"她要是晕倒，起码我能在身边扶着她，磕不到碰不到，不至于陷入危险。"

每个晚上，他都要等妻子睡去多时才入睡，听着她平稳的呼吸声，他才安心。

王克艳默默感受着这个男人给予的爱——病床边他喂的每一口饭菜，上下班他准时接送的温馨，过马路他紧握的手心传递的温度……

尊老爱幼传家风　老人成宝争着养

在伍瑞元家，从老到少都极有爱心，老人对子女说话轻言细语，晚辈对长辈孝敬有加。尽管家庭困难，伍瑞元一家对双方父母的孝敬却是出了名的。

家里的两位老人，弟兄姊妹们总是争着养。平日里，伍瑞元夫妻俩会抽时间去看望老人，陪他们聊聊天，问问身体是否康泰，时常买吃的穿的送给老人。每到逢年过节，他们更是第一时间接老人来家里，或是送去吃的喝的用的，让老人过得舒心开心。不论什么时候，只要老人身体不适，他都与妻子及时接送老人就医，悉心照顾。

他们常说："孝敬父母，天经地义，儿女的陪伴，才能让老人有所依，不感到孤独。"

见义勇为成习惯　奉献爱心系家常

伍瑞元曾经多次冒险救人。

1999 年，他两次冒着生命危险，在普安二中校门口与持刀歹徒搏斗，造成左手受伤，小手指留下终身残疾，保护了一名学生和省报支教记者免受无端伤害；

2000 年，森林公园发生火灾，他冒着熊熊烈火冲进火海救出一名参与扑火而昏迷的武警战士；

2006 年大年初一，他路经南山湖，见一名女孩落水，他在刺骨的冰水中将孩子救出。

更令人称道的是，他们一家人面对他人的困难，常常会伸出援助之手，爱心无限。三十多年来，他们一家多次帮助困难群众。

2016 年 7 月，得知南湖社区贫困母亲张胜琼终身残疾的消息后，他们一家人四处求助化缘，帮助张胜琼两个子女解决学习和生活困难，累计捐款达 15 万余元。

2017 年 3 月，他们一家为县二中 16 名贫困学生争取到每人每年 1200 元的爱心资助，为八字寨小学和保冲小学的两名贫困生争取到每人每年 800 元资助金，为普安一中 1 名贫困生争取到每年 1800 元资助金。

…………

他们一家还积极参与公益活动，关爱留守儿童和空巢老人，多次参与县妇联、团县委发起的爱心人士捐款活动，并积极参加浙江天使布依援助会、江苏常州爱益阳光助学协会、壹基金等开展的留守儿童关爱活动，使困难的留守儿童和空巢老人得到了爱心人士的救助。

2015年，伍瑞元被评为"贵州好人"；2016年，成为"中国好人"候选人，与此同时，伍瑞元一家还被贵州省妇联评为全省"最美家庭""贵州家庭美德之星"。

这就是伍瑞元和他的家，平凡而简单，温馨而幸福，真实而亲切。

（2017年6月18日刊发于《中国妇女报》，与刘应刚等合著）

总书记哟，我还欠您一句感谢！

2017 年 10 月 25 日中午，普安县江西坡镇茶场社区的韦波，和许许多多的干部群众一样，正在聚精会神地收看新一届中央政治局常委与中外记者见面会电视直播，当看见习近平总书记发表重要讲话，听着总书记铿锵而温暖的话语，这个布依族汉子不知不觉热泪盈眶。

男儿有泪不轻弹，记者打探到这位布依汉子两行热泪的背后，竟然藏着尘封了 13 年之久的秘密。镜头中，总书记的亲切与慈祥，把他带到了曾经绝处逢生、至死难忘、悲痛又温情的瞬间……

夫妻双双浙江打工，妻子突亡陷绝境
这是一个不堪回首的秘密，韦波最不愿向外人提起。

2004 年 3 月 22 日，34 岁的韦波和妻子一起到浙江省余姚市打工，挣钱偿还他们建房时欠下的 8000 元债务。此前，韦波的妻子已经在杭州市一家服装厂打了一年工，这一次，他们选择余姚，只为离几位老乡近一点。

到达余姚的当天已是中午过后，韦波和老乡们喝着酒，商量着第二天到当地一家工厂上班的事。妻子说想去杭州看看原来厂里的同事，就出了门。谁知，妻子这一去，直到晚上 9 点多都还没回来，韦波打电话到杭州的工厂，也无人接听。

3 月 24 日下午，寻找妻子折腾了一天一夜的韦波，几乎身无分文，只得到杭州市救助站求助。

"终于有了一点消息！"在救助站住了一宿后，3 月 25 日这天，韦波在妻子曾经打工的工厂附近，拿着穿着布依服饰的妻子的照片询问一家小卖部老板时，对方说照片上的人在 3 月 22 日到店里买过一瓶冰镇的饮料。

寻找妻子的希望刚刚燃起几分钟，就被运河公园一位环卫工人的话无情浇灭。这位环卫工人说，3天前，公园里曾经发现一位已经死亡的女人，几天都没有找到家人，警方已经将遗体运到了殡仪馆。

韦波火速赶往派出所。警方介绍，人被发现时已经死亡多时，经法医检验系突发疾病死亡。韦波想起，妻子已经感冒得不轻，是不是走得太急又喝了一瓶冰冻的饮料，突然发生的意外呢？韦波看见警方提供的妻子的照片，实在接受不了这个突如其来的残酷现实。

当天，悲痛欲绝的韦波赶到殡仪馆，还没能看见妻子的遗容，服务人员便对他说需要交4000元钱，才能火化拿走骨灰。4000元！这对于已经身无分文的韦波来说，实在是承受不起。

打工仔奔走求助，一头栽倒警务室

妻子走得太突然，留下一个13岁、一个11岁的孩子。韦波觉得他的天都塌了下来。但死去妻子的后事总得要处理，怎么办呢？救助站说，给他免费吃住没有问题，但这么大的金额，已经远远超出了救助的范围。

3月26日，韦波挣扎着出了门，漫无目的地在街头游走，不知不觉竟走到了浙江省委门口。已经没有主张的韦波径直向省委大门走去，和几个办事的人一道进了第一道门岗。但在第二道门岗的警务室，韦波被值班人员拦了下来，几个值班人员一起询问他的情况。

韦波将这几天妻子突然死亡陷入绝境的遭遇悉数说了一遍，由于多天茶饭不进、连日奔波且悲痛欲绝，韦波的身体已经非常虚弱了，看见一脸严肃的工作人员将信将疑的态度，韦波心中一急，突然觉得眼前一黑，一头栽倒在警务室……

省委书记看望捐款，落难获助终回家乡

当韦波醒来时，发现自己已经躺在了浙江省人民医院的病房里，时间已经是3月27日上午。

他身边有两个省委的工作人员，见他醒来赶紧对他说："你不要着急，你的事省委书记已经知道了，他下午安排时间来看你。"工作人员告诉韦波，他昏倒在警务室后，工作人员马上将他送到了医院，并迅速将他的情况逐级汇报，最后"惊动"了时任浙

江省委书记习近平，习近平书记要求医院细心治疗并安排专人照顾，表示要抽时间亲自来看望并了解情况。

"3月27日16点过，有五六个人来到病房，走在前面的是一位五十岁左右的领导，他站在我的病床边，对我说，'小伙子现在身体怎样，你的情况我已经知道了，出了这样的事，谁都不愿意看到。'"虽然时间已经过去了10多年，韦波至今仍然记忆犹新。"那位领导接着说，'你的困难我已经安排相关部门给你解决了，他们办好手续后，你就直接去处理好妻子的后事，不用你出一分钱的费用。你回贵阳的机票也给你订好了，你回去办好家里的事后，把娃娃抚养好，养好身体后，欢迎再来浙江工作。'"

后来韦波才知道，这位领导，就是时任浙江省委书记习近平。

在病房里，习近平一直嘘寒问暖，和韦波聊了10多分钟，然后再次嘱咐工作人员，一定把韦波照顾好，把韦波的事情处理好，最后才离开了病房。

3月28日，浙江省委的工作人员给韦波送来了处理妻子后事的文书手续，同时送来的还有600元现金，说这是习近平书记给他的。除此之外，帮助他处理妻子后事的浙江省民政厅及几家单位的领导也给他捐了2000元现金，工作人员也一并送了过来。

在民政部门的帮助下，韦波很快处理完妻子的后事。随后，工作人员又派车把他送到杭州机场。

韦波经历了一场噩梦般的遭遇，带着省委书记的温暖关怀，终于踏上了回乡的路途。

报告总书记，我已经走在您恩泽的幸福路上

时间一晃过了13年。

2017年10月25日，记者赶到普安县江西坡镇茶场社区，见到了韦波，曾经的打工仔已是布依族服饰加工厂的负责人。

"当年，习近平总书记对落难时的我给予的关怀，我和我的家人永远铭记！"韦波说，这些年一直没有向外人提起过这段经历，只因找不到用什么形式来表达感恩之情，对于曾经得到的那份人间最诚挚的温暖，他将会把这份恩情永远铭记在心里。

韦波说，在2004年回到家乡后，就没有再外出务工过，后来认识了现在的妻子——布依族绣娘王伟鲜，一起做起了刺绣创作加工生产与销售的生意。

"我们家最大的变化发生在党的十八大以后。"韦波说，2013年，他家在江西坡镇街上租了一间门面，开起了以现在妻子王伟鲜名字命名的"普安县伟鲜民族服饰刺

绣加工厂"，希望能带领乡亲们不用远离故土也一样能致富。这也是普安第一家专门做高端民族特色文化纯手工刺绣的加工厂。

2014 年，他将 10 多年前修建的平房加了层，将加工厂搬到家中。这一年，他加工厂中的民族刺绣产品第一次卖到了美国，品种增加到 100 多个花色。

而今，由王伟鲜自己设计、自己修剪的各式民族刺绣产品，除了在实体店铺经营外，已经通过农村淘宝、普安电商云等平台销往全国各地，还入驻万峰林布依文化园。

韦波说，他想报告习近平总书记，在党的政策润泽下，家乡普安正在发生翻天覆地的变化，居住的村庄正在建东城区，在建的 4A 级世界茶源谷风景名胜区近在咫尺，工厂里的刺绣产品已经逐渐成为热销的旅游商品。在当地党委、政府的扶持下，他家的刺绣加工厂正逐步打开市场，北京、浙江、安徽的订单源源不断，附近晴隆、盘县和普安周边的订单也不少。

"现在附近村庄将近 200 名妇女，常年在家中给我们加工厂加工刺绣半成品。"韦波说，他全力带动周边的贫困群众，让他们在脱贫攻坚中通过民族文化传承增加收入，同时他还加强对学生和年轻人的刺绣培训，培养更多的绣娘。

"现在党的政策好，我正打算带领附近的绣娘，把民族刺绣产业做大做强。"韦波在他家刺绣加工厂车间说，最近天天收看党的十九大盛况，从习近平总书记的报告中，看到了更新的更大的希望。

"13 年了，我还欠总书记一句'感谢！'好想亲自对他说。"韦波说，没有习近平总书记，就没有他的今天，希望能亲自对习近平总书记说声感谢！说着说着，韦波的眼睛再次湿润……

（2017 年 11 月 2 日刊发于《黔西南日报》）

特殊的家庭特别的爱

这曾经是一个令人心痛的家庭，而今已是一个幸福美满的家庭，还是一个人人羡慕人人夸奖的家庭。

这个家庭就是位于贵州省黔西南州普安县江西坡镇茶场社区丫口田的韦波、王伟鲜家。

善良女孩冲破羁绊，拨云见日爱洒阳光

故事还得从 2004 年说起。

普安县江西坡镇的青年韦波与村里大多数青年一样，很早就有了两个孩子，日子过得紧巴巴，修房子还欠了 8000 元的债务。为了还账，韦波和妻子双双到浙江余姚打工。但刚到余姚，妻子就突然因病死亡，韦波料理完妻子的后事，带着深深的伤痛回到家乡。

正当韦波在绝境中艰难地撑起这个摇摇欲坠的家时，本村一个姑娘看在眼里急在心头，毅然走进了韦波的生活。

姑娘叫王伟鲜，布依族，当年 27 岁。嫁给韦波需要很大勇气，不仅要冲破世俗的羁绊、亲朋的极力阻拦，更要面对"一进门就是两个孩子的妈妈"以及家庭贫困的种种现实。

"后妈难当，视为己出付出真感情就好当。"这是王伟鲜当"后妈"的"真爱心经"。

一个不认识的人突然成了"妈妈"，心里别扭，不适应不认可，对于孩子来说是最本能的反应。但很快，王伟鲜就用自己的行动和真情实感，化开了孩子心中的结。面对无微不至的关怀，面对周到细致的照顾，感受着慈爱有加的呵护，两个孩子由衷地认同了这个"妈妈"。

寒来暑往，冬去春来。一晃 10 多年过去，在王伟鲜的操持下，孩子们都已经长

大成人，有了自己的事业和家庭。大儿子已经结婚，却不愿离开父母单独居住，仍然住在一起。2016年，韦波、王伟鲜成了爷爷奶奶，一家人其乐融融。

尊老尽孝默默操持，吹沙见金方显本色

刚结婚那阵，王伟鲜经常对韦波说："孩子的外公家一定要常来往，要让他们家把我当成女儿，这样我们就成了有6个父母的家庭。"

爱幼还得尊老，文化不高的王伟鲜却理解得非常深刻。

嫁进韦家时，韦波的父母年岁已高，二老单独居住，几兄弟一起承担二老的生活开支。两位老人体弱多病、常年服药，王伟鲜经常嘘寒问暖，叮嘱韦波及时买药。药钱也是自己出，从不向其他兄弟分摊，公公婆婆对儿媳妇的好看在眼里，记在心里。

公公去世后，婆婆不能单独住了，韦波几兄弟争着要老人同住，"僵持"不下，最终把决定权留给了老人，老人选择了和韦波、王伟鲜一家居住。

持家创业不忘乡亲，携手邻里同奔小康

韦波、王伟鲜结婚后，如何发展生产搞好家庭经济，一直是两人思考的问题。

2013年，韦波和王伟鲜做起布依族刺绣，开起了服饰加工作坊，收购乡亲们的刺绣产品，同时也向乡亲们直接派单加工，让他们在家中也能增加收入。

在普安乡下，一块绣品虽然只值几十块钱，但这却是一家人必不可少的生活来源。每逢赶场，十里八村的乡亲背起绣片，来到韦波王伟鲜的加工厂换钱。

2016年，韦波家的家庭刺绣小作坊变成了加工厂，得到了政府的扶持，工人也增加到7个，其中还有两个精准扶贫的贫困户。附近长期为他家加工手工刺绣半成品的乡亲增加到200余户，厂里的产品增加到100多个花色品种，卖到了美国、德国等国外市场。

2017年，王伟鲜、韦波的加工厂被普安县妇联、贵州日报报业集团党建扶贫工作队评为"脱贫攻坚 巾帼榜样"创业示范基地，王伟鲜也被黔西南州、普安县评为民族刺绣致富带头人。

而今，韦波、王伟鲜一家不仅把自家的生活过好，还带领着乡亲们通过民族刺绣逐渐走上了致富的道路。

（2018年1月21日刊发于《中国妇女报》）

世界茶源那一曲茶和器的绝唱

——普安红和普安砚壶的奇遇探秘

真想不到，黔西南州普安的石头制出的茶壶，和四球古茶普安红是这样的绝配。

这壶名为"普安砚壶"，是近年偶然的一个发现，让"中国茶文化之乡""中国古茶树之乡"普安，以另一种和茶关联的文化符号，被外界所关注和瞩目。

茶壶一直是茶文化的重要载体和物质表现，2018年10月下旬在普安举行的"红动中国"新时代优质红茶发展峰会上，多位茶文化专家说，普安这回"齐"了，世界茶源地不仅有了世界唯一的四球古茶和"中国中大叶种红茶的代表性产品"——"普安红"，更有了令大家耳目一新的用当地特殊石头做的上好茶器——"普安砚壶"。

普安砚壶的问世，有些"石破天惊"的味道，省内外的茶文化名家，地质部门的专家，茶界市场营销的行家，还有一些收藏界达人和爱茶雅士，在纷纷点赞之后解囊争相购买，制作普安砚壶的工坊短时间内产品就呈供不应求之势。

普安红和普安砚壶究竟是怎样"绝唱"的？下面，就来看看记者从世界茶源普安发来的报道。

茶文化悠久的普安，一把壶的问世被称"绝配"

普安的茶，历史悠久、文化深厚。

普安是目前世界上唯一一处发现茶籽化石的地方，这枚发现于1980年的四球古茶籽化石，经中国科学院南京古生物研究所的权威专家8年的鉴定，最终确定距今至少200万年。

普安还是目前世界上唯一拥有野生四球古茶树群落的地方，20000多株四球古茶树分布在多个乡镇，树龄最大的有4800年，而树龄上1000年的就有3000多株，这种小乔木型的茶树，最高的有 10 来米，树干最大的需合抱，枝繁叶茂，让很多茶界专家叹为观止。

茶树原产地的普安，很早以前就产茶，从秦汉夜郎时期到唐宋明清，茶事昌盛，至今仍保留完好的茶马古道就是见证。

同时，普安茶事昌盛还得益于当地独特的地理环境和自然条件。"高海拔、低纬度、多云雾、寡日照"以及地热资源丰富，土壤肥沃，海拔高差大、垂直气候明显等，为普安打下了产好茶的基础。

而近年来，普安在脱贫攻坚中，发挥比较优势，把茶产业作为脱贫攻坚的"一县一业"支柱型产业打造，使茶产业得到长足而迅速的发展，普安茶产业春天来临，渐入佳境。

目前，普安有茶园 14.3 万亩，进入盛产期的有 9 万余亩。而绝大多数是中大叶种茶树，制作出来的"普安红"品质优异，被业界誉为红茶的"一枝独秀"。

独特的茶品质，和悠久的茶文化，造就了"普安红"的与众不同，成为推动普安茶产业的强劲动力。

而正在此时，普安砚壶的问世，不仅拓展了普安茶文化的广度和深度，更为普安茶文化注入了丰富的底蕴和内涵，这把壶被茶文化专家称为是普安红的"绝配"。

这把叫"普安砚壶"的壶真是不容小觑！为什么？

张之洞盛赞的"石头"，做壶真是"绝了"

普安这个地方，神奇的东西不少，比如石头。

在普安县南湖街道大湾村境内，有一座最高海拔 1900 多米的山峰，叫九龙山，这座山与曾经发现四球古茶籽化石的云头大山，隔着莲花山遥遥相望。而这山上的石头可不简单，数百年前就被发现是制作砚台的上好石材，被称为龙溪石。

龙溪石砚石质细腻，透气性好，曾为远近文人墨客和贤人雅士的收藏之品。年轻时的张之洞，曾随父亲居安龙，一次在得到一方龙溪石砚后，就专门写下《龙溪石砚记》盛赞。

九龙山的石头做砚台好，做茶壶更好，这是在一个偶然的机会发现的。

2017 年，普安在打造普安茶产业过程中，县委书记农文海在得知张之洞和龙溪石砚的故事后，生出了用龙溪石来试制茶壶的念头。

但在此前，在其他地方，由于石头透气性差、成分不一、有异味等诸多原因，用石头制作茶壶一直不被业界看好，故石茶壶少之又少。

而当第一个用龙溪石制作的茶壶问世后，用其泡茶，竟然非常甘甜，且在壶体上浇水，茶水很快就干掉了，说明茶壶透气性很好，性能和紫砂壶相近。

为了弄清楚龙溪石究竟适不适合做茶壶，普安县把在九龙山多个地方采集的石头样品寄到广东、云南等地的3家检测机构进行检测，结果表明，这里的石头没有检出铅、汞、镉、六价铬等有毒有害物质，而在用龙溪石制作的茶壶冲泡的茶水中，也没有检出相关的有害物质，并且还检测出不少对人体有益的微量元素。

于是，普安县加紧组织普安制壶工匠用龙溪石制作茶壶，然后到浙江、安徽、广东、云南、北京等地参展交流，征求各方意见，不断改进工艺。并设计出若干款型，同时开发出了茶壶、茶杯、茶盘等等一系列茶具配套产品。

让人意想不到的是，龙溪石制作的"普安砚壶"在省内外市场和茶界的反馈出奇的好，订单如雪片飞来，只普安县三板桥九峰奇石工艺坊，短短几个月就接到上千件茶壶茶杯茶盘等茶器订单，由于是纯手工制作，兼顾实用性、收藏性、艺术性、文化性，很受欢迎。

而在该奇石工艺坊，亲自前来探访的省内外客商更是络绎不绝，现场下单的也不在少数。普安县布依人家茶叶专业合作社，就一次性订购了100把"普安砚壶"，搭配四球古茶销售。

"目前还没有在市场上大力推介这个壶，都是业内口口相传听说后来联系制作的。"普安县三板桥九峰奇石工艺坊的娄忠学说，"普安砚壶"主要是他在制作，还没有大力推广，但目前订单已有不少，宁波一家单位一次就订了100把，这壶的市场前景非常看好。

贵州省地矿局在得知情况后，组织地矿专家多次到普安科考调查，认为龙溪石制壶很有特色，并且品质好储量大，可以作为产业来打造，正在就如何更好地开发利用和产业化发展进行课题研究。

"没有想到普安砚壶这样好，很有意思、很有文化、很有特点，和普安红茶产业配合起来，一定能成为普安的又一个特色！"10月23日，在普安举行的新时代优质红茶高端峰会上，多名中国国际茶文化研究会的专家在了解了"普安砚壶"后说，从文化和产品配套的角度，"普安砚壶"肯定能助推普安茶产业的发展，完全可以打造成普安的又一个茶文化符号，堪称"普安一绝"。

平实变神奇，"普安砚壶"的茶器相融

10月下旬的一天，趁着阳光，记者决定再次探访"普安砚壶"。

在九龙山深处，记者找到娄忠学时，他正在深邃的溪谷中寻找制作茶壶的上好石材，他一边仔细翻看石头的形状、色泽、纹理、品相，一边说，找石头是很重要的一环，否则做到一半发现有瑕疵或裂纹就前功尽弃。

娄忠学说，找石头是关键，而制作的每个工艺也都很关键，出不得半点的差错，切割、出胎、粗制、雕镂、打磨、抛光等等，都得仔仔细细。"一块石头要制作成一把上好的壶，一般的要好几天时间，如果是镂空的那种精工细刻，就得要更长的时间。"

背着几块石头，回到在九龙山下的工坊中，娄忠学拿出他已经"养"了1年多的普安砚壶，未等温壶，一闻，壶内满是茶香。沸水注入后，倒出的温壶之水，也有较浓的茶味。

投茶，问水，沏一壶"普安红"，虽然没有茶艺师的极致，就是随意的一倾一倒，茶水离壶，坠入杯中，立马茶香四溢，10泡过后，仍茶味悠长，味道不减。

"许多茶界人士，正是看中了普安砚壶的性能和文化。"娄忠学说，许多回头客的反馈都不错。而在他的身后，博古架上的10多款普安砚壶精致而典雅，这些壶，当然就是看似平实普通的龙溪石制作的。

"泡茶，茶、器、水、技等都非常讲究，要泡出好茶，让茶和器完美相融是最佳的境界。"施海是"普安红"茶文化形象大使，是茶文化学者，而对于"普安砚壶"和茶的完美搭配，他给出了高度的评价："水不言，茶不语，煮水蒸茶，乾坤之器。你中有我，我中有你。"

茶树原产地普安的四球古茶和普安红茶，和在普安的深山蛰伏了数亿年的石头，就这样在普安脱贫攻坚大力发展茶产业的时候，相遇相拥相融了。

一曲茶和器的绝唱，一出茶和壶的绝配，在茶事氤氲中弥漫开来。而"普安砚壶"和"普安红"的韵味，只等大家去鉴赏去探寻。

（2018年11月8日刊发于《贵州日报》）

普安砚壶记

　　黔之西南，有普安，古属夜郎，盛产四球之茶。其境有云头大山，曾出古茶之化石，含四核，年代之久，距今逾二百万年，乃世界唯一也，叹为观止。

　　甚者，此地今有古茶群生，藏深山，达两万之众，高者数丈，长者逾四千八百年，千年者尚有三千余株，经测鉴，均为四球化石之后也，堪称神奇，故誉之为世界茶源。

　　普安产茶，久矣，上溯百万年，自夜郎始见经传，后不衰。惜茶香数千年，无好壶配之，深以为憾也。

　　茶如坤，壶如乾，有坤无乾，何为？普安有主政者，姓农名文海，深谙普安文史，自甲午上任始，即施兴县富民之策，培普安茶之产业，悟普安茶之文化，寻普安茶之魂魄，增普安茶之底蕴，日夜思之不疲。

　　一日，偶过一山，突见一石，忽生一念，暗喜！何耶？

　　此山于县城之西十五里，曰九龙山，山高峻峭，或曰山有九溪，俯观如九龙，始得其名。中藏奇石，质软硬适可，墨绿带赭，色古朴，古有匠人制砚，品尚，时文人骚客竞相藏之，张之洞少时得之，喜甚，撰文《龙溪砚记》赞之曰："使经名士之品题，不啻与玉质金星并重，乃生遐荒，伏草莽，美而弗彰，亦已久矣。龙溪石砚，既墨而津，金声玉德，磨而不鏻，顽石非灵，灵因其人，得一知己，千古嶙峋。"

　　此玉质金星之石，制砚佳，制壶可否？农遂入山，寻溪石数块，先遣人测之，确系安全无害，再差人访驭石之士，试制壶，以观其效。

　　巧也！云南文山广南有娄氏名忠学，年未而立，勤学思，善雕刻，离乡至普安营生碑石已五载，恰于九龙山下建有奇石工艺坊，闻其衷，乐之，欣然应允。

　　数日，娄氏出首壶，质地青泽，石纹精美，雅致绝尘，形式古朴。农见之甚喜，即购之。再嘱其广益思路，增款式精细节，以求大器，不见逸品神品不休也。

娄氏遂闭门谢客，数入九龙山之巅、之腰、之谷，各择其石制壶，细细较之，以定石材之最优者。首广采古今茶器之长，再融普安之异特，半月余，多款石壶问世，其设计缜密考究，精雕细琢之功，已显天工之相也，县境文人雅客爱茶之士，得其讯，俱往观之，以为神，取千年四球古茶养之。

余闻之，前往探究。娄氏先拿一壶，盛茶其中，拇指按其盖，壶身倾斜壶嘴直下，然不见汤出，正异之，忽见其拇指离壶盖，茶汤如注，原盖顶有一孔作机关耳。

娄氏曰，其壶，纯手工也。一壶之作，先于构思，起于选料，再切石坯，初造于型，复内外雕饰，再经细琢精修，后有打磨抛光，数十工序甚繁，环环相扣，细微失慎，则前功尽弃矣。

逾时日，娄氏治壶，愈现大家之风。普通一石，因形定型，平常一刀，法理昭昭，法无定法，或深刀、或浅刀、或斜刀，或细刻、或线刻、或镂空、或阴阳，尽显设计之精妙，尽显技艺之娴熟。茶壶者，茶杯者，茶罐者，茶宠者，茶筒者，茶盘者，凡事茶之器，皆应而有之，经娄氏之手，无不外化于形而内化于神也。

噫！茶器者，古来，或木，或竹，后有青铜，有陶瓷，再有玻璃，然极品者，推精陶推雅瓷推紫砂，而以石为之，甚少也，如普安砚石制壶之品者，器之精，更未曾所闻矣，以为绝。

九龙石壶沏茶，茶味醇厚，壶体润浸，玉壁冰清，空壶留香，汤体温滑，内敛不张，与瓷器紫砂之品有独到之别，韵味特尤甚。娄氏携之，之州省内外，至江浙福广，展，观者甚众，赞誉如潮。

普安之九龙山砚石者，其壶妙，善治壶，不胫而走，黔地内外，大江南北，求壶者纷至沓来，得壶者皆称神奇，订单日众，娄氏终日不得闲息焉。

奇壶问世，何名为佳耶？农氏广纳善见，推敲数月，终定名曰：普安砚壶！

普天之下多神奇，安定祥和吉庆余；砚墨文脉千秋传，壶茶乾坤万年历。

壶妙名亦妙矣，巍巍九龙之巅，莽莽云头之山，茶石遥望百万年，待今朝，伯乐挥指两结缘，四球古茶砚壶配，茶源普安乾坤转，珠联璧合，一壶，装了人间！

余顿悟，天道之于普安，既赐古茶，岂有不赐茶器之理耶？非也，唯时未到而缘无，故时人仅识茶而不识器，宝石在而未遇知音也。今政通人和，茶事盛昌，法道法自然之法，道天人合一之道，而奇壶出，乃水到渠成之理也！

（2018 年 11 月 8 日刊发于《贵州日报》）

普安"约茶"，阿里巴巴董事局主席马云：
我一定要喝你们的这个普安红！

"我一定要喝这个茶！"2019 年 8 月 30 日，在阿里巴巴乡村振兴县长研修班（第五期）暨第七届中国淘宝村高峰论坛上，阿里巴巴董事局主席马云面对普安县的盛情"约茶"邀请，表态一定要喝"普安红"。

据介绍，阿里巴巴乡村振兴县长研修班（第五期）暨第七届中国淘宝村高峰论坛 8 月 30 日在山东省惠民县举行，200 多位来自全国的县长研修班学员汇聚一堂，阿里巴巴董事局主席马云到现场以主题演讲的形式为大家上课，并和学员进行互动。

中午 12：10，马云和大家的互动正式开始，现场人人都在争抢话筒，以求得和马云对话的机会。

"马主席您好，我是阿里 13 年员工，是阿里派驻到国家级贫困县的 4 个特派员之一，我在普安县。贵州是特别能产好茶的地方，我们的好茶叫普安红，我们特别想邀请您到普安去，尝一尝我们的普安红……"

在现场，普安县脱贫攻坚指挥部副指挥长牛少龙在抢到话筒后，向马云介绍普安。牛少龙是阿里巴巴集团社会公益部高级社会责任专家，今年进驻普安县，被普安县委特聘为县脱贫攻坚指挥部副指挥长，主要负责扶贫产业产品的市场拓展，特别是农特产品的线上销售。

"谢谢我们的同事代表阿里全力投入到当地建设，投身脱贫攻坚，我很高兴阿里人有这样的情怀，很多阿里人到全国各地去，并且融入了当地。希望更多的年轻人在阿里巴巴不仅学到东西，精准我们的业务，并且把我们的资源也带过去，继续努力，助力政府做好脱贫工作。"马云一听发言的是阿里的人，又是当地负责脱贫攻坚的，非常高兴，说到最后，马云高兴地说："我一定喝这个茶！"

马云话音刚落，现场就响起一片热烈的掌声和欢快的笑声。

原来，普安县作为阿里巴巴集团的帮扶地，阿里扶贫特派员牛少龙到达普安后，就利用阿里巴巴的平台资源，结合普安"一县一业"扶贫支柱产业茶产业等县域优势农特产品，整合聚划算、淘宝直播、淘乡甜、兴农扶贫等资源，助推普安农特产品出山。

其实，在马云说一定要喝"普安红"之前，阿里巴巴就和普安结下了深厚的缘分。

5月18日，阿里巴巴在上海举办了脱贫攻坚重点县域公益直播活动，利用"淘宝直播"为各地特色农产品打造品牌、做强店铺、提高销量、示范带动，"普安红"作为参加活动的10个县之一的普安县的主打产品，在淘宝网红的直播中，5分18秒就将准备的货抢购一空，经紧急补货，10分钟不到就售出4259个订单，共计5910罐，卖了52万余元，吸引了7000多万人次观看直播，成为当日阿里巴巴旗下天猫及淘宝平台茶叶类销量第2名。

7月11日至7月16日，阿里巴巴旗下的淘宝大学等在普安开展网红村播培训，这是阿里今年的全国第一场线下村播培训，普安有200余人蜂拥而至争当网红。此次培训的人才已经在普安12个乡镇，如星星之火，带动山货销售，而今已初见成效。

7月23日，阿里巴巴再次针对普安农特产品，举办公益直播活动，把普安红及普安的百香果、天麻、鸡枞油等农特产品卖到山外。

8月20日，阿里巴巴总监王威和运营专家到普安考察，表示阿里将给予资源和流量，由沿海先进电商帮助普安本地商家销售农特产品甚至直接采购，助力脱贫攻坚。接下来，阿里助推普安"普货出山"的一揽子计划正在逐步实施中。

而马云当着全国学员的面说"一定要喝普安红"，是水到渠成的事。

马云一定要喝的"普安红"究竟是什么茶？

"普安红"产自"中国古茶树之乡""中国茶文化之乡""全国十大魅力茶乡"普安，是用中大叶种茶青按照红茶技艺精心制作的高品质红茶，被誉为"中大叶种红茶的代表性产品"。

全国茶叶标准化技术委员会副主任、中国茶叶流通协会副会长张士康等专家曾为"普安红"出具了这样的鉴定意见："外形条索嫩略曲、显锋苗，芽毫显露；色泽光润，金黄黑相间。内质香气似蜜、果、花香、香锐悠长，呈地域香；滋味醇厚、甘润、鲜爽 、独具韵味；汤色橙黄、清澈明亮、显金圈；叶底呈金针状、匀整、软亮、鲜活，呈古铜色。新品地域特色鲜明、创意新颖、原料生态、制作精湛、品质优异。"

　　而今，普安有茶园 14.3 万亩，普安县已是国家级出口食品农产品质量安全示范区，"普安红"已跻身"中华文化名茶"之列，是国家地理标志保护产品。

　　"普安红"是贵州省重点打造的"三绿两红"茶叶品牌，产品已经销售到全国 30 多个省市区以及欧盟、俄罗斯、越南等国家和地区。

（2019 年 9 月 1 日刊发于《贵州日报》）

普安茶农把"普安红"快递杭州：马云老师"一定要喝的茶"寄出去啦！

"我们到邮局去把茶叶寄给马云老师，请他尝一尝'他一定要喝的茶'，同时诚挚邀请他来我们普安做客！"2019 年 9 月 5 日一大早，普安县江西坡镇联盟村的岑开文和罗琴赶到普安县邮政局，代表全县茶农给阿里巴巴董事局主席马云寄"普安红"。

普安茶农给马云寄茶，缘于 8 月 30 日在阿里巴巴乡村振兴县长研修班（第五期）暨第七届中国淘宝村高峰论坛上，阿里巴巴董事局主席马云面对普安县的盛情"约茶"邀请，表态一定要喝"普安红"。

"我一定要喝这个茶！"马云的热烈回应经媒体报道传回普安后，热情好客的普安茶农便商量如何让马云喝到他们的好茶。

作为普安茶产业发展的见证者、亲历者之一，曾是普安县国营茶场副场长的布依族茶人岑祥辉，今年已 65 岁，决定带着儿子岑开祥和外孙女罗琴，用传统工艺给马云制作"普安红"手工茶。岑开祥是连续两届获得普安县采茶制茶大赛"普安红"茶制作金奖的茶人，今年 34 岁，制茶多年， 22 岁的罗琴是茶艺师，是一家"普安红"专卖店的店长。

9 月 4 日一早，晨曦微露，这个"老中青"制茶世家的最佳搭档，就邀约当地的 10 多位茶农走进联盟村茶神谷，开始按照一芽一叶全开面的标准，采摘制作"普安红"的最佳原料中大叶种茶青白露秋芽。

茶青采够，正好接近中午，马上进行日光萎凋，岑祥辉定时和岑开祥、罗琴等一起认真翻晒。5 个小时过去，萎凋结束后，经"老中青"三代人凝神静气接近两个小时的手工揉捻后，进入发酵程序，竹编箩筐已经备好，把揉捻好的茶青装入筐中，用白棉布捂上 3 个小时，茶青就变成铜红色。

　　接着是烘干，发酵好的茶在电锅中不停翻炒，毛火 20 分钟，再复火 20 分钟，干茶出锅。再经过 1 个小时烘焙提香，芳香馥郁的传统手工"普安红"出炉，细看外形条索嫩略曲、显锋苗，芽毫显露，色泽光润，金黄黑相间。

　　9 月 5 日一早，要给马云寄茶了。岑祥辉的大儿子岑开文是布依人家茶业专业合作社的理事长，见过世面有文化，茶农们委托他给马云写了封信，感谢阿里巴巴集团对普安茶农的帮扶，邀请马云到"世界茶源地"普安做客，体验采茶制茶，探秘茶源文化。

　　在普安县邮政局，普安茶农把普安独有的"深山隐士"四球古茶、正山堂普安红茶、和"老中青"三代布依人家制作的传统手工普安红，统一打包寄到杭州寄给马云。

　　"期待马云老师尝到茶叶后，给我们普安红点赞！"在邮局，岑开文和罗琴说，普安茶农怀着感恩之心，希望马老师能第一时间喝上"普安红"，更希望他能亲自来普安走一走看一看。

　　（2019 年 9 月 5 日刊发于"天眼新闻"，9 月 6 日刊发于《贵州日报》）

今天，马云收到了他一定要喝的"普安红"

"你们的这个茶好！茶农的字写得好！"2019年9月11日，刚刚卸任阿里巴巴董事局主席职务的马云，在杭州的办公室收到了他"一定要喝的茶"——"普安红"，看着手中的茶，读着手中的信，马云对这杯来自世界茶源地贵州的红茶和对写信的茶农赞不绝口。

8月30日，在阿里巴巴乡村振兴县长研修班（第五期）暨第七届中国淘宝村高峰论坛上，阿里巴巴董事局主席马云面对普安县脱贫攻坚指挥部副指挥长牛少龙代表普安的盛情"约茶"邀请，表态一定要喝"普安红"。

消息传回普安，作为普安茶产业发展的见证者、亲历者之一，今年已65岁的曾是普安县国营茶场副场长的布依族茶人岑祥辉，决定带着连续两届获得普安县采茶制茶大赛"普安红"茶制作金奖的儿子岑开祥和外孙女罗琴，"老中青"三代茶人用传统工艺给马云制作"普安红"手工茶。

9月5日，经过布依人家精心制作的"普安红"手工茶，和一份宏鑫公司生产制作的"深山隐士"四球古茶、一份正山堂普安红公司生产的特级"普安红"，连着布依人家茶业专业合作社理事长岑开文代表普安茶农的一封手写信，一起从普安县邮政局快递到杭州阿里巴巴集团总部，寄给马云。

很快，从普安寄出的这份饱含普安茶农深情厚谊的"普安红"，被送达杭州市的中国邮政阿里驿站。9月11日，到杭州公干的阿里巴巴集团社会公益部高级社会责任专家、扶贫特派员、普安县脱贫攻坚指挥部特聘副指挥长牛少龙获此消息后，决定亲自把"普安红"送给马云。

9月11日下午，牛少龙和阿里巴巴集团的相关人士，把这份来自"中国古茶树之乡""中国茶文化之乡""全国十大魅力茶乡"的"中华文化名茶"——"普安红"

送到了马云的办公室，并把普安茶农为什么送茶和送给他的三款茶逐一向马云作了简单的介绍。

看见自己"一定要喝的这个茶"这么快就出现在眼前，马云非常高兴。听完牛少龙的介绍，马云说，"贵州这些地方都是能产好茶的地方。"

马云一边说，一边把几款茶叶打开仔细查看，"嗯！这些茶的确是好茶！"一见"普安红"，马云立马赞不绝口，夸个不停。

当听牛少龙说普安的茶农还给他写了一封信，写信的茶农世代种茶，弟弟是普安连续两届制茶大赛冠军，马云马上把"普安红"放到身边的茶几上，坐在沙发上打开岑开文代表普安茶农写给他的信，仔细地看了起来。

"这个普安茶农的字写得挺好的！"马云看完信说道。在现场，这个阅茶无数对中国传统文化研究颇深的商界领袖，除了对"普安红"大加赞赏之外，还对普安茶农能有如此一手好字称赞有加。

经过 10 余天，马云终于喝到了他一定要喝的茶"普安红"。这位心系脱贫攻坚的商界领袖，对"普安红"的夸奖和称赞，对普安茶农的褒奖和鼓励，消息一传回普安，让普安茶业界欢欣鼓舞。

"马云老师退休了，我们期待马云老师能亲自来普安走一走看一看，亲自来采采茶做做茶，来茶源地寻幽探秘。"普安县的茶农们说。

（2019 年 9 月 11 日刊发于"天眼新闻"，9 月 12 日刊发于《贵州日报》《贵州都市报》）

《香遇普安红》斩获
"金桂花奖·十佳品牌微电影"

2019年9月22日,记者获悉,在贵州普安拍摄的微电影《香遇普安红》,在刚刚结束的第七届中国(威海)国际微电影展上,从来自全球的3000多部微电影中脱颖而出,荣获"金桂花奖·十佳品牌微电影"。

据介绍,第七届中国(威海)国际微电影展,由国家广电总局中国网络视听节目服务协会、共青团中央宣传部、全国艺标委微电影微视频质量管理标准化专委会指导,华夏文化促进会、五洲传播中心、中国搜索、财政部影视制作中心、华夏微电影微视频研究院、山东省威海市人民政府等单位共同主办,以"公益、艺术、繁荣、发展"为主题,旨在加强中国与国际微电影创作交流,扶持中国微电影创作,集聚国内外电影、传媒等文化人才资源,推动影视文化市场繁荣和微电影产业发展,全球共有111个国家和地区的3343部微电影参加此次影展。

据介绍,本次国际影展设立金桂花"主竞赛单元""特别评奖单元""中国微电影传媒大奖"等奖项,在"中国古茶树之乡""中国茶文化之乡""全国十大魅力茶乡"拍摄的"普安红"品牌微电影《香遇普安红》参加影展后,从3343部微电影中脱颖而出,与其他62部微电影一起,进入影展特别评奖单元,参加角逐。

据了解,《香遇普安红》是在2018年8月,由普安县委宣传部出品的微电影,电影剧本由贵州新闻中心全案策划,普安县委常委、宣传部部长罗立担任出品人,贵州日报当代融媒体集团驻普安党建扶贫工作队副队长左国辉担任总监制,贵州著名诗人田峰担任总策划,由贵州著名青年导演唐煌担任导演,龚建担任编剧,制片人为唐康、黄磊,监制为赵兴、任登甫,摄制由大唐影剧—易拍即合专业拍摄和后期制作。

《香遇普安红》故事穿越了1000余年,讲述了香港歌手黄耀华机缘巧合来到一尘不染生态天然的普安，偶遇茶女云妹，为福娘茶的动人传说所痴迷，与普安茶人发生了一系列意想不到的故事。剧情细腻如丝跌宕起伏，把世界茶源地、世界唯一的四球古茶和普安红，还有夜郎故地普安那深厚的历史底蕴、浓郁的民族风情、秀美的自然山川、朴质的民风百姓，演绎得美轮美奂，微电影虽然只有24分21秒，却浓缩了普安的文化精华，集历史文化、茶文化、民族文化、产业发展等为一体，是发现普安宣传普安推介普安的佳作。

《香遇普安红》电影杀青后，就在贵州甚至中国的微电影界引起不小的反响，贵州IPTV就把《香遇普安红》纳入向100多万户用户推荐的名录，长期进入平台数据库，专门致力于宣传报道全球华人新闻的《华人头条》融媒体平台，也专门发文向全球华人推送，已有数十万人在线观看，而腾讯视频等展播平台，已有近百万人观看。

在第七届中国（威海）国际微电影展上，《香遇普安红》应邀参展，进入特别评奖单元后，经评委严格评审，最终荣获中国国际微电影展大奖"金桂花奖·十佳品牌微电影"，成为贵州用微电影这一艺术形式助推脱贫攻坚主导产业的成功案例。

（2019 年 9 月 23 日刊发于《贵州日报》）

奇石留史寄初心
——普安红色记忆奇石馆诠释红色传奇探秘

不忘历史担使命，红色奇石寄初心。

在贵州省黔西南州普安县，近年来建在县委党校的"红色记忆奇石教育馆"引起广泛关注。

这里，有奇石爱好者收藏的 300 多方看似普普通通的石头，在大自然鬼斧神工的造化之下，经过奇石文化点睛之笔的渲染，成了寄托初心使命、传承红色记忆的全新载体。

一方方或大或小或高或矮的石头，一幅幅或神似或形似或神形兼备的图案，一组组独具匠心的隽刻在石头上的数字组合，把那一幅幅永远不能忘记的历史画面，惟妙惟肖地展现在大家眼前，让人耳目一新，教育寓意深远。

观赏自然奇石，回放峥嵘岁月，追寻红色记忆，倾听历史回音，重温铮铮誓言，不忘为民初心，牢记崇高使命，汲取磅礴力量，憧憬伟大复兴。

普安的奇石，在新时代被赋予新的丰富内涵。而普安红色记忆奇石教育馆，已成为当地的爱国主义教育基地、富国强军讲习所、党校政治思想教育基地，也是全国最成规模、最成体系以奇石为载体传播红色文化的地方之一。

那普安的奇石，是如何诠释红色传奇的呢？一起来探秘。

重温红色记忆，上万观众观赏奇石

这一段时间，黔西南州普安县委党校"红色记忆奇石教育馆"门庭若市，这个以奇石为载体讲述红色历史的地方，成为许多单位、部门"不忘初心　牢记使命"主题教育必去的地方。

翻开登记簿，参观信息登记得密密麻麻——

2019 年 9 月 23 日，黔西南州委宣传部 3 人；9 月 18 日，普安公安局 90 人，普安中医院 25 人，贵州省委宣传部 10 人；9 月 17 日，普安县盘水街道平桥村前沿攻坚队 100 人；9 月 16 日，普安县教育工委 110 人；9 月 14 日，六盘水师范学院 5 人；9 月 11 日，普安县委组织部 28 人，中国妇女发展基金会 4 人；9 月 8 日，普安武装部 80 人；9 月 6 日，兴义青云草堂 6 人；8 月 30 日，普安农商行 42 人……

据普安县委党校特聘教师、黔西南州观赏石协会副会长、普安县观赏石协会会长、红色记忆奇石馆讲解员伍瑞元说，这个奇石馆在 2017 年国庆期间，一直免费向社会开放。两年来，已经接待了 300 多批次 12000 多人参观，最多的一次 160 多人，除了县内州内的单位以外，还有北京、江苏、浙江、西藏、重庆、四川、新疆、云南等地慕名而来参观的。"最近来参观，由于单位较多，需要预约，县纪委就预约到了 9 月 28 日。"

"这个红色记忆奇石馆很有创意、很有意思、很有内涵。"9 月中旬，许许多多的参观者给予了高度评价。

"我们在全国其他省份，还没有发现这么大规模、这么成体系的把奇石文化和红色历史文化结合得这么好的地方。"北京一家文化传播机构的导演参观后说，这种形式非常生动，富有创造性，在文化艺术的享受中不知不觉就接受了爱国主义教育，可谓润物细无声。

一方方奇石，究竟讲述了怎样的故事，展示了怎样的历史场景呢？

展示红色历史，奇石诠释时代内涵

220 平方米的展馆，300 多方长江石、盘江石、黄河石、乌江石、沅江石、新疆石、西藏石，浓缩了中国红色革命史的精华，再现了许多重要历史的瞬间。

展馆中，按照"我和我的祖国""重现峥嵘岁月""建设美好家园""共赴伟大复兴"4 个篇章，用奇石布局了 4 个展区，一方方数字石、文字石、象形石，经过特殊的奇石文化思维的演绎，立即灵动起来、鲜活起来。

在"我和我的祖国"区域——

两方文字石组合成了"中国"，而一方形似雄鸡的象形石把中国版图展现出来，黄山、黄河，长江、长城，龙的传人，中华民族的精神象征，分别用 5 方象形石寓意出来；一方神形兼备的"孔子讲学图"，代表了中国5000年的文化精髓；一方硕大的心形石代表了"中国心"。

在"重现峥嵘岁月"区域——

首先看见的是由四方数字石组成的"1840"字样，寓意着1840年鸦片战争爆发，中国人民处于水深火热之中，这段灾难深重的历史不能忘记。

一方有船形图案的象形石表示红船出现，两方数字石组成了"7.1"，一方奇石展示了党徽图案，把1921年中国共产党成立的历史回放。

枪杆子里面出政权，两方数字石组成了"八·一"，一方有军号图案、一方形似军帽的象形石，寓意着中国共产党领导的人民军队从此诞生，领导中国人民走上革命道路。

一方奇石再现了井冈山会师的历史画面，两方绝妙的奇石组成了"红米饭南瓜汤"，一方奇石展示了"星星之火可以燎原"，共产党领导的革命斗争从此波澜壮阔。

万里长征是世界上最伟大的壮举，十送红军是天底下最动情的场面。血战湘江、突破乌江、四渡赤水、巧渡金沙江、强渡大渡河、飞夺泸定桥、爬雪山过草地等等，这些历史瞬间"重现"在一块块奇石上，把红色故事世代传唱。

伟大转折遵义会议，雄关漫道万水千山，普安泥堡红军播种，彝海结盟鱼水情深，送子参军荡气回肠，同样在一方方奇石上场景再现。

看完一方奇石上的红军长征线路图，另三方奇石展示了革命圣地延安、窑洞和宝塔山，一方奇石展示了万千青年到延安去。

三方数字石展示"9.18"，让大家不忘国耻，五方数字石组成的"1937.7.7"卢沟桥事变，6方奇石组成的"1937.12.13"南京大屠杀国难日，时时警示只有强大才能不挨打。

抗战全面爆发，一方象形石正展示毛主席《论持久战》，母亲叫儿打东洋、妻子送夫上战场，抗联英雄林海雪原，血雨腥风巍巍太行，敌后武工队穿越封锁线，敌后根据地巧打破袭战，二十道拐生命线，狼牙山上五壮士，大义凛然刘胡兰，儿童英雄王二小，大刀向鬼子头上砍去，自力更生精神发源地南泥湾，这些场面和故事，都镌刻在一方方奇石上。

打过长江去，解放全中国。车轮滚滚勇向前，百万雄师过大江，解放战争的摧枯拉朽，也在一方方奇石上展现。

硝烟慢慢散去，五方数字石组合的"1949.10.1"，两块文字石组成的"十·一"，代表伟大的中华人民共和国成立，共产党领导中国人民进入了崭新的历史阶段，一方奇石高耸，如一块丰碑，把这段峥嵘岁月铭记。

在"建设美好家园"区域——

其实，建设还没开始，帝国主义就想把新中国扼杀在摇篮里。于是，中国人民志愿军雄赳赳气昂昂跨过鸭绿江，抗美援朝，保家卫国，一方方奇石展示了上甘岭战役的惨烈，为了胜利向我开炮的精神。

人造天河红旗渠，戈壁腾起蘑菇云，我为祖国献石油，咱们工人有力量，雷锋精神代代传，四方象形石、一方文字石展示着中国人的智慧志气，惊天地泣鬼神。

四方数字石组成了"1979"春天的故事，一方象形石展示了"一位老人在中国的南海画了一个圈"，两方象形石再现邓小平和撒切尔夫人为香港回归谈判的巅峰对决……一方象形石展现了"神奇的天路"，还有国之重器"东风快递"、歼20、核潜艇、航空母舰等等，也在奇石中找到了影像。

奥运圣火，贵州天眼，港珠澳大桥，奇石上同样镌刻了这些举世瞩目的壮举。

在"共赴伟大复兴"区域——

三方奇石，分别把"一带一路、走向深蓝、中华亮剑"演绎。

三方文字石组成"十八大"，开启构建人类命运共同体的新征程。

一方文字石显示一个"公"，诠释着"立党为公执政为民"的理念。

一方文字石显示一个"人"，一方象形石展示一只脚，提醒着"堂堂正正做人，踏踏实实做事"，空谈误国，实干兴邦，诠释着"三严三实"。

一方文字石显示一个"心"，这就是永不能忘的初心。

五十六方象形石，代表着五十六个民族，在中国共产党的领导下，不忘初心，牢记使命，大踏步走上实现中华民族伟大复兴的中国梦的新征程。

一方象形石如船帆，代表着在党的领导下，在建设中国特色社会主义，实现"两个一百年"宏伟目标的过程中一帆风顺。

揭秘建馆初心，奇石激发磅礴力量

奇石文化是中国传统文化的一枝奇葩，红色文化是中国历史中最灿烂耀眼的文化，当奇石文化与红色文化相遇融合，就散发出更加夺目的文化光芒。

"在党校建立红色记忆奇石教育馆，是党校在教学教育中的创新尝试。"中共普安县委党校常务副校长刘应刚说，党校的思想政治教育、国史党史教育，要做得更加生动活泼、丰富多彩，必须根据各自的资源特色，发挥各自的个性优势。

普安县找到的"特色"和"优势"就是奇石。

伍瑞元是普安县资深奇石爱好和收藏者，从1998年就开始收藏各地奇石，并加以研究，发现了其收藏的数百方奇石中蕴藏了大量的"红色密码"，几经梳理，竟然发现能够用这些惟妙惟肖、神形兼备的奇石串起中国百年红色历史。

当时正在为创新党校教育教学绞尽脑汁的刘应刚听说后，眼前一亮，和伍瑞元、副校长彭刚善一起对内容进行了进一步挖掘、推敲、提炼、升华，最终在2017年10月，利用一间教室，开辟了红色记忆奇石展览室，并聘请伍瑞元为讲解员，开启了普安奇石诠释红色历史文化之路。同时，伍瑞元在他遍布全国的奇石朋友圈，用自己多年收藏的藏品，与石友互换，不断丰富内容。

奇石越来越多，内容更加丰富，关注度也越来越高，一间教室摆不下了，普安县委党校决定辟出专门的区域，建立"红色记忆奇石教育馆"，并于2019年6月18日，从教室搬到现在的展馆中，面积从40平方米增加到现在的220平方米，每次容纳的参观人数从20人增加150人。

"现在的220平方米已经摆不下所有的展品了，还有不少的展品只能放在仓库中。"刘应刚和伍瑞元说，一些石友一听说普安建了红色奇石馆，都纷纷捐出藏品，《丰碑》就是西藏一位驻守边关的现役军人亲自送来的。随着藏品的增加，如果能有更大场地，效果会更好。

奇石上生动记录的珍贵党史，奇石上深刻诠释的红色记忆，普安的奇石，正在以独特的方式，散发出灼灼光芒。

（2019年9月27日刊发于"人民网"）

俞敏洪：新东方老师喝茶尽量要喝"普安红"

　　2019年11月5日，新东方教育集团董事长俞敏洪在结束贵州省黔西南州考察之后在其微信公众号上发文，对其在黔西南考察之行进行了详细的叙述，他再次以文字的形式表态：以后新东方老师喝茶，尽量喝普安红。

　　据介绍，11月1日早上，俞敏洪一行赶到贵州省黔西南州普安县考察，并正式就任普安县第一中学名誉校长。

　　在普安的行程中的第一站普安县职校，俞敏洪就对职校的学生制茶和茶艺表演非常感兴趣，为了鼓励学习茶艺的学生，还多喝了几碗学生们泡的"普安红"。

　　接下来，俞敏洪参加了在普安县第一中学举行的座谈会。座谈会上，普安县委书记农文海向俞敏洪隆重推荐"普安红"，并简单讲了马云和"普安红"的故事。俞敏洪听了介绍非常高兴，开玩笑地道，普安红比市场价贵一点卖给他他都要买单，并现场表态：今后新东方的老师喝茶，就尽量要喝普安红。

　　俞敏洪见多识广，可谓阅茶无数，什么好茶没有喝过，什么好茶没有见过？！他如此青睐普安红，恐怕有以下几个原因：

　　一是这个茶的确是好茶。普安红被誉为"中大叶种红茶的代表"，是中华文化名茶，而普安又是中国古茶树之乡、中国茶文化之乡，还是全国十大魅力茶乡，曾经发现了距今200万年前的古茶籽化石，茶文化底蕴之深厚，还无二家。

　　二是普安红茶产业又是扶贫支柱产业。这些具有高尚社会公益心的"大咖"，自然要大力支持扶贫支柱产业。

　　三是他和普安刚刚结下的深厚缘分，让他对普安充满了感情，充满了希望，更充满了扶贫的社会责任感。

　　11月5日，俞敏洪返回后，专门在他的微信公众号"老俞闲话"中详细地记录了这一次贵州黔西南之行。文中有这样一段话：

"在泡茶课上，孩子们把泡好的茶端给我们喝，我们没有那么多人，有的孩子泡的茶没人接，就显得很失落，我就接过更多孩子的茶，结果喝了五六碗。'普安红'是贵州著名的茶品之一，政府正在着力打造成出口品牌，年产值已经有十几亿人民币。后来在政府的座谈会上，我表态以后新东方老师喝茶，尽量用普安红。"

有趣的是，在俞敏洪表态今后职工都要尽量喝"普安红"之前，阿里巴巴董事局原主席马云，也曾当着全国媒体的面说"一定要喝'普安红'"。收到当地茶农寄给他的茶后，马云对"普安红"给予了高度评价。

（2019 年 11 月 5 日刊发于"天眼新闻"）

军民共建谱新篇，茶源处处双拥情

——普安县"双拥"工作扫描

拥政爱民谱新篇，拥军优属鱼水情。

"中国古茶树之乡"普安是一片红色的土地，1935年4月红军长征曾经过县境泥堡，当年红军送药救人、当地群众自发为红军带路的军民"鱼水"故事虽然已过去了80多年，但这种军民鱼水情深的传统却传承至今。

在脱贫攻坚一线，军民同心同德，军政同频共振，凝心聚力斩穷根，齐心协力助推当地经济社会建设；而普安党政部门和35万各族干部群众，心中装着"最可爱的人"，拥军优属数十年来已成风尚。

普安处处双拥情，在新时代谱写了新的篇章，在茶源地讲述着动人故事。

拥军优属动真情，勤为驻军解难题

2019年9月30日下午，普安县兴中镇新光社区退役老兵谭隆州正在院坝晒太阳。

"谭老，我们又来了。"谭隆州抬头望去，正看到老熟人兴中镇镇长陈明跃一行笑眯眯的走来。

谭隆州起身相迎，"镇长，你们咋来啦？"

"明天就是国庆节了，新中国已经成立70周年了，我们国家能有今天的繁荣富强，不能忘记你们，根据县里安排我代表镇里来看看您。"

在谭隆州家，陈明跃为老人佩戴上中华人民共和国成立70周年纪念章，送上慰问金。而就在那几天，普安县各个乡、镇（街道）都在按照县委、县政府的安排，走访慰问退伍老兵。

这仅仅是一个缩影，普安县一直高度重视拥军优属工作。时间回到2019年8月1

日，在中国人民解放军建军92周年之际，普安县组织召开了议军会，发扬拥军优属光荣传统，加强党政军亲密关系，解决驻县部队的困难问题。

会上，普安县人武部、武警中队、消防大队提出了现在面临的一些困难和问题。县属涉及的部门负责人给予现场答复，并给出了具体的解决办法。

针对武装干部的人事问题，由县委组织部负责，充分征求县人武部意见，在配备茶源街道、九峰街道班子和乡镇（街道）武装部长过程中，重点关注脱贫攻坚一线武装干部，脱贫攻坚中组织纪律性强、表现优秀的，优先提拔使用。并积极推荐全县优秀民兵作为村支"两委"干部后备人选，切实加强基层组织建设。

针对县人武部营区的环境改善问题，由县城管委负责，在不影响棚户区房屋建设前提下，科学合理为县人武部腾出通道，便于出行。同时，及时疏通县人武部营区下水道，处理营区及周边垃圾问题，为官兵创造舒适训练环境。

针对驻县官兵的医疗保障问题，由县医保局牵头，县武警中队、县消防大队配合，学习借鉴其它地方的先进模式，结合普安县实际，采取有效措施，切实做好驻县官兵的医疗保障工作。

针对县武警中队、县消防大队的办公、训练、住宿场所问题，由县城管委负责，立即采取有效措施，妥善解决县武警中队水窖无人管理、排水不畅影响营区通道安全及办公事宜，并想办法加快推进县消防大队营房建设。

而这样的会议，普安县定期召开，会上直奔问题，全面协调解决，有力保障了驻军的工作和生产生活需求。

政策执行抓得实，拥军优抚惠民生

"4年来，普安共发放优抚资金4990万元"。普安县"双拥办"的相关人员介绍，落实优抚政策，既是拥军之举，更是民生工程。

扎实落实优待抚恤政策。为重点优抚对象缴纳参合参保费，对重点优抚对象在城乡医疗报销后按个人支付的70%进行医疗救助，4年来救助金额达280万元；投入76.2万元资金为254名重点优抚对象维修住房521间，解决了618人的住房难问题；624户生活困难的优抚对象全部享受最低生活保障待遇。严格按照5%的自然增长机制对"三属"和残疾军人进行补助，老复员军人从2015年每人每年9491元增长至2019年的21402元，带病回乡退伍军人从2015年每人每年的5510元增长至2019年的10212元，参战退役人员从2015年每人每年5448元增长至2019年的10859元。

不断加大退伍军人安置力度。普安县对2015年9月1日后退役的186名农村籍退伍义务兵和士官发放补助金199.6万元；组织对退役士兵进行职业教育和技能培训，共培训退役士兵114人，培训知晓率达100%；士官现役满12年的14人已全部安置就业，2018年度转业士官11人待向县人民政府安置领导小组汇报后再进行安置，安置率达100%。推动扶持退役士兵创业和就业工作深入开展。

严格执行上级免征交通规费政策。积极协调境内公路收费站，落实好革命伤残军人乘车减半政策，按规定对军用车辆实行免费通行和停放；在县汽车站、县医院等开设军人售票窗口，设置"军人优先"等标识，积极主动提供服务。

针对现役军人和烈军属等优抚对象子女入学难的问题，普安县制定了《普安县军人优抚对象及其子女教育优待暂行办法》，保障优抚对象的合法权益。在全县统一招考事业人员时，在招考方案设置招考指标时充分考虑随军家属就业问题，吸收随军家属参加报考县内岗位，争取更多军属就地就业。支持复员退伍军人子女接受各类教育，对于家庭经济困难复员退伍军人子女，优先享受教育资助。开展优秀现役军人家属奖励活动，对荣立三等功以上35名现役军人发放奖励资金25400元，对荣获优秀士兵的35名现役军人发放奖励资金7000元，鼓励军属支持子女在部队建功立业。

同时，普安县还扎实开展零散烈士纪念设施抢救工作，截至目前共投入资金42万元对烈士陵园进行修缮，同时对25座零散烈士墓进行抢救保护，抢救保护完成率达100%。

拥政爱民守初心，实事做了一大批

10月28日，连续的绵绵阴雨终于结束，久违的阳光洒向普安县地瓜镇木卡村"八一爱民广场"。

木卡村"八一爱民广场"是2019年9月普安县人武部为助力脱贫攻坚，美化人居环境，建设美丽乡村，投入9.8万元修建的，已经成为该村群众的主要活动场所。

"收入现在已达标，生活水平在提高。娃娃读书得补助，医院看病得报销。"记者还没有到广场，远远就听见一首山歌飘来。走近一看，是10多名群众在对山歌。

"以前没有广场，生活单调得很。今年修了广场，没事就约着几个人来这里唱山歌、下象棋、斗地主、吹牛打发时间。"村民李本超话刚说完，又接过"小蜜蜂"唱了起来。

"人武部帮我们在广场搭起了舞台，安装了音响，村里的重大活动都可以在这里举办，群众会议一般都在这里开，真的很感谢武装部哟。"木卡村村支书李本富说。

据悉，该广场以强军思想、拥政爱民、文明乡村为核心，广场上的相关设施和建筑都紧紧围绕这个核心来建设。"广场建成，让村民学习有园地、活动有场所、娱乐有舞台，形成时时受教育、处处受感染的良好氛围。"普安县人武部政委徐信忠介绍。

除了出资为木卡村建设"八一爱民广场"以外，近年来普安县人武部为老百姓做了一大批好事、实事：

出资3.84万元为岗坡村4户贫困户购买种牛用于养殖生产；

出资14万余元为岗坡小学、红旗小学购买教学设备，改善教学条件；

出资5万元修建活动板房解决岗坡村下沉干部的住宿问题；协调、帮助岗坡村争取整合涉农资金780万元，用于改善该村进出设施，安装太阳能路灯553盏，硬化通组路6条5公里，串户路9条6.4公里；

组织民兵45人奋战80天帮助岗坡村种植刺梨6100亩、茶叶3000亩、天麻200亩、"白叶一号"茶2000余亩；

完成村办企业"刺梨加工厂"1个，工厂涉及建档立卡贫困户14户，截至目前已实现每户分红1900元……

退伍退役不褪色，返乡挑担再攀登

10月29日，记者在普安县兴中镇小山坡村蜂子岩组的山谷中看见，一栋栋鸡棚依山而建，山谷流水潺潺，山坡草木丛生，4000多只鸡"咯咯"叫个不停，李本洪提着满满的一桶玉米正在喂食。

"我们请了两户贫困户在这里务工，每个月工资2400元，今天有个人有事，我来把鸡喂一下。"李本洪一边忙一边说。

李本洪，小山坡村村委会支部书记，退伍军人，1990年结束军旅生涯回到小山坡村后，为了学习养殖技术，他到深圳一家养殖场打工，一去就是8年。

学成归来，李本洪四处争取资金，并利用掌握的技术带领村民发展乌骨鸡养殖。

"养殖合作社现在覆盖贫困户25户，每户每年分红1200元。由于条件限制，贫困户的分红还是少了点，所以我把养殖技术免费教给大家，让他们自行养殖，增加收入，现在小山坡村大部分人家都养殖乌骨鸡了。"李本洪介绍。

"我家以前靠种庄稼吃饭，生活很困难，自从养了乌骨鸡，钱越挣越多，现在已经脱贫了，感谢李主任。"贫困户赵勇说。

罗汉镇金竹村村委会主任胡伟，既是退伍军人，又是一名大学毕业生，自担任村主任以来，积极为群众解难题，多方为村里谋发展。

2018年以来，胡伟带领村民种植烤烟616亩，百香果310亩，中药材100亩，茶叶600亩，红心猕猴桃31亩、育苗100亩，建成长毛兔养殖小区1个，发展6户精准扶贫户养殖长毛兔3000只，带动全村120户精准扶贫户养猪120头、养牛120头。他还自费到广西学习猕猴桃种植技术，2018年，猕猴桃育苗种植100亩，并将这100亩幼苗免费发放给贫困户种植。

同时，胡伟在村里成立普安县金立养殖合作社，注册人员5人，覆盖贫困户120户，贫困户覆盖率达100%。

而李本洪、胡伟只是普安县广大退伍军人中的代表。据不完全统计，全县有35名退伍军人在不同部门任职，他们发扬军队优良传统，不忘初心，牢记使命，退伍不褪色，勇做时代先锋，在不同的岗位上延续着橄榄绿的色彩。

鱼水深情再出发，双拥花开别样红

"下一步，我们将继续加强党政军亲密关系，坚决维护好军政军民团结，推动全县"双拥"工作不断跃上新台阶。"普安县"双拥办"的负责人说，在普安县委县政府的安排部署下，普安县接下来的"双拥"工作已经有了思路。

继续完善机制，建立完善领导小组成员单位"双拥"工作重大事项报告、年度工作汇报、领导小组成员述职和联络员制度，形成部门合力、上下协调、军地互动的齐抓共管新格局；继续将"双拥"工作纳入部门年终绩效考核内容，纳入构建和谐社会总体规划，纳入脱贫攻坚同步小康重点工作，做到筹划科学、奖惩严明、抓实推进。

继续创新方法，不断探索和总结实践经验，积极支持和引导非公有制经济组织参与"双拥"共建活动，认真处理"双拥"活动与企业生产经营的关系，在联企共建上下功夫，抓好示范，树立典型，逐步推开；鼓励支持各级各部门为驻地官兵和优抚对象开展经常性送温暖、献爱心活动；加强社区、企业、学校与部队的联系，增强广大人民群众和学生的国防意识和军事知识，创新培育联校联社创建成果。

继续突出重点，广宣传，深发动，以"富国强军讲习活动"为牵引，加强国防教育和"双拥"宣传，使广大干部、群众准确把握新时代新使命要求，增强"双拥"工作的生机与活力，创建起军爱民、民拥军的社会氛围，军民共同推动社会和谐发展。

继续动真情，为优抚对象办实事，认真做好以扶持城镇退役士兵自主创业、自谋职业为主的安置工作，经常性开展对牺牲病故军人家属和重点优抚对象走访慰问，扎实开展军队退役人员的普法教育、政策兑现、纠纷调解、案件受理和法律援助等工作，切实维护和保障军人、优抚对象的合法权益。

"驻县部队将更加紧密地结合地方中心工作，积极参加重点工程建设和脱贫攻坚，促进地方经济社会发展；勇于承担各种急难险重任务，为维护社会稳定、保护人民群众生命财产做出积极贡献。"普安县人武部表示，接下来将继续抓好定点扶贫工作，继续出动民兵参加"白叶一号"工程建设；积极协调相关部门在岗坡村建设岗坡村茶叶加工厂；并打算投入资金30万元在青山镇广场、茶源街道办广场等地修建"八一爱民广场"，力争把拥政爱民工作越做越好。

（2019年11月1日刊发于《贵州日报》，与刘义合著）

第五篇　茶源奇行气象新

"大使"朝圣到普安

——一辆自行车承载的归依之旅

2016年9月19日至20日，20多个国家的410名山地自行车顶尖高手和骨灰级山地自行车发烧友，汇聚普安参加国际山地自行车邀请赛。而在数百名选手中，有一位最为特别，虽然比赛成绩"平平"，组委会却专门给他颁发了独一无二的"突出贡献奖"！获奖后他说，他到普安"中国最美山地自行车赛道"来不仅仅是参加比赛，更是来朝圣，那辆自行车承载的是他归依自然拜谒茶源的情感。

他是中国人，他是贵州人，他的名字叫施海，他是黔西南州人民政府特聘的"普安红"茶文化形象大使。

既然神往，那就上路吧！

施海爱茶，是茶艺大师，是贵州最年轻的"茶博士"，这我早就知道，我曾多次采访过他！但他对山地自行车运动的喜爱，却是我与他在普安江西坡山地自行车赛道上偶遇之后才晓得的。在我的印象中，他总是慢条斯理地、静静地泡他的茶，而他那在赛道上纵横驰骋、激情澎湃的另一面着实让我惊讶了半天。

而更让我惊讶的是，他是骑着跟随他10多年的那架"老爷车"，从贵阳一路向西而来。

9月16日早上9时，施海从贵阳出发，先走国道再走省道，过清镇、进平坝、穿西秀、经镇宁、上关岭、入晴隆，9月18日凌晨1时抵达普安，历时40个小时，行程近400公里。

施海说，他在几个月前，听说普安正在建设"中国最美山地自行车赛道"，就开始神往了。9月19日一早，施海便骑上自行车，直奔赛道而去。来回体验一骑就是5

个小时。

一路上，他很是享受这一切。涉水溯溪，穿越激流河谷；秘境探幽，驰骋山峦密林；寻求惊险，飞车悬崖栈道；徜徉文化，穿越民族村寨；感受浪漫，投身湿地花海；感思乡愁，走近湖泊梯田；享受自然，亲近万亩茶海。无论是走在石板、彩砖、天然河床、水泥、柏油、泥石等哪一种路面，或是速降、涉水、爬坡、下坡，沿途满眼苍翠，一路林茶相间，美景目不暇接。"车在赛道跑，我在画中游"，施海说。

28公里的赛道骑下来，施海激动不已，他说这赛道"中国最美"，一点不过分，关键还有体悟了这份与众不同的心境。

"我是贵州洞穴协会探险员，还喜欢攀岩和滑翔伞运动，我在大学就多次参加铁人三项和马拉松比赛，对自行车运动情有独钟！"为了来普安参赛，施海说，他怀着一颗崇敬的心，在1个月前开始每天10公里跑步训练，就是要把最好的状态挥洒在"最美赛道上"。光是这个态度，就令人感动！

"我的最爱，在这条赛道上得到诠释！"施海说。

觐见"世界茶源"，必须的！

施海的最爱，不仅有自行车运动，更有茶！光看头衔就知道了——业界美誉"最年轻茶博士"、贵州省贡茶研究组专家组成员、贵州省茶叶流通商会副会长、贵州省茶文化研究会副秘书长、贵阳市茶文化研究会专家库成员等等。

施海向来茶不离身，从贵阳到普安，那套精致的茶具和"普安红"，就一直捆在他的自行车上。

9月16日中午，施海骑车经过平坝一个叫小河湾的村子，用一杯上好的"普安红""换"了一顿午餐；17日晚上8点，施海骑到晴隆，在24道红茶馆用"普安红"招待闻他要来而早就等候在此的朋友们。18日一早，施海刚到普安便陪着贵州师范大学景凤宣教授，赶到江西坡万亩茶海，考察调研生态茶园茶林。19日下午，在自行车特技表演地，施海在他的自行车前，摆上茶席，冲泡一杯"普安红"，与大家互动。

施海以骑行的方式来普安，他说这里是世界茶源地，他心怀敬仰。

施海说，根据贵州师范大学、贵州省信息与计算机学重点实验室黎瑞源博士在贡茶及茶之源研究中发现，世界古茶主要分布在云贵高原及东南半岛一带，其核心区在云南东部、贵州西南部、广西北部，而在这个区域的普安和晴隆交界的云头大山，出土了距今至少 200 万年的世界唯一发现的一颗四球古茶籽化石，同时普安境内的 20000 多株四球古茶树群落，其面积之大、数量之多、树龄之长，世界唯一普安独有。种种证据汇聚一处，普安正好处在古茶树繁衍的中心地带，说明普安是名副其实的世界茶源地。

"我们做茶文化传播的，一定要知道茶文化的根在哪里！"施海说，到世界茶源地"朝圣"，感受茶源历史的深邃厚重，体会古茶文化的博大悠远，是一个茶文化研究者、传播者的本分，他必须来，而骑行是他的态度和诚心，也是体悟自然的健康的方式。

是啊，虽然没有一步三拜磕长头，但那数十小时的山路弯弯、爬坡上坎，随身携带的茶席茶具茶叶，又何尝不能体现他心中的那份对茶对茶文化对茶源地的敬仰与虔诚呢？！

"茶文化大使"，一辈子的责任！

施海还有一个头衔，也是他最引以为荣的头衔——"'普安红'茶文化形象大使"，这可是黔西南州人民政府授予的。"我有责任来！"施海说。

其实，施海和"普安红"的缘分不浅，刚一接触"普安红"，这个有近 20 年茶龄的茶艺师就觉得这茶一定是有"来头"有"后劲"。伯乐识得千里马，哪里还能放得下？！传播、推荐"普安红"就成了施海的习惯。

他第一次把普安红古树茶带进了贵州省斗茶大赛，并为其订制专用茶席，获得高度赞誉。

2016 年 4 月，贵州省在韩国首尔举办"山地公园省·多彩贵州风"全球推广活动启动仪式。他作为茶文化专业人士，随行推广贵州茶旅，"普安红"作为重点推荐品牌，放在显著位置，更是经他一"泡"香遍韩国。

6 月，贵州省在欧洲的波兰、捷克、丹麦等国开展经贸交流活动。他随行推广贵州茶文化，中国古茶树之乡的"普安红"，自然成为为贵州茶增光添彩的宝贝，氤氲了万年的茶香醉了欧罗巴。

7 月 22 日至 8 月 5 日，贵州省农委、省工商联主办"丝绸之路·黔茶飘香"推介活动，先后在丝绸之路沿线的主要城市重庆、成都、西安、兰州和西宁开展万人品茗等推介活动。他作为省茶文化研究会选派的推荐主力，向丝路沿线的茗友推介贵州茶，当然，"普安红"浓墨重彩。

他把"普安红"泡到重庆朝天门、成都武侯祠、西宁青海湖、北京马连道、青海塔尔寺、兰州黄河边、杭州西湖畔、西安大雁塔、江西景德镇、安徽黄山巅、浙江普陀山、广州珠江上、广西南宁城、贵阳孔学堂、兴义马鞍山……

他，还把"普安红"泡到韩国首尔，捷克布拉格、玛丽亚温泉市。

这些，没有任何"组织意图"，都是施海心之所向，可谓认知使然。

今年7月，黔西南州人民政府主要领导决定，特别聘请施海作为"'普安红'茶文化形象大使"。这回，施海推广"普安红"，从缘分变成义务，从习惯变成了责任。

"作为'普安红'的重要活动，我必须来！"施海说，责任在肩，骑行来普安，必然。"中国最美山地自行车赛道"又怎能少得了"普安红"茶文化形象大使呢？！

精神归依处，本我是自然

一辆自行车，两个车轮，丈量的不是长度，而是施海对茶文化、对运动热爱的深度。

"我喜欢'普安红'是自然而然的事，就如山上的四球古茶树一到春季一定能长出新芽一样！"施海说，他喜欢运动也是天性使然，就如人学爬后就会走路一般，一切皆自然。只不过，他把茶文化的静和自行车的动融合得恰到好处。

施海说，他把这辈子托付给了茶，托付给了自然，托付给了茶之源。赛事的"突出贡献奖"，他非常愿意分享给每一位，他愿意和大家一起，成为茶文化的使者，争做大自然的粉丝。

"拜谒茶之源，纵情山水间；精神归依处，本我是自然"。

这就是施海！

（2016年9月21日刊发于"搜狐网"）

旅游扶贫让世界茶源地古貌展新颜
——普安大力实施"茶旅+"助推脱贫攻坚长镜头

2018年国庆黄金周期间，"中国古茶树之乡""中国茶文化之乡""全国十大魅力茶乡"普安的不少地方，突然涌来不少游客，徜徉茶海深呼吸，进山朝拜茶王，骑行最美赛道，品尝四球古茶，"普安红"的销售也一派红红火火。

据普安县文体广电旅游局统计，今年国庆黄金周7天时间，普安县的旅游景区（点）累计接待游客28万人次，比去年增长52.4%，实现旅游总收入1.68亿元，比去年增长58.6%，实现了较大幅度的快速增长。

而在前几年，普安的旅游收入几乎是"零"，发生这样的变化，是普安县委、县政府在脱贫攻坚中，利用普安"世界茶源地"的品牌资源，在旅游扶贫中大力实施"茶旅+"促进茶产业和旅游业融合发展取得的初步成效。

特别是在2018年以来，普安以承办第四届黔西南州旅游产业发展大会为契机，紧紧围绕"完善基础设施、打造核心景区、茶旅融合发展、文旅比翼齐飞"，以会促建，以会促变，在脱贫攻坚中打"茶旅+"旅游扶贫的组合拳，让古老的世界茶源，以崭新的面貌，走上了山地旅游的大舞台。

探秘之路在脚下不断延伸，美景从眼前飘过

"实在太漂亮了，才几个月没有回家，想不到路修得这样好！"10月2日，老家在普安县青山镇哈马村德依坝子的郭先生，回老家过节，车一进入海马坝子，呈现在他眼前的景象让他直呼没想到。

郭先生经过的那条他直呼漂亮的路，其实是从青山镇到马家坪古茶树朝圣广场的旅游通道。

这条路起于青山镇海马庄，终点在千年四球古茶树最集中的地方之一的马家坪，全长5.871公里，系老路按照四级公路标准改扩建。7.5米宽的路基，双向两车道，黑黝黝的柏油路面和白色的道路标线，让人神清气爽。更重要的是，沿途的路边，五颜六色的花开得正艳，形成了一条数公里长的"花带"，和不远处的褐褐绝壁、丰收的田野、黛色的远山，组合成了绝美的山水画。

据普安县交通运输局负责人介绍，以前这条路"烂得很"，这一次直接打通了到古茶树核心景区的"最后一公里"。

路是旅游的基础。海马庄至马家坪的公路改扩建，仅仅是普安县在旅游扶贫实施"茶旅+"脱贫攻坚过程中的一个缩影。

在沪昆高铁开通之前，普安县委、县政府就超前谋划了从沪昆高铁普安站至县城的高铁连接线。同时启动了县城到东城区旅游快速通道建设，把高铁站、县城、东城区世界茶源谷景区连成一线。

据介绍，普安县城到东城区旅游快速通道起点在普安县地瓜镇核桃寨，顺接拟建的普安至兴义一级公路，路线呈西东走向，途径煤炭坡、李家寨、雷打石、棒泥、孔家寨、杀牛坡、吉嘎、玛啷谷、细寨、郎寨、凡基云，终点就在曾经发现世界唯一发现的200万年前四球古茶籽化石的云头大山脚下的东城区双创产业园，路线全长10.936公里，技术标准为一级公路，双向四车道，路基宽24.5米，设计速度60公里/小时，总投资14.8亿元。

截至目前，已经累计完成投资89948万元，总进度达77.14%。路基工程完成约80%，路基边坡已基本成型，剩余路基平整及相应的排水工程；隧道工程完成约80%，其中细寨隧道左右洞、煤炭坡隧道左右洞、岗坡隧道左洞已顺利贯通，岗坡隧道右洞剩余约200米；桥梁工程单幅完成70%，从细寨大桥至雷打石2号大桥，7座桥T梁已架设完毕。

为了完善普安县景区景点的道路设施，2018年还实施了白沙乡江罐油路（江西坡至罐子窑）至卡塘公路的改扩建，增加转弯半径，增设错车道，拓宽相关路段路面。实施了兴中镇郑家丫口至崧岿寺荷花塘道路改造建设，目前路基工程已全面完成。而在脱贫攻坚中实施的村村通、组组通，又为下一步发展乡村旅游打下了基础，普安藏在深山的美景，将随着道路的改善而呈现在大家眼前。

以茶为核心打造核心景区，彰显茶源风采

2018年国庆黄金周期间，在被誉为"中国最美山地自行车赛道"的普安县世界茶源谷景区国际山地自行车赛道上，一波一波的从兴义、贵阳等地赶来的骑行爱好者，趁长假感受速度与激情。

"的确漂亮！"经常到全国各地开展骑行活动的骑手们可谓见多识广，看见普安的国际山地自行车赛道赞不绝口。

位于普安的世界茶源谷景区国际山地自行车赛道，全长75公里，按照国际山地自行车赛道标准修建，赛道沿途穿越峡谷溪流、悬崖栈道、民族村寨、万亩茶海、水库湖泊、深山密林，路面为彩色沥青、砂石、冰片石、水泥等组合，有上坡、急弯、涉水、速降等路段，不仅骑行精彩刺激，沿途风景更是美不胜收，并且民族风情浓郁，已经成为黔西南州最受欢迎的山地运动体验目的地之一。

这条赛道在2016年、2017年连续两年成功举办了全国山地自行车公开赛、国际山地自行车邀请赛，而2018年10月23日，这里还将举行国际山地自行车邀请赛。

而在普安世界茶源谷景区，国际山地自行车赛道仅仅是最吸引人的互动体验式景点之一。

在整个规划面积123.5平方公里的景区中，还有白水溪峡谷、哈丁桥、牛打滚湿地、高升亭、白水冲茶园、杨梅山水库、黄金叶茶园、豆角坪知青体验园、　山上湿地仙鹤潭、绿壳蛋鸡生态养殖场、爱晚亭与纳利亭、七彩花海情人坡、茶神谷、古驿道边茶神庙、特色客栈福娘茶、世界茶源文化主题公园、"斗弹达吟"叠水广场、神农祠、福娘阁、"清茶竹风"观景台、苗寨垭口茶叶高产示范基地等等景点。

这些景点中，茶又是重点中的重点。普安是世界茶源地，这里发现了200万年前的四球古茶籽化石，而发现茶籽化石的云头大山就在景区的南侧，与布依茶源小镇和普安茶海核心区遥遥相望。茶海绿涛翻涌，茶山笑语欢歌，景区茶香弥漫，茶中有林，林中有茶，山峦起伏，满目苍翠，漫步茶海深处，来一次自由的深呼吸，成为普安茶旅一个吸引人的地方。

世界茶文化之根在普安，品一口"四球古茶"，品一口200万年前的味道，领略一番"中国中大叶种红茶代表性产品"——"普安红"的韵味，体验一番采茶、制茶、识茶、悟茶，又是普安旅游和茶的难舍难分的魅力。

世界茶源谷景区正是普安县以四球古茶茶源地为核心，打造以茶文化体验园、生

态茶产业基地、最美山地自行车道+自行车主题公园、户外运动基地、温泉+康体养生度假区、布依族民宿体验区以及民族民俗文化村寨为载体的旅游度假区。据介绍，目前世界茶源谷景区已经通过省级的4A级旅游质量评审。

"我们投入2.17亿元建设了75公里的国际山地自行车赛道，投入0.8亿元建成集游客集散、旅游观光、节庆集会、茶文化展示、茶文化体验、茶产品品鉴、茶叶交易等功能为一体的茶源文化主题公园，目前已经投入运营。"据普安县文体广电旅游局相关负责人介绍，普安县抓住"茶源文化"这个关键词，打造核心景区，修建完善了旅游厕所、景区道路、指示标识等，投入680万元打造的景区智慧旅游平台投用。同时，由浙江商会投资1.5亿元打造的自行车主题公园已经完成主体工程，近期即将投用，而康体养生基地正在加紧建设。

普安温泉资源非常丰富，在世界茶源谷景区地下2630米打出了"黄金温泉"，自然流淌出来的水水温达50℃以上，"我们即将在景区内建设温泉度假酒店，把茶文化、温泉资源、康养文化融合，打造以茶为核心的慢生活旅游度假区。"旅游局的工作人员说，茶在普安的旅游中将发挥重要而关键的作用，而普安的旅游发展又必将带动茶产业的快速发展。

内容丰富、看点多多、要素优质的世界茶源谷景区，作为普安的旅游旗舰，已经扬帆起航，茶源神秘的面纱正在向大家揭开，而旗舰的后面，以前少有人识的风景也在快速地扑入大家的眼帘。

景致养在深闺恰似珍珠，妙手穿成一线

10月8日，国庆长假虽然已过，但普安县青山镇哈马村马家坪的古茶树景点，仍然有络绎不绝的游人。

马家坪古茶树群，是普安县新打造的一个茶旅+助推脱贫攻坚的新景点。

普安的古茶树资源丰富而独特，四球古茶树是普安独有的茶树品种，而青山又是四球古茶树最集中的区域，马家坪和普白林场又最为集中，在保护中利用古茶树资源，成为普安打造旅游的一个关键点。

青山镇马家坪古茶树保护区自然景色优美，群山环绕，普安红茶文化源远流长。今年年初，普安县投资779.84万元，启动了马家坪古茶树保护区基础设施建设，同时完善了保护区的游览步道、入口接待区域整治等，工程已经在9月下旬全面竣工，国

庆期间每天涌来上千游客。

"这就是茶源探秘之旅的主要景点之一。"据介绍，青山哈马村和普白林场，山林密布，河流蜿蜒，农田景观和民族村落很具特色，旅游开发潜质很好，在基础设施尚未完善前，每年都会吸引大量的茶界专家和游客前来探秘。

而在马家坪古茶树保护区数公里之外，有一个叫铜鼓山的地方，虽然其貌不扬却震惊了考古界，这里出土了数千件夜郎时期的文物，其中出土的制作兵器、鱼钩的模具最为独特，有专家甚至称"这里是夜郎古国的兵工厂"，古夜郎和古茶似乎有某种内在的联系，也成为普安青山探秘的念想。而到普安南部的青山，可以游览千年古镇，探秘夜郎古国，朝圣四球古茶树，探险青山溶洞群，品尝正宗牛干巴。

说到普安的文化，不得不说普安的白沙古驿道。已经是国家级文物保护单位的古驿道也称茶马古道，现存白沙乡卡塘村境内，有数公里保存非常完好，至今仍人来人往，人马穿行在青石铺就的古代"高速路"上，成为穿越时空品味历史古韵的最佳去处。

目前，普安县正在实施茶马古道—贵州打铁关至罐子窑古道（普安段）保护利用设施建设项目，该项目就是完善旅游接待基础设施，让更多的人更好更方便快捷地体验茶马古道，体验"古道西风瘦马"的意境。投资1500万元修建的茶马古道文化展示厅、游客服务中心、停车场、公厕、观光步道、牌坊等其他配套设施正在紧张施工中，总体工程量已经完成了50%。再过几个月，这段承载了千年历史的茶马古道，背后的历史故事和悠悠古韵将全方位地展示在大家面前。

从普安县城前去白沙古驿道，要经过兴中镇崧岿村。兴中镇曾叫罐子窑镇，曾经也是古驿道的重要门户。静静地在这里存在了数百年的崧岿寺，曾是茶马古道上人们在长途旅行中洗礼心灵的地方，茶马古道就从崧岿寺的山门外经过，向北到白沙、再到晴隆的花贡等地。

崧岿寺是"金州十八景"之一，是普安著名的名胜古迹。目前，在国家文物局的大力支持下，普安县投入1618万元，启动了崧岿寺文物修缮工程，重新修缮了大殿、厢房、山门、梯台等，恢复了荷花塘，同时修建了游客服务中心及附属设施。

目前，崧岿寺的修缮工程已经接近尾声，即将全面竣工。这个景点完工后将和茶马古道连成一线，成为普安文化旅游景点中的重要一环。

除了人文景致，普安的自然景观也瑰丽独特。在古驿道附近，就有可以和兴义万峰林媲美的"白沙峰林"，还有被称为"普安九寨沟"的白沙白水瀑布。白水瀑布在白沙乡红寨村，山腰有两个巨大泉眼，积水成深潭，潭水碧绿，然后倾泻而下，数百米的落差形成多级瀑布，气势恢宏。

2018年，普安县已经将白水瀑布作为乡村旅游景点，对周围村庄环境进行了整体改造，完善旅游设施，目前已经初具接待功能，国庆黄金周期间数千人前去游玩，对普安深山的这处景点赞不绝口。

大兴旅游劲吹文明新风，民族文化绽放异彩

普安的文化特色，除了茶是重要元素以外，非物质文化遗产、民族文化亦是多彩多姿。在黔西南州第四届旅游产业发展大会即将在普安举行之际，普安的少数民族同胞可谓摩拳擦掌，正在收罗看家本领，准备在节会期间，把最好的文化展示给外来的宾客。

布依族的小打音乐"斗弹达吟"原汁原味地演绎了布依族同胞的日常生活和精神世界；彝族的海马舞热情奔放，"阿妹戚托" 原生态舞蹈更是被誉为"东方踢踏舞"，节奏欢快；"中国苗族第一镇"普安龙吟的苗族芦笙棒舞尤显独特，而武教戏更是神秘古朴，被誉为"戏剧活化石"。如此种种，只要到普安的村村寨寨，都会有惊喜的发现，而在10月22日至23日，在普安东城区旅发会现场，均有精彩展演。

"以会促建，以会促变，普安以承办州旅发会的契机，不仅打造推出了一批景区景点，完善了基础设施，更是通过办会促进文化发展繁荣和推进城乡文明提升。"普安县委宣传部负责人说，在9月初，普安专门举行了全县承办第四届黔西南州旅游产业发展大会暨"双创"推进誓师大会，就是要普安近35万人民群众全部行动起来，转变思维观念，树立文明新风，用文明意识的提升来增强旅游的软实力。

近期，普安县陆续对位于世界茶源谷景区的东城区布依茶源小镇易地扶贫搬迁安置点的群众进行各种培训，让搬迁群众在掌握旅游服务一技之长的同时，提升文明素养，提高景区外围的配套服务能力和水平。

目前，普安正全力准备，将在承办黔西南州第四届旅发大会期间，把最好的风物奉献给各方宾朋，大家正翘首以待。

（2018 年 10 月 10 日刊发于《贵州日报》）

从农民向市民的涅槃

——普安县推进易地扶贫搬迁及新市民计划一瞥

"以前做梦都没有想到，这辈子还能在县城住上宽敞明亮的楼房！""是哟，前几年还以为就在那山旮旯老死算了，共产党的政策好，易地扶贫搬迁和新市民计划让我们过上了城里人的生活！""当初我是不想搬的，村干部多次动员，勉强搬来了，现在想起幸好搬来啦，否则后悔一辈子哟！"

2018年10月10日，在普安县城惠民小区，几个老人坐在一起"摆白"（地方语，聊天的意思），你一言我一语地说着短短两年不到的时间，自己生活发生的翻天覆地的变化和在城里生活的"心路历程"，感慨着自己的老年生活。

这些老年人都是精准贫困户，在易地扶贫搬迁中，从普安各个乡镇（街道）搬迁而来。而让他们幸福感倍增的，是普安县在脱贫攻坚实施易地扶贫搬迁中的"新市民计划"。

"新市民计划"是黔西南州委、州政府围绕易地扶贫搬迁群众"搬得出、稳得住、快融入、能致富"的目标创新提出的一项重大决策，普安县按照黔西南州委、州政府的统一安排部署，全力把"新市民计划"往纵深推进，多措并举、多管齐下，让以前住在"一方水土养不起一方人"地区的老百姓，通过易地扶贫搬迁，完成从农民向市民的根本转变。

实在"利优"，在看得见乡愁的城市生活

10月的清晨7时许，普安县东城区（江西坡）布依茶源小镇晨雾缥缈，空气清新。在纳茶小区的亭子中，10多位老百姓围在一起，对着几个鸟笼指指点点，不时发出爽朗的笑声。他们是布依族，从江西坡镇的偏远村寨搬迁而来，说的话也是布依

话，外人听不明白。

他们所在的这个亭子叫"利优亭"，"利优"是布依族语，是"舒服、好过、快活、惬意"的意思。据了解，他们正在"舒服快活"的亭子中评鸟。交流、评鸟一般持续个把小时，有人离开，又有新的人进来，而到8点过，最后一批人也各自散去，该上班了。

在布依茶源小镇，不仅是"利优亭"，许多建筑和地方的名字，都是按照布依族的语言取的。据介绍，这是让搬迁来的老百姓有亲切感、归属感，能在新的地方找到和感受"乡愁"。

"纳茶小区"的"纳茶"，在布依语中是"美丽茶田"的意思。而在普安，布依族和茶有上千年的缘分，当地的布依族离不开茶。江西坡就是普安茶产业的核心产区，就在当年发现距今200多万年的四球古茶籽化石的云头大山脚下。

在整个布依茶源小镇，完全以茶为文化内核，以"茶"和"布依文化"为魂，依山而建、顺势而为，形成山水、茶园共融的生态图景，让搬迁群众真正实现"望得见山、看得见水、记得住乡愁"，在小镇中感受到"人在城中，城在景中"。

其实，这个理念是和老百姓"共商"产生的。保留和传承好搬迁群众的民族文化、民间技艺，这是稳得住搬迁群众的根本法宝，小镇规划建设"清茶竹风""福娘阁""神农祠"等独具民族文化的标志性建筑，因布依族喜欢"小打音乐"而专门建设了"斗弹达吟"广场，既能够为新家营造故土感，又能抚慰乡愁。

布依茶源小镇楼房，一楼全部为小作坊，展示制茶、造纸、酿酒、刺绣、榨油、磨豆腐等传统技艺。给苗族同胞规划"转场"场地，给布依族、彝族同胞设置了祭山林等，让搬迁群众"离土不离乡"。

在给安置小区及各个街道取名时，均广泛发动群众参与共商，激发群众智慧，纳茶小区、利优亭、居民办红白喜事场所"火笼酒堂"，都是老百姓商定的。

而"火笼酒堂"既是老百姓办红白事的酒席馆，还是议事馆，更是乡愁馆，里面布置古朴考究，就地取材，陈设了少数民族乐器、老屋图片、民俗器皿、农村生活用具，以及部分村庄的档案图片，以前民族村寨的生产生活劳作的场景影像等。

搬迁安置点环境发生了翻天覆地的改变，似乎又没有改变。"虽然搬到了城里，但不陌生，只是环境变得更好了，我们真正地'心'也搬到了这里！"几个搬迁群众说的"搬心"，其实就是让他们在新的地方找到了心灵的归宿。

"'新市民计划'，不仅让搬迁群众的'身'变成城里人的身，更要让他的

'心'变成城里人的'心',心定下来才能从心里变成'新市民'和城里人。"普安县水库和生态移民局负责人说。

上班增收,让涅槃的新市民过上新生活

10月11日,在普安县东城区布依茶源小镇的双创园,普安才华手袋有限公司的几个车间中,加工手提袋的工人干得热火朝天。

正在操作的女工罗奇芬一边忙活,一边说,她家现在就住在布依茶源小镇,上班走10来分钟,一个月有3000多元的收入。旁边的另一个女工笑着插话说,他们都是易地扶贫搬迁来的,住到城里,条件比老家好一千倍,这里离家近,上班近,过上了城里人的生活。而在该公司,像罗奇芬一样上班的易地扶贫搬迁户就有300多人。

"就业,是普安大力实施'新市民计划'重点推进的工作之一。"普安县水库和生态移民局负责人说,让老百姓"搬得出、稳得住、能致富",就必须实现就业,普安按户均1个就业机会来落实岗位。

在东城区的"双创园"中,除了才华手袋厂,还有港商玩具厂、服装厂、多家茶叶企业、营养餐配送中心等劳动密集型企业10多家,在2017年底,解决了1200余人就业,预计到2018年底,将陆续提供5000个就业岗位,优先满足易地扶贫搬迁的群众就业。

而在2018年4月,普安县和浙江新大集团签订协议,在西城区保冲的2018年易地扶贫搬迁安置点建设长毛兔产业园区,实现长毛兔养殖、兔毛产品深精加工为一体,形成长毛兔养殖产业链,从而为搬迁群众提供更多的就业机会。

"我因为身体原因,又没有技术,哪点找得到工作?不是政府帮忙找的话,一辈子也上不了班。"在惠民小区,搬迁户朱远礼说,他家有5口人,2016年搬迁入住后,在政府的协调下,他和妻子姜算花找了一份环卫清扫工作,使搬家后的生活和发展有了保障。

除了引进企业帮助"新市民"实现就业外,普安县还在"新市民"管理中,开发出大量的公益性岗位,优先安排搬迁群众就业。

除了就业,创造条件引导创业是关键。在布依茶源小镇安置小区,目前建有手工作坊、商铺、民宿等1394间,在统一规划、统一管理下,搬迁群众租赁,自主经营手工制茶、开茶馆、客栈、餐饮、日用百货、生活服务等业态,经营机制加引导培训,让有创业意愿和创业能力的搬迁户都有一个创业增收机会。

同时，布依茶源小镇的"新市民计划"还做足"一红一白"文章，红就是"普安红"茶，白就是长毛兔。

县里将国有林场的5000亩茶园承包给集体经营性公司，公司组织易地搬迁群众提供劳务，按保底价收购茶青，每亩春茶年均收入3500元；与"正山堂·普安红"合作，提高夏秋茶收购保底价，亩均收入可达6000元，每户群众的年收入预计可提高到4.7万余元。

在安置点附近建长毛兔科技产业园，现建设兔舍11栋，笼位5000个，每户养殖300只长毛兔，为"新市民"新增创业岗位17个，年收入达到2万余元。

同时，普安县推出"搬迁乐"贷款惠民项目，每户5万元，纳茶小区有46户、惠民小区有55户用"搬迁乐"贷款入股才华手袋有限公司。目前已办理发放该贷款44户共220万元，每户每年可获得6000元分红，三年可获18000元分红，其余搬迁户放贷工作正有序推进。该项目实施后，又将让101户"新市民"每年增收6000元。

就医就学，方便就发生在一念之间

9月12日，普安县南湖实验幼儿园正式开园。这个位于普安县城易地扶贫搬迁安置点惠民小区的幼儿园，让搬迁来的精准贫困户大吃一惊。

"以前想的是，娃娃读书的幼儿园有个一两间房子就不错了，没有想到是嘟个大一栋！"几个带娃娃来参加开学典礼的贫困户一看见幼儿园的大楼，就"炸开锅"了。

"我家老表肯定后悔了，喊他搬他硬是不搬，现在他姑娘读个幼儿园只有天天往镇上送，几多麻烦。"

当天记者在现场看见，被贫困户说成"几多大一栋"的幼儿园占地面积3160平方米，教学楼建筑面积2180平方米，设计规模12个班，容纳幼儿360名。

据负责人张云梅介绍：目前南湖实验幼儿园是惠民小区的配套教育设施，现有教职工20余名，今年招收幼儿200名，其中精准贫困户幼儿50名、易地扶贫搬迁户幼儿53名，开设5个班，其中2个小班、2个中班、1个大班。

在教室，记者看见娃娃们在老师的带领下做游戏堆积木，看电教片，非常快乐，大城市的幼儿园也不过如此。

普安县教育局局长李佳封说，普安县易地扶贫搬迁安置点的学校，都建得非常标准，配套齐全。

的确，下一代教育环境的变化，是"新市民"最大的感受。而在东城区，新修的能容纳360名学生的幼儿园、能容纳1200名学生的全寄宿小学、能容纳18000名学生的全寄宿初级中学的主体工程已经完工，即将投用。

除了孩子读书，就医也是"新市民"感受最深的。

在布依茶源小镇的卫生室，几个正在测血压的老人说，以前哪里知道脑壳昏、脑壳痛是由于血压高，一直以为是受凉感冒，现在一下楼就可以免费测，"这些姑娘服务态度又好，还不要钱！"

在易地扶贫搬迁安置点，免费测血压被搬迁户看成是"大好事"。"好事"远远不止这些，搬迁户搬进小区后，享受到城里人一样的医疗服务待遇，按照人口规模配备医务人员和建立家庭健康档案，配备家庭医生。

"以前在老家看个病，要跑10多公里，又没有车，只得走路，如果不是特别严重，治疗就是'硬扛'，不是不想看病，是实在不方便！"从高棉乡搬迁来的老赵如今走路不到5分钟，就到了小区卫生服务中心，一般的病能在这里全搞定。

目前，普安县在布依茶源小镇、惠民小区都建立了社区卫生服务中心，并和县级医院建立了联动机制，极大地方便了"新市民"看病就医。

综合服务，让"新市民"既无忧更放心

"现在更方便了，有事就找新市民社区服务中心！"在布依茶源小镇，从深山搬来的"新市民"有了组织上的归属感。

2018年6月22日，普安县在布依茶源小镇成立了新市民社区党总支和社区管理服务中心，党建带群建、群建促党建，按照"总支+支部+楼长+户长"架构模式，下设四个新市民村级社区，配置新市民管理服务中心、便民服务站、社会事务保障办、卫生健康服务站、综治维稳办、警务室、城管中队、社会综合服务机构等，配置干部38人，实现了新市民社区有效管理，为搬迁群众提供便捷的服务和生活家居保障。

据布依茶源小镇新市民社区党总支书记王条丽介绍，有了新市民社区的管理服务组织后，社区变化一天不同一天。

组织群众组建了物业管理队伍，选出"楼长""户长"，严格规范小区管理，兼顾了政府管理和村民自治的双重力量。引导群众自己建农贸市场，自己划定摊位，自

己指定停车区域，什么地方停轿车、什么地方停摩托车、什么地方停大车，都由群众协商确定，真正让搬迁群众从"城市客人"变为"城市主人"，真正融入到城市生活中。

在综合服务和政策延续上，由县民政局抽调专人进驻新市民管理服务中心抓好低保衔接，社保局抽调专人进驻新市民管理服务中心抓好医保和养老保险衔接。由教育局、就业局、卫计局抽调专人进驻服务中心抓好就学、就业、就医衔接。

对户口迁入安置地的易地扶贫搬迁户，符合条件的，可享受迁入地易地扶贫搬迁户相关户籍、教育、就医、养老保险政策，即：子女就近入学，与当地户口享受同等政策待遇；养老保险和医疗保险转入迁入地，享受当地户口同等的政策待遇；对符合条件的低保户可转入城市低保；对有再就业条件的家庭提供不低于1人的就业培训，经培训后组织引导就业，新增公益岗位优先解决搬迁对象就业。

由县农业局组建平台公司，在安置点附近流转一定面积的土地，采取统一规划、政府补助的方式，开办微田园、小菜园、养殖小区等农业场所。由新市民社区管理服务中心牵头，在移民社区设置便民中心，推行网格化管理，设立移民、人社、公安、民政、卫计等部门的便民服务窗口。这些举措，极大地方便了"新市民"生活就业的方方面面。

目前，易地扶贫搬迁的"新市民"，在低保、医保、就业、就医、就学等方面，都可以在新市民社区一站式解决。

那老家的资产呢？这个后顾之忧如何解决？

普安县及时启动盘活"三块地"工作，由县供销合作社组建成立易地扶贫搬迁后续扶持发展有限公司，采取"龙头企业流转盘活、种养大户转包盘活、种养产业覆盖盘活、退耕还林促进盘活、亲戚邻里代管盘活、增减挂钩推动盘活"等多种方式，盘活搬迁迁出点耕地、林地、宅基地，建立健全助民增收机制，促进搬迁农户增收。

旧房拆除，除了省级补助1.5万元/人外，县里另有旧房拆除残质补助，砖混结构330元/平方米，砖木结构230元/平方米，简易木架结构200元/平方米。搬迁后使耕地不撂荒，对不愿意自行退耕或不愿耕管的土地，由县平台公司按每年200元/亩的保底价进行流转或入股。

同时，易地扶贫搬迁户原享受的各种惠农政策不变，与迁入地居民同等享受国家政策待遇，这样就让搬迁的"新市民"吃了定心丸。

社区课堂，让新市民聚集新思维新活力

在布依茶源小镇纳茶小区，每到暑假或节假日，"青春课堂"中就一派欢歌笑语。小区中的孩子就会涌到这里，在志愿者的带领下，做作业、玩游戏、学茶艺、炼身体。

"放假了，家里没人，没时间管娃娃，幸好有了这个课堂，娃娃还有老师辅导，学得到东西，关键是安全放心。"家长们说，这就是以前他们听说的城里娃娃假日生活。

青春课堂是普安团县委等单位发起组织的，不仅在布依茶源小镇有，在县城的惠民小区也有，团委专门招聘了志愿者，安排了公益岗位，就是要解决"新市民"关于娃娃的"后顾之忧"。

其实，除了娃娃以外，成人在社区也有自己的"课堂"。普安县在安置点组建大学生社区课堂，同时开设"新时代农民（市民）讲习所"，通过大学生志愿者，以及各级讲习员队伍资源，以群众生活就业为主，向新市民传授融入城市生活必备的常识，传播先进生活理念，普及科学文化知识，提升活力。

同时，还在新市民社区建设集开放性、实用性、多功能性为一体的文化活动广场，建关爱中心，建设老年活动中心、幼儿看护中心等，搭建生活起居绿色通道。

目前，普安县易地扶贫搬迁和新市民计划工作扎实推进并取得明显成效，主要得益于坚决贯彻落实中央和省、州决策部署，得益于县委、县政府的坚强领导、统筹调度和全县上下的共同推进。县委、县政府每月调度一次，县易地扶贫搬迁指挥部和县新市民计划办公室每周调度一次，并加强督导检查、过程管理、跟踪问效和考核评估，有效保障了全县易地扶贫搬迁和新市民计划工作扎实稳步有序向前推进。

（2018 年 10 月 14 日刊发于《贵州日报》）

山川锦绣茶旅融合　　世界茶源魅力飞扬

世界茶源喜迎盛会，脱贫攻坚快马扬鞭。

2018 年 10 月 22 日至 23 日，第四届黔西南州旅游产业发展大会系列活动将在"中国古茶树之乡""中国茶文化之乡""全国十大魅力茶乡"普安举行。

这次主题为"奇行圣境·茶源普安"的活动，是普安以承办州旅发大会为契机，落实省委、省政府提出的加快建设旅游大省和大力发展山地旅游重大战略决策部署的实际行动，以"茶旅+"助推脱贫攻坚，打造全域山地旅游目的地，结合产业优势和产业实际，深入实施旅游扶贫工程，全力发展旅游经济，调整产业结构，提升旅游发展水平，让旅游扶贫实现质的飞跃。

本次活动由贵州省旅游发展委员会指导，中共黔西南州委、黔西南州人民政府主办，黔西南州旅游发展委员会、中共普安县委、普安县人民政府承办，黔西南州旅游发展领导小组成员单位协办。普安县在具体承办过程中，除了旅发大会主题活动以外，期间还结合脱贫支柱型产业的品牌打造、文化建设、市场推广等推出了丰富多彩的系列活动。

目前盛会将近，而各项系列活动有的已经启动，有的已经完成，有的已准备停当，普安 35 万各族群众正以饱满的热情迎接四方宾朋。

三大主体活动，"茶旅+"助推脱贫攻坚

据记者了解，第四届黔西南州旅游产业发展大会，将举行三大主题活动，部署旅游工作，推介旅游资源，交流发展经验，观摩旅游项目，用旅游产业的提质升级来助推脱贫攻坚。

一是召开黔西南州旅游扶贫推进工作会议；二是召开第四届黔西南州旅游产业发

展大会；三是观摩普安县"茶旅＋"助推脱贫攻坚建设项目。

届时，将有 1500 多名各级领导和来自旅游界、文化界、茶界等的嘉宾，以及近 1000 名山地运动爱好者、数千名旅游者来到普安，领略山地运动风采，探究世界茶源秘密，品鉴四球古茶真味，感受普安独特文化，品味"普安红"茶魅力。

在主题活动中，黔西南州将安排全州旅游扶贫推进工作，各县市区交流旅游扶贫经验，向甲级乡村旅游村寨、五星级乡村旅游经营户、精品乡村旅游客栈授牌，举办旅游扶贫招商引资签约，州领导将作黔西南州旅游产业发展推介，向旅游形象大使颁发聘书，公布第五届州旅游产业发展大会承办地，举行旅发会会旗交接仪式等。

在观摩普安县"茶旅＋"助推脱贫攻坚建设项目中，参会人员将分组分批考察准 AAAA 级的普安世界茶源谷景区、最美国际山地自行车赛道、自行车主题公园、"普安红"茶产业茶海核心区、国家级文物保护单位白沙古驿道景区、位于兴中镇的"金州十八景"之一的崧岿寺、青山马家坪古茶树保护区等，同时将考察普安的智慧旅游项目建设和旅游基础设施及景区景点建设。

在主题活动期间，普安县将穿插具有浓郁普安风情的非遗文化展示、茶文化展示、农特产品展销、旅游产品发布等，趁旅发大会这个大家都关注的焦点，把普安多彩多姿的文化民俗融入旅游，展示给八方宾客。

10 余系列活动，紧盯产业着眼旅游扶贫

在承办黔西南州第四届旅游产业发展大会期间，普安县抓住机会，策划实施了一系列助推脱贫攻坚支柱产业"一红一白"品牌建设、市场拓展，普安文化旅游资源文化产品生产与展示，山地旅游品牌打造等为主要内容的文旅活动，紧盯扶贫产业，助力脱贫攻坚。

"普安红"万人网络代言，引来千万人关注——

2018 年 6 月，普安县围绕"一县一业"扶贫支柱产业茶产业，在"普安红"推出全新包装之时，策划实施了"普安红·我最红"万人代言网络推广活动，活动一经传播度高的新媒体用网络投票、小程序游戏、抖音等形式推出，立即引来强烈反响。

"万人代言普安红"微信公众号评选自 8 月 10 日上线，在 1 个月的时间，全国共有 1033 人参与代言，投票网页浏览量突破 205 万人次，参与投票超过 77.6 万人次，全民代言全民扩散，融合传播，一时间刷爆朋友圈。同时全国 100 余家媒体进行了跟

踪宣传，掀起了传播"普安红"新包装的高潮。

推出"普安红"冲关小程序游戏，强化"普安红"品牌传播。这款以"普安红"新标识为元素的小程序游戏，自 8 月 24 日上线，经过借助 100+ 粉丝的微信矩阵和 100 余家媒体传播，20 天就吸引了 30 多万人挑战冲关，100 多万人参与"普安红"品牌传播，影响人群近千万人次。

借助时下最具影响力的网络短视频交流平台抖音，发起"普安红·我最红——我为普安红代言"的视频挑战赛，比赛者以"普安红"新标识及包装图片，摄制视频上传抖音平台，以转发集赞数多者为胜。活动自 8 月 25 日上线，"普安红"短视频在抖音上非常火爆。参赛者创作了 500 多条创意十足、趣味十足的短视频，总传播阅读量突破了 1000 万人次，点赞量达到 50000 多个。

目前，"普安红·我最红"万人代言网络推广活动已经全部完成。

"普安红"杯采茶制茶大赛，提质量强品牌——

10 月 10 日至 11 日，"普安红"杯采茶制茶技能大赛举行， 80 名采茶制茶高手纷纷使出看家本领，角逐"茶王"。

本次比赛有 40 名采茶能手参加了采茶比赛，看谁采得最快、看谁采得最多、看谁采得最标准，为时一个小时的采茶比赛，决出了采茶"快手王"。

在制茶比赛现场，20 名红茶制作高手，参加了手工"普安红"功夫红茶制作比赛，在 9 个小时的手工红茶制作流程中，把一片片茶青变成清香甘甜的红茶，最终在裁判的盲评中评选出红茶制作的"茶王"。同时还举行了手工扁形绿茶制作比赛、手工卷曲形绿茶制作比赛，20 名绿茶制作高手经 4 个小时比赛，决出扁形绿茶、卷曲形绿茶制作"茶王"。

据介绍，本次大赛由普安县委、县政府主办，县总工会、县茶业发展中心、县茶叶协会承办，县五特公司执行。目的是以技能比赛促进茶产业技艺提升，在采茶制茶茶技同步提升中实现茶旅融合发展。大赛将在 10 月 23 日黔西南州第四届旅游产业发展大会期间颁奖。

"普安兔"国际漫画大赛，为兔产业"画像"——

长毛兔产业是普安县利用独特的资源，推出的"一县一特"扶贫支柱产业。目前，普安已发展长毛兔养殖户 765 户，其中精准贫困户 541 户，建成长毛兔养殖小区 31 个，在建长毛兔养殖小区（场）178 个，其中 8 个养殖小区已建设完成，兔存栏 20.86 万只。

2016 年，在生态文明贵阳国际论坛黔西南州长毛兔产业观摩活动中，世界兔产业专家齐聚普安，发表了世界长毛兔发展《普安宣言》，指明世界长毛兔看中国，中国长毛兔发展看贵州，核心在黔西南。长毛兔作为一个"短平快"的扶贫项目，其文化内涵很值得挖掘和塑造。

在黔西南州第四届旅发大会期间，普安推出了"普安兔"国际漫画大赛，活动由中国畜牧业协会兔业分会主办，联合知名漫画机构"漫客"，以艺术的方式大力塑造普安兔文化，同时借助活动向全国甚至全世界推介普安兔这个扶贫产业。比赛自8月10日启动以来，全国100余家媒体进行宣传报道，目前作品正在收集中，评选以网络评选和专家评选相结合，预计比赛将在11月份结束。

同时，在旅发大会期间，普安还将举办2018长毛兔产业技能大赛，发动广大长毛兔养殖户参加，通过比赛，选出个大体壮毛长的"兔王子""兔公主"，选出一批养殖能手和剪毛能手，以赛代训，提升长毛兔养殖的技能水平。

"四个一工程"，全方位展示文化推介旅游——

8月中旬，普安县启动了微电影《香遇普安红》的拍摄。

这部微电影以"普安红"茶故事为主线，以一个香港歌手到普安参加国际山地自行车大赛，与"普安红"相遇的故事，将普安的茶产业、风景名胜、民族风情、历史文化、自然景观等以艺术的形式，展现在大家面前。

这部微电影的拍摄，是普安县在旅发大会期间推出全方位展示普安文化旅游的文旅产品"四个一工程"之一，这部微电影中，白沙古驿道、山地自行车赛道、白水瀑布、青山古茶树保护区、江西坡茶海、布依福娘的传说、九龙山风光、"普安红"制茶工艺、布依族民族风情等等，都巧妙的植入影片中。该成片将在普安旅发大会展播，后续将上架全国各大影视平台进行展播，并送展中国国际微电影节、美丽乡村国际微电影节等参加展演。

同时，普安县还拍摄了一部电影《云上之爱》，推出了一本茶文化诗歌专辑《普安红》，一张普安红原创歌曲专辑《天下普安》。目前，"四个一工程"的四个文化产品已经出炉，将在旅发大会期间推出。

国际山地自行车邀请赛，最美赛道的激情——

10月23日，普安将举行2018普安国际山地自行车邀请赛。

在普安世界茶源谷景区，有一条15公里长的赛道被誉为"中国最美山地自行车赛道"，这里已经连续成功举办了两届国际性的山地自行车大赛。2018年也将在这里上演速度与激情，比往年不同的是，今年将更加精彩刺激。

这个赛事，由贵州省体育局指导，中共黔西南州委、黔西南州人民政府主办，黔西南州旅游发展委员会、中共普安县委、普安县人民政府承办。

此次的比赛项目设置在往年的基础上进行了调整，更加精彩。

第一项赛事是山地自行车越野赛：赛道环绕"世界茶源谷"景区一周，赛程为26公里，路面有柏油、砂石、石板、土路等，骑手们将穿越森林、湖泊、河谷、悬崖、栈道、少数民族村寨、花海，沿途风景绝对是让大家想不到的美。

届时将有100人男子精英组，100人男子大众组，50人女子组，激情与速度的比拼即将上演。

第二项赛事更激情，那就是——StrongMan XC 骑跑越野两项挑战赛。StrongMan XC 骑跑越野两项挑战赛是目前风靡世界的比赛项目，将首次亮相普安。

届时，60人男子精英组、60人男子大众组、30人女子组，共150名参赛选手，将在完成26公里的山地越野自行车比赛后来到换项区，更换越野跑步装备，挑战茶山越野跑8公里。

据了解，此次将有20多个国家的外籍选手参加比赛，谁是速度之王，将在10月23日见分晓。

茶源上演瑜伽秀，茶瑜相映普安红——

10月22日，"普安红"杯贵州省健身瑜伽大赛将在普安东城区世界茶源谷景区举行，一场茶和瑜伽的盛宴将在世界茶源文化主题公园上演。

据介绍，本次大赛由贵州省社会体育管理中心指导，由黔西南州体育总会主办，普安县文体广电旅游局承办，兴义市健身瑜伽协会等协办。本次大赛分为一场比赛两场展演。

在健身瑜伽大赛中，将分为成人组单元、元老组单元、男单、女单、双人（含男双、女双、混双）、4—9人的集体比赛等几个比赛组别，在比赛环节，以普安红·瑜伽敬茶式抽选动作、自选瑜伽体式作为比赛动作，来自省内外的100多名瑜伽高手将在普安一决高下。

同时，还将举行普安红·禅茶道展示和普安红·瑜伽敬茶式展演，在天然的生态茶场，打造"普安红瑜伽敬茶式"经典套路，融合"天时、地利、人和"与天然生态茶园的静美景观，将普安茶人辛勤采茶的画面和优雅的瑜伽表演相结合，展现一幅生态美、百姓富、产业新、人与自然和谐相处的天人合一美好画面。

目前，健身瑜伽大赛准备工作已经全部就绪，只待盛会到来。

新时代红茶发展峰会，茶界大咖云集——

10月23日，中国国际茶文化研究会、黔西南州人民政府将联合主办新时代优质红茶发展峰会，届时国内知名茶界专家学者、茶界制茶大师、茶业领军人物、高等院校茶叶研究人员、国内大型茶叶销售中心负责人等数十人将参会，考察普安茶产业，探秘普安古茶树，举行普安茶产业发展座谈会，共同就"普安红"生产工艺、品牌发展路径等进行深入探讨，为普安红后续发展加油助力。

同时，茶界专家学者、国内红茶大咖、茶文化研究专家等还将在"世界茶源地"普安举行"新时代优质红茶发展峰会"，就"一带一路"倡议背景下，步入新时代的红茶未来的发展方向、路径进行深入探讨。峰会上，多位专家将作主旨演讲，发布最新研究成果。同时举行"中国红茶未来之路"沙龙，与会专家学者进行开放式讨论，在全球视野中前瞻性地寻找中国红茶未来之路。

在峰会上，中国各大红茶区域公众品牌，将共同在"世界茶源地"普安发起成立"中国红茶联盟"，并推选联盟主席、侯任主席、成员单位。到场的国内优质红茶品牌还将发起倡议，努力为世界制作最好的红茶，共同开启中国红茶新时代。

除了这些主题活动以外，旅发大会期间，普安还将举行千人茶艺展示、农特产品展销、非遗文化展演等系列丰富多彩的活动。

（2018年10月26日刊发于《贵州日报》）

全国 50 多名茶界专家茶源论道

2018 年 10 月 23 日，"红动中国"新时代优质红茶发展峰会在"世界茶源地"黔西南州普安县举行，来自全国各地的 50 多位茶界著名专家、学者、知名红茶品牌代表，汇聚在世界唯一发现距今 200 多万年的四球古茶籽化石的云头大山一侧，在"一带一路"倡议的大背景下，共同探讨中国红茶未来的发展之路。

国运兴即茶运兴，红茶的春天已经来临

红茶起源于 400 多年前的中国，然后随着海上丝绸之路，漂洋过海，落户印度、斯里兰卡等东南亚地区，进驻非洲、欧洲而香遍全世界。但时运不济的那些岁月，中国的红茶发展非常缓慢，而被国外迅速超越并引领潮流。

近年来，中国红茶获得恢复性发展，传统品牌振兴发扬，新创产品不时涌现，市场范围不断拓展。到了 2017 年，全国红茶产量达 35.16 万吨，占茶叶总量的 13.13%。而在贵州，得益于得天独厚的自然资源和气候条件，在省委、省政府的大力推动下，已成为全国最大的茶区，茶叶种植面积达到 700 万亩。在"红"动中国的大环境中，贵州红茶产业发展也走出了一条文化底蕴深、品牌口碑好、茶旅促产业的特色发展道路，红茶品牌异军突起。

比如后起之秀"普安红"。普安能"后起"，这是必然。

据普安县委书记农文海介绍，普安是"中国古茶树之乡"，20 世纪 80 年代，在普安和晴隆交界的云头大山，发现迄今 200 万年以上的四球古茶籽化石，这也是全世界唯一发现的一颗茶籽化石，证明了 200 万年以前，普安就是茶的家园。而现在，在普安境内，还发现了 20000 多株野生四球古茶树，树龄 1000 年以上的就有 3000 多株，树龄最长的达 4800 年，这在全世界是绝无仅有的，可见普安一直就是茶的家园，数

百万年以来从未间断。

茶在普安找到了最理想的家园，如用科学的证据证明的话，2017年，贵州山地气候资源研究所经过多年的研究，对普安的气候进行了周密严谨细致系统的研究后，发布了普安的茶叶气候等级为"特优"结论。而在常人看来，普安平均14度的气温，40多条纵横交错的河流，高海拔、低纬度、多云雾、寡日照的景象，就是茶叶气候"特优"表象。

悠久的茶历史，深厚的茶文化，独特的茶气候，让专家对贵州、对普安自然刮目相看。让专家刮目相看的，还有贵州对茶产业的重视。本次峰会，贵州省人大常委会原党组副书记、副主任，贵州省茶叶协会会长禄智明，和贵州省人大常委会原副主任、贵州省茶文化研究会会长傅传耀，双双向全国推介贵州的红茶。

"研究新时代中国红茶的科学发展问题，既要注重中国茶类发展中的共性问题，也要突出中国红茶发展中的特殊性问题；既要注重中国红茶市场消费的规律性问题，也要重视全球红茶市场消费的竞争力问题。"中国国际茶文化研究会会长周国富充分肯定了过去几年贵州在发展红茶产业上的成绩。他提出，全国红茶产业发展要顺应时代发展要求，当好新时代中国茶人，同时要饱含信心、诚信、匠心，用心创制中国品质红茶。而"普安红"占据悠远茶文化的优势，一定要发挥好古茶文化和古茶树资源。

而在10月22日峰会前，周国富还专程到普安县马家坪古茶树保护区，查看四球古茶树，查看了普安利用高科技进行四球古茶树育苗的繁育基地，对普安无可比拟的古茶资源和悠久深邃的茶文化高度赞誉。

东风劲吹，贵州红茶的春天已经来临。

高端智库看贵州普安，他们看到了什么

在普安参加新时代红茶峰会的，有中国国际茶文化研究会的文化专家，有茶叶科研院所的研究专家，有红茶生产经营的企业家，有全国区域公众品牌的技术引领专家，也有品牌管理运营的营销专家，可谓汇聚了中国茶界的高端智库。

10月23日一早，专家们专门考察了普安的茶叶环境和生产企业，并应邀为"普安红"的发展献计献策。

云南农业大学普洱茶学院教授吕才有说，普安的古茶资源让人振奋，"普安红"很有特色，鲜甜滑爽，这个独特的口感一定是内在的品质作为支撑的，可以加以研究

进行量化，普安红一定能成大器。

"普安生态非常好，古茶非常好，历史非常久，特色非常明显，上市特别早！"东亚茶文化研究中心研究员、宁波市林业局副局长林宇皓一开口，就用"四个非常一个特别"总结了普安和"普安红"，觉得普安红很有优势。

之所以相中"普安红"，福建正山堂茶业总经理张赛林说，他们曾考察过贵州的多个茶区，最终选择普安作为合作方，源于当地"环境"的优越，这里是典型的低纬度、高海拔、寡日照、多云雾的茶区，茶叶内含物丰富，耐泡，地域香明显。"普安红"在正山堂的销售体系中，已逐步打开了知名度，目前特级能卖到5000多元一斤。

张赛林还说，普安的另一个优越的环境就是它的投资环境很好，政府对茶企提供了很大的便利，使企业得到很快的发展。张赛林说"一枝独秀不是春"，今年4月，正山堂20家核心经销商走进普安，得出了"环境太好、茶叶性价比高、茶文化无可比拟"的结论，对"普安红"很有信心，欢迎更多茶企共同推广普安红品牌。

"'普安红'绝对是红茶品类中的一朵奇葩，这里生态非常好，晴时早晚遍地雾，阴雨连天出好茶。"安徽祁门县祁红产业发展局局长范典苍说，他3年来了4趟贵州，到普安后感觉非常兴奋。

中国农科院茶叶研究所研究员、茶叶加工专家邓余良说："普安的茶青品质非常好，想做坏都难！"他说他品尝了布依人家茶叶专业合作社的"普安红"，茶很不错，这几年普安的茶发展很快，竞争力逐渐显现。

广东省农业科学院茶叶研究所所长操君喜说，普安的茶产业＋扶贫的模式很好，值得推荐学习，并分享了"英德红茶"的成功经验。

专家唇枪舌战高峰论道，业者各抒己见沙龙交心

在10月23日下午的峰会上，有专家主旨演讲和主题沙龙两个环节。

中国农业科学院茶叶研究所加工工程中心副主任袁海波用一组组大数据，直观地反映了当前我国红茶产业发展中的问题与机遇。通过数据对比，产业发展"得与失"一目了然。

安徽祁门县祁红产业发展局局长范典苍向大家分享了祁门红茶在品牌发展领域的做法。他感触颇深："要做大做强红茶品牌，必须要从全产业链出发，源头、基地、生产、品牌、企业、渠道、营销、文化等各方面全部加强，才能应对当前不断变化的市场。"

中国国际茶艺会（香港）会长廖子芳说，要用国际化的视角，打造中国红。在她眼里，香港既有浓郁的红茶文化，又有得天独厚的国际化区位优势，巨大的潜在市场和国际影响力是我国红茶产业外销的好平台。

"红碎茶产业已成中国红茶发展新机遇。"同样对国际市场颇有研究的英国高星集团总经理蔡亚抛出新观点，他表示区别于国际红茶评价体系"汤色、汤色＋、香气、滋味、滋味＋"的构成，当下的红茶产业，要从"标准、规模、技术创新"来着手。

而在沙龙环节，普安县政府副县长郭真向、福建正山堂总经理张赛林、八马茶业股份有限公司总工程师林荣溪、普安布依人家茶叶专业合作社理事长岑开文，围绕中国红茶"质不如人"、中国红茶未来之路在何方等等问题进行全方位交流。不同领域的代表智慧交融、灼见迸发。嘉宾们妙语连珠，现场掌声不断。

在活动中，与会的专家还为"普安红"杯2018年采茶制茶大赛的"茶王"颁奖。

（2018年10月29日刊发于《贵州日报》）

普安县：100 余精准贫困户新年新春访新家

2019 年 2 月 12 日，正月初八，普安县东城区布依茶源小镇阳光普照，白沙乡 100 余名精准贫困户，迎着和煦的春风，来到易地移民搬迁安置点看新房。

"到了，再过几个月，大家就要搬到这里来，变成城里人了。"中午 11：25，3 辆中巴车驶过宽阔整洁的街道，一溜开进斗弹达吟社区，白沙乡乡长王思鸿赶紧招呼大家。

而就在正月初六，普安县委书记农文海专程赶到白沙乡，组织卡塘村、铁厂村、红寨村、大小寨村和白沙社区的近百名精准贫困户，召开共商会，分析形势，讲解政策，解释疑惑，动员大家早点搬迁到城里的安置点，为子孙后代着想，斩断贫困代际传递，说得大家跃跃欲试。

一下车，随着布依族音乐旋律千变万化舞动着的音乐喷泉，依山而建的黑瓦白墙的一栋栋一排排崭新的 6 层楼房，布局雅致、蓝天倒影的小区水景，文化浓郁的茶源文化主题公园，宽敞大气的健身广场，一下扑入大家的眼帘。

"王乡长，你能肯定我们今后是搬到这点来吗？"看见只在大城市才有的居住环境，几个贫困户居然有点不相信自己的眼睛。

"这里就是大家的新家。"听说有贫困户来看新家，刚刚赶来的县生态移民局副局长张天松赶紧接上话，"布依茶源小镇是普安县的易地移民搬迁集中安置点，这个斗弹达吟社区就是 2017 年的安置点，已经有 1270 户 6238 人搬迁入住了，你们要搬来的，就是和这里一模一样的纳利小区。"张天松一边说，一边指着 300 多米远正在紧张施工的一排排楼房说。

"你们看，这里正在装修的 72 栋 999 套房子，都是用来给各位易地移民搬迁户的，大家放心。而你们要搬来的东城区布依茶源小镇共有三个安置小区 3459 套住房，现在已经搬迁入住的新市民有 9093 人，今年要搬迁的部分房源已经开始陆续验收，在 3 月份就可以陆续入住了，那边的环境打造出来比这边还要好，配套还要全。"张天松详细地解释道。

"娃娃在哪点读书呢？"

"你看，就在那点！"新市民社区党总支书记王条丽用手一指。顺着方向一看，一栋栋教学楼就在 100 米开外，"这里已经建设了幼儿园、小学、初中，老师都配备到位了，部分在 3 月份一开学就可以投用，接下来，县里还要在这里办最好的高中。"

"上学近就太好了，不像现在我家娃儿，早上起得早，走三四公里山路到学校，老是打瞌睡，哪有精神读书嘛！"

"是得为娃娃的教育考虑哟，我们苦一辈子还不是为了几个娃？！"几个贫困户说。

"这点看病不用跑到普安县城吧？咋没看见医院呢！"

"看病也近得很，社区卫生服务中心目前设在 2016 年的搬迁点纳茶小区，还有中医馆。过段时间大家入住了，还要在各自的社区建卫生服务站，小镇上还要建大型的医院呢。"王条丽说。

看房的群众东瞧瞧西看看，你一言我一语，逐渐从刚下车时的忐忑，变得活跃起来。

"房子修得好，环境也不错，但搬来吃哪样子？"有几个年纪稍长的贫困户心存疑虑，怕来找不到事干一家人挨饿。

"这里工作好找的，我家儿子在这里做架子工，一天就有 280 块进账。"听见白沙乡的老乡来看房，2017 年从白沙乡铁厂村蔡家箐搬来的匡忠习赶紧搭话。匡忠习一家 8 口人，分得两套共 160 平方米的房子，儿子以前在山东打工，现在也不走远了，就在家门口挣钱。

而张天松和王条丽等人没有直接回答这个问题，而是把看新房的一干人带到了距此 500 米的企业园区。

在路上，白沙的群众又遇到了老乡——2018 年从红寨村大箐组搬迁来的张艳。张艳告诉大家，她一边在企业园区的手袋厂上班，一个月有几千块钱的收入，同时她有理发的手艺，在小区开的理发店也开张了，收入比在老家"好一万倍！"

企业园区就在社区的边上，目前已经有劳动密集型的手袋厂、家具厂、制衣厂、鞋厂、玻璃厂、茶叶加工厂等共 10 多家企业，可以提供 1000 多个岗位。

在才华手袋厂门口，遇到老板孔才。孔才告诉大家，他的工厂已经开了 6 年，产品全出口，订单做都做不完，目前 300 多个工人加班加点赶订单，每个工人一个月最高的收入六七千元。白沙搬迁来的李秀芬，虽然是残疾人，一个月也能拿 4000 多的工资。"我们从不拖欠报酬，每月按时发放"，孔才说，他准备扩大规模，已经征地 20 亩建新的车间，到时还可以提供上千的岗位。

"除了进企业，布依茶源小镇附近就是普安的茶海核心区，每年都需要大量的茶叶工人，采茶季节，只要一上茶山，每天采茶一百来块钱好挣得很！"张天松告诉大家，还可以承包茶园，一户可以承包 5 亩，这些茶园是县供销社把以前的集体茶山和失管茶园集中起来，有 5000 多亩，专门优先提供给搬迁户经营打理，每年的收入全部归贫困户，一户 5 亩茶也有 2 万元左右的净收入。

"布依茶源小镇是县里重点发展的旅游小镇，游客逐渐增多，新市民社区还有几百间门面，可以让搬迁户优先租用做买卖。再说社区还要提供不少的公益性岗位。"王条丽说。

"实在是没有劳动能力的，符合国家政策就纳进城市低保，标准还要比农村低保高，保障政策是延续的。"

"2 月 10 日，县委书记农文海就给我们说搬迁点的环境好，让我们早点搬，一来看没想到还真是这么好，配套很齐全，党和政府想得太周到了，我们都愿意搬呢！"61 岁的张明达说，这回啥顾虑也没有啦！

"王乡长，我想尽快搬，您今天答复我好久能够搬？"大小寨村的匡其美告诉王思鸿，这点太好了，哪样都好，她非常想快点搬。而卡塘村李自金、童定祥也"逼"王思鸿给他们一个答复。

"最早就在 3 月份，大家不要急，按照程序先登记。"王思鸿赶紧安慰大家。

62 岁的谢朝珍急了，她的两个儿子一个在浙江、一个在四川打工，她是替儿子来看新家的，赶紧拿起电话，把看房的情况告诉儿子，让他们赶紧来"抢"房。

"我们都要搬，我们都要早点搬，王乡长你可不能把我们搞'落'了！"100 余贫困户带着对美好生活的向往，异口同声地大声说。

据记者了解，2 月 12 日白沙乡 100 余贫困户看新家，是普安县易地移民搬迁的精准贫困户春节过后的第一拨看房的，接下来，全县 12 个乡镇（街道）还将有更多人来看新房访新家。

而目前，普安县正在加班加点建设东城区布依茶源小镇、西城区龙溪石砚小镇的2018 年易地扶贫搬迁安置点，让 2233 户 10304 人在 2019 年 6 月 30 日前全部搬迁入住。

（2019 年 2 月 13 日刊发于《贵州日报》）

"杨高绿""抢"茶记

2019年2月14日，正月初十，"中国古茶树之乡""中国茶文化之乡""全国十大魅力茶乡"普安，暖阳高照，春风和煦。

早上11时许，江西坡镇罗家地的国道320公路边上，顿时热闹起来，三三两两的茶农，背起背篼，提起提篮，拿起口袋，把早上刚刚从茶山上采摘的茶青拿到这里来卖。

罗家地是江西坡自发形成的一个茶青市场。看见茶农涌来，收茶青的"杨高绿"和几十个老板顿时紧张起来，他们紧张的是，怕抢不到茶！

"杨高绿"本名杨成武，今年60岁，是普安县江西坡最早引进乌牛早等早茶品种的茶人，生产的高端绿茶绝大部分销往省外，供不应求，当地人都叫他"杨高绿"，是本土的高端绿茶加工大户，每天至少可以加工茶青1000斤以上。

"喂，老人家，快把茶拿到我这里来，多给你几块钱！""我的价格最公道，拿过来称了！""来来来，高价收茶青了哈！"

看见茶农走来，茶老板们就使出浑身解数，赶紧吆喝开了，都想把自己相中的茶青收入筐中。

"来来，我给你看看，你这茶青芽头饱满，给你70块！"一个操普通话的浙江老板，一瞟岑建家的茶叶不错，赶紧开出价码。

"70块，不卖呢！"岑建一边说一边把茶青递给另一边收茶的老板"杨高绿"，"杨老板，你看看这个值多少？"

"杨高绿"用手抓起茶青一摸一抖，"给你72块，放秤上！"

"要得要得！"岑建把茶青放在秤上一称，5斤3两，"杨高绿"马上付现，"拿到，三百八十一块六，给你三百八十二！下午有好茶赶紧拿来！"

岑建的茶刚刚称完，"杨高绿"的妻子和儿媳妇已经将七八个卖茶青的农户张罗到秤边边，一袋袋茶叶依次放下，向"杨高绿"说，"赶紧给他们称，价格都讲好的！"说完，又一头扎进卖茶青的人群中。

为了每天都能收到更多的茶叶，"杨高绿"把妻子、儿媳妇"撒"出去负责"抢茶"，自己则负责称重付钱。

"每天都有几十个茶老板来收茶，不搞快当点，茶青量收不足，交不了货嘛！""杨高绿"一边称茶青一边告诉记者，目前到江西坡来抢茶青的老板除了本土的加工大户以外，更有来自山东、浙江、上海的，这些人都在附近有加工厂，有的建在江西坡，有的建在沙子岭（晴隆县沙子镇），有的建在安龙县。

"从春节前到现在，最怕接到催货的电话，更怕接到熟客要茶的电话！""杨高绿"说，从腊月底以来，他已经加工了4000多斤干茶，全部发到浙江等地，远远满足不了需求，有时候他只能"躲茶"，一看见外地的电话，只能选择性的接，"怕没有茶卖给人家得罪人"。

"十四斤六两，五十四块一斤，七百八十八块四！"就在离"杨高绿"10米不到的地方，蒋国平的老婆非常麻利，把白石村红花湾钱学玉的茶青抢先提到秤上。蒋国平也是远近闻名的制茶能手，他制的茶都能卖上好价钱，茶青需求量也很大。

钱学玉说，他家种了10多亩茶，背阴，茶才采几天，已经卖了10000多块钱了，"哪个出价高就卖给哪个噻！"但他们往往刚到茶青市场，就有茶老板生拉活扯地把他们往自家的秤边拽。

就在离蒋国平摊位不远的地方，布依人家茶叶专业合作社五分厂的罗光玉也要每天收购500多斤，这家合作社新建的四分厂需求量更大，每天要加工鲜叶1000多斤，收茶青的人员分成五六个点，到附近的东南、细寨、杨梅山、罗家地等地的收青市场收茶。

目前，普安的茶，从腊月二十几就开始采摘的乌牛早已经接近尾声，马上罢市，龙井43又接着进入了盛采期。

记者在茶青市场逛了将近1个小时，发现"杨高绿"家收的茶青最多，他家爱人和儿媳妇不断把茶农领过来，称都称不过来的"杨高绿"还要不时接待自己找上门卖茶的茶农，"杨老板，你看我这个茶多少钱？"虽然忙得不可开交，但"杨高绿"对自己的"战果"还较满意。

"今天天气好，加上下午的，估计要收1000斤以上。""杨高绿"说，他家儿子正在加工厂招呼生产，机器全部满负荷。

而在市场上，茶青都是以质论价，最高时每斤卖到100元以上，目前每斤在30多元到70多元不等。在现场，讨价还价声、抢茶的招呼吆喝声不绝于耳，仅在罗家地，每天茶青交易量就在5吨左右。

随后记者在江西坡镇高潮村、白石村等地看见，在茶园集中的地方，都形成大大小小的茶青临时收购点，不少茶老板还上门"抢"茶青。贵安茶业罗禹荣说，他们茶厂每天都要开起车到蒋家湾、红花湾、高潮村甚至高棉等地，直接到茶农地头收茶青，每天要1000斤鲜叶才够订单，产品供不应求。普安盘江源茶业罗明刚说，他家也是每天开起茶青收购车，到处抢茶青，每天收购茶青1000余斤，目前已经制作高端绿茶2000多斤。

普安的茶青遭"抢"，主要是"早"。据普安县茶业发展中心主任甘正刚介绍，普安在腊月就开始采摘新茶，比其他茶区要早20天甚至1个月以上，普安春茶被誉为"黔茶第一春"。多年以来一直在普安收茶青的浙江茶商胡贤林说，普安茶的早，就是最大的优势最大的商机。

而遭"抢"的另一个原因则是得益于悠久的茶文化和独特的茶品质。如今，普安县把茶产业当作脱贫攻坚的支柱产业，现有茶园14.3万亩，投产9.1万亩，其中早春茶品种2.5万亩，均已进入盛采期，每天的茶青交易量达10吨左右，价值80万元。截至目前，普安春茶茶青已累计交易近百吨，产值近千万元。

"早春茶采完后，做'普安红'红茶的中大叶种茶又陆续进入采摘期。"在茶青市场，多位茶老板说，"抢"茶青还将持续。

（2019年2月15日刊发于《贵州日报》）

海边燃起的就业致富新希望

2019年2月17日清晨5点不到，40岁的罗坤就从普安县城的宾馆早早醒来，想到马上就要到浙江省宁波市镇海区上班，他再也睡不着了。

罗坤家住普安县白沙乡红寨村大箐组，上有两个60多岁的老人，下有两个上初中的小孩，由于他长期生病，动过大手术，不但不能干重活，在家里一般农活都干不了，家庭非常困难，是精准贫困户。

"我做梦都没有想到，还能找到工作并且是到宁波上班。"罗坤说，这些年他家医病不仅把家医"垮"了，而且把自个儿也医"绝望"了，而今年1月份在东西部协作宁波镇海对口帮扶普安县的就业招聘中，提供残疾人岗位的镇海剑杆头有限公司竟然向他抛出了橄榄枝。

和罗坤一样要到宁波上班的还有104人，他们都是在年初由浙江镇海区委、镇海区人民政府、普安县委、普安县人民政府主办的2019年镇海区·普安县东西部劳务协作"春风行动"招聘会上，在宁波的企业找到工作岗位的。正月十三这天，普安县人力资源和社会保障局、县扶贫办等单位决定统一送他们去上班。

"这回到浙江镇海奥利多玩具厂上班，做翻模，老板承诺年薪7万元至9万元，包吃包住！"家住龙吟的邓伟说，以前他也是在外面打工，一年有三四万元的收入，但除了开支剩不到几个钱，这一次让他很是期待，巴不得早点上岗。

清晨7点，虽然离出发时间还早，大家就三三两两赶到集合点，兴奋地交流起来。

"我以前就在宁波干过，一个月有5000元左右。"楼下镇的杨永贵近年才回来处理家事，尝到甜头的他今年一过完年，就联系好了工厂，"再干年把把欠账还清，这个贫就脱了"。

清晨8点，105名务工人员全部到齐，两辆55座的大客车准时从普安县城出发，带着就业脱贫的希望奔赴宁波镇海。

路上，大家很是兴奋，对新的环境、新的机会和更快脱贫致富充满了憧憬。而他们这样的憧憬，其实在去年就有人变成了现实——

在2018年10月16日，普安58名贫困人员赶到宁波上班，马仕笔就是其中的一员。马仕笔是"贵州孝老爱亲好人榜"的"背读妈妈"侯汝彩的丈夫。原来马仕笔有3个儿女，女儿马晓婷5岁突发痉挛性瘫痪，逐渐失去行走能力，从2006年至今，其妻侯汝彩背着女儿往返求学，行程超万里，妻子全职照顾女儿，生活重担压在了马仕笔一个人的肩上。后在镇海和普安两地协作中，马仕笔在泰来模钢（宁波）有限公司锯切车间当了操作工，目前月薪将近6000元。

"现在完全走上正轨了，我们早上6点在宿舍起床，7点上工，午休1小时，下午6点下班，然后给女儿和妻子打个电话或者发个视频聊天。"马仕笔说，他打算把建房子的账还了，供女儿上大学，他还准备把两个即将成年的儿子带到宁波学门技术。

"这一次宁波为普安贫困人口量身提供了涵盖客服接待、保洁、保安、数控机床工、装配工、检验员、仓库保管等10多个工种，有的工种年龄放宽到了50岁，有的企业还为残疾人提供爱心岗位。"普安县人社局局长陈太峰说，在东西部协作中，宁波镇海和普安紧紧围绕脱贫攻坚，大力实施就业扶贫，目前镇海已经有数十家企业长期为普安提供就业岗位，已经有163名贫困人口实现了异地就业。接下来，普安还将定期分批把对接好的贫困人口送到宁波，"一户精准贫困户有一人在东部稳定就业，脱贫就没有问题了"。

目前，普安县已经在镇海区设立劳务协作站，派出专人对到镇海务工的普安贫困人员提供全程服务和管理。而2月18日，新一批外出务工贫困人员105人将抵达镇海，届时劳务协作站将第一时间协调当地企业，把务工人员第一时间接到工厂，尽快进入角色。

"从西部贵州大山深处走出来的贫困人员，在东西部协作的春风劲吹下，在东部浙江的海边燃起了脱贫致富希望，并且这个希望已经开始变成了现实。"

（2019年2月21日刊发于《贵州日报》）

饮水思源 67 载，百姓难忘"挖井人"

——普安青山"泽东井"见证的感恩故事

在普安县青山镇青山社区，有一口名字叫"泽东井"的人工开凿的水井，一直润泽着这里千亩田土和数千百姓。60 多年来，这口水井一直是当地老百姓"吃水不忘挖井人，永远不忘共产党"的感恩情结的精神寄托，这口水井更见证了这个地方一个甲子的沧桑巨变。

2019 年 7 月 1 日中午，记者在青山镇调研扶贫产业时，偶然间听到这个消息，立即赶到"泽东井"探访。

在青山镇青山社区四组一个小地名叫"新洞"的一片田地边，"泽东井"被一蓬蓬茂密的藤蔓植物掩映着。走到绿荫之下，一阵凉气袭来，一个出水洞出现在眼前。在用不规则石头砌成的石壁上，镶嵌着一块大约 60 厘米×80 厘米的石碑，赫然刻着"泽东井"三个大字，右边刻着"公元一九五二年三月十八日立"，右下侧刻着"青山镇农协会建"字样。

当地 95 岁的唐玉忠老人听说记者问"泽东井"的情况，显得非常激动，但因身体不适说话困难无法表达。随行的青山镇包村干部范仕忠介绍，普安青山是千年古镇，新中国成立前在黔西南就有"头青山二者相三龙广"的说法，自古就是商贾往来之地。青山在 1951 年新中国成立后，为了解决当地的饮水问题，共产党就组织农会帮助老百姓找水源打井。

"以前这里是吃和尚井的水，一两千人吃一口井，挑水天天排长队，有的群众只有到更远的地方去挑，很不方便。"范仕忠说，在当地党组织和政府的组织下，当地农会就组织群众寻找水源，一天一头小牛突然跌进一个小洞，群众在救援过程中，发现洞中有水，水质清洌，流量较大。于是决定在此挖井，组织附近两个寨子的老百姓轮流开挖，用石头垒砌墙坎，上面用巨石盖顶，历时数月，在 1952 年 3 月初，水井终于建成。

为了表达对共产党和毛主席的感激之情，当地老百姓把这口水井命名为"泽东井"，当时在青山镇担任镇长职务、也是新中国成立后青山镇的第一任镇长的邓小平的三弟邓蜀平闻讯非常高兴，欣然提笔书写了"泽东井"三个大字，后青山镇农协会刻成石碑，镶嵌于水井墙壁之上。

"这个井挖进去约 15 米，人能进洞挑水，枯水期要拐弯抹角下 3 个平台，但这水井再旱也不会枯。"范仕忠说，"泽东井"建成之后，不仅解决了附近三四千人的吃水问题，还解决了附近上千亩田土的灌溉用水，"天干时，3 台抽水机抽都没有抽干。"

"泽东井"润泽青山的数千老百姓和来往青山的各地客商，一直到 1996 年当地通了自来水。但老百姓舍不得这水井，不仅定期维修，还建了一扇铁门，把入口锁住，加以保护。时至今日，附近仍有好几家人用微型水泵从井里抽水吃。

"这个水质好，特别是点豆腐更是没得说，村里人家办理一些传统民俗事务，仍然要到水井'请水'。"这个水井，已经融入了当地老百姓的诸多情感。

"吃水不忘挖井人，百姓感恩共产党"。在"泽东井" 67 年的见证下，水井边上的青山社区已经发生了沧桑巨变，目前社区户籍人口已达 1946 户 5986 人，而工商户和各类经济组织达 500 多户，从事各类加工、种植、饮食等，建档立卡精准贫困户 163 户 619 人，到 2018 年底贫困发生率降为 1.09%，农民人均可支配收入达 8160 元，农村贫困人口今年底将全部清零。

在"泽东井"不远处，青山社区在脱贫攻坚中打造的 3 个长毛兔养殖小区已经初具规模，仅养殖小区就有兔舍 66 栋，可养兔 3 万只，总投资上亿元的茶农旅循环经济产业园项目已经开始实质运作，社区中的各种经营也生意红火，这个被"泽东井"润泽了 60 多年的土地，发展正在提速。

站在"泽东井"旁边，青山镇副镇长刘伦说，他们将马上对"泽东井"进行进一步维修和打理，把"泽东井"打造成牢记嘱托感恩奋进的教育基地，吃水不忘挖井人，小康不忘共产党，让这里的百姓世世代代传承感恩情结，永远铭记党的恩情。

（2019 年 7 月 1 日刊发于"天眼新闻"）

因地制宜做文章　调出一片新天地

——500 亩大坝成为带动普安产业结构优化新引擎

脱贫攻坚战鼓疾，夏秋决战战犹酣。

普安县在脱贫攻坚中，以 500 亩大坝农业产业结构调整为抓手，经过从初春到盛夏的耕耘，而今调整的效果开始显现。

普安山多平地少，500 亩以上大坝仅有 8 个。这 8 个大坝，如今成为带动当地产业结构优化调整的新引擎。按照"五步工作法"和"八要素"，普安县委、县政府把坝区产业结构调整作为脱贫攻坚的重要抓手，按照"龙头企业＋合作社＋农户（贫困户）"的模式，整合各方资源，抱团发展。

土地流转收入、基地务工收入、项目分红收入等等，让当地的群众收入大增，荷包渐鼓。说一千遍不如亲眼所见，尝到甜头的老百姓，从当初的观望甚至反对，到而今的大力支持与主动参与，其实背后是实实在在的好处带来的观念的转变，观念一变，内生动力就出来了。

农村是一片广阔的天地，大坝是一篇锦绣的文章，这些长期耕作传统农业的坝子，在产业革命的浪潮中走出增收新路子。

请看，坝子里调结构奏响的富民乐章——

哈马德依：生态稻鱼养殖稻花香鱼儿跃百姓笑

2019 年 8 月 6 日，记者在普安县青山镇哈马村德依大坝看见，蓝天白云格外晴朗，夏日微风轻轻吹过，大坝中秧田绿浪翻滚稻花香阵阵，水田中鱼跃虾戏土鸭嘎嘎，村民穿过阡陌劳作其间，美丽田园风光中一派丰收在望的景象。

"简直是做梦都没有想到，实施这个项目后，我们几头得钱，效益翻了好几倍呢！"

顶着烈日，当地村民黎应权正在进行田间管护，"我家在坝子中有0.7亩多的田，今年流转给公司搞生态稻鱼养殖，然后来田里务工，一天100多块的工资。"

黎应权说的项目是德依坝子稻鱼茶旅综合种养项目，是普安县在500亩大坝产业结构调整中，因地制宜经过多方论证后推出的农业综合开发项目，将德依坝子上方的哈马村马家坪古茶树群、坝子中的几百亩水田沼泽充分利用，种植高附加值的红米，喂养稻鱼稻鸭和小龙虾，借助立体生态发展农业观光体验旅游。

"黎应权家是精准贫困户，有5口人，以前搞传统农业收入低，从今年5月到基地务工以来，光工资老黎就得了10703元，他老伴刘红会得了5300多元，田地流转收入又得了400多元。"青山镇副镇长郭文升说，这个项目一实施，老百姓在脱贫增收中很快就见了成效。

龙学英家在哈马村大寨组居住，有7口人，精准扶贫户，以前以务农为主，今年5月在基地务工以来，工资收入1900元，流转田地0.71亩得了420多元。

张治洋，51岁，家住哈马村德依组，家有7人，精准扶贫户，以前以务农为主，今年5月在基地务工以来，工资收入2125元，其妻陶应粉工资收入2300元，流转田地0.91亩得了540多元。

谭林茜家也住德依组，一家4口人还未脱贫，今年5月起在基地务工，工资收入1630元，把自家0.61亩田流转得到流转费360多元。

郭文升说，德依坝子稻鱼茶旅综合种养项目覆盖青山镇哈马村14个村民组，带动农户883户4032人，其中精准贫困户110户460人，目前老百姓增收已经初见成效，全年增收将更加明显。

"农户收入有几项，一是田地按照600元一亩获得流转收入；二是务工收入，农户在基地务工一天工资都在100元以上；三是田地产出的稻谷收入，公司按照保底价5元一斤收购；四是基地产出的稻鱼、稻鸭和小龙虾，公司都分别按保底价收购；五是基地农户还将获得基地的利润分红。"郭文升介绍，目前仅工资一项，基地就已用工7600余个，发放工资90余万元，这些钱都流进了当地农户的荷包。

德依坝子稻鱼茶旅综合种养项目，按照"龙头公司+合作社+基地+农户+带动贫困户"的模式共建，龙头是贵州龙游胜景生态农业种植观光园，该企业在稻鱼茶旅项目中负责资金、技术、运营、管理、市场，带动当地老百姓实现资源变资产，降低风险增加收入，该项目预计陆续投入1000万元，目前企业已经投入460万元。

站在坝子高处，大坝中种出来的"中国古茶树之乡"几个硕大的字非常显眼，引得不少到马家坪看古茶树的游客纷纷驻足欣赏。坝子中务工农户正在进行日常管护，一派繁忙。在稻田深处，普安县农业农村局农业执法大队大队长、水产师黄仕洪正在进行技术指导。

"今年大坝中已经栽种优质红米稻430亩，在稻田中投放鱼苗2万尾，在大坝中无法耕作的12亩沼泽地投放能繁小龙虾种虾1000斤，放养土鸭5000只。"据黄仕洪介绍，根据目前基地的情况，预计年生产优质红米150吨，米糠70吨，产值314万元，年可生产无公害鱼58.5吨，小龙虾30吨，鸭4吨，渔业综合产值303.5万元，同时可实现旅游收入年均200万元。

"这个项目生态效益、经济效益、扶贫效益都比较明显。"据普安县脱贫攻坚指挥部有关负责人说，德依坝子稻鱼茶旅综合种养项目产业结构调整带动作用突出，项目实施完成后，每亩综合产值将突破10000元，是传统农业的4倍，可以给当地农户户均增加直接经济效益5350.8元，贫困户第一年户均增加直接经济效益7095.8元，第二年以后户均增加直接经济效益8986.8元。同时第一年就给哈马村增加集体经济收入4万元，第二年以后每年增加10万元以上。

楼下泥堡：500多亩油葵美了山水鼓了荷包

8月4日，普安县楼下镇泥堡村泥堡大坝的连绵不绝的油葵花，开成当地一道美丽的风景。楼下镇的干部说，这道美丽的风景是产业结构调整"调"出来的，不仅看起来非常美丽，账算起来也非常实在。

楼下镇泥堡大坝是普安县的8个500亩大坝之一。记者和楼下镇农业服务中心主任张华一起到坝区深处，路上张华说，泥堡大坝种连片油葵是由当地的种养殖大户顾维权带动种植的。

车直接开到大坝中央，密密麻麻的向日葵开出金黄的花朵，连绵不绝，从中心向四处延伸，形成了一个颇为壮观的夏日"花海"。

"花海"深处，一男子正在检查油葵的长势。看见我们走进基地，他老远就喊着和张华打起招呼："张主任，你们来啦，我正要找你们呢！"

他就是顾维权，老家在楼下镇堵嘎村，因为是干居民，没有土地没有山林，人口多，收入少，2014年被纳入贫困户扶贫。2015—2016年他开始在邻县种植中药材，赚得200多万元，2017年就回到泥堡注册普安县云泉种养殖投资有限公司，在泥堡村和坡脚村等地带领农户搞产业。

据顾维权介绍，今年大坝产业结构调整，楼下镇政府让他把油葵产业落户到了这里，"油葵用来榨葵花籽油的，和日常吃'零嘴'的向日葵有大区别。"

2019年，顾维权从3月份开始整地，以每亩400元的价格从农户（包括精准贫困户）中流转土地560亩，5月份开始播种，7月中下旬就开始大量开花结籽。"油葵的生长周期就是90～100天。"

站在油葵地里，顾维权查看着油葵开花结果的情况，"这些朵朵直径达到了35厘米，很不错。今年要是前期不干旱，长势还要好。"顾维权说，今年种得早的有一部分已经采收了，种得晚的正在开花。

"今年搞晚了点，只能种一季了，按照正常年份，每亩一季就能产油葵500～600斤。"顾维权说，他已经买了油葵榨油的设备，将500多亩油葵榨成成品食用油。

"油葵出油率高，达50%，目前1斤葵花籽油要卖16元，一亩以榨油240斤算，一季产值就是3840元。"顾维权说，从明年开始，他将每年种两季，每亩油葵加工后产值将达7600元。同时，油葵的油渣是上好的饲料和肥料，附加值高得很。

"种油葵比种传统的玉米等农作物要划算得多。"张华说，泥堡500亩大坝改种油葵后，带动了146户贫困户，其中泥堡村就有96户。

"贫困户收入分两块，一是每亩400元的土地流转收入，二是在基地务工的收入。"顾维权说，在油葵基地务工每天70元，常年有36人务工，今年4个月已经累计发放工资76000元，每户增收2100元，加上土地流转费，来务工的户均增收3000元左右。

看到油葵的效益不错，目前村里面不少人都纷纷申请参与种植。顾维权说，他将指导附近村民种植，同时以"公司＋合作社＋农户"的模式运作，负责收购，"每亩油葵种两季卖干葵花籽的话产值在3000元以上，而每年两季的成本在700元左右，增收效果比传统的农作物明显。"

曾经的贫困户而今脱贫后，先富帮后富，顾维权正带领泥堡的100多家贫困户，借500大坝产业结构调整的东风，做起了产业文章，美了一方山水，鼓了百姓荷包。

雨核窑上：516亩茶叶苗圃孕育产业新希望

整地的整地，插苗的插苗，浇水的浇水，盖网的盖网，在普安县新店镇雨核村窑上坝区，300 来个工人分布在多个区域，忙得不可开交。这是 8 月 5 日下午，记者在窑上 500 亩大坝茶叶苗圃中看见的景象。

"茶产业是普安县的'一县一业'扶贫支柱产业，今年仍将新植 5 万亩。"普安县茶业发展中心主任甘正刚说，这个苗圃基地，就是为县里提供茶苗而建的。

以前窑上大坝，多种传统的玉米，农民辛苦一年，基本够敷上成本。而茶叶苗圃刚刚建设还没有几个月，当地老百姓就感受到了不一样的变化。

"现在好哟，我家把 1.5 亩土地流转给苗圃基地，得了 675 元，然后我和爱人到苗圃务工，每天工资是 100 元，一个月就能收入 5000 多块钱。"苗圃中，经过培训的李国珍正在起好的垄上飞快地插着茶苗，他家光是土地流转收入就比以前种地赚的多。

李国珍是雨核村窑上组的建档立卡贫困户，有 3 个孩子在上学，每年都是入不敷出。自从家门口建起了苗圃后，突然觉得钱好"赚"得多了。

和李国珍一样，在雨核村一共有 236 户农户。这些农户都是将土地流转给苗圃基地的农民，包括了窑上、中心、对门、铁厂四个组，其中精准贫困户有 41 户 191 人。大家都说这个结构调对头了，比以前种玉米好得多。

"肯定好得多！农户收入成倍增加，一是土地流转收入，236 户农户流转 516 亩，支付了 23.22 万元流转费，41 户贫困户户均增收 977 元。"在苗圃基地，负责人陈虎算了一笔账，他说第二就是务工收入，农民家门口务工每天 100 元，从 2018 年 11 月基地建设以来，每天平均都是二三百人上工，年户均增收 20000 元不成问题。

这些是直接收入，苗圃基地采用"公司＋合作社＋农户（贫困户）＋土地流转户"的模式，村级合作社每年按每亩苗圃分红 300 元，一年收入突破 15 万元，村里用这笔钱的 60% 开发公益性岗位，确保一户一人就业，户均增收 546 元。

"而把这个苗圃基地做起来，主要靠龙头企业带动。"甘正刚说，窑上茶叶苗圃基地的实施，龙头是贵州省金虎农业有限公司，负责出资、管理、技术指导等，具体实施育苗工作。而雨核村成立村社合一的新雨种养殖农民专业合作社，负责土地流转实施、组织社员务工等，在项目实施中实现多方受益。

站在苗圃基地远眺，黑色遮阳网覆盖下的苗圃依山势起起伏伏。

记者随意掀开一个棚，走进一看，平整的苗圃中一片绿色。

"茶苗的根长得不错，有的已经开始抽薹发芽。"据苗圃基地负责人介绍，该基地根据普安县种植需求订单，培育黔湄 601、云大等大叶茶 466 亩、白叶一号营养袋苗 50 亩，可出合格茶苗 7 千万株左右。"这些苗都是为县里做大茶产业提供茶苗保障，没有市场风险。"

甘正刚说，目前规划的苗圃中茶苗扦插已经完成 70% 左右，预计在今年 10 月至 11 月份左右就可以陆续出苗。

（2019 年 8 月 12 日刊发于《贵州日报》）

普安青山：
小黄姜大丰收，大坝子话丰年

2019年10月30日，普安县阳光普照晴空万里，在青山镇高箐社区的坝子上，视线能及之处均是绿油油的姜地，数十名农户正在挖姜，金灿灿的生姜一堆一堆摆在田埂上。在姜地旁，等待拉姜的车辆早早地就停在了路边上。"大家要搞快点哟，趁天色好，赶紧挖！"

"今年这一季生姜收成很好！"姜地里，青山镇镇长刘金和高箐社区党支部书记吴旭说，去年生姜一斤的价格是0.7元至1.1元，而今年的价格达到一斤2元至2.6元，比去年翻倍了，并且姜还没有挖出土，就早已经被预定一空。

据介绍，普安的生姜品种为小黄姜，品质好。虽然叫小黄姜，但个头却不小，亩产3000多斤，平均每亩收入7000元以上。"除去不到2000元的成本，每亩净收5000元以上。"

青山镇把生姜作为坝区的主打产业之一，仅高箐社区一地就种了1600多亩。"最近几年我们一直在调整产业结构，我们村委会统一向农户把土地流转过来，然后再和种植大户或专业合作社根据市场情况，统一谋划产业，比如今年就种植了生姜，3户大户参与。"高箐社区党支部书记吴旭说，农户土地流转后，就在生姜基地务季节工，土地流转和务工两头得钱。

"陈家寨田武家是精准贫困户，两口子在姜地做季节工，一季收入5000多元；老地组的吴应能也是精准贫困户，他一人这一季在姜地务工，收入3000多元。"

吴旭介绍，在姜地务工的贫困户不少，平时在姜地务工一天工资为80元至100元不等，除了上百人在大户的姜地务工，还带动了当地10多户农户种姜。

据了解，目前青山镇的小黄姜进入了采挖季节，预计在20天内将全部采完。"生姜需要轮种，这一大片，我们今年准备种大葱等蔬菜。"吴旭说。而在青山镇，据镇里面的有关人士介绍，今年种植生姜有六七千亩，从四五月份开始下种，从目前采挖来看，迎来了一个丰收年。

（2019 年 10 月 30 日刊发于"天眼新闻"）

普安茶园采茶忙：
立冬已过五六天，好似春风拂茶山

2019 年 11 月 14 日，立冬之后的第六天，记者在"中国古茶树之乡"普安县江西坡的茶山上看见，这里却好似春天来临一般，附近不少农户在茶园中采茶，在初冬季节勾勒出一副别致的"春风拂茶"图。

当天早上，联盟村茶神谷，高低错落的茶山上，三三两两的茶农正在飞快地采茶，指尖在茶垄间飞舞，把把鲜叶收入篓中。"现在已经入冬了，一天采得到三五十斤鲜叶。"坪寨组的柏成会说，她家种了 8 亩茶，从清明前开始采，一直采到现在，估计还能采 10 来天。

紧挨柏成会家茶地的，是卢江家的茶园，卢江正和爱人在茶地里忙活，两个大大的编织袋中，已经鼓鼓囊囊地装满刚刚采摘的茶青，"一天要采百把斤！"卢江一边采茶一边说，现在一天采茶还能挣个两三百元。

离开茶神谷，记者在联盟村其他茶园看见，茶山上随处可见采茶的农民。据采茶的茶农介绍，一到傍晚，就有人开着车到茶山的路边收茶青，然后运到附近的加工厂加工。

随后，记者来到普安县布依人家茶业专业合作社的加工厂，在生产车间，4 个萎凋槽装满了茶青，在收青台上，一本账本密密麻麻地记录着茶农们送来的茶青数量：卢刚 24 斤、卢顺良 22 斤、卢关辉 21.5 斤……而岑祥富两天时间就送来了 745 斤。这家专业合作社的理事长岑开文说，从 6 月中下旬夏秋茶加工以来，他的加工厂就一直没有停过，根据天气状况，如果年日照充足，还可以生产到 11 月底。

而在普安县德鑫茶业专业合作社的生产车间，3 个萎凋槽也没有空闲，正在萎凋的就有几百斤茶青。"我们都是生产一芽二叶的普安红茶，只要山上有茶青，我们就要做。"正在车间中翻看茶青萎凋程度的负责人于美说，晚点还有几百斤茶青要拉来加工，目前"普安红"茶不愁卖，基本加工多少就卖多少，直到山上没有茶青了才不再加工。

其他茶区的茶树到深秋就已经不再发芽，而普安茶山入了冬，还在抽芽拔节，为什么呢？据贵州省茶叶专家莫荣桂介绍，这是由普安独特的地理位置决定的，普安正处于云贵静止锋中间，虽然入了冬，但特有的"小暖冬＋昼夜温差"仍然使茶树具备生长条件，所以普安茶叶的采摘周期长，入了冬仍有新芽采摘。

"入冬后采的茶叶别有一番味道！"普安县盘江源茶业有限公司负责人罗明刚说，入冬以后，虽然普安的茶叶仍在生长但生长明显缓慢，且生长周期变长，加上昼夜温差大，茶叶内含物更容易积淀在叶片上，所以茶叶内含物丰富，口感更加独特一些。

而贵州省首届评茶师职业技能大赛金奖得主、国家一级评茶技师、贵州省茶文化研究会副秘书长、"普安红"茶文化形象大使施海说：采冬茶在台湾比较普遍，也称采冬片，在贵州的土层下有煤等地热丰富的地方，也会有冬茶可采，比如普安：入冬的茶因为生长缓慢，叶底厚实，制作出来的茶具有滋味香润、香气清雅、口感绵柔、韵味空旷的特点，堪称精品茶。

（2019 年 11 月 14 日刊发于"天眼新闻"）

附　录

有一种缘分，是在组织的关怀下遇见的。有一种情感，是在同心的战斗中建立的。贵州日报当代融媒体集团（以下简称"集团"）和普安，就是在世纪之交的党建扶贫和新时代的脱贫攻坚的征程中，结下了不解的缘分，培育了真挚的情感，这种缘分和情感，历经 24 年，日久越浓，经久弥坚。

特别是在决战脱贫攻坚决胜同步小康的伟大战役中，贵州日报当代融媒体集团始终和普安各族群众相互守望并肩作战，发挥文军的优势，助力培育支柱产业，助力攻克贫困堡垒，谱写了一曲文军扶贫的新时代战歌。

精兵强将齐上阵，不破楼兰终不还

时间回到 1995 年，在省里统一安排部署下，贵州日报社作为党建扶贫帮扶单位，对口帮扶国家级贫困县普安县，党建引领，结对帮扶，这一帮，就一直携手前行走过了 24 年。

特别是实施精准扶贫以来，集团更是派出精兵强将，全力配置资源，全员支持扶贫。从 2016 年起，脱贫攻坚党建扶贫由一年一轮变成两年一轮，集团派出 6 名党员干部，分别帮扶南湖街道大湾村、云庄村，盘水街道莲花村、平桥村，兴中镇辣子树村和江西坡镇联盟村，担任第一书记。

"一宣七帮"是党建扶贫的重要内容，集团派出的 6 名党员干部作为村第一书记，走村串寨了解村情组情户情，反复开展精准识别做到脱贫路上不漏一人。在确定帮扶对象后，以"一达标两不愁三保障"为目标，针对每一户制定帮扶措施，开展精准帮扶。搞产业发展项目、易地扶贫搬迁、通村通组路和串户路建设，实施住房保障、教育保障、医疗保障，搞危房改造、老旧房整治，解决吃水难、用电难、通讯难、看病难，打问题歼灭战，巩固脱贫攻坚成效。

云庄村第一书记姜舟是年轻的"老书记",已经在普安扶贫5年;莲花村的第一书记王炫焌,为了扶贫和已经相恋8年的爱人一再推迟婚期,为了4年的扶贫工作不分心,至今也没有要小孩;平桥村第一书记余永江,年过五旬老当益壮,一直坚持在扶贫一线。而他们仅仅是集团这些年派驻普安的扶贫队员中的代表。据不完全统计,24年来,集团派驻普安蹲点常驻扶贫的干部近100人次,人换了一茬又一茬,但帮扶的情越深心越坚定,不脱贫不收兵。

文军扶贫谱新篇,聚焦产业助攻坚

2017年,集团和普安县委、县人民政府正式签订《文军扶贫战略协议》,在2020年前,集团充分利用其10多家新闻宣传矩阵,《贵州日报》拿出2000万元的新闻宣传资源,其他所属媒体不计成本,全力支持普安的脱贫攻坚重点支柱产业"一红一白"的品牌塑造和市场推广。

近5年来,《贵州日报》共刊发了近100个整版的普安特别策划报道和产业公益扶贫广告,《贵州日报》及其所属的"天眼新闻"客户端、贵州都市网、《贵州都市报》、《贵茶杂志》、《当代贵州》、当代先锋网等媒体,发布普安各类新闻宣传报道1000余篇(幅/次)。

同时,整合《人民日报》/人民网、新华社/新华网、中新社/中新网、《中国日报》/中国日报网、《国际商报》/中国商务新闻网、《消费日报》/消费日报网、东方网、东方头条、华人头条、四川在线、多彩贵州网、新浪网、搜狐网、腾讯网、凤凰网等100多家各级各类媒体,刊发普安各类新闻宣传稿件1500多篇(幅/次)。

"我们要感谢《贵州日报》的帮扶和宣传,我们的茶叶的知名度能迅速提升,宣传起了重要的作用。"省级扶贫龙头企业普安布依人家茶业专业合作社理事长岑开文说,普安茶产业能迅速打开局面,宣传推介功不可没。而有岑开文一样的感受的,还有正山堂普安红茶业的总经理罗绍江、盘江源茶业的罗明刚等,他们把《贵州日报》等媒体的大力宣传记在了心头。

做外宣,必须有融媒思维。正是在这样的理念下,扶贫工作队策划为先,近4年来,积极助推"普安红"产业打造,力推"普安红"活动营销和品牌建设,主导策划或参与策划执行了"普安红"贵阳新品发布会、"普安红"北京马连道茶城专场推荐会、"普安红"四球古茶树保护全球公益众筹活动、全国明星普安行、"普安红"形象代言人国际选拔大赛、"普安红"全球茶诗创作大赛、"普安红"中国—阿拉伯国家博览会宁夏专场推介会、"普安红"杭州推荐会等 10 多项大型品牌推介活动。

"品牌形成是宝贵的财富，有时候可能比引进一个千万元的项目更加具有意义！"普安县多位领导都这样说，扶持助推脱贫支柱产业做大做强，大大增强扶贫产业的"造血功能"，有力助推了脱贫攻坚。

创新思路强示范，激发动力战贫困

"我们的这几个活动，在全州、全省都有不小的影响力，增强了妇女在脱贫攻坚中的示范引领，激发了广大妇女脱贫的内生动力。"普安县妇联主席董凌说。董凌讲的活动，是扶贫工作队联合策划实施的树立扶贫榜样典型、整合新闻资源加大宣传提振决战脱贫信心决心的几次实践。

近 3 年来，扶贫工作队先后主导策划了"2017 普安县脱贫攻坚巾帼榜样"示范评选及表彰活动、2017 普安县"十大杰出青年"评选表彰活动、2017 年普安县"十佳魅力老人""十大孝子"评选活动、2018 普安"发现普安　最美半边天"示范评选表彰活动、2018 年第二届普安县"十大杰出青年"评选表彰活动、2018 年"茶源太极美　喜迎山旅会"最美太极人大赛、2019 年"脱贫攻坚　巾帼榜样"群英谱示范评选等。

在这些活动中，吸引了 400 余人直接参与评选，直接参与投票的县内外群众 120 多万人次，微信新媒体宣传页面直接浏览量近 500 万人次，迅速形成关注脱贫攻坚的焦点和热点。

说一千遍，不如有人带头干。这些榜样典型的事迹经过媒体宣传后，在当地引起热烈反响，营造了良好的氛围。

同时，党建扶贫工作队副队长左国辉利用业余时间，打造了以发现普安、宣传普安、推介普安为主旨的微信公众平台"冷禅夜报"，服务普安脱贫攻坚同步小康。

公众号自 2016 年 12 月推出以来，聚焦脱贫攻坚动态、易地移民搬迁信息、特色扶贫产业看点，甚至老百姓的求职就业信息、群众求助投诉等，由于语言有特色、内容实在、服务性强、传播及时，关注人数达 12.6 万人，"粉丝"遍布全国各地，成为了解普安的重要窗口和平台。已刊发普安各类信息 1200 余篇，平均每条阅读量 4000 人次以上，最高单条阅读量突破 20 万人次。若按照目前市场上新媒体宣传价格保守折算，这些宣传至少价值 150 万元以上。

整合资源聚大爱，同心同德同小康

在实施"文军扶贫"的过程中，集团在传统媒体转型的巨大压力下，每年拿出价值数百万元的宣传版面的同时，尽力挤出工作经费在帮扶村实施一些急需的扶贫项目，在内部树立脱贫攻坚人人有责的扶贫意识，在集团内部，多次号召全体干部职工为脱贫攻坚捐款献爱心。

特别是在 2019 年，集团挤出 100 余万元的现金，助力 6 个村实施了一批基础设施、村庄整治、产业补助、助学济困等补短板的项目，进一步助推脱贫攻坚。同时依托媒体资源，争取各方支持，整合社会力量助力扶贫。2015 年来，集团协助争取古茶树保护资金 500 万元，在北京"天下贵州人"年会上，组织为普安捐款近 200 万元，协调省住建厅争取农村整治资金 100 万元，等等。同时联合社会公益机构，大力为普安送温暖，协调爱心企业为普安捐赠鞋子 1000 余双；协调浙江爱心人士，让当地 100 余名贫困的山区孩子参加夏令营；协调多家爱心基金会，为普安 20 名当年考上大学的贫困学生发放每人 5000 元至 8000 元助学金；联合出版机构和书店，为普安 3 所学校提供了 1000 套价值 11.8 万元的辅导用书；联合浙江爱心机构，为普安 469 名贫困学生发放助学金 37.74 万元；等等。

据不完全统计，近 5 年以来，集团通过社会资源整合帮扶资金和物质 1000 余万元，助力普安脱贫攻坚。

（2020 年 1 月 10 日刊发于《贵州日报》，原题《心香一瓣"普安红"——贵州日报当代融媒体集团文军帮扶普安点滴》）

后 记

践行"文军扶贫"，这本记录普安县脱贫攻坚的书稿就要付梓了，我由原先的兴奋一下子变得莫名的惶恐起来。

这本书中所选择的稿件，均为我在普安驻村帮扶的过程中，在扶贫一线采写的新闻稿件。都说新闻是易碎品，结集出版，能否经得起时间和历史的检验？

再说，在写这些稿件时，根本没有想到有朝一日会拿来出书稿，成稿之时，想得简单，写得随意，能否拿得出手，心里也是很没底的。

记得是 2019 年的夏天，一日到普安县布依人家茶叶专业合作社采访，这家合作社的理事长岑开文说，你写了普安不少的稿件，干脆整理一下出本书稿，把资源最大化利用，也算是"文军扶贫"再一次发现普安、宣传普安、推介普安。

我犹豫不决。普安县委书记农文海先生，普安县委副书记、县长龙强先生，县委常委、宣传部部长罗立女士，得知此事后，给予了热情的鼓励，让我动了这个念头。

而最终让这件事付诸实施的是贵州日报报刊社社长，贵州日报当代融媒体集团党委书记、董事长邓国超先生。2019 年 10 月，国超社长到普安蹲点调研扶贫工作，听取"文军扶贫"的汇报。我在汇报中，弱弱地提到了想把最近几年刊发普安的扶贫稿件结集出版，没想到国超社长马上热烈回应，说这件事很有价值、很有意义，表示将大力支持。

回到集团后，国超社长随即在党委会上专门做了安排，决定由集团旗下的孔学堂书局来出版这本书。也算是贵州日报报刊社帮扶普安这些年，留下的一个纪念。

的确，贵州日报与普安缘分不浅，1995 年起，贵州日报就定点帮扶普安，这 20 多年一直没有更换过，在帮扶干部一茬又一茬的轮换中，报社对普安的情感越来越浓。

这让我不得不认真对待了。赶紧搜索查询这些年特别是 2016 年下半年后，在普安扶贫过程中采写的稿件，然后进行筛选分类、整理修订。初稿提交后，在 2020 年 3 月上旬，正好在省人民政府公告普安县等退出贫困县序列后一两天，我接到孔学堂书局编辑的通知，说书稿准备排版，嘱咐我再一次审核稿件的内容。

这个工作，我一个人是无论如何也做不好的，幸好在此过程中，有普安县农文海书记、龙强县长的高度肯定和鼓励，给予我信心；幸好得到了罗立部长的悉心指导，为这本书稿的篇章构架、稿件取舍、内容修订等提出了许多建设性的意见，对一些细节进行了补正和修订；幸好得到普安县政府办陈永达先生和县茶业发展中心刘光兰女士热情帮忙整理稿件，校对文字，对此付出了很多的心血。真是非常感谢他们。

国超社长在百忙之中，专门抽空给这本书稿写了热情洋溢的序言，给予了褒奖与夸赞，为这本凑合起来的扶贫文字提供了一个精神的统领，让这本书稿增色不少。且在这本书稿中，有些选题还是国超社长亲自安排指导的。我心中一直充满感激。

而贵州日报报刊社副总编辑冉斌先生，是贵州日报报刊社驻普安党建扶贫工作队队长，直接参与和亲自指导我们一线扶贫，在工作的日常，时时给予指点和提醒，对于一些重要节点的稿件，亲自点题亲自策划亲自把关，在报社统筹安排，协调版面优先发稿。而见报的稿件，在贵州日报的刘超凡、刘斌、刘皓等值班主任和版面编辑的精心打磨修改下，在天眼新闻编辑部的赵国梁、王璐瑶等负责人及频道编辑的支持下，或得以起死回生，或得以提质增色，及时发布发表。在此非常感谢了。

这里，我还要感谢我的爱人罗蔚梅女士，是她以莫大的韧劲，这4年多来独自在家带着2个孩子，含辛茹苦，里里外外，操持操劳，坚持坚守，默默忍受，让我少了后顾之忧，才能在扶贫一线奔忙，才能在夜深人静时，写下这些凑成这本书稿的关于扶贫一线的文字。而对于她，这辈子的亏欠恐怕是今后再如何加倍都难以完全弥补的了。

今天的新闻，明天的历史。新闻是易碎品，时间的局限性是其天生的弱点，它只反映当时的状态。而新闻又是历史最真实的记录者，若干年后，它能让我们清晰地看到过往本来的样子。但愿这本书稿能让大家回见普安脱贫过程中的那些人和那些事。

但是，由于我的能力和水平有限，这本书稿一定有许许多多不如人意的地方，甚至可能有错漏谬误，因此恳请大家在看这本书稿时，以批评之态度，怀宽容之善念，存诲人之仁心，这样，我的惶恐就会减一分了。

再次感谢我的领导、老师、同仁、朋友、家人。是你们的指导，你们的教诲，你们的支持，你们的陪伴，给予我力量，激励我拿起笔，在扶贫之路上阔步向前。

左国辉

2020年4月于普安